E CARABINE
el Pennac

© Editions Gallimard, 1987
slation Copyright © MUNHAKDONGNE Publishing Corp., 2008
ved.

n was published by arrangement with
hrough Sibylle Books Literary Agency, Seoul.

은 시빌에이전시를 통해
독점 계약한 (주)문학동네에 있습니다.
보호를 받는 저작물이므로
니다.

록(CIP)은
ip.php)에서 이용하실 수 있습니다.

기병총 요정

LA FE
by Dani

Copyright
Korean Tran
All rights rese

This Korean editio
Editions Gallimard

이 책의 한국어판 저작
프랑스 Gallimard 출판사
저작권법에 의해 한국 내에
무단 전재와 무단 복제를 금

이 도서의 국립중앙도서관 출판시도서목
e-CIP 홈페이지(http://www.nl.go.kr/
(CIP제어번호: CIP2008003295)

La fée carabine

기병총 요정

다니엘 페낙 장편소설

이충민 옮김

문학동네

국민의료보험 제도에게

이고르에게, 앙드레 베르, 니콜 슈네강스, 알랭 레제,
장-프랑수아 카레즈-코랄에게.
그리고 한 자 한 자에 장과 제르멘의 추억을 담아서.

검은 아무도 구하지 못했다.
그리고 어느 누구도 칼로는 아무도 구하지 못했다.
그것은 개와 나를 바꿔놓았다.

로베르 술라, 『초봄』

아버지는 "늙는다니, 맙소사!
하지만 젊어 죽지 않으려면 그 방법밖에는 없어"
하고 말씀하곤 하셨다.

차례

1부

도시, 어느 밤

도시는 개들이 좋아하는 음식이다.

1

겨울의 벨빌, 다섯 인물이 있었다. 빙판까지 치면 여섯이었다. 프티를 따라 빵집에 가는 개까지 치면 일곱이었고. 개는 간질병이 있어서 입가에 혀를 늘어뜨리고 있었다.

노부인이 건너기 시작한 네거리는 아프리카 지도를 닮은 빙판으로 온통 덮여 있었다. 그렇다. 빙판 위에서 꼬부랑 노파가 비틀거리고 있었다. 1밀리미터 나아가는 것도 조심하면서 미끄럼을 타듯 슬리퍼를 차례로 한 발씩 내밀고 있었다. 노부인이 들고 있는 장바구니에는 딸이로 구입한 파가 비죽 나와 있고 어깨에는 낡은 숄이 걸쳐져 있으며 귓바퀴에는 보청기가 걸려 있었다. 앙금앙금 슬리퍼를 놀린 덕에 노부인은 아프리카 모양 빙판에서 사하라 사막 한가운데까지 도달했다. 좀더 참고 죽 남쪽으

13

로, 그러니까 아파르트헤이트*의 나라까지 가고 그다음에도 더 가야 했다. 에리트레아나 소말리아로 질러 가지 않는다면 말이다. 하지만 인도변의 도랑에는 홍해가 꽁꽁 얼어붙어 있어 그럴 수가 없었다. 초록색 로덴 코트를 입고 인도에 서서 노파를 바라보고 있는 금발 스포츠머리 남자의 머릿속에서는 이런 생각이 꼬리에 꼬리를 물고 이어졌다. 금발머리는 자기 상상력이 대단하다고 생각했다. 그때 갑자기 노파의 숄이 박쥐 날개처럼 펼쳐지더니 순간 모든 움직임이 정지했다. 노파가 균형을 잃었다가 겨우 다시 중심을 잡은 것이다. 금발머리는 실망하여 나직하게 육두문자를 내뱉었다. 그는 누군가 넘어져 코가 깨지는 것이 언제나 재미있었다. 한 치의 오차도 없이 일정한 길이로 짧게 자른 금발은 겉보기엔 흠잡을 데 없이 깔끔했지만 그 작은 머리통은 이런 악질적인 생각들로 어수선했다. 그는 노인들을 별로 좋아하지 않았다. 노인들이란 좀 더러우며, 따라서 **저열한** 존재라는 것이 그의 생각이었다. 금발머리가 이렇게 아프리카 빙산에서 노파가 엎어질까 말까 궁금해하고 있는데, 맞은편 인도에 다른 인물 둘이 보였다. 이들 또한 아프리카와 무관하지 않았다. 두 명의 아랍인이었다. 북아프리카 출신이라고 해도 좋고 마그레

---

* 남아프리카공화국의 극단적인 인종차별 정책과 제도.

브인[*]이라고 해도 좋았다. 금발머리는 이들을 어떻게 불러야 인종차별주의자처럼 보이지 않을 수 있을지 늘 궁금했다. 신념이 신념인지라 절대로 인종차별주의자처럼 보여서는 안 되었다. 그는 '정면으로 국수주의'^{**} 소속이었고 그것을 숨기지 않았다. 하지만 자기가 인종차별주의자**이기 때문에** '정면으로 국수주의'에 들어갔다는 말은 듣고 싶지 않았다. 아니, 그게 아니야, 문법 시간에 배운 것처럼 그것은 원인이 아니라 결과라고! 금발머리는 '정면으로 국수주의'였고, **그 결과** 야만적 이민의 위험성에 대해 객관적으로 생각해보아야 했다. 그리고 올바른 이성에 입각해 프랑스 가축의 혈통 보존과 실업·치안 문제 때문에 저 아랍 새끼들을 전부 빨리 쫓아내야 한다는 결론을 내렸다(이토록 많은 탄탄한 근거를 통해 건강한 의견을 갖게 된 사람에게 인종차별주의라는 오명을 씌워서는 안 된다).

요컨대 노파, 아프리카 모양의 빙판, 맞은편 인도의 두 아랍인, 프티와 간질병 있는 개, 생각에 잠긴 금발머리가 있었다. 금발머리의 이름은 바니니였다. 그는 형사였고 특히 치안 문제로

---

* 모로코, 알제리, 튀니지의 북아프리카 3국의 국민을 가리키는 말로, 이 지역 출신 아랍인들은 프랑스 이민자의 대다수를 차지한다.

** Frontalement National. 인종차별주의를 내세우는 프랑스의 극우 정당인 '국민전선(Front National)'의 명칭을 작가가 희화화해 만든 표현.

고심하고 있었다. 바니니가 여기에 있는 것도, 다른 사복 형사들이 벨빌 곳곳에 나와 있는 것도 다 그 때문이었다. 크롬으로 도금한 수갑 한 벌이 그의 오른쪽 엉덩이에서 덜렁거리고 있는 것도 그 때문이었다. 겨드랑이 밑 권총집에 무기를 차고 있는 것도 그 때문이었다. 정식 장비 외에 개인적으로 준비한 브래스너클*을 주머니에 넣고 소매에 사과탄**을 숨긴 것도 그 때문이었다. 사과탄으로 먼저 상대를 제압한 후 편안하게 브래스너클로 반쯤 죽여놓는 것이 그만의 수법이었는데 그 효력은 이미 증명된 바 있다. 치안이 불안한데 어쩌란 말인가! 한 달도 안 되는 사이에 벨빌에서는 노파 네 명이 목이 잘렸다. 그들 스스로 머리와 몸뚱이를 분리한 것이 아니란 말이다!

폭력……

그렇다! 폭력이 도처에서 벌어지고 있는 것이다……

금발머리 바니니는 생각에 잠긴 척하면서 아랍인들을 슬쩍 쳐다보았다. 저놈들이 마음껏 노부인들을 해치고 다니게 놔둘 순 없지 않은가? 금발머리는 문득 진짜 인명구조원이 된 듯한 기분이었다. 맞은편 인도에서는 아랍인 두 명이 태연한 표정으

---

* 손가락 관절에 끼우는 철제 격투 기구.
** 우리나라에서도 백골단(사복 체포조)이 시위 진압용으로 자주 사용하던 개인 휴대용 최루탄.

로 알아들을 수 없는 언어로 이야기를 나누고 있고, 이쪽 인도에
서는 샛노란 금발머리의 바니니 형사가 물에 빠져 허우적거리는
사람을 구하러 센 강으로 뛰어드는 인명구조원처럼 가슴이 뜨거
워지며 달콤한 감정에 휩싸인다. 저놈들보다 먼저 노부인에게
가야 해! 날 보면 아무 짓도 못 하겠지. 그래, 지금이야! 그래서
젊은 형사는 아프리카 대륙에 발을 내딛는다(언젠가 자신이 그
런 여행을 떠날 것이란 말을 미리 들었다면 좋았을 텐데……).
그는 노부인을 향해 자신 있게 성큼성큼 다가간다. 빙판 위에서
도 미끄러지지 않는다. 그의 장화에는 징이 박혀 있다. 훈련소
시절 이후로 이 징 박힌 장화를 벗은 적이 없다. 제3의 인생인지
제4의 인생*인지 알 수 없는 노인네를 구하기 위해 그는 얼음 위
를 걷고 있다. 그러면서도 저 건너편의 아랍인들에게서 눈을 떼
지 않는다. 선의! 그에게는 이제 선의밖에 없다. 노부인의 가냘
픈 어깨를 보고 불현듯 자신의 할머니를 떠올린 것이다. 그는 할
머니를 정말 사랑했다. 아쉽게도 돌아가신 후에 사랑한 것이지
만. 그렇다! 노인네들은 너무 빨리 죽는 경향이 있다. 우리가 사
랑해줄 때를 기다리지 않고 죽는다. 바니니는 생전에 사랑할 시
간을 주지 않은 것 때문에 할머니를 많이 원망했다. 하지만 죽고

---

* '제3의 인생'은 65~75세의 노인을, '제4의 인생'은 75세 이상의 노인을 뜻하는
표현이다.

나서라도 사랑하는 것이 아예 사랑하지 않는 것보다 낫지 않은 가. 비틀거리고 있는 노부인 쪽으로 다가가면서 바니니는 그렇게 생각했다. 노부인은 장바구니마저 감동적이었다. 그리고 저 보청기는…… 바니니의 할머니도 말년에는 귀가 어두웠고 저 노부인과 똑같은 행동을 하곤 했다. 귀와 귓가 두개골의 얼마 안 되는 머리카락 사이로 작은 다이얼을 계속 돌리면서 볼륨을 조절하는 것 말이다. 검지의 저 친숙한 놀림, 그래, 바니니의 할머니와 똑같았다. 이제 금발머리는 사랑으로 녹아내렸다. 아랍인들은 거의 안중에도 없었다. 그는 벌써 "할머니, 제가 도와드릴게요"라는 문장을 준비했다. 보청기에서 갑자기 큰 소리가 들려 노부인이 깜짝 놀라지 않도록 이 문장을 손자처럼 부드럽게, 거의 중얼거리듯 말하리라. 그는 완전히 사랑으로 불타고 있었다. 이제 한 걸음밖에 남지 않았는데, 바로 그때 노부인이 몸을 돌렸다. 그것도 단숨에. 노부인은 그를 향해 팔을 쭉 뻗었다. 검지 자리에 진품 P38 권총이 흔들리고 있지만 않았다면 그에게 손가락질하는 줄 알았으리라. 독일이 만들어냈고 오랜 세월이 지났어도 전혀 시대에 뒤처지지 않는 무기, 영원히 현대적인 골동품, 앞의 구멍으로 보는 사람을 몽롱하게 만드는 전통적 살인 도구.

  그리고 노부인은 방아쇠를 당겼다.

  금발머리의 생각들은 모두 산산이 흩어져버렸다. 겨울 하늘에 핀 예쁜 꽃이 되었다. 첫번째 꽃잎이 떨어지기도 전에 노부인은 무기를 장바구니에 넣고 다시 걷기 시작했다. 반동으로 뒤로 밀려나는 바람에 빙판 위의 갈 길이 1미터는 줄어들었다.

2

그러니까 살인 사건이 발생했고, 목격자는 셋이었다. 셋밖에 되지 않는 것은 아랍인들 때문이다. 아랍인들은 볼 생각이 없으면 아무것도 보지 못한다. 좀 이상하지만 아랍인들은 원래 그렇다. 아마 그네들 문화가 그런가보다. 아니면 그네들이 우리 문화에 대해 무엇인가를 너무 잘 이해했기 때문일 수도 있고. 그러니까 아랍인들은 아무것도 보지 못했다. 심지어 "탕!" 하는 소리마저 못 들었을 수도 있다.

남는 것은 어린애와 개뿐이다. 하지만 프티가 분홍색 테 안경을 끼고 본 것은 금발의 머리통이 하늘의 꽃으로 변하는 장면이었다. 프티는 그걸 보고 완전히 얼이 빠져서 부리나케 집으로 달려와 우리에게, 나 뱅자맹 말로센에게, 우리 형제자매들에게, 네

명의 할아버지에게, 어머니에게, 체스판에서 나를 박살내고 있는 내 오랜 친구 스토질코비치에게 이야기를 들려주었다.

예전에는 철물점이었던 우리 아파트*의 문이 벌컥 열리더니 프티가 들어와 소리를 지르기 시작한다.

"저 요정 봤어요!"**

그래도 사람들은 하던 일을 멈추지 않는다. 몽탈방 식 양 어깨 요리를 준비하던 내 누이 클라라가 부드러운 목소리로 한마디 물을 뿐이다.

"어 그래, 프티? 어디 한번 얘기해봐……"

개 쥘리위스는 바로 밥그릇을 조사하러 간다.

"진짜 요정이었어! 아주 늙고 착한 요정!"

내 동생 제레미는 이 틈을 타서 숙제하던 것을 잠시 멈추고 쉬려 한다.

"착하다니? 요정이 숙제라도 대신 해줬어?"

"아니, 어떤 남자를 꽃으로 바꿔버렸어!"

아무도 그 이상 반응을 하지 않자 프티는 스토질코비치와 나에게 다가온다.

---

* 고층 주택 단지가 드문 프랑스에서 말하는 아파트는 우리의 다세대주택이나 연립주택에 가깝다.
** 이 책의 제목인 '기병총 요정'이라는 표현에 대해서는 '옮긴이의 말'을 볼 것.

"스토질 아저씨, 정말이에요. 요정을 봤다니까요. 남자를 꽃으로 바꿔버렸어요."

"그 반대가 아니어서 다행이구나." 스토질은 체스판에서 눈을 떼지 않고 대답한다.

"왜요?"

"요정들이 꽃을 전부 남자로 바꿔버리면 들판에는 볼 것이 없을 테니까."

스토질의 목소리는 런던을 배경으로 한 영화에 나오는 안개 속의 빅벤과 비슷하다. 목소리의 울림이 워낙 깊어 주위의 공기가 떨리는 것 같다.

"장군! 외통수야, 뱅자맹. 자충수를 뒀군. 자네 오늘 저녁엔 정신을 딴 데 두고 있는 것 같아."

✛

정신을 딴 데 둔 것이 아니라 불안한 것이다. 내 눈은 체스판에 가 있지 않고 할아범들을 엿보고 있다. 이런 해 질 무렵은 우리 집 늙은이들에게는 좋지 않은 시간이다. 개와 늑대의 시간*

————————

* 황혼 녘.

22

이 오면 그들은 약을 하고 싶어 근질거린다. 그들의 뇌는 더러운 주삿바늘을 요구한다. 한 방 맞아야 하는 것이다. 그러니 그들에게서 눈을 뗄 수가 없다. 아이들은 나 못지않게 상황을 이해하고 있어 각자 한 명씩 맡아 최선을 다하고 있다. 클라라는 몽탈방식 양 어깨 요리에 대해 (틀렘센*의 푸주한이었던) 로뇽 할배에게 계속 세세한 질문을 던지고 있다. 5학년**을 다시 다니고 있는 제레미가 몰리에르에 대해 전부 알고 싶다고 하자 리송 영감(은퇴한 서적상)은 몰리에르의 생애에 대해 별소리를 다 지껄이고 있다. 전직 이발사인 메를랑 할배는 임산부용 안락의자에 기대앉아 꼼짝 않고 있는 엄마의 머리카락을 말고 풀기를 한없이 되풀이하고 있으며, 그사이 프티는 (92세로 할배 4인방 중 최고참인) 베르됭에게 받아쓰기 공책에 글씨 쓰는 것을 도와달라고 조르고 있다.***

　매일 저녁 똑같은 일이 되풀이된다. 베르됭의 손은 나뭇잎처럼 떨리고 있지만 안쪽에서 프티가 잡아주어 노인네는 자기가

---

* 알제리 북서부의 도시.

** 우리나라의 중학교 2학년에 해당한다.

*** 말로센 연작 1권 『식인귀의 행복을 위하여』(문학동네, 2006)에도 등장한 리송을 빼면 다른 노인들은 별명으로 불리고 있다. 불어에서 스멜(semelle)은 구두 밑창, 메를랑(merlan)은 이발사, 로뇽(rognon)은 요리에 쓰이는 짐승 내장을 뜻한다. 베르됭(Verdun)은 1차 대전의 격전지인 베르됭에서 따온 듯하다.

1차 세계대전 이전만큼 예쁘게 영국식 서체*로 글씨를 쓰고 있다고 철석같이 믿고 있다. 하지만 베르됭은 슬프다. 그는 프티에게 공책에 이름 하나만 적게 한다. 카미유, 카미유, 카미유, 카미유…… 한 줄 한 줄 빽빽이 그 이름뿐이다. 그것은 67년 전 '최후의 전쟁'** 막바지에 최후 공격(스페인 독감)에 쓰러져 여섯 살의 나이로 죽은 딸아이의 이름이다. 베르됭은 주사를 맞기 시작할 때마다 떨리는 손을 내밀어 카미유의 영상을 붙잡으려 했다. 상상 속에서 참호에서 뛰어나와 총탄을 피해 지그재그로 달리고 철조망을 자르고 지뢰를 피하며 총도 없이 두 팔을 벌리고 카미유에게 달려간다. 그는 세계대전의 전장을 뚫고 달려 지금의 자기보다 더 피골이 상접하고 쪼글쪼글한 여섯 살의 죽은 카미유를 만난다. 주사기에 약을 두 배로 넣어야 하는 것이다.

내 덕에 우리 집에 숨어 지낸 뒤로 그는 더이상 약을 맞지 않는다. 과거가 목을 조르면 그는 그저 젖은 눈으로 프티를 바라보며 중얼거린다. "너는 왜 내 딸 카미유가 아닌 거니?" 어떤 때는 받아쓰기 공책에 눈물이 떨어지기도 한다. 그러면 프티는 "베르됭 할아버지, 또 얼룩이 졌잖아요"라고 말한다.

그 광경은 너무나 애절하여, 한때 신학도였고 그후엔 혁명가

_____

* 오른쪽으로 기울어진 초서체.
** 1차 세계대전.

였으며 나중에는 블라소프 부대와 나치 잔당들을 쳐부순 스토질코비치마저, 주중에는 소련 관광객들을 태우고 주말에는 노부인들만 모시는 버스 기사 스토질마저 목소리를 가다듬고 투덜댄다.

"신이 존재한다면, 그 작자에게 그럴듯한 핑곗거리라도 있었으면 좋겠군."

✢

하지만 이 중차대한 저녁나절에 제일 열심히 일하는 것은 내 누이 테레즈이다.

지금 그녀는 우리 집 한구석의 '예언가의 자리'에서 의기소침한 스멜 할배를 달래주고 있다. 스멜 영감은 우리 집에 살지 않는다. 그는 우리가 살고 있는 폴리레뇨 로(路)에서 예전에 구둣방을 했다. 그는 우리 바로 옆집에 산다. 그는 한 번도 약을 하지 않았다. 그래서 스멜 할배의 경우 예방 작전을 펼쳐야 한다. 자식도 없는 늙은 홀아비가 은퇴했으니 망가지는 것은 시간문제다. 마약상들이 볼 때 그만한 먹잇감도 없다. 우리가 1초만 한눈을 팔아도 영감의 온몸에는 다트 게임 과녁판처럼 주사기가 잔뜩 꽂힐 것이다. 구두 수선으로 50년을 보냈지만 이제는 아무도 기억해주지 않는 신세가 된 영감은 우울증에 빠져 허우적거리고 있었다. 다행히 제레미가 비상벨을 울렸다. "위급 상황!" 그리고 제레미는 즉시 시장에게 (영감의 떨리는 글씨를 완벽히 흉내 내어) 편지를 보내, 같은 구멍가게에 앉아 50년이나 일해온 장인(匠人)에게 보답 차원에서 시에서 훈장을 수여하라고 촉구했다. (믿어지지 않는다고? 파리에서는 정말 그런 일로 훈장을 준다니까!) 시장이 승낙했을 때 스멜 영감이 얼마나 기뻐했는지! 다름 아닌 시장님께서 스멜 영감을 기억하고 있었던 것이다! 시장님의 기억 속에 영감도 한자리를 차지하고 있었던 것이다! 스멜은 파리의 핵심적 부분이었던 것이다. 얼마나 영광스럽고 행복한 일인가!

하지만 경축일을 하루 앞둔 오늘 저녁, 스멜 영감은 엄청나게 겁을 먹고 있다. 그는 훈장 수여식 내내 버틸 기운이 있을지 두려워하고 있다.

테레즈는 노인의 손을 잡고 자신 있게 말한다.

"다 잘될 거예요."

"내가 정말 바보 같은 짓을 하지는 않을까?"

"내 말 믿어요. 내가 한 번이라도 틀린 적 있어요?"

내 누이 테레즈는 '지(知)의 신(神)'처럼 뻣뻣하다. 피부는 건조하고 몸뚱이는 길쭉하고 앙상한 데다 말투는 학교 선생 같다.

매력이라곤 빵점이다. 그녀는 주술 업계에 종사한다. 나는 그 일을 인정할 수 없다. 하지만 그녀가 일하는 모습은 아무리 봐도 질리지 않는다. 아직 죽지도 않았는데 스스로 아무짝에도 쓸모없는 존재라고 굳게 믿고 있는, 정신적으로 완전히 무너진 노인이 우리 집에 오면, 테레즈는 그를 자기 자리로 데려가 권위 있는 품새로 노인의 손을 잡고는 무딘 손가락을 하나씩 펴고 구겨진 종이를 펴듯 손바닥을 한참 동안 문질러주다가 손의 긴장이 완전히 풀렸다 싶으면(몇 년째 완전히 펴지지 않던 노인네들의 굳은 손이 그렇게 금세 풀리는 것이다!) 말을 하기 시작한다. 테레즈는 웃지도 않고 듣기 좋은 말을 하지도 않는다. 그저 **미래를 이야기해줄** 뿐이다. 이 노인네들이 자신에게 절대로 오지 않을 거라고 생각하는 게 바로 '미래'인데 말이다! 이제 테레즈의 우주군(宇宙軍)이 출동할 시간이다. 토성, 아폴로 소행성, 금성, 목성, 수성은 정겨운 회합을 갖고, 막판의 성공을 준비한다. 그러니까 늙은 시체에 숨을 불어넣어 아직 인생이 끝나지 않았음을 증명해주는 것이다. 테레즈의 손을 거치면 매번 젊은이가 탄생한다. 그러면 클라라는 사진기를 꺼내 와 이 변신의 순간을 포착한다. 그래서 우리 집 벽에는 이 신생아들의 사진이 잔뜩 붙어 있다. 그렇다. 나이를 먹지 않는 내 누이 테레즈는 청춘의 샘물이다.

"여자라고? 정말이야?" 스멜 영감이 탄성을 지른다.

"갈색머리에 눈이 파란 젊은 여자예요." 테레즈는 부연 설명을 한다.

스멜은 3천 와트짜리 미소를 짓고 우리를 돌아본다.

"들었어? 테레즈 말이, 내가 내일 훈장 수여식에서 인생을 바꿔줄 아가씨를 만난다는 거야!"

"영감님 인생만 바뀌는 게 아니고요," 테레즈가 정정한다. "그 여자는 우리 모두의 인생을 뒤바꿔놓을 거예요."

❖

테레즈의 목소리에 불안이 깃들어 있는 것이 느껴져 그 자리에 좀더 머물고 싶었지만 전화벨이 울려댔다. 내 또 다른 누이 루나였다.

"어때?"

엄마가 임신을 한 후로(엄마는 이번이 일곱번째 임신이고 애 아버지가 누구인지 모르는 임신도 일곱번째이다) 루나는 '여보세요(Allô)?'라고 하지 않고 '어때(Alors)?'라고 한다.

"어때?"

나는 엄마를 흘낏 쳐다본다. 엄마는 안락의자에 꼼짝 않고 조용히 앉아 있다.

"기미도 없어."

"도대체 그놈의 자식은 안 나오고 뭐 하는 거야?"

"정식 간호사는 내가 아니고 너잖아, 루나."

"열 달이 거의 다 되었잖아, 오빠!"*

일곱째가 경기 종료 시간을 한참 넘긴 것은 사실이다.

"그 안에 TV라도 있나보지. 세상이 어떻게 생겨먹었는지 벌써 봤나봐. 아직 마약이 안 급한가보지."

루나는 낄낄대며 웃더니 다시 묻는다.

"할아버지들은?"

"썰물 때야."

"로랑이 그러는데 필요하면 발륨 투여량을 두 배로 늘려도 된대."

(로랑은 간호사 누이의 의사 남편이다. 부부는 매일 저녁 같은 시간에 전화를 걸어준다. 영혼의 일기예보랄까.)

"루나, 로랑한테 벌써 얘기했는데 이제 우리가 발륨을 대신할 거야."

"알아서 해. 어차피 전방에서 싸우는 건 오빠니까."

_____

* 임신 기간을 열 달이라고 하는 우리네 문화와 달리, 서구에서는 아홉 달로 잡는다.

수화기를 내려놓자마자 백파이프가 우체부처럼 (아니면 기차처럼, 나도 모르겠다) 두번째로 울린다.

"말로센, 지금 나하고 장난하자는 거예요?"

제기랄! 이 노기등등한 목소리가 누구인지 알겠다. 내 보스, 탈리옹 출판사의 대사제인 자보 여왕이다.

"그저께부터 출근했어야 하잖아요!"

지당하신 말씀. 약쟁이 할아버지들 문제 때문에 나는 바이러스성 간염을 핑계로 자보 여왕에게 두 달간의 휴가를 뜯어냈던 것이다.

"폐하, 마침 전화 잘 하셨습니다. 안 그래도 휴가 한 달 연장을 요청하려던 참이었습니다." 내가 말한다.

"어림없어요. 내일 정각 여덟시에 기다리겠어요."

"아침 여덟시요? 한 달이나 기다려야 하는데 그렇게 일찍 일어나시겠다고요?"

"누가 한 달을 기다린대요? 내일 여덟시에 출근하지 않으면 해고예요."

"안 그러실 거잖아요."

"안 그런다고요? 말로센, 당신이 그렇게나 꼭 필요한 사람이라고 생각하나요?"

"전혀 아니죠. 탈리옹 출판사에서 어느 누구도 대신할 수 없는 사람은 폐하뿐인걸요! 하지만 저를 해고하시면 저는 누이들더러 나가서 몸이나 팔라고 내쫓을 수밖에 없을 겁니다. 제 막내동생도 마찬가지고요. 분홍색 안경을 낀 예쁜 남자아이랍니다. 폐하께서는 그런 비도덕적 행위를 저지른 것을 평생 자책하시겠지요."

그녀는 미친 듯이 웃어댄다(가스 유출처럼 위험한 웃음이다). 그러더니 틈도 주지 않고 말한다.

"말로센, 난 당신을 희생양으로 쓰려고 고용한 거예요. 나 대신 욕먹으라고 월급을 주는 거고. 정말 당신이 끔찍이도 보고 싶어요."

(맞다, 희생양이 내 일이다. 공식 직함은 '문학팀장'이지만 실제로는 희생양이다.) 그녀는 거칠게 말을 잇는다.

"휴가를 연장하려는 이유가 뭐죠?"

나는 조리기 뒤에 있는 클라라, 베르됭의 손을 잡고 있는 프티, 제레미, 테레즈, 할아버지들, 이 모든 것을 지배하고 있는 엄마, 이탈리아 거장들이 그린 풍만한 성모마리아처럼 매끈하고 빛이 나는 엄마를 한눈에 훑어본다.

"지금 가족들이 저를 굉장히 필요로 하고 있다고 해두죠."

"도대체 어떤 종류의 가족인데요, 말로셴?"

혀를 늘어뜨리고 엄마의 발치에 누워 있는 개 쥘리위스는 '황소와 당나귀'* 구실을 충분히 하고 있다. 예쁜 액자에 들어 있는 여러 할아버지의 사진들은 미래에 기대를 걸고 있는 것 같다. 진정한 동방박사들 아닌가!

"일종의 성(聖)가족**이죠, 폐하······"

잠시 수화기에서 아무 소리도 나지 않더니 거슬리는 목소리가 들린다.

"보름을 허락하죠. 그 이상은 1분도 더 안 돼요."

그녀는 잠시 말을 쉬었다 다시 잇는다.

"말로셴, 내 말 잘 들어요. **휴가를 받았다고 희생양 신세를 면할 수 있는 건 아니에요!** 당신은 머리끝에서 발끝까지 희생양이라고요. 그러니까 지금 당장이라도 시내에서 무슨 사고가 나서 누군가 죄인이 되어야 하면 당신 이름이 불리는 거예요. 알았죠?"

* 민간 전설에서 예수 탄생 때 마구간에 있었던 동물들.
** 예수와 성모마리아, 양아버지 요셉의 가족.

3

아니나 다를까, 세르케르 총경은 가죽점퍼 차림으로 영하 12
도의 저녁나절에 거리에 나와 바니니의 시체를 내려다보면서 죄
인을 잡겠다고 다짐하고 있었다.

"이런 짓을 하다니, 어떤 새끼인지 잡기만 하면 죽여버리겠어!"

검은 콧수염 주위에 슬픔이 배어 있었다. 그는 이런 문장을 내
뱉는 게 너무나 자연스러운 짭새였다.

"어떤 새끼인지 잡기만 하면 죽여버리겠어, 이런 짓을 하다니!"

(어두운 빙판 거울에 비친 자신의 모습을 바라보면서 똑같은
말을 순서만 바꿔 하는 것도 너무나 어울리는 짭새였다.)

그의 발치에서는 정복 경관이 교차로 한가운데에 누워 있는
바니니의 시체를 따라 분필로 선을 그으면서 어린애처럼 칭얼댔

다.

"씨팔, 세르케르, 분필이 얼음에 미끄러지는데요!"

세르케르는 또한 자기를 이름으로 부르라고 하는 유의 짭새였다. 그는 '서장님'이라고 부르는 것을 싫어했고 '총경님'은 더더욱 싫어했으며, 그냥 '세르케르'라고 부르게 했다. 세르케르는 자기 이름을 좋아했다.

"이걸 써봐."

그가 접는 칼을 내밀자 경관은 그것을 얼음송곳처럼 사용해 바니니에게 아스팔트 양복을 그려주었다. 금발머리의 머리통은 정말 활짝 핀 꽃 모양이었다. 가운데는 빨간색인 데다 주위에는 노란 꽃잎들이 흩어져 있고 가장자리에는 주홍색이 어지럽게 널려 있었다. 경관은 머리를 어떻게 그릴지 잠시 망설였다.

"제일 크게 그려." 세르케르가 지시했다.

동네 사람들은 경찰이 멀리 쳐놓은 파란색 접근 금지선에 붙어 분필 작업을 지켜보고 있었다. 하늘에서 동전이라도 우르르 떨어지기를 기다리는 것 같았다.

"그러니까 목격자가 한 명도 없단 말이야?"

세르케르 총경은 낭랑한 목소리로 물었다.

"구경꾼들밖에 없어?"

꼭꼭 껴입고 하얀 입김을 내뿜고 있는 군중은 아무 말이 없었다. 덜덜 떨고 있는 코트 부대는 TV 카메라가 지나갈 길을 겨우 내주었다.

"할머니 같은 분 때문에 이 젊은이가 죽은 겁니다!"

맨 앞줄에 있는 베트남 여자에게 세르케르가 말했다. 태국식 일자 원피스를 입고 나막신 안에는 두꺼운 예수회 양말을 신은 꼬부랑 노파였다. 노파는 의심에 찬 눈초리로 그를 바라보다가 이 거물이 자기에게 말한 것임을 깨닫고는 침통한 표정으로 선언했다.

"정말 젊네요!"

"그럼요. 할머니 같은 분들을 보호하려고 정말 젊은 애들을 뽑아서 투입시킨 거라고요!"

세르케르는 TV 카메라가 자기 얼굴을 훑는 것을 느꼈다. 하지만 그는 카메라가 없는 듯 행동하는 법을 알고 있었다.

"포호?" 노파가 물었다.

15분 후에 훌륭한 시청자들은 TV 뉴스에서 그녀의 조심스러우면서도 못 믿겠다는 표정의 길쭉한 얼굴을 보고 호치민을 떠올릴 것이다.

"바로 그겁니다. 할머니 같은 분들을 보호하려고요! 이 동네 할머니들을 한 명도 빠짐없이 보호하려고 했던 겁니다. 여러분이 안전하게 살 수 있도록 말이죠. **안전** 말입니다! 무슨 말인지 아시겠어요?"

갑자기 카메라 바로 앞에서 세르케르 총경이 울먹이는 목소리로 선언했다.

"그는 제 부하 중 최고였습니다."

카메라맨은 중계차 안으로 순식간에 사라졌다. 차는 길게 미끄러지더니 곧 자취를 감추었다. 구경하던 사람들은 흩어져 집으로 돌아갔고 다시 경찰들만 외롭게 남았다. 베트남 노파만이 그 자리에 서서 사람들이 바니니의 시체를 앰뷸런스에 싣는 것을 멍하니 바라보았다.

"다들 TV에 자기 모습이 나온 걸 보려고 돌아갔는데 할머니는 안 가세요? 저녁 뉴스가 10분밖에 안 남았는데." 세르케르가 물었다.

그녀는 고개를 저었다.

"난 바리에 내려가는 길이라우."

그녀는 이 동네에서 아주 오래 산 사람처럼 '파리에 내려간다'는 말을 썼다.*

"가족을 보러 가요!" 그녀는 이를 드러내고 웃으며 말했다.

세르케르는 그녀에 대한 관심을 거두었다. 그는 손가락을 꺾으

_____

* 파리 북동쪽에 위치한 벨빌은 1860년에 파리 시에 통합되었다.

면서 정복 경관에게 빌려준 칼을 돌려받은 후 소리를 질러댔다.

"베르톨레! 지금 당장 10구, 11구, 20구를 샅샅이 뒤져. 최대한 넓게 수색하고 단서가 될 만한 건 전부 본청으로 가져와."

몸뚱이는 이미 동사해버리고 머리만 살아 있는 베르톨레 형사는 밤새도록 졸린 눈의 용의자 한 부대를 깨우고 다닐 일을 생각했다.

"한두 명이 아닐 텐데요……"

세르케르는 칼을 집어넣으면서 반론을 제압했다.

"언제는 용의자 한두 명 조사하고 범인 잡았나?"

그는 바니니를 싣고 가는 앰뷸런스의 회전 경보등에서 눈을 떼지 않았다. 키다리 베르톨레는 손에 입김을 쏘이며 말했다.

"게다가 샤브랄을 취조하는 것도 아직 안 끝났는데요……"

가죽점퍼 차림으로 꼼짝 않고 있는 세르케르는 바니니가 쓰러진 자리에 세워진 기념비 같았다.

"이 짓을 한 새끼를 잡아와."

목석같은 남자가 눈물을 참고 있었다. 말을 하면서도 지위에 걸맞게 슬픔을 억제하고 있었다.

"젠장, 세르케르, 샤브랄의 구금 시한이 여덟시면 만료되잖아요. 석방된 뒤에 놈이 도망치면 어쩌려고요?"

키다리 베르톨레의 목소리 톤이 반음 정도 올라갔다. 자기 팀에서 샤브랄 사건을 수사하기 시작한 이래로 이 살인자가 어느 날 아침 유유히 사라져버릴지도 모른다는 생각만 하면 베르톨레는 기운이 빠졌다. 샤브랄이 편안한 마음으로 버터 크루아상을 홍차에 담근다면? 그 꼴은 절대 못 봐!

"거의 40시간째 그놈한테 끌려만 다니고 있잖아. 이제 와서 자백할 놈이 아니야. 그냥 풀어줘." 세르케르는 뒤도 돌아보지 않고 말했다.

어쩔 수 없다. 복수의 분위기가 감돌고 있는 것이다. 베르톨레는 단념하면서도 한번 제안해본다.

"지원 요청을 해서 파스토르에게 샤브랄을 요리해보라고 하면 어떨까요?"

"쿠드리에 총경 휘하의 파스토르?"

이번에는 세르케르도 대뜸 고개를 돌린다. 샤브랄과 파스토르가 대결하는 장면을 단숨에 그려본다. 악어가죽 점퍼를 입은 희대의 살인마 샤브랄과, 늘 엄마가 짜준 말도 안 되게 큰 스웨터만 입고 다니는, 쿠드리에 총경의 천진난만한 귀염둥이 파스토르를 붙여놓는다니. 베르톨레가 정말 죽이는 아이디어를 내놓았군. 겉으로는 슬픔에 잠긴 척하면서도 세르케르는 속으로 재미있어 죽을 지경이었다. 세르케르와 쿠드리에는 서로 자기 휘하의 유망주를 두고 1년 내내 자랑을 해왔다. 폭동 진압의 달인

바니니와 심문의 귀재 파스토르를 말이다. 쿠드리에 말로는 파스토르는 죽은 자의 입도 열게 할 수 있다는 것이다! 초합금 전사 바니니는 죽었다. 이제 쿠드리에의 어린 왕자 파스토르를 (상징적으로라도) 제거할 때가 된 것이다.

"베르톨레, 나쁘지 않은 생각인데. 그 순둥이가 샤브랄을 무너뜨리면 내 불알을 떼어도 좋아!"

✣

300미터 아래, 포부르 뒤 탕플과 파르망티에 가(街)가 만나는 모퉁이에서 베트남계 꼬부랑 노파가 현금지급기의 숫자판을 누르고 있었다. 그녀는 털양말과 나막신을 신은 채 뒤꿈치를 들고 서 있었다. 20시 15분이었다. 전국의 TV 화면이 그녀의 모습으로 도배된 직후였다. 모든 가정의 시청자들에게 그녀는 세기말의 불안한 질문을 던졌다.

"포호?"

하지만 정작 그녀는 야밤에 길거리의 현금지급기에서 돈을 있는 대로 다 뽑으면서도 전혀 조심하지 않았다.[*] 그녀는 장신

---

[*] 프랑스에는 현금지급기가 은행 건물 밖 외벽에 설치되어 있는 경우가 많다.

의 흑인과 단신의 빨강머리 카빌리아* 사람이 다가오는 소리를 듣지 못했다. 단지 흑인의 계피향과 아랍인의 박하향 입냄새를 맡았을 뿐이다. 현금지급기의 주둥이에서 돈 세는 회오리바람이 살짝 일었다. 세번째 냄새가 났다. 참을성 없는 청춘의 냄새였다. 두 젊은이는 그토록 추운 날씨에 땀에 흠뻑 젖도록 뛰어온 것이다. 그녀는 뒤를 돌아보지 않았다. 앞에서 지폐가 쌓이고 있었다. 2,800프랑까지 세고 나서 기계는 돈이 더 없다고 사과했다. 그녀는 손 한가득 지폐를 집어 태국식 원피스의 구멍에 뭉텅이로 집어넣었다. 그 틈에 지폐 한 장이 도망쳐 빨강머리의 눈앞으로 펄럭거리며 지나갔다. 키 큰 흑인은 오른발을 들어 지폐를 인도 위에 납작하게 눌러버렸다. 도주 행각의 종말이었다. 그사이 노파는 신용카드를 뽑아 챙기고 지하철 공쿠르 역 쪽으로 걸어갔다. 그녀는 부드럽게 젊은이들을 떼어놓았다. 흑인 청년은 몸이 워낙 탄탄해서 모이족**이 아무리 석궁을 쏴도 화살이 복부 근육에 맞아 부러질 것 같았고, 아랍 청년은 키는 작아도 뚱뚱했다. 하지만 그녀는 두려움 없이 두 청년 사이를 슬며시 통과해 태연하게 지하철역 쪽으로 걸어갔다.

"어이! 할매!"

---

* 알제리의 지중해 연안 산악 지대.
** 베트남·라오스 등지의 화전민족.

흑인 청년은 성큼성큼 걸어 그녀를 따라잡았다.

"돈 떨어뜨렸어."

그는 벨빌에서 삼대째 살고 있는 모시족* 청년이었다. 그는 노파의 눈앞에 200프랑짜리 지폐를 흔들었다. 그녀는 천천히 돈을 받아 챙기고 공손히 사의를 표한 후 가던 길을 계속 갔다.

"우리 동네에서 이렇게 큰 돈을 흘리고 다니다니 정신 나간 거 아니야?"

그사이 빨강머리도 옆에 와 있었다. 벌어진 두 개의 앞니 때문에 그의 미소는 어마어마하게 커 보였다.

"할매는 신문도 안 읽어? 우리 같은 약쟁이들이 다른 쭈그렁이들한테 무슨 짓을 했는지 몰라?"

벌어진 두 앞니 사이로 예언자의 바람이 불고 있었다.**

"주그롱이?" 노파가 물었다. "모손 말인지 모루겠는데……"

"노인네 말이야." 키 큰 흑인이 통역을 해주었다.

"돈을 빼앗으려고 애들이 무슨 짓을 하는지 정말 몰라?"

"이번 달에만 벨빌에서 벌써 세 번이나 그런 일이 있었다고!"

"말보로로 엉덩이에 담배빵을 하고 펜치로 젖꼭지를 뽑아버리고 비밀번호를 불 때까지 손가락을 하나씩 뭉개버리고 그다음

* 서아프리카의 가나·부르키나파소 등에 거주하는 흑인 종족.
** 선하고 현명한 무슬림답게 말한다는 뜻.

엔 이 높이에서 뎅겅 잘라버린단 말이야."

빨강머리의 굵은 엄지가 목 아래서 반원을 그렸다.

"소식통에게 들은 얘기야." 키 큰 모시족 청년이 덧붙였다.

이제 그들은 지하철역 계단을 내려가고 있었다.

"파리에 가는 거야?" 빨강머리가 물었다.

"며느리한테 가." 노파가 대답했다.

"돈을 그렇게 많이 들고 지하철을 타려고?"

빨강머리는 숄을 덮듯 오른팔로 노파의 어깨를 감쌌다.

"아기가 대어나써." 노파의 표정이 갑자기 환해졌다. "선물 마니 사."

그들과 동시에 열차가 공쿠르 형제의 자연주의자 소굴에 들어왔다.

"우리가 바래다줄게." 키 큰 모시족 청년이 결정했다.

청년이 재빨리 문손잡이를 잡아당기자 문이 쇳소리를 내면서 열렸다.[*]

"나쁜 사람을 만날 수도 있잖아."

객차 안은 텅 비어 있었다. 세 명은 함께 전철을 탔다.

---

[*] 프랑스의 지하철 출입문은 대부분 자동문이 아니다.

4

(제레미가 보는 벨기에 만화식으로 말하자면) **그때 말로센네 집에서는** 할아버지들과 아이들이 밥을 먹고, 접시를 쨍그랑거리며 식탁을 치우고, 몸을 씻고 잠옷을 입은 후, 이제 침대 끄트머리에 붙어 앉아 슬리퍼를 흔들면서 눈을 부릅뜨고 있다. 침실 바닥에서 끔찍한 소리를 내면서 전속력으로 돌고 있는 구형(球形)의 작은 물체가 말 그대로 피를 얼어붙게 하기 때문이다. 그것은 새까맣고 밀도 높고 무거운 놈으로, 서로 엉켜 있는 살무사 떼처럼 독을 뿜으면서 현기증 나는 속도로 회전하고 있다. 이놈이 폭발하면 온 가족이 날아갈 것이다. 그렇게 되면 살점과 철제 침대 파편이 나시옹 광장부터 뷔트쇼몽까지 깔릴 것이다.

하지만 나를 매료시키는 것은 이 동그란 물체도 아니고 두려움에 얼어붙은 애들과 노인네들의 모습도 아니다. 내 입을 벌어지게 하는 것은 꼼짝도 않고 뚫어지게 쳐다보면서 이 불길한 팽이의 폭발력보다 더 강한 집중력으로 나지막하게 **이야기를 들려주는** 리송 영감의 얼굴이다. 리송 영감은 매일 저녁 같은 시간에 이야기를 들려준다. 영감이 입을 열면 이야기는 현실보다 더 진짜 같아진다. 그가 기막히게 멋진 백발의 후광을 받으며 반짝이는 눈으로 방 한가운데 의자에 똑바로 자리를 잡고 앉으면 침대, 슬리퍼, 잠옷, 침실 벽 등이 오히려 비현실적인 것이 된다. 그가 아이들과 할아버지들에게 들려주는 이야기를 빼면 이제 그 무엇도 존재하지 않는다. 지금 하고 있는 이야기는 그들 발치에서 회전하면서 다들 찢어 죽이겠다고 으름장을 놓고 있는 새까만 물체에 관한 것이다. 그것은 1812년 9월 7일 보로디노 전투에서 프랑스군이 발사한 포탄이다(그 전투는 요정 대대가 남자 대대를 꽃으로 뒤바꿔버린 살벌한 살육장이었다). 포탄은 안드레이 볼콘스키 대공의 발치에 떨어진다. 대공은 어찌할 바를 몰라 그 자리에 버티고 서서 부하들에게 모범을 보이고 있고 그사이 대공의 부관은 쇠똥에 코를 박고 쓰러진다. 안드레이 대공은 눈앞에서 회전하고 있는 것이 죽음인지 궁금해한다. 『전쟁과 평화』를 끝까지 다 읽은 리송 영감은 그것이 죽음이라는 것을 잘 알고 있다. 하지만 영감은 이 어둠침침한 침실(이 방의 조명이라곤 작은 탁상등 하나뿐이고, 그나마 클라라가 캐시미어로 덮어 금갈색 빛이 방바닥으로 스며 나오고 있다)에서 이야기의 재미를 연장시키기 위해 뜸을 들인다.

✢

리송 영감이 우리 집에 와서 살기 전에는, 그 누구도 대신할 수 없는 맏형인 나 뱅자맹 말로센이 애들이 잠들기 전에 이야기를 해주었다. 그 일은 옛날 옛적부터 하루도 빼놓지 않고 계속된 일이었다. "뱅자맹, 이야기 하나만 해줘." 나는 이 일에서 나를 따를 사람이 없다고 생각했다. TV가 이미 최강자의 지위에 등극한 시절이었지만 나는 TV보다 셌다. 그러던 중 리송이 나타난 것이다(영원한 챔피언은 없는 법이다……). 그가 딱 한 번 이야기를 들려준 후 나는 곧바로 골동품 신세로 전락했다. 내 이야기가 환등기*라면, 그는 시네마스코프에 파나비전에 서라운드 사운드 시스템까지 갖추고 지축을 쾅쾅 흔들어대는 수준이었다. 게다가 영감이 들려주는 이야기는 할리퀸 로맨스 따위가 아니라 문학사의 최고봉에 있는 야심작들, 이 정열적인 서적상의 기억

---

* 작은 유리판에 그린 그림을 조명으로 영사하는 기구로, 슬라이드 영사기의 선조격이다. 그림 수십 개를 이어 동화 같은 짧은 이야기를 상영하는 것이 보통이었다.

속에 살아 보존되어 있는 대하소설들이었다. 리송의 목소리로
그 작품들은 아주 작은 세부까지 생생히 되살아났고 청중은 귀
를 한데 모아 한 마디도 놓치지 않으려 했다.

리송에게 자리를 빼앗긴 것이 아쉽지는 않다. 안 그래도 침이
말라 중고 TV라도 살까 고민하던 데다 이 환상적인 이야기들이
리송을 마약에서 결정적으로 구해주었기 때문이다. 리송은 이야
기를 들려주면서 두뇌와 젊음과 열정과 단 하나뿐인 삶의 이유
를 되찾은 것이다.

✛

그는 정말 기적을 입어 치유된 사람 같았다! 그가 처음 우리
집에 온 날을 생각하면 아직도 나는 머리카락이 쭈뼛 선다.

한 달 전 어느 저녁이었다. 나는 쥘리가 할아버지를 한 명 더
데려온다고 해서 기다리고 있었다. 우리는 모두 식탁에 앉아 있
었다. 클라라와 로농 할배는 질 드 레*의 소년들처럼 포동포동
한 메추라기 요리를 내왔다. 우리가 포크와 나이프를 치켜들고

---

* Gilles de Rays(1404~1440) : 백년전쟁의 영웅이자, 수백 명의 아동을 납치·강
간·고문·살해한 혐의로 화형당한 프랑스의 귀족.

실오라기 하나 걸치지 않고 카나페*에 누워 있는 메추라기들을
덮치려는 찰나, 갑자기 딩동 하고 벨 소리가 들렸다.

"쥘리아다!" 나는 소리쳤다.

내 마음은 절로 문 쪽으로 도약했다.

내 사랑 코랑송이 맞았다. 머리카락, 몸매, 미소 등등이 다 있
었다. 그런데 그녀 뒤에는…… 그녀 뒤에는 지금껏 그녀가 끌고
온 어느 노인네도 따를 수 없을 만큼 노쇠한 쭈그렁이가 서 있었
다. 예전에는 키가 꽤 컸을 것 같지만 이제는 워낙 꼬부라져서
전혀 큰 키가 아니었다. 한때는 꽤 잘생겼을 것 같지만 이제는
망자들에게 피부색이 있다면 그런 색일 거라는 생각이 들 정도
였다. 몸뚱이는 말라비틀어져 대못 같은 해골 위에 거죽이 헐렁
거리고 있었고 조금만 움직여도 찔릴 것 같아 불안했다. 머리카
락, 이, 손톱, 눈 흰자위는 누런색이었으며 입술은 남아 있지 않

---

* 카나페(canapé)는 토스트나 크래커 위에 고기, 생선, 야채 등을 얹어 먹는 요리
의 이름이다. 따라서 이 표현의 일차적 의미는 메추라기 카나페 요리로 보는 것이
옳을 것이다. 하지만 카나페는 본래 소파(가구)를 가리키며, 누드화나 도색 영화에
서도 빈번히 사용된다('카나페에서 알몸으로 기다리다'라는 표현은 무수한 용례
를 찾을 수 있다). 또한 '덮치다'로 번역한 'se faire' 동사에는 '성관계를 갖는다'
는 뜻이 있고, 메추라기(caille) 역시 속으로 행실이 문란한 여성이나 매춘부(이를
보고 포크와 나이프는 발기했다)를 뜻하므로 이 문장에서 식욕이 성욕과 동일시되
고 있다는 것은 명백하다.

았다. 하지만 가장 인상적인 것은 이 시체에서, 그 시선 깊은 곳에서 무시무시한 생명력을 느낄 수 있다는 것이었다. 그것은 결단코 강인한 어떤 것이었고, 금단증세를 겪으며 헤로인을 갈망하는 중독자에게서 느낄 수 있는 좀비의 이미지였다. 드라큘라 백작이 왕림하신 것이다!

개 쥘리위스는 으르렁거리면서 도망쳐 침대 밑에 숨었다. 나이프와 포크가 우리 손에서 떨어졌고 접시 위 메추라기들의 살갗에는 소름이 돋았다.

마침내 테레즈가 나서서 우리를 구해주었다. 그녀는 자리에서 일어나 무덤에서 파낸 시체의 손을 잡고 자기의 조그만 원탁으로 데려가더니 다른 세 할아버지들에게 했던 것처럼 즉시 미래를 만들어주기 시작했다.

나는 쥘리를 내 방으로 데려가 귓속말로 분노를 터뜨렸다.

"저런 상태의 노인네를 데려오다니 당신 좀 미친 거 아냐? 여기서 죽기라도 했으면 좋겠어? 내 인생이 안 그래도 복잡한 거 몰라?"

쥘리는 재능이 있다. 질문을 퍼부어 나를 박살내는 재능 말이다. 그녀는 물었다.

"누군지 못 알아봤어?"

"내가 그 사람을 알아야 한다는 거야?"

"리송이야."

"리송?"

"백화점 서적상이었던 리송."

백화점이란 내가 탈리옹 출판사를 다니기 전에 재직하던 직장이다. 거기서도 나는 똑같이 희생양 역을 맡고 있었다. 그러던 중 쥘리가 자기네 지라시에 내 업무에 관한 심층 기사를 쓴 후 해고당했다. 실제로 백화점에는 늙은 서점관리인이 있었다. 그는 몸이 곧고 백발에 자존심이 강했으며 열렬한 문학 팬이었지만 나치에 대한 야만적 향수를 갖고 있었다. 리송이라고? 나는 그녀가 방금 우리에게 떠맡긴 꼬부랑 노인의 모습을 떠올려 주름살을 펴본 후 비교해보았다. 리송이라고? 어쩌면 진짜일지도 모르겠군. 그래서 나는 말했다.

"리송은 인간쓰레기야. 대가리에 완전 똥만 찬 작자라고. 그런 인간을 맡을 순 없어."

"그럼 다른 할아버지들은?" 그녀는 당황하지 않고 물었다.

"다른 사람들이 뭐 어쨌다고?"

"그 영감들의 과거가 어땠는지 당신이 어떻게 알아? 40년 전에 그 사람들이 어떤 인간이었는지 아는 거 있어? 예를 들어 메를랑은 게슈타포의 끄나풀이었을지도 모르잖아. 이발사는 남들 얘기를 많이 듣게 마련이라고, 안 그래? 그러니까 그만한 정보원도 없다고. 베르뎅은 어때? 1차 대전에 참전하고 살아남았다는데 전우의 시체 뒤에 숨어 있었는지 알 게 뭐야? 로농은? 알제리에서 정육점을 했다고 했지? 무슨 말인지 모르겠어? '틀렘센의 푸주한'이라니…… 학살자였다는 말 아니겠어?"

그녀는 계속 중얼거리면서 내 옷과 자기 옷의 단추를 풀었고, 초원의 야수 울음소리가 내 귀로 직접 흘러 들어왔다.

"뱅자맹, 내 말 믿어. 남들 과거는 파헤치지 않는 게 좋아. 과거는 과거일 뿐이야."

"과거는 과거일 뿐이라고? 나는 그 영감과 마지막으로 나눈 대화를 아직도 똑똑히 기억하고 있어. 그자는 심장이 있을 자리에 하켄크로이츠가 박힌 놈이야."

"그래서? 그게 어쨌다고?"

(내가 처음 쥘리를 보았을 때 그녀는 백화점 스웨터 코너에서 셰틀랜드 스웨터를 훔치고 있었다. 손가락이 동그랗게 말리더니 스웨터가 손바닥 안으로 빨려 들어갔다. 나는 그 즉시 쥘리의 스웨터가 되기로 결심했다.)

"뱅자맹, 리송 같은 작자가 뇌가 아직 제대로 돌아가던 시절에 무슨 생각을 했는지, 무슨 짓을 했는지는 중요하지 않아. 중요한 건 그의 뇌를 폐유(廢油)로 바꿔버린 개자식들과 맞서 싸우는 거라고."

그녀가 어떻게 한 건지 모르겠지만, 마지막 문장이 들릴 때 우리는 이미 이불을 덮어쓰고 있었고 근방에 옷가지라고는 한 장도 남아 있지 않았다. 하지만 그녀는 하던 말을 멈추지 않았다.

"리송이 왜 저렇게 삐쩍 말랐는지 알아?"

"알 게 뭐야."

그건 정말이었다. 나는 관심이 없었다. 그건 무슨 윤리 의식 때문에 리송을 싫어해서가 아니다. 쥘리의 유방이 내 마음의 침대이기 때문이다. 내가 유방을 탐하고 있는데도 그녀는 설명을 하려 했다. 쥘리는 내 머리카락에 손을 파묻고 리송의 모험담을 들려주었다.

✛

5막 비극

1막 : 작년에 쥘리의 기사가 실리고 내가 백화점에서 잘렸을 때 노동감찰관이 백화점 경영진에게 들이닥쳤다.* 골칫거리를 무마하려고 희생양을 고용해서 불평하는 고객 앞에서 눈물을 뚝

---

* 『식인귀의 행복을 위하여』 (문학동네, 2006)

뚝 흘리게 하는 회사는 도대체 어떻게 생겨먹은 곳인지 알아야 겠다는 것이었다. 여성 감찰관은 수많은 문제를 찾아냈는데 그 중에는 리송의 문제도 있었다. 최소한 10년 전에는 퇴직했어야 할 노인네가 서점에서 불법 노동을 하고 있었으니. 리송, 퇴장한 다. 1막 끝.

2막 : 해고되어 브로카 로(路)의 방 두 칸짜리 작은 집에 혈혈 단신으로 남은 리송은 침대에 누워 지내다 우울증에 빠진다. 예 민한 후각을 자랑하는 이웃들에게 여섯 달 뒤 침대 위에서 썩어 서 형체를 알아볼 수 없는 시체 꼴로 발견될 게 뻔한 신세다. 그 러던 어느 날 아침……

3막 : 하늘이 보우하사 젊은 아가씨 하나가 리송의 집을 찾아 온다. 구청에서 선물로 보낸 독거노인 도우미라는 것이다. 갈색 머리에 눈은 쪽빛인 작은 키의 아가씨로, 흰족제비처럼 활달하 고 꿈속의 여인만큼이나 다정하다. 이렇게 기쁜 일이! 마지막 순정이여! 영계는 리송을 귀여워해주고 꾸짖고 그의 우울증을 고쳐주려고 밝힐 수 없는 약을 잔뜩 먹인다.

4막 : 리송은 마법의 사탕을 점점 더 많이 필요로 하고 그 때 문에 가진 돈을 다 써버린다. 자연히 그는 알약에서 주사로 넘어 가고, 살이 빠지고 순식간에 노쇠해진다. 그리고 어느 날 아침 혈관주사를 한 방 맞고 날아갈 듯한 기분으로 포르루아얄 시장

한복판에서 옷을 홀딱 벗는다. 므두셀라의 스트립쇼를 야채가게 사람들이 입을 헤벌리고 쳐다본다.

5막 : 경찰에 체포되어 생탄 파출소에 수감되는 것이 이 끔찍한 사건의 당연한 귀결이었을 것이다. 하지만 쥘리는 얼마 전부터 갈색머리 여자를 추적하고 있었고 리송을 그년의 마수에서, 주사기에서 해방시킬 작정이었다. 그래서 그를 미행하고 있던 쥘리아는 노인네가 과일과 야채 속에서 행위예술을 하자마자 리송의 어깨에 급히 외투(뷰익 차의 보닛처럼 검게 번쩍이는 예쁜 스컹크 모피)를 씌우고 택시에 밀어 넣는다. 그러고는 수면제를 먹여 48시간을 재운 후 다른 세 할아범 때처럼 약물중독 치료를 목적으로 이곳, 말로센 가옥으로 데려온다. 이렇게 된 것이다. 그 뒤의 이야기는 아직 끝나지 않았다. 이것이 바로 노인네들에게 주사질을 하고 다니는 그 갈색머리 미녀 일당을 거꾸러뜨리기 위해 쥘리가 자기네 잡지에 실을 생각으로 준비중인 기사의 내용이다.

✤

리송은 『전쟁과 평화』를 들려주고 있다. 그 작은 폭탄이 회전하는 지긋지긋한 바람 소리 속에 나타샤 로스토프, 피예르 베주

호프, 안드레이, 엘레나, 나폴레옹, 쿠투조프의 이름이 돌고 있는 것이 들린다.

내 생각은 쥘리, 나의 코랑송, 정의감 넘치는 민완기자를 향해 날아간다. 얼굴 본 지도 3주가 되었다. 조심해야 한다. 노인네들이 어디 숨어 있는지 갈색머리 여자 일당이 알아서는 안 된다. 일당은 거추장스러운 증인들을 주저 없이 죽일 것이고 주변 사람들이라고 봐주지도 않을 것이다……

쥘리, 어디 있는 거야? 부탁인데 제발 조심해. 내 사랑 쥘리야, 바보짓하지 마. 도시를 조심해. 밤을 조심해. 진실은 위험해. 조심해.

이런 생각을 하면서 나는 개 쥘리위스에게 슬며시 윙크를 한다. 쥘리위스는 자리에서 일어나 나와 함께 벨빌로 나간다. 밤공기를 마시러.

5

안드레이 볼콘스키 대공이 벨빌의 폐쇄된 철물점 건물에서 회전하고 있는 자신의 죽음을 바라보고 있을 때 메지스리 강변로에서는 한 익명의 소녀가 창문을 닫고 바이올린을 연주하고 있었다. 소녀는 검은 옷을 차려입고 도시를 바라보면서 게오르크 프리드리히 헨델의 소나타 7번을 고문하고 있었다.

그녀는 여덟시 저녁 뉴스의 한 장면을 수백 번째 생각하고 있었다. 초록색 코트를 입은 금발의 젊은 경찰이 머리가 터진 채 벨빌의 아스팔트 위에 누워 있었고, 너무나 늙고 연약하고 위험에 처해 있는 베트남 꼬부랑 할머니가 클로즈업된 채 이렇게 묻고 있었다.

"포호?"

초록색 코트 위쪽을 뒤덮은 젊은이의 금발머리는 줄기 위에 피어 있는 시뻘겋고 커다란 꽃처럼 보였다.

엄마는 말했다. "너무 끔찍해!"

아빠가 물었다. "저 베트남 노파, 호치민 닮지 않았어?"

✣

소녀는 조용히 자리를 떠나 자기 방에 틀어박혔다. 그녀는 불을 켜지 않고 어둠 속에서 바이올린을 잡았다. 닫힌 이중창을 바라보고 서서 자기가 아는 곡들을 하나하나 모조리 연주하기 시작했다. 벌써 네 시간째 연주중이다. 그녀는 어둠 속에서 날카롭게 활을 놀려 곡을 난도질했다. 활이 지날 때 왼손을 빨리 떼어서 소리가 전혀 울리지 않았다. 칼날처럼 정확하고 차가운 음정뿐이었다. 마치 면도날로 연주하는 것 같았다. 제일 예쁜 옷을 갈기갈기 찢고 있는 것 같았…… 이제 게오르크 프리드리히 헨델이 당할 차례였다.

도시는 노부인들의 목을 자르고 있었다……

도시는 금발 젊은이의 머리를 터뜨리고 있었다……

도시의 외로운 베트남 여자는 "포호?"라고 물었다…… **"포호?"** ……

"세상에 사랑이라곤 없어." 소녀는 중얼거렸다.

그때 자동차가 보였다. 긴 차체가 은은히 빛나는 검은색 자동차였다. 차는 센 강 위 퐁뇌프 다리 한복판에 배가 정박이라도 하듯 위엄 있게 정차했다. 뒷문이 열렸다. 소녀는 한 남자가 내리는 것을 보았다. 그는 비틀거리는 여자를 부축하고 있었다.

"취했네." 소녀는 진단했다.

(그녀가 활을 켜자 현에서는 바이올린에서만 날 수 있는 불안정한 소리가 났다.)

남자와 여자는 비틀거리면서 난간 쪽으로 다가갔다. 소녀는 여인의 빨강머리가 남자의 어깨에 완전히 무게를 싣고 있는 것을 느낄 수 있었다.

'임신한 게 아니라도 토할 이유야 많지……' 소녀는 생각했다.

임신은 아니었다. 여자는 허리를 굽혀 모성의 잉여분을 센 강에 쏟지 않았다. 남녀는 꿈을 꾸는 것 같았다. 여자는 남자의 어깨에 머리를 기대고 있고 남자는 여자의 머리칼에 뺨을 묻고 있었다. 여자의 모피 외투는 자동차 차체처럼 빛나고 있었다.

'아니야, 저건 사랑이야.' 소녀는 생각했다.

(게오르크 프리드리히 헨델은 오늘 저녁의 첫 애무를 받았다.)

"엄마랑 머리가 똑같네."

여자의 머리는 엄청나게 빨겠다. 어쩌면 베네치아 블론드일지도 모른다. 머리카락에 희미한 가로등 불빛이 비치면서 커플에게 황금빛 후광이 생겼다.

"저런 게 바로 뜨거운 사랑일까?"

인도에 걸쳐놓은 자동차는 참을성 있게 기다리면서 조용히 흰 연기를 추위 속에 뱉어놓았다. 게오르크 프리드리히 헨델은 상처를 붕대로 감았다.

"사랑이야." 소녀는 다시 말했다.

바로 그때 큰 소리가 들렸다. 그 소리는 창문의 이중 유리를 뚫고 들어왔다. 정차중인 자동차 엔진에서 나오는 금속성의 긴 소음이었다. 갑자기 자동차 앞문이 열렸다. 소녀는 남자가 난간 뒤로 사라지고 여자가 다리 위에서 균형을 잃고 비틀거리면서 강으로 떨어지려 하는 것을 보았다. 날기라도 하는 것 같았다. 여자가 아직 허공에서 퍼덕이고 있을 때 남자는 벌써 차에 탔고, 자동차는 네 바퀴로 요란한 굉음을 내며 출발했다. 깜깜한 어둠 속에 여인의 하얀 몸이 보였고, 자동차는 급히 커브를 틀다가 계선주*에 차체의 측면이 부딪힌 뒤 쇳소리를 내면서 강변도로로 전속력으로 도주했다. 소녀는 눈을 감았다.

소녀가 용기를 내어 눈을 떴을 때(겨우 몇 초밖에 지나지 않

----

* 繫船柱, 배를 매어두기 위해 부두나 강가에 세워놓은 기둥.

았다) 다리 위에는 아무것도 없었다. 하지만 반짝이는 제방 사이로 바지선*의 어두운 선체가 미끄러지듯 지나가고 있었다. 석탄 더미 꼭대기에 죽은 새처럼 몸이 꺾여 누워 있는 여인의 나신이 소녀의 눈 밑으로 지나가고 있었다.

'그 남자가 모든 걸 잃은 건 아닐 거야.' 소녀는 생각했다. '외투는 건졌겠지.'

그때 소녀는 새하얀 얼굴 주위의 금빛 후광을 두번째로 알아보았다.

"엄마." 그녀는 중얼거렸다.

그녀는 바이올린과 활을 떨어뜨렸다. 그녀는 창문을 활짝 열고 어둠 속에서 비명을 질렀다.

---

* 운하·하천·항내에서 사용하는, 밑바닥이 편평한 화물 운반선.

6

영하 12도면 불알도 떨어질 정도지만, 벨빌은 악마의 솥처럼
부글부글 끓고 있다. 파리의 짭새들이 총출동했다고 해도 믿을
판이다. 경찰은 저인망식 수색 작전을 펼쳐 볼테르 광장부터 훑
어 올라가고, 강베타 광장부터 훑어 내려가고, 나시옹이나 구트
도르에서 돌아온다. 사이렌 소리, 회전 경보등 빛, 브레이크 소
리 등으로 불야성이 된다. 벨빌이 요동을 친다. 하지만 개 쥘리
위스는 신경 쓰지 않는다. 개들이 재미 보기 좋은 어슴푸레한 불
빛을 반가워하며 쥘리위스는 아프리카 모양의 빙판을 핥는다.
늘어진 혀가 빙판에서 뭔가 맛있는 것을 찾은 것이다. 도시는 개
들이 좋아하는 음식이다.

살을 에는 이 밤에 벨빌은 공권력과의 해묵은 은원을 전부 청

산하는 듯하다. 곤봉들이 뒷골목을 모조리 차단한다. 술집과 닭
장차 사이에는 벽도 없는 것 같다.* 마약상들을 때려잡고 아랍
인을 사냥하고, 콧수염 기른 짭새들은 신이 나서 아무나 줄줄이
꿰어 온다.

그것만 빼면 동네는 여느 때나 다름없다. 그러니까 계속 변하
고 있다는 말이다. 동네는 깨끗해지고 미끈해지고 땅값이 오른
다. 벨빌의 구시가지에서 변하지 않고 남아 있는 건물은 하얀 치
아 사이의 썩은 이처럼 눈에 확 띈다. 벨빌은 변화한다.

❖

어쩌다보니 나 뱅자맹 말로셴이 이 벨빌의 변화를 주관하는
분을 만나게 되었다. 그는 퐁타르 델메르라는 건축가다. 저 위
쪽, 마르 로(路)의 숲 속에 숨어 있는 유리와 나무로만 된 집에
살고 있다. 조물주의 작업장이 천국 같은 곳에 박혀 있는 것은
당연하다. 퐁타르 델메르는 엄청난 유명 인사다. 그의 작품 중
특히 유명한 것은 (건축학적 관점에서 보면 프랑스의 동베를린
이라 할 만한) 전후(戰後)의 브레스트 재건 사업이다. 그는 곧

---

* 술집에 있는 사람은 전부 닭장차로 끌려 들어간다는 뜻.

우리 회사(탈리옹 출판사)에서 파리를 무대로 한 차후 프로젝트
들을 다룬 두꺼운 책을 출간할 예정이다. 광택지와 컬러사진에
접었다 폈다 할 수 있는 지도까지 끼워 넣은 초호화 장정의 책으
로. 서정적 추상으로 날아올랐다가 시멘트 블록으로 다시 떨어
지는 건축가들의 멋진 문장들도 다수 실을 예정이다. 벨빌을 파
헤쳐 무덤으로 만들어버리고 있는 장본인인 퐁타르 델메르를 직
접 뵙는 영광을 얻게 된 것은 자보 여왕께서 원고를 받아오라고
시켰기 때문이다.

"폐하, 왜 하필 제가 가야 하죠?"

"출판 과정에서 뭐라도 꼬이면 당신이 욕을 먹어야 하니까. 퐁
타르가 당신의 불쌍한 얼굴을 빨리 알아둬야 하지 않겠어요?"

퐁타르 델메르는 뚱보다. 분명히 말하건대 '몸매에 비해 놀라
울 만큼 날렵하게' 움직이는 뚱보가 아니다. 그저 뚱보처럼 움
직이는 뚱보다. 하긴 별로 움직이는 일도 없지만. 그는 나에게
책을 주더니 배웅하려고 일어서지도 않고 이렇게만 말했다.

"돌아가시는 길에 별일 없었으면 좋겠습니다."

그리고 벌집무늬 조끼를 입은 하인이 내 등 뒤에서 사무실 문
을 닫을 때까지 나를 계속 쳐다보았다.

"쥘리위스, 가자."

사람들은 낮에 한 번, 저녁때 한 번 오줌 누라고 개를 집 밖으로 데리고 나간다고 생각하는데 그건 큰 착각이다. 사실은 개들이 하루 두 번씩 우리를 명상에 초대하는 것이다.

쥘리위스는 아프리카 빙판과 이별하고 우리는 쿠투비아 방향으로 산책을 계속한다. 쿠투비아는 내 친구 아두슈와 그의 부친 아마르가 경영하는 식당이다. 벨빌이야 속이 뒤집어지든 말든 사색가와 견공의 행로는 달라지지 않는다. 지금 사색가는 사랑하는 여인을 떠올리고 있다. '쥘리, 나의 코랑송, 어디 있는 거야? 보고 싶어. 빌어먹을, 내가 얼마나 보고 싶어하는지 알기나 해?' 딱 1년 전에 쥘리(그때 나는 그녀를 쥘리아라고 불렀다)는 내 인생에 슬그머니 들어왔다. 노상 싸돌아다니는 쥘리는 내게 자기의 항공모함이 되어주겠냐고 물었다. "내 사랑, 착륙해요. 그리고 원하면 아무 때나 다시 이륙해요. 나는 언제나 대기하면서 항해하고 있을게요." 뭐 이런 식으로 대답했던 것 같다.(정말 다정하지 않은가!)

그후로 나는 망부석이 되었다. 재능 있는 기자는 마감이 끝나고 다음 기사에 착수하기 전에만 자준다는 게 흠이지만. 일간지

에 대충 글을 쓰는 기자였다면 적어도…… 하지만 나의 코랑송
은 월간지에 글을 쓴다. 더구나 그녀의 기사는 석 달에 한 번밖
에 안 실린다. 맞다, 계간지 발행 주기에 맞춰 섹스 한 번 하는
게 지금의 내 팔자다. "쥘리, 약쟁이 노인네들한테 왜 그렇게 신
경 쓰는 거야? 노인네가 약 맞고 뽕 가면 올해의 특종이라도
돼?" 그런 질문을 한 것을 부끄러워해야 하겠지만 그럴 시간이
없다. 어둠 속에서 불쑥 손이 튀어나와 내 목덜미를 잡아채더니
위로 들어올린다. 나는 손아귀에서 빠져나와 다시 땅에 내려선
다.

"뱅, 안녕."

복도는 어둡지만 누구의 미소인지는 알 수 있다. 앞니 사이에
검은 구멍이 난 새하얀 치아가 보인다. 전등을 켜면 다갈색 눈과
빨간색 곱슬머리가 보일 것이다. 카빌리아 사람 시몽이다. 그의
박하향 입냄새도 느껴진다.

"시몽, 안녕. 너 언제부터 나를 짭새처럼 잡았어?"

"짭새들 때문에 길거리에 나다니지 못하게 되고부터."

이 다른 목소리도 누구인지 안다. 부드러운 목소리의 주인공
이 한 발 앞으로 나오자, 어둠은 형체를 얻어 카빌리아 사람의
거대한 그림자인 모시족 모가 된다.

"도대체 무슨 일이야? 또 할망구 하나가 목이라도 잘린 거야?"

"아니, 이번엔 할망구가 짭새를 보내버렸어."

계피와 녹양박하, 모시족 모와 카빌리아인 시몽은 로케트 로부터 뷔트쇼몽 사이의 불법 복권 업계를 주름잡는 최강의 듀오다. 이들은 내 고등학교 동창이자 아마르의 아들인 아두슈의 오른팔이다(내가 알기로 고등사범학교 준비반* 출신으로 본토** 야바위 업계에 뛰어든 놈은 아두슈밖에 없다).

"할망구가 짭새를 죽였다고?"

(벨빌에 살아서 좋은 점은 생각도 못 한 일이 자주 생긴다는 것이다.)

"프티가 얘기 안 했어? 그 개랑 같이 거기 있었는데. 탱보 교차로 말이야. 아두슈하고 내가 맞은편 인도에서 다 봤어."

지린내 나는 복도에서 입이 얼어 웅얼거리면서도 시몽은 활짝 웃는다.

"진짜 토종 백인 할머니야. 장바구니 들고 슬리퍼 끌고 다니는 할머니 말이야. 근데 그런 할머니가 그놈을 P38로 죽여버렸어. 진짜야. 우리 엄마 이름을 걸고 맹세할 수 있어."

---

* 고등사범학교(프랑스의 엘리트 양성 코스인 그랑제콜 중 인문과학 분야를 대표하는 대학) 입시를 위한 2년 과정의 준비반으로, 여기에 입학하는 것 자체가 상당히 우수한 성적을 필요로 한다.
** bonneteau. 길거리에서 행해지는 카드 야바위 게임.

(그러니까 요정이 남자를 꽃으로 바꿔버린다는 게 사실이란
말인가? 씨팔, 뭐 그 따위 할망구가 다 있어? 우리 프티의 분홍
테 안경 앞에서 사람을 죽이다니……)

"뱅, 아두슈가 너한테 부탁할 게 있대."

시몽은 자기 점퍼와 내 점퍼를 연다. 그의 체온을 받고 있던
크라프트지 봉투가 은밀하게 내 체온 속으로 들어온다.

"머리통이 날아간 짭새 새끼 사진이야. 뱅, 이 사진들을 보면
아두슈가 왜 그걸 갖고 있을 수 없는지 이해할 거야. 적어도 경
찰이 너희 집을 압수 수색하지는 않을 거 아냐?"

❖

"쥘리위스, 가자."

살을 에는 한밤의 추위가 점점 더 심해진다.

"갈 거야 말 거야?"

절벅절벅, 쥘리위스가 따라온다. 이놈의 개는 냄새가 워낙 심
해서 냄새마저 그 녀석 뒤에 서지 않고 앞에 서려 한다.

"스피노자 로 쪽으로 가로질러 갈까, 로케트 로로 돌아갈까?"

쥘리, 왜 내 곁에 없는 거야? 내가 왜 벨빌에서 쥘리위스나 데
리고 놀아야 해? 뱅자맹, 나는 글을 쓰지 않으면 살 이유가 없

어. 나에게 기자라는 직업은 그런 거야.

"알아, 안다고. 제발 죽지만 마……"

갑자기 나타난 자동차의 헤드라이트 때문에 쥘리위스와 나는 눈이 부시다. 로케트 로 아래쪽에서 엔진의 굉음이 들린다. 자동차는 120킬로미터 이상의 속력으로 우리 쪽으로 올라오고 있다 (나도 저런 짓을 해야겠다. 면허를 따고 빠른 차를 한 대 사서 나의 코랑송이 너무나 보고 싶을 때면 외곽 순환도로를 전속력으로 질주하는 것이다). 쥘리위스는 자동차를 보고 넋을 잃어 엉덩이를 깔고 주저앉아버린다. 쥘리위스는 용에게 최면을 걸기라도 하려는 듯 헤드라이트를 뚫어지게 쳐다본다. 이런 빙판길에서는 용이 페르라셰즈 묘지 입구에 처박히는 데 100 대 1의 확률이라도 걸 수 있다.

"쥘리위스, 내기할래?"

내기에 졌다. 차는 계속 굉음을 내면서 급히 감속하더니 커브를 틀다가 엉덩이가 미끄러지지만 곧 다시 자세를 가다듬고 메닐몽탕 쪽으로 전속력으로 사라진다. 그런데 커브를 돌 때 옆문이 열리더니 홍조처럼 생긴 것이 검은 자동차에서 나와 날아올랐다. 처음에는 시체인 줄 알았는데 떨어지는 품이 빈 가죽 같았다. 아마 외투나 이불이겠지. 자세히 보려고 도로변 배수로에 발을 디디는데 여자의 긴 비명 소리에 피가 멎는다. 그리고 경찰차

한 대가 조금 전의 차를 쫓아 달리는 바람에 그걸 피하느라 인도
로 물러선다. 여자는 보이지 않는데 비명 소리는 계속 들린다.
뒤를 돌아본다. 여자가 아니다. 쥘리위스다.

"쥘리위스, 젠장, 그러지 마. 놀랐잖아!"

하지만 쥘리위스는 사라진 자동차를 보려고 고개를 뒤로 젖
히고 주둥이는 만화에 나오는 개처럼 헤벌리고 두려움에 불타는
눈으로 계속 짖어댄다. 가끔 짤막하게 흐느끼면서 오래 이어지
는 여자의 울부짖음이다. 통곡 소리는 점점 커져 온 동네를 울리
고 결국 창문마다 하나 둘 불이 켜져, 나는 영아 유괴범처럼 개
를 팔에 끼고 허리를 굽힌 채 폴리레뇨 로를 따라 달아나지 않을
수 없다.

내 개는 계속 앉은 자세를 유지하면서, 주둥이를 틀어막은 내
손에 침을 흘리면서, 도시의 적갈색 어둠 속으로 눈알을 굴린다.
간질이 발작한 것이다.

❖

개는 지금 내 방에 누워 있다. 옆으로 누워 있지만 **여전히 앉은
자세**다. 고개를 뒤로 젖히고 눈은 천장을 향한 채 아무 말 없이
속이 빈 야자 껍질처럼 까칠까칠하고 가벼운 상태로 누워 있어

서, 모르는 사람이 보면 죽은 줄 알 정도다. 지옥을 여행하고 있는 것처럼 입에서 냄새가 나기는 해도 개 쥘리위스는 살아 있다. 간질이다. 간질 증세는 한동안 지속될 것이다. 어쩌면 며칠 동안 그럴지도 모른다. 발작을 유발한 광경이 망막에 붙어 있는 한 증세는 사라지지 않을 것이다. 내게는 익숙한 일이다.

"그래, 도스토옙스키, 이번엔 뭘 봤기에 발작을 한 거야?"*

나는 아두슈의 크라프트지 봉투를 열어본 후 완전히 멍해진다. 저녁식사를 한 지 꽤 지났는데도 아까 먹은 것이 올라오려 한다. 봉투에는 **바니니 형사**라고 씌어 있고, 내 앞에는 초록색 로덴 코트를 입은 금발의 젊은 남자가 갈색머리 청년 몇 명을 브래스너클로 곤죽을 만들고 있는 사진들이 펼쳐져 있다. 한 명은 머리가 완전히 터졌고 눈알이 눈두덩에서 빠져나와 있다. 금발머리의 얼굴에는 즐거운 빛이 전혀 없다. 초등학생처럼 일에 몰두하고 있을 따름이다. 아두슈가 왜 이 사진들을 자기 집에 두지 않으려 하는지 이해가 된다. 짭새 바니니가 죽었으니 북아프리카는 찌그러져 있는 게 좋다.

갑자기 세상이 피곤해지고 졸음이 달아난다. 조심하라고 했지만 그런 걸 따질 때가 아니다. 나는 수화기를 들어 쥘리에게

---

* 『백치』의 주인공처럼 도스토옙스키도 간질을 앓았다.

전화를 건다. 쥘리의 목소리를 들어야 해. 쥘리, 목소리 좀 듣게
해줘, 제발…… 아무 대답도 없다. 한밤중에 전화벨이 공허하게
울린다.

7

"죽었어요?" 파스토르가 물었다.

의사는 석탄 더미 위에 무릎을 꿇고 몸을 숙여 여자의 몸을 살피고 있었다. 그는 고개를 들어 자기에게 전등을 비춰주고 있는 커다란 양털 스웨터를 입은 젊은 형사를 바라보았다.

"거의 죽었다고 봐야죠."

하천 순찰선의 회전등이 돌면서 여자의 몸 위로 파란빛과 노란빛이 지나갔고 다시 석탄처럼 깜깜해졌다가 사진사의 플래시가 터졌다. 여자의 부러진 한쪽 다리는 끔찍한 각도로 꺾여 있었다. 두 발목에는 납으로 된 묵직한 수갑이 채워져 있었다.

"배 위에 떨어졌으니 망정이지 물로 떨어졌으면 쉽게 떠오르지 않았겠네요."

"이걸 보세요."

의사는 여자의 팔꿈치를 조심스럽게 잡고 있었다. 그는 팔뚝 안쪽 움푹 팬 곳의 혈종(血腫)을 가리켰다.

"주사기 자국이네요." 파스토르가 말했다.

그들은 입이 얼어붙어 짧게 말했다. 그 짧은 말 사이사이로 디젤 자동차들의 깊은 배기음이 들렸다. 바지선에서는 중유 냄새와 기름때 묻은 철판 냄새가 났다.

"이제 대충 다 봤어요?"

파스토르는 마지막으로 전등을 들어 여인의 몸을 비추어 보았다. 주삿바늘 자국, 맞은 자국, 화상 자국이 여럿 있었다. 그는 추위와 멍으로 시퍼레진 얼굴을 잠시 들여다보았다. 넓은 이마에 돌출한 광대뼈, 도톰하고 기운이 느껴지는 입술. 그리고 그 금발머리까지. 여자의 얼굴은 몸만큼이나 강인해 보였다. 몸은 풍만하고 유연해서 강한 느낌이 덜하긴 했지만. 파스토르는 사진사에게 말을 걸었다.

"얼굴이 완전히 망가졌는데 너무 끔찍하지 않게 뽑을 수 있나요?"

"현상실에 친구가 하나 있어요. 너무 끔찍한 것은 지워서 만들어드릴게요."

"미인인데." 의사는 모포를 덮으며 말했다.

파스토르의 전등이 어둠 속에서 반원을 그렸다.

"들것 가져와!"

인부들이 들것을 들고 조개껍질 산을 오르듯 끙끙거리며 석탄 위를 걷는 소리가 들렸다.

의사가 요약했다.

"다발성 골절, 화상 다수, 혈관에 분량 미상의 약물 투여, 폐도 아마 상했을 것 같고. 이 여자 이젠 글렀군."

"강한 여자예요." 파스토르가 말했다.

"이젠 글렀어요." 의사가 다시 말했다.

"내기할까요?"

젊은 형사의 목소리에는 쾌활한 빛이 어려 있었다.

"이 새벽에 나와서 이런 끔찍한 꼴을 보고도 기분이 그렇게 좋아요?" 의사가 물었다.

"저는 어차피 당직이었거든요." 파스토르가 대답했다. "자다가 갑자기 불려 나온 건 선생님이죠."

파스토르, 의사, 사진사는 들것을 따라 석탄 더미를 기어올랐다. 하천 순찰선의 회전등, 앰뷸런스의 회전등, 호송차의 회전등, 파스토르의 손전등, 바지선의 정지등으로 밤이 깜박이고 있었다. 뱃사공의 목소리도 깜박거렸다. 그는 추위에 이를 부딪치며 말했다.

"내가 원래 이렇다니까. 계집애가 알몸으로 내 석탄 위에 떨어져도 모르다니."

뱃사람들이 다 그렇듯 그도 권태와 주사위 놀이로 초췌해진 장돌뱅이의 낯짝을 하고 있었다.

"하늘에서 여자들이 떨어지는 것을 진짜로 보았다가는 교각을 들이받을 겁니다." 파스토르가 뱃사람 앞을 지나면서 말했다.

다들 웃음을 터뜨렸다.

"그 여자 죽었어요?" 사공이 물었다.

"곧 죽을 거예요." 들것을 나르던 사람이 말했다.

"바이올린을 켜고 있던 여자애는 어디 있지?" 파스토르가 물었다.

"호송차예요." 순경 하나가 대답했다. "흥분해서 제정신이 아니에요. 석탄 위의 여자가 자기 엄마인 줄 알았대요."

파스토르는 호송차 쪽으로 가려다가 생각을 바꿨다.

"아! 잊을 뻔했는데……"

그는 몸을 돌려 뱃사공을 바라보았다.

"내일 화물을 인도하고 나면 단골 술집에 가서 한잔하시겠죠?"

"한잔뿐이겠습니까?" 사공은 제자리뛰기를 하면서 대답했다.

"입단속 잘 하세요." 파스토르가 말했다.

그는 여전히 미소 짓고 있었지만 그 미소는 매우 딱딱해 보였다.

"예?"

"비슷한 얘기도 꺼내면 안 됩니다. 이 얘기는 아무한테도 하면 안 돼요. 혼자 생각도 하지 마요. 아무 일도 없었던 겁니다."

사공은 깜짝 놀랐다. 조금 전까지만 해도 헐렁한 양털 스웨터를 입은 재미있는 어린 친구였는데 갑자기 진짜 경찰이 된 것이다.

"열흘 동안은 술도 마시지 말고요." 파스토르는 칙령을 선포하듯 덧붙였다.

"예에?"

"술에 취하면 무슨 말이든지 다 지껄이게 마련이니까. 특히 진실을 얘기하게 되니까 말입니다."

파스토르의 눈이 움푹 꺼졌다. 입가의 미소와는 영 딴판이었다.

"한 방울도 안 돼요. 알겠습니까?"

그가 갑자기 피곤해 보였다.

"하지 말라면 하지 말아야죠." 사공은 투덜거렸다. 삶의 원동력과 평생 떠들 얘깃거리를 한순간에 잃어버린 것이다.

"이해해주시니 고맙습니다." 파스토르는 느릿느릿 말했다.

그러더니 한마디 덧붙였다.

"그리고 말이 나왔으니 말인데 미녀들은 하늘에서 떨어지지 않아요."

"그런 일은 드물죠." 사공이 동의했다.

"그런 일은 절대로 없어요." 파스토르가 말했다.

✤

파스토르가 호송차에 들어서면서 맨 먼저 마주친 사람은 정복 경관이었다. 그는 바이올린 소녀에게서 최대한 멀리 떨어져 긴 의자 끝에 다리를 모으고 쭈그리고 앉아 아무것도 적지 않은 수첩을 무릎 위에 펴놓고 있었다. 소녀는 짙은 갈색머리에 얼굴이 매우 창백한, 완전히 어린애였다. 머리끝부터 발끝까지 검은 옷을 입고 있었으며 손가락 첫 마디까지만 내려오는 망사 장갑을 끼고 있었다. 그녀는 시칠리아 과부 복장으로 '나는 세상의 죽음을 애도중이니까 내가 웃어줄 거라고는 생각하지 마세요'라는 메시지를 보내고 있었다. 정복을 입은 키 작은 경관은 오래 묶여 있다가 마침내 줄을 풀어줄 사람을 본 개처럼 파스토르를 맞이했다. 파스토르는 소녀에게 손을 내밀었다.

"아가씨, 이제 다 끝났어요. 집에 데려다줄게요."

조심스레 순찰차를 운전하고 있는 파스토르의 옆 좌석에서 소녀가 말문을 열었다. 먼저 그녀는 저녁 여덟시 뉴스에서 베트남 노파의 얼굴을 보고 얼마나 마음이 뒤숭숭해졌는지 얘기했다. 노파는 "포호?"라고 물었고, "세상의 온갖 위협이 그 할머니의 어깨를 짓누르고 있었다"고 바이올린 소녀는 덧붙였다. 파스토르는 말없이 운전했다. 사이렌도 회전등도 켜지 않았다. 스웨터 차림의 파스토르와 생각에 잠긴 소녀를 보면 남매라고 해도 믿을 것이다. 그녀는 마음을 놓았다. 그녀는 창문으로 본 것을 다시 이야기했다. 사소한 것 하나도 빼놓지 않고 이야기했다. 자동차의 굉음, 벌거벗은 채 허공을 날던 여자를……

　　하지만 그녀에게 가장 끔찍했던 일은 "석탄 깔린 영구차에 몸을 싣고" 눈앞을 지나가는 여자가 자기 엄마인 줄 알았던 것이다. 실은 엄마가 침실에서 편히 자고 있다는 것을 나중에 알았지만 그래도 충격은 가시지 않았다.

　　"형사 아저씨, 정말 내가 엄마를 죽인 것 같았어요. 제복 입은 경관님에게 그걸 설명하려고 했는데 내 말을 이해하려 하지 않으시더라고요."

　　이해할 리가 없지. 파스토르는 젊은 경관이 어떤 표정을 지었을지 생각하다가 신호등을 무시할 뻔했다.

❖

소녀를 집에 내려준 후 파스토르는 폭발 직전의 경찰청으로 돌아왔다. 복도는 아랍인들로 미어터져 벤치는 물론이고 바닥에도 잔뜩 앉아 있었고, 문 닫는 소리, 고함 소리, 전화벨 소리, 타자기 두드리는 소리, 서류를 들고 뛰어다니는 노기등등한 동료 경관들 등으로 아수라장이었다. 세르케르 총경은 그날 밤 도시의 희생양이 되어 쓰러진 바니니 형사에게 그런 식으로 경의를 표하고 있었다. 세르케르 총경의 애도사는 그렇게 시끌벅적했다. 유치장과 서류함에는 빈자리가 없었다.

파스토르는 세르케르가 아니라 쿠드리에 총경의 휘하인 것을 하늘에 감사하며 엘리베이터로 피신했다. 쿠드리에 총경은 사건을 어둑어둑하고 편안한 사무실에서 조용히 처리했다. 쿠드리에 총경의 사무실에 들어가면 대문자 N*이 찍힌 제정기 양식 찻잔에 커피를 대접받을 수 있었다. 쿠드리에 총경이 모습을 드러내는 일은 흔치 않았다. 그는 현장에서 진두지휘하는 사람이 아니

---

* 나폴레옹 황제의 이니셜.

었다. 파스토르가 길거리에서 살해당한다면 쿠드리에는 간소하게 추모식을 치를 것이다. 애도의 뜻으로 며칠 동안 커피에 설탕을 넣지 않을지도 모른다.

✣

파스토르가 자기 사무실의 문을 열자 나막신을 신은 베트남계 꼬부랑 노파가 보였다. 노파는 시안화물로 살균한 입을 비죽 내밀고 양치 컵에 한가득 담긴 허연 물질을 삼키고 있었다.

8

파스토르는 동요하지 않고 사무실 문을 닫았다.

"티안 선배님, 죽고 싶어 환장했어요? 저녁 뉴스에 얼굴이 나왔다면서요?"

베트남 노파는 고개를 뒤로 젖힌 채 손을 들어 조용히 하라고 했다. 예산이 부족해 돈을 많이 들이지 않은 단출한 형사 사무실이었다. 책상 두 개, 타자기 두 대, 전화기 한 대, 금속제 서류함 몇 개가 전부였다. 파스토르는 이곳에 야전침대를 갖다 두었다. 집에 들어갈 기운이 없을 땐 사무실에서 잤다. 파스토르는 마요 대로에 부모님에게 물려받은 집이 있다. 불로뉴 숲 기슭의 큰 저택인데 지금은 비어 있다. 위원장*과 가브리엘이 죽은 후로 파스토르는 사무실에서 잤다.

베트남 노파는 컵을 내려놓고 손등으로 입을 훔친 후 말했다.

"아가야, 나 건들지 마라. 오늘 밤엔 어린애들이라면 지긋지긋하거든."

그 말에는 머나먼 타프무오이 평원**의 억양이 전혀 실려 있지 않았다. 노파는 장 가뱅의 목소리를 갖고 있었다. 부인할 수 없는 12구 억양으로 뚝뚝 끊어 말하는, 자갈을 씹는 듯한 음성 말이다.

"바니니가 죽어서 기분이 안 좋은 거예요?" 파스토르가 물었다.

베트남 노파는 피로한 기색을 보이며 반들반들한 가발을 벗었다. 그러자 쪼글쪼글한 머리통 위에 듬성듬성한 회색 직모가 나타났다.

"그 병신은 또 무식하게 덤벼들다 총을 맞았겠지. 아무튼 명복을 빌어야겠지. 하지만 그것 때문에 기분이 안 좋은 건 아니야. 아가야, 나 좀 도와줘."

노파가 등을 내밀자 파스토르는 태국식 원피스의 등에 달린

---

* 파스토르 형사의 부친은 국가정책심의원 겸 행정최고법원인 국가평의회(Conseil d'Etat)의 평의원이다. 하지만 평의원이라는 직위가 호칭으로 사용하기에는 어색하여 이 책에서는 '위원장'이라고 옮겼다.
** 베트남 메콩 델타 인근의 평원.

훅 단추를 풀고 지퍼를 내렸다. 그러자 실크 옷이 벌어지더니 엉덩이가 드러났다. 옷 사이로 삐져나온 것은 내복을 입은 남자 몸이었다. 파스토르는 숨을 멈췄다.

"무슨 향수 써요?"

"'아시아의 천 가지 꽃'이라는 향수야. 마음에 들어?"

파스토르는 게워내듯 숨을 내뱉었다.

"세르케르가 어떻게 선배를 못 알아볼 수가 있죠?"

"내가 봐도 못 알아볼 지경인걸." 반 티안 형사는 앙상한 넓적다리 사이에 숨겨둔 권총을 떼어내면서 푸념했다.

"정말이지 아가야, 나 자신이 과부가 된 것 같더라니까."

과부 호(胡) 할머니의 모습을 벗어던지자(그는 어찌나 꼼꼼한지 두들겨놓은 스테이크처럼 납작한 라텍스 유방 두 개를 달고 있을 정도였다) 반 티안 형사는 만성 우울증에 시달리는 깡마른 늙은 경찰로 돌아왔다. 그는 분홍색 통을 열어 트랑센 두 캡슐을 손바닥에 털어놓고는 파스토르가 건넨 버번위스키와 함께 들이켰다.

"어느새 위궤양이 재발했어."

반 티안 형사는 젊은 동료 형사 앞에 있는 의자에 털썩 앉았다. 파스토르는 컵에 다시 물을 따르고 기포성 아스피린 두 알을 넣어 책상 한가운데에 놓고 자기도 앉았다. 두 남자는 손가락으로 턱을 받치고 기포의 왈츠를 조용히 쳐다보았다. 티안은 아스피린을 먹은 후 말했다.

"좀전에는 두 놈을 잡은 줄 알았어."

"어린애 둘이요?" 파스토르가 물었다.

"어린애라고 해야지. 카빌리아인 시몽하고 모시족 모라는 녀석들이야. 아두슈 벤 타예브라는 놈 밑에서 본토 야바위를 하는 애들인데, 두 놈의 나이를 합쳐봐야 마흔 살도 안 돼. 내가 볼 땐 애기들이지. 하지만 꽤 굴러먹은 놈들이야, 정말로."

파스토르는 반 티안 형사가 벨빌에서 돌아와 보고서를 타이핑하는 밤 시간을 좋아했다. 왜 그런지 설명할 수는 없지만 티안과 있으면 위원장과 있는 것 같았다. 아마 파스토르가 어렸을 때 위원장이 그랬던 것처럼 티안도 이런 저런 이야기(과부 호씨의 고생담)를 들려주기 때문일 것이다. 아니면 그저 나이 때문일 수도 있다. 티안도 이제 노년기에 다가가고 있으니까……

"그러니까 말이야, 아가야. 포부르 뒤 탕플과 파르망티에 가의 현금지급기에서 그놈들이 나를 포위했어. 무슨 말인지 알겠어? 무쇠 같은 모시족하고 콘크리트 같은 카빌리아 사람이 과부 호씨를 둘러싼 거야. 나는 그놈들더러 냄새를 맡으라고 3천 프랑 가까이 뽑았지. 심지어 지폐 한 장을 일부러 코앞에다 흘리기까지 했다니까. 근데 어떻게 됐는지 알아? 모시족 모가 뛰어와서 그 돈을 **돌려주는** 거야! 그래서 생각했지. 일단 안심시켜놓고 나중에 전철역같이 조용한 곳에서 여유 있게 죄다 빼앗을 작정이구나. 그러면 전철역으로 가자. 그놈들은 내 앞에서 병신처럼 히죽거리고 무시무시한 얘기들을 속삭이면서 따라왔어. 엉덩이에 담배빵을 한다는 둥 유방을 만지작거린다는 둥, 어떤 분위기인지 알겠지? 그러더니 나를 사람 없는 칸에 타게 하더니 내 양옆에 앉더라고. 그런데 돈주머니는 훔쳐가지 않고 계속 헛소리만 지껄이면서 겁을 주는 거야. 그러다가 레퓌블리크 역에서 이탈리 광장*으로 가는 차로 갈아탔어(며느리가 애를 낳아서 가보는 길이라고 했지). 근데 이놈들이 계속 그러는 거야. 그래서 생각했지. 돈만 노리는 게 아니라 며느리까지 겁탈하고 침대에서 나를 끝장낼 작정이구나. 그런데 결국 어떻게 된 줄 알아? 아무 일도 없었어! 며느리가 산다는 아파트 앞까지 날 바래다주더니 내가 엘리베이터에 타려고 하니까 인사도 안 하고 가버리더라고."

"그래서 결론이 어떻다는 거죠?"

"꿀꿀하지, 아가야. 그 꼬마들은 애초에 과부 호씨를 털어먹을 생각이 없었어. 아니, **호 할머니를 보호해준 거야!** 경호원 역할

---

* 파리의 차이나타운이 있는 지역.

을 자처한 거라고! 털끝 하나 건드리지도 않은 것은 물론이고 현금을 잔뜩 싸들고 밤에 혼자 나돌아다니지 못하게 겁을 주려고 온갖 잔인한 얘기들을 지껄인 거야. 알겠니, 아가야? 이렇게 우울한 일이 또 어디 있겠어?"

"그러니까 세르케르가 벨빌의 젊은이들에 대해 잘못 생각하고 있다는 건가요?"

"이 노파 살해 사건에 대해 모두들 헛짚고 있다는 거야. 빨빨거리고 돌아다니는 그 깡패 세르케르만큼이나 나도 삽질을 하고 있었어."

그들은 잠시 말없이 머릿속으로 상황을 정리했다. 티안이 눈살을 찌푸리고 있으면 가브리엘과도 닮은 구석이 있었다. 위원장의 아내였던 가브리엘은 생각에 잠길 때면 그런 표정을 지었다. 그럴 때면 위원장은 파스토르에게 말했다. "장 바티스트, 가브리엘이 생각을 하고 있으니 조금 후면 우리는 더 똑똑해질 거야." 가브리엘과 위원장, 두 사람 모두 지금은 죽고 없다.

"아가야, 무슨 말인지 알겠니? 한 달 전부터 벨빌에서 여장을 하고 다니면서 한 가지 알게 된 게 있다면 그건 그 동네 할망구들은 밤마다 알몸으로 돌아다녀도 된다는 거야. 배꼽에 다이아몬드를 박고 목에는 가보로 내려오는 은목걸이를 하고 다녀도 할망구들을 귀찮게 하는 약쟁이는 하나도 없어. 벌써 집집마다

85

외출 금지령을 내린 거야. 아무리 돈이 궁한 녀석이라도 벨빌에서 할망구를 터느니 한 대 맞고 말 거야. 그 동네 애들이 착해져서 그런 게 아니야. 잘 알아둬, 그건 그애들이 태어날 때부터 세상 물정을 알고 있기 때문이야. 바니니 같은 썩어빠진 경찰들이 도처에 잠복해 있다는 것도 알고 있고. 그러니 바보짓을 하지 않는 거지. 다른 이유는 없어. 미쳐 날뛰는 놈이 있으면 심지어 동네 애들이 먼저 손을 봐줄걸. 무슨 말인지 알겠어?"

티안은 피로와 지혜가 섞인 눈빛으로 말했다.

"인생이 어떤 건지 알겠어? 나는 세르케르 패거리보다 내가 먼저 이 노파 살해범을 잡을 수 있을 줄 알았어. 은퇴하기 전에 멋지게 한 건 올리고 쿠드리에게 마지막으로 선물을 할 생각이었지. 근데 동네 꼬마들이 나보다 먼저 살인범을 잡을지도 몰라. 내가 이 나이에 젖비린내 나는 애새끼들이랑 경쟁해야겠어?"

반 티안 형사는 39년간 봉사한 몸뚱어리를 힘겹게 일으켜 책상 뒤에 앉았다. 그는 백지와 먹지로 푸짐하게 샌드위치를 만들어 타자기의 롤러에 끼워 넣었다.

"그래, 아가야. 너는 뭐 건진 거라도 있어?"

그 순간 사무실 문이 열리더니 현상실에서 보낸 사람이 들어왔다.

파스토르는 순경에게 고맙다고 하고는 아직 채 마르지 않은 사진 뭉치를 티안에게 내밀었다.

"이거요."

티안은 카메라 플래시 빛을 받아 하얘진 여인의 나신과 새까만 석탄의 대비를 오랫동안 들여다보았다.

"이 여자를 센 강에 던진 놈들은 '풍덩' 소리를 감추려고 차 엔진을 시끄럽게 돌렸어요." 파스토르가 설명했다. "그 바람에 자기들도 바지선이 지나가는 것을 몰랐던 거죠."

"병신들……"

"게다가 차가 미끄러지는 바람에 범퍼도 떨어졌어요. 제가 지나가는 길에 집어 왔죠. BMW인데 찾는 게 어렵진 않을 거예요."

"그놈들 엉덩이에 불이라도 붙었던 거야?"

"초짜들이었겠죠. 아니면 정신이 너무 없었든가. 여자는 약을 맞았어요."

"목격자가 있어?"

"두 층 위에서 여자애 하나가 창밖을 보면서 바이올린을 켜고 있었어요. 참, 걔도 선배를 뉴스에서 봤더라고요. 선배를 보고 우울해져서 바이올린을 켰다나봐요."

티안은 대꾸하지 않았다. 그는 멍한 표정으로 사진을 한 장씩 넘겼다.

"어떻게 생각하세요?" 파스토르가 물었다. "포주들이 창녀를 좀 심하게 손본 걸까요?"

"아니, 이 여자는 창녀가 아니야."

반 티안 형사는 단호히 부정했다. 그의 얼굴에는 여전히 아시아인 특유의 우울한 지혜가 보였다.

"어떻게 알아요?"

"처남 두 명하고 처가 쪽 다른 친척 세 명이 포주 짓 하는 걸 내 손으로 잡아넣은 적이 있어. 결혼하기 전에 집사람도 툴롱에서 몸을 팔았고. 딸년도 수녀가 되어서 지금 낭테르에 있는 매춘 여성 재활 쉼터에서 일하고 있어. 우리 집안이 그쪽으론 빠삭한 편이야."

티안은 다시 고개를 젓는다.

"아니야, 창녀가 아니야."

"그래도 한번 확인은 해볼게요." 파스토르도 타자기에 종이를 끼워 넣으면서 말했다.

티안이 파스토르를 높게 평가하는 것은 무엇보다 이 젊은이가 신속하고 정확하게 일하고 무엇이든 꼼꼼하게 확인하기 때문이었다. 사실 그는 젊은이들을 별로 좋아하지 않았으며 명문가 자제들은 더욱 좋아하지 않았다. 파스토르의 아버지는 국가평의회 의원이었으며 젊은 시절에 국민의료보험 제도를 창안한 인물이었다. 늘 약을 달고 다니는 반 티안 형사로서는 교황청 대주교

만큼이나 멀게 느껴지는 가문이었다. 파스토르가 집안에서 물려받은 부드러운 예절, 스웨터, 접속법,* 속어 기피증 등도 티안의 취향이 아니었다. 하지만 티안은 진심으로 파스토르를 좋아했다. 예의범절 같은 것은 알지도 못하는 원주민 노파가 총독의 아들을 사랑하는 것과 비슷했고, 이 시간쯤 되어 서로의 타자기 자판이 노래를 부르고 있을 때면 그는 종종 그 점을 얘기했다.

"애야, 난 네가 정말 좋단다. 이러긴 싫지만 정말 네가 좋아."

그 말을 할 때면 전화벨이 울리거나 누군가가 사무실에 들어오거나 타자기에 종이가 걸리는 등 뭔가 일이 생겨서 감정이 더 흘러나오는 것을 막았다. 오늘 밤도 마찬가지였다.

"여보세요, 예, 사법경찰 반 티안 형사입니다. 예, 여기 있습니다. 예, 전하겠습니다. 예, 바로 얘기하겠습니다."

그러고 나서 말했다.

"인마, 의자 좀 그만 흔들어. 쿠드리에가 널 찾아."

---

* 프랑스어에서 주절과 종속절을 연결할 때 사용하는 형식으로 주로 문어적인 고급 구문에서 많이 사용된다.

9

한여름 대낮에도 쿠드리에 총경의 사무실은 어둑어둑했다. 하물며 겨울밤이라면 두말할 나위도 없었다. 밝기가 조절되는 전등은 딱 필요한 만큼의 빛만을 발산하고 있었다. 책장을 장식한 제정 양식의 집기들이 어둠 속에서 모습을 드러내고 있었고 이중창은 도시의 밤을 바라보고 있었다. 해가 뜨면 커튼은 다시 내려졌다. 낮이건 밤이건 이 사무실에는 커피향이 그윽하여 들어온 사람은 생각에 잠기고 목소리를 낮추게 되었다.

쿠드리에 오늘 밤엔 당직이 아니잖아. 누구 대신 당직을 서는 거야?

파스토르 카레가 형사 대신 서고 있습니다, 총경님. 카레가 형사는 요즘 연애를 하고 있습니다.

쿠드리에 커피 마시겠나?

파스토르 감사합니다.

쿠드리에 이 시간에는 내가 직접 커피를 타야 해서. 엘리자베트가 타는 것만 못할 거야. 그래, 카레가가 연애를 한다고?

파스토르 피부관리사하고 사귄답니다, 총경님.

쿠드리에 이번 주에 다른 사람 대신 당직을 선 게 몇 번인가?

파스토르 세 번입니다, 총경님.

쿠드리에 잠은 언제 자고?

파스토르 틈날 때마다 조금씩 잡니다.

쿠드리에 그것도 방법이겠군.

파스토르 총경님께 배운 방법입니다.

쿠드리에 아첨하는 거나 겸손한 거나 정말 영국 시종 못지않군.

파스토르 커피가 아주 맛있습니다, 총경님.

쿠드리에 밤사이 무슨 특별한 일은 없었고?

파스토르 우리 건물 바로 앞 메지스리 강변로에서 살인 미수가 있었습니다. 여자를 센 강에 밀어 넣었죠.

쿠드리에 피해자는 죽지 않았고?

파스토르 때마침 다리 밑을 지나던 바지선에 떨어졌습니다.

쿠드리에 청사 바로 앞이라……* 놀랐나?

파스토르 놀랐습니다, 총경님.

쿠드리에 그렇다면 이젠 더이상 놀라지 말게. 퐁뇌프 다리 아래 센 강 바닥을 긁어보면 실종 신고된 사람의 절반은 나올 거야.

파스토르 왜 그렇습니까?

쿠드리에 우리한테 도전하는 거지. 위험한 일이 더 재미있잖나. 공권력을 조롱하는 거고. 경찰 코앞에 시체를 갖다 버리는 건 요즘 애들 말대로 진짜 '뿅 가는' 일이지. 살인자들의 허영심이랄까……

파스토르 총경님, 한 가지 부탁드려도 되겠습니까?

쿠드리에 얘기해보게.

파스토르 이 사건을 카레가에게 넘기지 않고 제가 계속 맡아서 수사하고 싶습니다.

쿠드리에 자네 지금 무슨 사건을 맡고 있지?

파스토르 스캄 창고 사건을 막 종결지었습니다.

쿠드리에 화재 사건 말인가? 보험금을 노리고 건물주가 저지른 일 아닌가?

파스토르 아닙니다, 총경님. 보험 중개인의 짓이었습니다.

쿠드리에 특이한데.

---

* 시테 섬 오르페브르 강변로 36번지에 위치한 파리 경찰청은 퐁뇌프 다리에서 불과 100미터 남짓 떨어져 있다.

파스토르 돈을 타서 건물주와 나눌 생각이었습니다.

쿠드리에 별로 안 특이하군. 증거는 있나?

파스토르 자백을 받았습니다.

쿠드리에 자백이라…… 커피 한 잔 더 하겠나?

파스토르 감사합니다, 총경님.

쿠드리에 자네는 말끝마다 '총경님'이라고 붙이는 게 정말 맘에 든단 말이야.

파스토르 존경의 표시입니다, 총경님.

쿠드리에 알고 있어. 근데 파스토르, 자백 얘기가 나왔으니 말인데, 포슈 가의 산업은행 사건 아나?

파스토르 세 명이 죽고 40억 프랑이 사라졌죠. 세르케르 총경 휘하의 수사팀에서 폴 샤브랄을 체포했고요. 반 티안 형사도 수사에 일부 참여했죠.

쿠드리에 그런데 세르케르 총경이 조금 전에 전화를 했네.

파스토르 ……

쿠드리에 세르케르는 바니니 사건 수사에 자기 인원을 총동원한 모양이야. 그런데 샤브랄의 구금 시한이 오늘 아침 여덟시에 만료된다는군. 그놈은 여전히 무죄라고 우기고 있고.

파스토르 그놈은 무죄가 아닙니다, 총경님.

쿠드리에 왜?

파스토르 거짓말이니까요.

쿠드리에 파스토르, 말장난은 그만 하게.

파스토르 알겠습니다, 총경님. 물증은 없습니까?

쿠드리에 심증이야 쌓였지.

파스토르 기소하기에는 불충분하겠군요.

쿠드리에 기소할 정도의 증거는 있어. 하지만 놈은 불기소처분 받는 데 도가 텄어.

파스토르 알겠습니다.

쿠드리에 근데 나도 샤브랄이라면 지긋지긋하거든. 지금까지 그놈이 죽인 사람이 적어도 세 다스는 된다고.

파스토르 그중 몇 명은 퐁뇌프 다리 밑에 누워 있겠군요.

쿠드리에 그럴 수도 있지. 그래서 세르케르 총경에게 자네를 보내 도와주겠다고 했네.

파스토르 알겠습니다, 총경님.

쿠드리에 파스토르, 다섯 시간 안에 그놈을 무너뜨려야 해. 여덟시까지 놈이 자술서에 서명하지 않으면 자네는 수송책임자와 회계원 살인 사건을 재조사해야 할 거야.

파스토르 서명할 거라고 봅니다.

쿠드리에 그러길 바라네.

파스토르 그럼 지금 가보겠습니다, 총경님. 커피 잘 마셨습니다.

쿠드리에 파스토르.

파스토르 예, 총경님?

쿠드리에 세르케르 총경이 이 기회에 자네의 취조 능력을 시
험해보려는 것 같네.

파스토르 시험해보도록 하죠, 총경님.

❖

"선배님, 샤브랄에 대해 얘기 좀 해주세요. 자잘한 것들이요.
뭔가 살아 있는 정보로요. 시간은 많으니 천천히 말씀하세요."

"아가야, 샤브랄하고 관계된 것 중에 '살아 있는' 것은 별로
없단다."

하지만 반 티안 형사는 이야기하는 것을 좋아했다. 그는 11년
전 샤브랄이 유력한 용의자였던 살인 사건을 수사한 기억을 떠
올렸다. 회계사와 그의 애인이 살해된 사건이었다. 피해자의 집
에 들어가 시체를 발견한 것이 티안이었다.

"레알 근처에 있는 창고를 개조해 만든 호화 가옥이었어. 방
이 비행기 격납고만큼이나 넓고 천장도 대성당만큼 높았지. 분
홍색으로 칠한 낡은 벽에 가구는 흰색으로 래커 칠을 했고 굵은

원형 대갈못을 박은 철제 구조물에 커다란 반투명 유리창을 끼운 집이었어. 70년대에 퐁타르 델메르가 그런 식의 건물을 많이 만들었지."

티안이 문을 부수고 들어갔을 때(문도 하나뿐이었다) 처음 눈에 들어온 것은 낯선 양식의 상들리에였다.*

"남자와 여자가 대들보에 같은 줄로 매달려 있었어. 여자가 남자보다 체중이 12킬로그램 적었고 그 집에서 기르던 개가 딱 12킬로그램이었기 때문에 여자의 발목에 개를 매달아두었더라고. 스테빌**이었지."

보름 후 반 티안은 쿠드리에 서장(당시에는 총경이 아니었다)과 함께 샤브랄의 집을 찾아갔다.

"그 집에 갔더니 뭐가 있었는지 알아? 침대 머리맡에 두는 작은 탁자 위에 순금으로 만든 작은 스테빌이 있었어. 사건 현장에 있는 것과 똑같은 모양으로 남자, 여자, 개가 매달린 조각이었어. 물론 그게 증거가 될 수는 없었지."

"그럼 이제 산업은행 사건을 요약해주실래요?"

---

* 시체를 매달아둔 것을 상들리에에 비유한 것.
** Stabile. '모빌(Mobile)'과 반대되는 개념의 정지된 조각.

새벽 네시경에 세르케르 총경은 부리나케 파스토르를 맞이했다.

　　"저녁때 벨빌에서 내 부하 한 명이 당했네. 그래서 지금 사람이 없어. 다들 뒤지고 다니느라 정신이 없어. 알잖나…… 샤브랄은 베르톨레의 사무실에 있네. 오른쪽 세번째 방이야."

　　커피 자판기에는 커피가 떨어진 상태였고, 재떨이마다 담배가 수북이 쌓여 있었으며, 다들 손가락은 누렇고 잠을 자지 못해 눈이 퀭했으며, 구겨진 와이셔츠는 바지 밖으로 삐져나와 있었다. 고함 소리가 여기저기서 들렸고, 벽은 전등 빛을 받아 빛나고 있었다. 주변 분위기 때문에 파스토르는 집중할 수가 없었다. 그는 복도를 지나는 동료들의 생각을 들을 수 있었다. 쟤가 그 파스토르야? 자백을 쑥쑥 받아낸다는 그 자식? 범죄의 산부인과 의사라며? 쿠드리에 총경의 토르케마다*야? 우리 세르케르 쪽 사람들은 뼈 빠지게 마약 단속하러 다니고 길거리에서 총이나 맞는데, 낙하산으로 내려와서 빈둥거리다가 빽으로 승진하는 놈이라며? 몇 걸음만 더 가면 파스토르라는 이름의 작자가 샤브

---

* 수만 명을 희생시킨 종교재판 심문관으로 악명 높은 스페인의 수도사.

랄이라는 시민을 만나게 될 것이다. 그리고 샤브랄이 어떤 인간인지 세르케르의 부하들은 익히 알고 있었다! 마흔두 시간 동안 샤브랄은 그들을 가지고 놀았다! 적은 수도 아닌데 한 명도 빠짐없이 그에게 농락당한 것이다. 파스토르는 자기가 폴 샤브랄의 스테인리스강 같은 미소와 대결할 때 체인 팔찌에다 가죽점퍼를 입은 이 동료들 중 어느 누구도 집에서 짜준 스웨터를 입은 자기 쪽에 돈을 걸지 않을 것이라는 점을 직감했다.

파스토르는 사무실에 들어가서 샤브랄을 감시하고 있던 경찰에게 자리를 비워달라고 예의 바르게 부탁한 후 문을 꼭 닫았다.

"꼬마야, 청소하러 왔냐?" 샤브랄이 물었다.

❖

20분 후, 그 앞을 지나던 귀 하나가 닫힌 문 너머에서 규칙적으로 딸깍거리는 타자기 소리를 들었다. 귀는 다른 귀에게 신호를 보냈고 그 귀도 들러붙었다. 사무실 안에서는 타자기 리듬에 맞춰 투덜대는 목소리가 들렸다. 다른 귀들도 문에 달라붙었다. 그때 잠시 소리가 멈췄다.

마침내 문이 열렸다. 샤브랄이 서명을 한 것이다. 산업은행 사건만 자백한 것이 아니라 이전에 불기소처분을 받았던 일곱 건의 사건 중 여섯 건도 자기 소행임을 인정한 것이다.

최초의 놀라움이 가신 후 세르케르 총경 휘하의 가죽점퍼들은 기꺼이 파스토르에게 헹가래를 쳐주려 했다. 하지만 젊은 형사의 표정을 보고 그들은 단념했다. 그는 불치병 선고라도 받은 것 같았다. 그가 걸치고 있는 낡은 스웨터는 시체의 거죽 같았다. 그는 동료들을 쳐다보지도 않고 지나갔다.

✣

"아가야, 웃긴 얘기 하나 해주랴?"

반 티안 형사는 젊은 동료 파스토르가 이런 상태에 빠지는 것을 잘 알고 있었다. 심문을 마치고 나면 파스토르는 언제나 그런 상태였다. 매번 자백을 얻어내는 데 성공했지만 일이 끝나고 나면 거의 죽지 못해 살아 있는 모습으로 반 티안에게 돌아왔다. 이 어린애의 얼굴이 서른 살은 더 들어 보였다. 자기 자신의 죽어가는 그림자 같았다. 그러니 다시 소생시켜야 했다. 반 티안은 그럴 때면 웃긴 얘기를 억지로 들려주었다.

"도교 속담 하나 얘기해줄게. 한 건 올리고 자만에 빠진 사람에게 겸손을 가르쳐줄 속담이야."

티안은 파스토르를 등받이 없는 의자에 앉히고 맞은편에 쭈그려 앉아 눈두덩 깊숙이 사라져버린 젊은 경찰의 눈을 찾는다. 마침내 시선을 붙잡는다. 티안은 이야기를 시작한다. 그는 뜸 들이지 않고 대번에 본론으로 들어간다.

"도교의 속담이란다. 오늘 밤 승리를 거두고 나서 내일 옷을 벗고 거울을 한번 보라. 원래 있던 불알 밑에 불알이 한 짝 더 보일 것이다. 뿌듯하겠지? 하지만 너무 뿌듯해할 건 없다. 다른 남자한테 네 항문을 대주고 있는 것이니."

이런 이야기를 듣고 나면 파스토르의 얼굴이 살짝 움직인다. 티안은 그것을 폭소라고 해석한다. 그러고 나서 젊은 형사의 얼굴은 조금씩 원래의 특징을 되찾는다. 긴장이 풀리는 것이다. 그는 다시 사람의 모습이 된다.

2부

희생양

울어요, 말로센, 그럴듯하게 울어요.

희생양이 되어요.

10

  다음 날 토요일, 파리 시는 11구 구청에서 벨빌 사람들의 발에 50년 동안 신발을 신겨온 우리 스멜 영감의 공로에 보답하는 행사를 마련한다. 청백홍 문양*의 어깨띠를 대각선으로 두른 땅딸보가 그것은 대단한 업적이라고 공식적으로 선언한다. 스멜 영감은 시장이 친히 연설을 낭독하지 않은 것을 약간 아쉬워한다. 시장은 스멜의 예전 구둣방 자리에서 몇백 미터밖에 떨어지지 않은 곳에서 전날 밤 살해된 젊은 형사의 유해 앞에서 묵념을 하고 있다.
  "그 젊은 영웅은 선생님 연배의 훌륭한 분들을 위해 목숨을

---

* 프랑스 국기인 삼색기.

바친 것입니다……"

　하지만 스멜 영감은 젊은 형사를 생각하고 있지 않다. 긴 탁자
위에 놓인 작은 벨벳 관(棺) 속에서 반짝이고 있는 훈장밖에는
안중에 없다. 탁자 뒤에는 뚱뚱한 구의원과 기름이 줄줄 흐르는
국립행정학교 출신의 젊은 고급 관료(고령자 담당 정무차관)가
앉아 있다. 내 친구 스토질코비치가 그의 전설적인 버스로 동네
사람들을 여러 번 실어 날라 식장 안에는 입추의 여지도 없다.
스멜이 들어서자 예민한 발을 가진 수많은 사람이 그를 보도(步
道)의 황제로 선언하고 만장일치로 신발왕, 구두의 승상임을 인
정해주었다! 이제 긴 탁자 뒤에 삼색기를 걸치고 서 있는 뚱보
가 찬사로 그에 화답한다.

　"저는 선생님을 잘 알고 있습니다……"

　(거짓말)

　"저는 언제나 존경해왔습니다……"

　(또 거짓말)

　"선생님을 생각할 때면……"

　(그걸 믿으라고?)

　그다음에는 (멀리서 봐도 정력이 느껴지는 사각 턱의) 구의원
이 나와 상황을 호전시킨다.

　"저 같은 사람이 선생님과 같은 역량을 지닌 분의 뒤를 잇는

어렵고도 영광스러운 임무를 맡게 되었습니다……"

그리고 권력은 덕망 있는 이들을 존경해야 하며, 이전의 정권은 덕망 있는 이들을 충분히 존경하지 않았다고 평한다. 하지만 친구들이여, 조금만 기다리시오, 우리가 돌아왔습니다. 우리가 권력을 잡고 있습니다. 이제 몇 달 후면 이 아름다운 나라를 건설한 퇴직자들은 발레아레스 군도로 무상 휴가를 떠날 수 있을 겁니다, '조국이 그들에게 빚진 것이 있으니' 마땅히 보상을 받아야지요.

(대충 이런 말이다.) 환호 소리가 들리고 사람들은 맞는 말이라고 고개를 끄덕이고 우리의 스멜 영감은 뺨이 붉어진다. 거의 앙코르를 외칠 분위기였지만 다행히 겨우 넘어가고 이제 고령자 담당 정무차관이 말할 차례가 된다. 차관은 자로 잰 듯 이마 정중앙에 가르마를 탄 스리피스 차림의 금발 젊은이로, 구의원에 비하면 말도 간결하고 감상적이지도 않고, 숫자를 많이 늘어놓는다. 그의 이름은 아르노 르카플리에다. 그가 입을 열자마자 모두들 아르노의 특기는 정치가 아니라 행정이며 그는 요람에서부터 국가기관의 영속성을 위해 키워진 사람이라는 것을 깨닫는다. 인간은 사다리 오르기에 적응한 척행동물*이다. 아르노 르

_____
* 발바닥을 땅에 대고 걷는 동물.

카플리에의 발에는 현재의 지위에 도달하기까지 유치원에서부터 밟고 올라선 모든 사람의 흔적이 묻어 있는 것이 틀림없다. 그는 "서훈 대상자의 뛰어난 자주성"(그가 한 말을 그대로 옮긴 것이다. 자주성이란 스멜 영감이 이제 신발을 만들 수 있는 나이는 아니더라도 아직 혼자 구두끈은 맬 수 있다는 말이다)을 치하하는 것으로 '스피치'를 시작하며 "주위에 이렇게 많은 사람들이 있는 것을 보니 기쁘고"(스토질코비치, 수고했어요!) "이 행복한 장면을 더 많은 사람이 보지 못하는 것이 애석하다"고 단언한다.

"하지만 국가와 정부는 과오를 바로잡고 인생의 고비에서 절망적인 고독에, 때로는 품위를 해치는 고독에 빠져버린 노년기의 시민들을 맡아 책임질 것입니다."(또 그대로 인용한다.)

아르노 르카플리에는 실없이 웃는 부류의 사람이 아니다. 그의 화법은 좀 독특하다. '주의 깊은' 말투라고나 할까. 그래, 그거야. 그는 **남들이 듣는 것처럼 말을 한다.** 그는 자기가 하는 말이 청중의 뇌리에 **파고드는 것을 듣고 싶어한다.** 이 자리에 참석한 노인네들에게 그는 무슨 얘기를 하는가? 그는 이렇게 말한다. 정신이 흐려지거나 계단을 오르는 게 너무 숨차거든 자식들에게 고려장을 당할 때까지 기다리지 마시고 당장 저를 찾아오십시오. 제가 돌봐드리겠습니다. 본인이 어느 정도 '자주적'(아르노는 방부 처리한 이 표현을 좋아하는 게 확실하다!)인지 판단이 서지 않는다면 국가와 지자체가 고령자들에게 무상으로 보내드리는 가정 방문 간호사들의 진단을 따르면 됩니다. 이 간호사들은 여러분을 '여러분 각자의 필요에 가장 적합한 고보시'에 '배속'(정말 이렇게 말했다니까)시켜드릴 겁니다.

'고보시'라는 말이 '고령자 보호시설'의 준말이라는 것을 알고 나면 잘생긴 아르노 르카플리에의 연설의 핵심이 무엇인지 이해할 수 있다. 까놓고 말해 양로원 선전을 하는 것이다. 나와 그의 시선이 우연히 마주친다. ("어이, 아르노, 잘생긴 총각, 너한테 우리 할아범들을 넘겨줄 거라고 생각하면 오산이야.") 그리고 나는 그가 내 생각을 읽는 것을 느낄 수 있다. 그렇게 주의 깊은 시선은 별로 본 적이 없다. 자식, 진짜 웃기게 생겼네. 가르마가 그를 정말 버터 덩어리처럼 나누고 있다. 가르마는 뾰족한 콧등을 타고 일직선으로 이어져 꽤 통통한 턱의 보조개로 느낌표처럼 떨어지면서 이 얼굴을 마저 둘로 가른다. 웃긴 조합이다. 완벽한 부드러움. 스포츠를 즐기는 사교계 인사의 근육 조직을 감추고 있는 보들보들한 피부. 아마 테니스를 잘 칠 테지. 또한 브리지 게임에도 능할 것이고, 교활한 계약의 전문가일 것이다. 나는 아르노 르카플리에가 싫은 것이다. 나는 이 작자가 싫다. 이놈이 우리나라의 '고령자 문제 총책임자'라는 생각을 하니 꽤

107

실망스럽다. 내 머릿속에는 우리 영감들을 한시라도 빨리 여기서 데리고 나갈 생각밖에 없다. 나는 암탉이다. 여우 냄새를 잘 맡는다. 어이, 아르노, 미남 총각! 너는 우리 집에 절대 발도 못 들여놓을 줄 알아. 우리 영감들은 내 몫이야. 알았어? 나 말고 다른 간호사는 안 돼. 무슨 말인지 알았지?

✤

내가 망상에 빠져 허우적거리고 있는 동안 다시 동글동글하게 생긴 구청장의 차례가 되었다. 그는 스멜의 두근거리는 가슴에 50주년 훈장을 달아준다. 내 누이 클라라는 스멜, 기뻐하는 군중, 행사를 집전하는 공무원들에게 기관총을 쏘듯 플래시 세례를 퍼붓고 람보 같은 속도로 라이카 카메라에 필름을 장전하면서 사진에 대한 자신의 열정을 마음껏 풀어놓는다. 키스, 악수, 스멜의 눈물(그렇게 감정이 복받치면 명을 재촉할 수도 있다고!), 축하 등이 이어진다.

위조범 제레미(이 멋진 행사를 만들어낸 장본인)는 이 온갖 소동에서 살짝 물러나 말없이 권력과 영광에 대해 성찰한다.

11

스토질코비치는 벨빌과 말로센 가옥의 홀아비와 과부 들을
모두 버스에 태워 데려다주었고, 마지막 정류장은 우리 가족이
즐겨 찾는 아마르의 식당에 있는 쿠스쿠스의 금빛 사구(砂丘)와
시디브라임*의 홍해였다. 연기 자욱한 식당 안에 들어서자마자
아마르의 아들이자 내 동창생인 아두슈가 팔을 잡아끈다.

"뱅자맹, 잘 지내?"

새처럼 생긴 그의 얼굴이 내 귀에 달라붙었다.

"응, 다 괜찮아. 아두슈, 넌 잘 지내?"

"신의 은총으로 잘 지내고 있어. 친구, 카빌리아 사람이 전해

---

* 알제리의 술 이름.

준 사진은 잘 숨겼어?"

"쥘리위스가 잠자리로 쓰는 깔개 밑에 넣어두었어. 그 짭새는
누구야?"

"바니니라고 마약 단속반 형사야. 열성적 국수주의자였지. 아
랍인 때려잡는 게 취미고. 내 동족 몇 명을 죽이기도 했어. 내 친
척 동생 한 명도 당했어. 그 사진들 언젠간 쓸모가 있을 테니 간
수 잘 해, 뱅자맹……"

아두슈는 이렇게 중얼거리고는 일을 하러 갔다. 탁자 끝에서
는 이미 대화가 무르익고 있다.

"저는 한동네에서 25년 동안 머리를 잘랐거든요." 메를랑 할
배가 옆 자리의 과부에게 털어놓는다. "하지만 제가 정말 좋아
하는 건 면도였죠. 면도칼이야말로 진짜 검(劍)이라고요!"

샹티이 생크림을 덮어쓴 듯한 파마머리의 과부는 감탄하는
눈빛이다.

"조합에서 면도는 수익성이 없다면서 서비스를 중단하기로
결의한 후로 이발사 일을 때려치웠어요. 그 일을 할 의미가 사라
졌거든요."

메를랑이 신이 나서 떠든다.

"아침마다 면도를 하면 얼굴이 딴판이 되죠. 무슨 말인지 아
시겠어요?"

과부는 고개를 끄덕여 알겠다고 한다.

"그래서 장례 미용사가 되었죠."

"장례 미용사요?"

"7구, 8구, 16구*에서요. 상류사회 출신 시체들한테 이발을 해줬어요. 수염하고 머리카락은 죽어도 계속 자라거든요. 이발은 언제까지라도 할 수 있어요."

"털 얘기가 나왔으니 말인데," 틀렘센의 푸주한 로농 할배가 끼어든다. "내 나이가 이제 일흔둘이 되는데, 보다시피 머리털은 새까맣게 자라고 수염은 새하얗단 말이야. 메를랑, 왜 그런지 설명 좀 해봐."

"제가 설명해드리죠." 스토질이 바순 같은 저음의 목소리로 말한다. "다른 것하고 똑같아요. 뭐든지 많이 쓰면 닳잖아요. 영감은 평생 엄청 많이 먹어서 수염이 하얗게 바랜 것이고, 머리는 쓰지를 않으니 머리카락이 계속 까만 거죠. 현명한 선택이었어요, 로농 할배."

아랍어로 동시통역이 이루어지고 좌중은 폭소의 도가니가 된다. 제일 예쁘게 웃는 것은 과부 돌고루키다. 그녀는 스토질 옆에 앉아 있다. 클라라와 엄마는 과부들 중 그녀를 제일 좋아한다.

---

* 이 세 구는 파리 서쪽의 부유층 거주 지역이다.

리송이 심각하게 말한다.

"사실 이제는 **직업**이라는 게 없어. 진짜 직업은 사라지고 있지. 여기 모인 우리는 그래도 모두 전직 뭐뭐 하는 식으로 진짜 직업을 갖고 있었는데 말이야."

제레미는 동의하지 않는다.

"전직 서적상, 전직 푸주한, 전직 이발사, 그건 아무 의미가 없는 말이에요. 전직 무엇이라는 건 새로운 누군가가 되었다는 거잖아요!"

"그래? 그럼 너는 전직 뭐였는데?"

꼬마가 대꾸한다.

"할아버지가 전직 이발사인 것처럼 저는 피에르 브로솔레트 중학교의 전직 학생이거든요! 뱅자맹 형, 내 말 맞지?"

(맞아, 맞아. 이 자식은 작년에 학교에 불을 질렀다. 그래서 재가 식기도 전에 전직 학생이 되어버렸다.) 그때 땡땡땡 하고 베르뎅이 포크를 두드려 모두 주목하라고 한다. 최연장자인 베르뎅이 무슨 소리를 할지 이미 아는 사람들은 접시에 코를 박는다. 양탄자 깔리듯 침묵이 깔린다.

"스멜." 베르뎅은 기념식용 목소리로 선언한다. "스멜, 자네의 영광을 위해 오늘 한 병 따도록 하겠네."

그러더니 스멜 영감 앞에 완전히 투명한 액체 반 리터를 장엄

하게 내려놓는다.

"1976년 여름산(産)이야." 베르뎅이 라기올 치즈를 꺼내며 말한다.

두려워하던 일이 벌어진 것이다. 그것은 분유리*로 된 감옥안에 10년 동안 고여 있던 물이다. 빗물이다. 그렇다, 베르뎅은 빗물을 병에 담아 수집한다. 이러한 기벽은 1915년 여름에 시작되었다. 베르뎅의 딸 카미유는 『일뤼스트라시옹』지를 보고 참호의 프랑스 병사들이 물이 부족해 끔찍하게 고생하고 있다는 것을 알게 된 후 "아빠가 다시는 목이 마르지 않도록" 빗물을 병에담기 시작했다. 그리고 스페인 독감이 카미유를 앗아간 후로 베르뎅은 딸아이를 추모하는 의미에서 그 일을 이어받았다. 우리집에 이사 올 때 베르뎅은 자기 물건 중 이 빗물 병 컬렉션만 가져오려 했다. 다 합쳐서 284병이나 되었다! 1915년 여름부터 계절마다 한 병씩 모은 것이다. 정말 낭만적이지 않은가? 문제는요즘 들어 베르뎅이 우리에게 좀 과다하게 영광을 베풀어준다는것이다. 테레즈의 생일이거나 프티가 처음으로 이가 빠지거나하는 식으로 이런저런 파티가 있거나 좋은 일이 생기면 그것을핑계로 한 병씩 개봉하는 것이다. 썩은 물 과다 복용이랄까.

---

* 사람이 입으로 불거나 압축 공기 등으로 불어서 성형한 유리 제품.

"76년 여름이라." 과부 돌고루키가 친절하게 말한다. "그때 무척 가물었죠?"

"그렇죠. 그러니 상등품이죠." 로뇽은 시디브라임을 훔쳐보면서 말한다.

그때 아마르 영감이 조용히 앉아 있는 손님들 사이에 녹말가루 요리*를 내려놓고 흰 수염을 내 쪽으로 기울인다.

"얘야, 잘 지내냐?"

"잘 지내요, 아마르 아저씨, 고마워요."

❖

문제는 정말 그렇게 잘 지내고 있느냐는 것이다. 당연히 잘 지내야 한다. 손자들과 할아버지들이 하얀 식탁보 주위에 둘러앉아 맑은 물로 영성체를 하는 끈끈한 가족이니까(물론 할아버지들은 아이들의 진짜 할아버지가 아니고 아이들의 진짜 아빠들은 실종 상태지만 세상에 완벽한 것은 없다). 그래, 잘 지내는 게 맞지. 그렇다면 말로센, 뭐가 문제야? 개 쥘리위스가 간질 발작을 일으켰잖아, 그게 문제지. 약쟁이 노인네들 사건이 질질 끌고

---

* 쿠스쿠스.

있어서 겁이 나기 시작해, 그게 문제지. 쥘리, 조심은 하고 있는 거지? 어리석은 짓 하는 건 아니지? 마약업계 놈들은 피도 눈물도 없는 거 알잖아. 조심해, 쥘리아, 조심해.

❖

스코피톤*은 움 쿨둠**의 노래를 시작한다. 따뜻한 녹말가루와 그 밑의 푸성귀들이 맛있는 냄새를 풍기기 시작한다.

"이거 봤어? 구리가 아니라 은에 금을 입힌 거야!" 스멜이 갑자기 훈장을 흔들어대면서 기뻐 소리친다. "금도금한 훈장을 줬다고!"

"알제리 사람들이 옛날에 쓰던 티스푼처럼 말이죠?" 꼬치 요리를 내려놓으면서 아두슈가 빈정거린다.

"그뿐이야? 구두 모양 재떨이도 줬다고!" 재떨이 구두를 다들 돌려 본다. 구두 뒤축에는 범선 마크***가 찍혀 있다. 굉장히 예쁘다.

---

* TV 화면과 결합된 주크박스로, 노래와 함께 3분 정도의 영상(뮤직비디오)을 볼 수 있다. 1960년대에 프랑스에서 개발되어 큰 인기를 누렸다.
** 이집트의 유명 여가수.
*** 범선은 파리 시의 상징이다.

"게다가 우울할 때 먹으라고 약도 줬어!"

"뭐라고요?"

스멜은 색색의 알약이 잔뜩 담긴 비닐봉지를 내게 건넨다.

"간호사가 그러는데 울적할 때마다 한 알씩 먹으래."

"간호사 누구요?"

"키 작은 갈색머리 아가씨야. 테레즈가 손금 보고 얘기해준 여자하고 똑같아."

(약에는 포장지도, 설명서도, 처방전도 없다.)

"파스티스 술이랑 같이 들이켜라고 하더라고."

"제가 한번 봐도 될까요?"

아두슈가 갈색 손가락으로 봉지를 잡고 잠시 무게를 가늠해 본다.

"이걸 다 먹으면 더 갖다 준다고 했어."

아두슈는 봉지를 열어 당의정을 와작와작 씹어보더니 얼굴을 찌푸렸다가 뱉어내고 나에게 말한다.

"암페타민이야, 뱅. 여기다 파스티스까지 같이 먹으면 완전히 환각 상태에 빠질 거야. 구청에서 도대체 무슨 짓을 하는 거야?"

나는 이 흥미로운 질문에 대답할 시간이 없다. 쿠투비아의 문이 힘차게 열리더니 작은 식당에 경찰이 순식간에 물밀듯이 들이닥친다. 손님 숫자의 두 배는 된다.

"꼼짝 마! 일제 수색이다. 아무도 움직이지 마!"

이 말을 한 것은 콧수염을 기른 가죽점퍼 차림의 키 큰 남자다. 꼼짝하지 말라고 했지만 웃는 표정을 보니 누군가 움직이기라도 하면 패줄 수 있어 좋아할 것 같다. 할아버지 할머니 들은 두려움에 눈이 커다래진다. 아이들은 나를 쳐다보며 움직이지 못하고 있다. 아두슈가 반사적으로 약봉지를 바구니에 담긴 빵 밑에 집어넣는데, 눈썰미가 남다른 경관 하나가 눈치를 챘다.

"세르케르! 이것 좀 보세요!"

콧수염 점퍼가 허공에서 약봉지를 받는다. 식당 안쪽 스코피톤에서는 움 쿨둠의 목소리가 자신의 관(棺)을 따라 알라 신의 정원까지 간다.* 군중이 길을 비켜 목소리가 지나가게 해준다.

"그 쓰레기 같은 뽕짝 좀 꺼버려!"

누군가가 기계의 선을 뽑아버린다. 갑자기 조용해지는데 콧수염의 목소리가 들린다.

"이봐, 벤 타예브, 이제 최첨단 약국이라도 차린 거야?"

내가 뭐라 말하려는데 아두슈가 눈짓으로 신호를 보낸다. 나는 입 밖에 나오려는 말을 겨우 참는다.

침묵이 흐른다.

---

* 알라의 정원은 이슬람교의 천국이다. 세르케르가 아랍인들을 때려잡고 있으니 아랍인 가수 움 쿨둠도 죽어 천국에 갈 수밖에 없다는 뜻.

12

그들은 칼 두 자루, 면도칼 하나, 약봉지를 압수했고 아두슈와
다른 아랍인 두 명을 체포했다. 얼굴이 빨간 젊은 경찰 하나가
나처럼* 사회복지사 흉내라도 내는 것인지 아이와 노인 들에게
이제 이런 장소에 출입하지 말라고 조용히 충고했다. 아마르가
항의했지만 점심식사는 시작도 못 하고 끝나버렸다. 콧수염이
압수 수색을 해야 하니 오늘은 식당을 닫으라고 지시한 것이다.
스토질은 할머니들을 버스에 태우고 떠났다. 남은 우리 말로센
가족은 고개를 숙이고 집으로 돌아갔다. 나는 콧수염을 기른 건
장한 남자 곁에 잠시 남는다.

---

* 말로센은 사회복지사처럼 갈 데 없는 노인들을 보살피고 있다.

우리는 대화를 나눈다.

파란색 닭장차 안에서.

유쾌한 대화다.

가죽 콧수염은 내가 착각하지 않도록 자기가 마약 단속반의
졸개가 아니라 대장이라는 것을 미리 알려준다. 다름 아닌 마약
단속반의 총사령관 세르케르 총경님이신 것이다.(정말 그렇게
생겼다!) 그 얘기를 하는 투를 보니 '아! 바로 그분이구나' 하고
고개를 끄덕여야 하는 모양이다. 세르케르, 미안하오. 나는 TV
가 없소.

"그래, 선생의 이름은 뭡니까?"

(세상일이란 그런 것이다. 유명 인사가 있고 무명 인사가 있
다. 유명 인사는 남들이 자기를 알아보기를 원하고 무명 인사는
계속 눈에 안 띄고 싶어한다. 하지만 그렇게 맘대로 되지는 않는
법이다.)

"말로셍, 뱅자맹 말로셍입니다."

"니스 출신인가요?"*

"성(姓)만 보면 그렇죠."

"나도 니스에 친척이 있지요. 아름다운 고장이죠."

---

* 니스 근교에는 '말로셍'이라는 이름의 마을이 있다.

(보아하니 확실히 미모사 냄새가 나긴 한다.)

"이봐, 말로센, 자네도 짐작하겠지만 내가 교통 위반 딱지나 끊자고 토요일에 벨빌까지 행차한 게 아니야."

(갑자기 반말이네. 니스에 먼 친척이 있다는 핑계로 말을 놓겠다 이건가?)

"이 동네에 산 지는 얼마나 됐지?"

(그는 건장한 50대 남자다. 몸이 워낙 좋아 가죽점퍼가 울룩불룩 나올 데는 나오고 들어갈 데는 들어가 있으며, 반지와 팔찌는 똑같은 금으로 세공했고, 신발은 거울처럼 반짝거린다. 아마 사무실 선반에는 사격대회 트로피들을 세워놓았을 것이다.)

"어릴 때부터 살았죠."

"그럼 동네를 잘 알겠군."

(아무래도 이놈한테 말린 것 같다.)

"니스보다는 잘 알죠."

"벤 타예브네 식당에는 자주 가나?"

"매주 한두 번씩 식구들을 데리고 가서 밥을 먹어요."

"아까 식탁에 있던 애들은 자식들이야?"

"제 동생들인데요."

"그래 자네 직업은 뭔데?"

"탈리옹 출판사 문학팀장입니다."

"아, 그 일 재미있으십니까?"

(이것 보라니까. 겉모습을 보고는 반말을 하더니 직업을 들으니까 바로 존댓말이 나오네. 세르케르 이 자식 진짜 단순하네. 직함을 듣기 전에는 내가 뭐 하는 사람인 줄 알았던 거야? 배관공? 실업자? 기둥서방? 알코올중독자?)

"그러니까 문단이란 곳은 재미가 있습니까? 멋있는 분들을 많이 만나시겠네요!"

(그럼 많이 만나다마다. 만나서 욕먹는 게 내 일인걸. '문학팀장'이라는 그럴듯한 직함을 달고 실제 하는 일이 비굴한 희생양 노릇이라는 걸 알면 이 콧수염 사나이께서는 어떤 표정을 지으시려나?)

"그렇긴 하죠. 정말 매력적인 분들이 많습니다."

"사실은 저도 글을 쓰려고 준비하고 있는 게 있습니다……"

(얼씨구, 놀고 있네.)

"경찰이라는 직업이 세상의 뒷모습을 속속들이 볼 수 있는 곳 아닙니까."

(불량배 낯짝을 한 문학팀장 같은 걸 본단 말이지?)

"하지만 집필은 은퇴한 후에나 시작할 생각이죠."

(잘못 생각하고 있는 거야. 은퇴하면 펜은 잔디 깎는 기계보다도 쓸모가 없거든.)

그러더니 느닷없이 말한다.

"선생의 친구 벤 타예브는 큰 곤경에 처해 있습니다."

"제 친구가 아닌데요."

(비겁한 짓이라고 할지도 모르겠지만 세상을 살다보니 반사적으로 이 정도 머리는 굴리게 된다. 이 악귀 같은 놈 곁에서 아두슈를 도와주려면 일단 내가 의심을 받지 않아야 한다.)

"다행이네요. 그러면 협조가 쉬워지겠군요. 우리가 들어왔을 때 그놈이 혹시 알약을 팔고 있었습니까?"

"아뇨, 그때 막 탁자 위에 꼬치 요리를 내려놓았어요."

"손에 그 커다란 봉지를 들고 말이죠?"

"경찰이 들이닥치기 전에는 그런 봉지를 못 봤는데요."

잠시 침묵이 흐른다. 그 참에 나는 이 닭장차에서 나는 냄새가 무엇인지 알아차린다. 가죽 냄새, 발 냄새, 담배꽁초 냄새가 뒤섞인 냄새다. 진짜로 누굴 치기 전에 짭새들이 카드를 치면서 시간을 때운 흔적이다. 세르케르는 목소리를 낮추더니 다시 말을 잇는다.

"마약 단속반에서 제가 왜 이렇게 설치고 다니는지 아십니까?"

(이런 질문엔 뭐라고 대답해야 하나?)

"말로센 씨, 선생께서는 동생들이 있으니 아시겠죠. 저는 그

122

어린애들의 팔목에 주삿바늘이 꽂히는 건 생각만 해도 견딜 수가 없습니다."

그가 하도 신념을 담아 이 말을 하기에 나는 즉시 '이 말이 진짜라면 정말 훌륭한 분이로군' 하고 생각한다. 물론 그럴 리 없지만. 나는 잠시나마 그 말을 믿고 싶었다. 경찰이 시민의 공복이 되는 지상낙원, 당사자의 명시적 허락 없이 노인네들에게 마약 바늘을 찔러대는 일도 없고, 착한 요정이 길 한복판에서 금발머리에게 총을 빼 들지도 않으며, 금발머리가 갈색머리의 두개골을 뽀개버리지도 않는 아름다운 세상, 어느 누구도 사회복지사 행세를 할 필요가 없는 사회, 쥘리아, 나의 아름다운 코랑송이 이제 글을 쓸 필요가 없고 대신 나에게 키스할 여유가 생기는 사회를 잠시 그려보았다. 얼마나 멋질까!

"저는 선생과 같은 지식인들을 존경합니다, 말로센 씨. 하지만 설사 지식인이라 해도 마약을 파는 아랍놈을 잡으려고 하는데 앞에서 거치적거린다면 결코 좌시하지 않을 겁니다."

(그렇게 꿈은 사라진다.)

"혹시 이해하지 못하셨을까봐 다시 말씀드리는 건데 이건 마약 사건입니다. 아까 아두슈 벤 타예브가 선생에게 권하려던 것은 다름 아니라 우리나라 의약청에서 폐기처분한 암페타민입니다. 문제는 이것이 알제리로 흘러 들어가 현지 약국에서 무방비로 유통되고 있고 그것이 다시 우리나라로 밀반입되고 있다는 것이죠."

(그 약이 알제리에 있다는 건 우리가 그 나라에 수출한다는 것 아닌가? 하지만 이 날카로운 지적은 하지 않기로 한다.) 나는 말한다.

"아마르 영감의 약이 아닐까요? 그 양반, 류머티즘을 앓고 있다고 알고 있는데요."

"개소리!"

그렇지. 이 말도 안 믿는데 이 약을 스멜에게 건네준 게 다름 아닌 구청이라는 얘기를 믿겠는가? 아두슈가 왜 입을 다물고 있었는지 점점 이해가 된다.

"이걸로 얘기를 마무리하기로 합시다, 말로센 씨."

(나야 좋지.) 그래서 나는 자리에서 일어난다. 그런데 그가 내 팔을 잡는다. 강철같이 단단한 손이다.

"이 썩어빠진 동네에서 어제 내 부하 한 명이 죽었소. 착한 녀석이었소. 노부인들을 보호하려고 배치한 녀석이었소. 약쟁이들에게 목이 잘리는 노부인들 말이오. 나는 이 일을 결코 그냥 넘기지 않을 거요. 그러니 말로센 씨, 어리석은 짓은 하지 마시오. 무언가 알게 되면 경솔한 행동 하지 말고 바로 나에게 전화하시오. 아랍 음식에 대한 선생의 이국 취향은 존중하겠소. 하지만 그것도 어느 선까지만이오. 알겠소?"

✛

나는 완전히 멍해져서 집으로 돌아오다가 차에 치일 뻔한다. 광분한 노파들을 가득 태운 빨간색 버스다. 스토질은 클랙슨을 울려 나에게 인사하고, 나는 멍하니 손으로 키스를 날려 대답한다. 어떤 놈들은 노파들의 목을 자르고, 스토질은 그 노파들을 부활시킨다.

벨빌-탱보 교차로를 지나는데 어젯밤에는 보지 못한 것이 보인다. 네거리 한복판에 분필로 그려놓은 사람 모양의 그림 말이다. 지중해 건너편 출신*의 소녀가 머플러를 한 다스는 두르고 네거리에서 혼자 망차기 놀이를 하고 있다. 아이의 두 발이 죽은 자의 두 발 위에 정확히 놓인다. 박살난 머리통 자국을 큼직하게 그린 원은 천국**이 될 것이다.

* '북아프리카의 아랍 국가 출신'이라는 의미.
** 프랑스의 망차기 놀이에서는 맨 마지막에 도달해야 할 칸을 '천국'이나 '하늘'이라고 부른다.

13

　스토질코비치는 과부 돌고루키를 벨빌 대로와 팔리카오 로가
만나는 모퉁이에 내려주었다. 노부인들의 생기발랄한 웃음 속에
버스는 다시 떠났고, 이제 과부 돌고루키는 소녀처럼 투르티유
로를 따라 천천히 걷고 있었다. 그녀는 나이가 많았다. 그녀는
과부였다. 그녀는 러시아계였다. 그녀는 악어가죽 핸드백을 들
고 있었다. 화려했던 젊은 날에서 남아 있는 것은 이 핸드백뿐이
었다. 하지만 그녀는 웃고 있었다. 앞으로는 탄탄대로일 것 같았
다. 가죽점퍼를 입은 젊은 경찰이 그녀를 눈으로 좇고 있었다.
이런 어둑어둑한 시간에 벨빌에서 공상에 잠겨 있다니 조심성이
없다고 생각했다. 하지만 한 가지는 알고 있었다. 그녀는 살해당
하지 않을 것이다. 자기가 감시하고 있으니까. 게다가 그는 그녀

가 예쁘다고 생각했다. 그는 착한 청년이었다. 그는 벨빌에서 눈을 떼지 않고 있었다.

과부 돌고루키는 '성 스토질코비치'를 떠올리며 공상에 잠겨 있었다. 그녀는 그를 꼭 '성 스토질코비치'라고 불렀다. 그리고 그를 생각할 때면 미소가 떠올랐다. 스토질코비치와 그의 버스는 그녀의 고독한 인생을 현기증이 날 만큼 충만하게 만들어주었다(그렇다, 그녀는 '현기증이 날 만큼 충만하게 만들어주었다' 같은 표현을 쓰는 사람이었다. R 발음을 좀 굴리면서). 성 스토질코비치는 노부인들을 버스에 태워주었다. '토요일 드라이브' 때는 "여러분이 스무 살 때 드나들던 가게들"을 훤히 꿰고 있는 스토질코비치가 부인들을 모시고 나가 쇼핑을 하게 해주었다. 일요일 소풍날엔 성 스토질이 파리 구경을 시켜주었다. 그러면 파리의 잊힌 모습이 소녀 시절 신고 다니던 신발 밑에서 솟아났다. 지난주에는 라프 로에서 폭스트롯 춤, 찰스턴 춤을 추었고 슬로 댄스도 추었다. 자욱한 담배 연기 속에서 춤추는 노부인들의 머리는 미로를 그렸다.

오늘은 몽트뢰유 벼룩시장에서 과부 돌고루키가 키예프 양식의 부채를 사려고 할 때 성 스토질이 나서서 흥정을 해주었다. 스토질은 성직자 같은 굵은 목소리로 헌옷 장수에게 훈계를 했다.

"정말 추잡한 일을 하면서 먹고살고 있군. 골동품을 파는 건 사람들의 영혼을 훔치는 것이나 다름없어. 이 부인은 러시아 출신이셔. 그러니까 이 부채는 부인의 과거에 속하는 물건이라고. 내가 생각하는 것처럼 잡놈이 될 게 아니라면 값을 깎아드려."

그렇다, 과부 돌고루키에게는 멋진 하루였다. 아침에 찾은 이번 분기 연금의 4분의 1이 부채 값으로 날아가기는 했지만. 그리고 내일 일요일에는 또 소풍을 가리라…… 그다음에는 여느 일요일 오후처럼 '성 스토질'이 노부인 부대를 데리고 카타콤*으로 내려갈 것이다. 부인들은 뼛가루 먼지 속에서 낄낄거리면서 스토질의 말마따나 '영면(永眠)에 대한 적극적 저항'에 뛰어들 것이다(하지만 그들은 이 놀이에 대해 어느 누구에게도 발설하지 않기로 맹세했다. 과부 돌고루키는 비밀을 누설하느니 죽음을 택할 것이다).

카타콤에서 의식을 치른 후에는 말로센 가족의 집에 가서 차를 마실 것이다. 소풍은 '숙녀들끼리만' 하지만, 그 집에서 과부 돌고루키는 '신사들'을 만날 것이다. 임신한 지 열 달이 된 말로센 가족의 어머니는 찬란히 빛을 발하고 있었다. 출산이 늦어지는 것은 걱정하지 않는 눈치였다. 딸 클라라는 차를 내왔고 어떤 때는 사진을 찍었다. 모녀의 얼굴은 성화(聖畵)와도 같았다. 아

---

* 지하 묘지.

파트로 개조한 철물점 안쪽에서는 또 다른 깡마른 딸이 운수를 봐주었다. 분홍색 테 안경을 낀 어린 소년은 동화 같은 비현실적인 이야기를 들려주었다. 이 집의 평온한 분위기에 과부 돌고루키는 마음이 편안해졌다.

과부 돌고루키는 문득 같은 층의 이웃인 과부 호씨가 생각났다. 호씨는 베트남 출신이었다. 그녀는 아주 연약하고 무척 외로워했다. 그래, 그렇게 하자. 과부 돌고루키는 다음주 토요일에 호 할머니더러 같이 버스에 타자고 해야겠다고 생각했다. 자리가 좀 좁긴 하겠지만 그게 대수인가.

✤

투르티유 로를 따라 집으로 돌아가면서 과부 돌고루키는 이런 생각을 하고 있었다. 가죽점퍼를 입은 단신의 경찰이 그녀를 몰래 뒤따랐다. 계단을 오르는 것은 오늘 하루 중 유일하게 힘든 일이 될 것이다. (전기공사 때 자동 점멸 장치를 끊어버려서) 계단은 어둠침침했고, 각 층의 층계참에는 깨진 석회 조각과 쓰레기 더미가 쌓여 있어서 거치적거렸다. 더구나 6층까지 올라가야 하다니! 건물 현관을 20미터 앞두고 과부 돌고루키는 벌써부터 잠수를 준비하는 것처럼 숨을 깊이 들이마셨다. 마지막 가로등은 전구가 나가 있었다(아마 꼬마 누르딘이 새총을 가지고 놀다가 깨뜨렸을 것이다). 그녀는 집에 돌아왔다. 그녀는 어두운 건물 안으로 들어갔다. 단신의 경찰은 건물 안까지는 따라 들어가지 않았다. 조금 전에 이미 각 층을 둘러본 참이다. 그 건물에는 과부 할머니 둘이 살고 있었다. 어제 TV에 나온 과부 호씨와 과부 돌고루키. 단신의 경찰은 두 과부의 보이지 않는 수호천사였다. 이제 과부 돌고루키는 자기가 사는 건물에 무사히 도착했다. 단신의 경찰은 발길을 돌렸다. 그는 벨빌에서 눈을 떼고 싶지 않았다.

❖

과부 돌고루키는 건물 현관을 지나자마자 위협을 직감했다. 누군가 있었다. B계단 뒤쪽에 누군가 쭈그리고 앉아 있었다. 그녀에게서 왼쪽으로 1미터 떨어진 곳이었다. 몸이 달아오르는 것이 느껴졌다. 긴장감으로 신경이 곤두섰다. 그녀는 천천히 가방을 열었다. 가방 안에 슬며시 손을 넣어 개암나무로 된 권총 손잡이를 손가락으로 감쌌다. 이런 종류의 근접 전투를 위해 만들어진 짧고 작달막한 권총이었다. 라마 모델 27이었다. 그녀는 가방을 오른쪽 옆구리에서 배 쪽으로 슬며시 옮겼다. 이제 총은 위협이 느껴지는 쪽을 향하고 있었다. 그녀는 최대한 조용히 안전장치를 풀었고 회전식 탄창이 손바닥 안에서 도는 것을 느꼈다. 그녀는 꼼짝하지 않았다. 계단 뒤 어두운 구멍 쪽으로 고개를 돌리고 물었다.

"거기 누구요?"

아무 대답이 없었다. 그자는 곧 덤벼들 것이다. 그녀는 마지막 순간에 면도칼이 보이면 총을 가방에서 꺼내지 않고 발사할 작정이었다.

"거기 누구 있어요?"

심장이 빨리 뛰었다. 하지만 두려워서가 아니라 흥분해서였다. 겁에 질려 손가방을 몸에 붙인 척했다.

"오늘 연금을 탔어요." 그녀가 말했다. "돈은 여기 가방 안에 있어요."

아무 소리도 들리지 않았다.

"키예프 부채하고 아파트 열쇠도 있어요."

그림자는 여전히 움직이지 않았다.

"6층 오른쪽 집이에요." 그녀가 설명했다.

아무 반응도 없다.

"알았어요." 그녀는 말했다. "도와달라고 소리 지를 거예요. 경찰이 밖에 있다고요."

마침내 그림자가 몸을 드러냈다.

"소란 피우지 마세요, 돌고 아줌마. 저 지금 숨어 있어요!"

그녀는 누구의 목소리인지 즉시 알아차렸다. 그녀는 손잡이
가 너무 뜨겁기라도 한 듯 총을 놓았다.

"누르딘, 거기서 뭐 하는 거니?"

"레일라를 기다려요." 꼬마가 속삭였다. "놀래주려고요."

(레일라는 식당 주인 아마르 벤 타예브 영감의 딸이었다. 매
일 저녁 레일라는 과부 돌고루키와 과부 호씨에게 저녁식사를
가져다주었다.)

"지난주처럼 쟁반을 떨어뜨리게 하려고?"

"아니요, 돌고 아줌마. 그냥 가볍게 장난 좀 치려고요."

"알았다, 애야. 하지만 레일라가 올라갈 때 말고 내려올 때 그
러거라."

"알았어요, 아줌마, 내려올 때 할게요."

✤

"들어와, 레일라, 문 열렸어."

그녀는 막 가방과 외투를 내려놓은 참이었다. 아직 숨이 찼다.

"돌고루키 부인, 레일라가 아닌데요." 목소리가 대답했다. "저

예요."

그녀는 입가에 놀란 미소를 띠고 몸을 돌렸다. 그녀는 목을 보호할 시간이 없었다. 면도날이 공기를 가르는 소리를 냈다. 그녀는 상처가 깨끗하고 깊다는 것을 알았다. 자신의 피에 익사하는 것 같았다. 그렇게 불쾌한 죽음은 아니었다. 격하게 취한 것 같았다.

14

바지선에서 발견된 젊은 여인은 벌써 나흘째 깊은 잠에 빠져 있었다.

"아름다운 아가씨, 창녀가 아니라면 당신은 대체 누굽니까?"

파스토르는 침대 머리맡에 꿇어앉아 있었다. 그는 조용한 병실에서 중얼거리면서 코마에 빠진 여인이 의식 깊은 곳에서 말소리의 울림을 지각하기를 바랐다.

"대체 누가 이런 짓을 했어요?"

그녀는 매춘부로도 이름이 올라 있지 않고 실종 신고자 명단에도 없었다. 이 탐스러운 육체를 찾는 사람도 없고 언제 꺼질지 모르는 그녀의 목숨을 걱정하는 사람도 없었다. 파스토르는 이미 전산 기록과 색인 카드도 샅샅이 뒤져보았다.

"그놈들을 꼭 잡겠습니다. 최소한 이인조겠죠."

여인의 몸에는 호스가 주렁주렁 달려 있었다. 그녀는 병원 특유의 통조림 냄새 속에서 잠들어 있었다.

"차는 벌써 찾았습니다. 검은색 BMW인데 강베타 광장 근처에서 찾았어요."

파스토르는 잠을 깨울 수 있을지도 모른다는 희망으로 그녀에게 몸을 기울이고 좋은 소식들을 알려주었다.

"지문 검사를 해보면 많은 사실을 알 수 있을 겁니다."

금속 호스에 달린 빨간 경보기는 그녀가 생각을 하고 있다는 것을 알려주었다. 하지만 그녀의 의식은 아직 아주 먼 곳에 있었다. 심장은 섹스를 할 때처럼 불규칙하게 뛰었다. 그녀는 치사량의 약물을 투여당했다.

"온갖 약을 달고 사는 티안 형사님도 그렇게 많은 약물은 견디지 못할 거예요. 하지만 아가씨는 강한 분이니 이겨낼 겁니다."

턱뼈 사진으로도 아무런 정보를 얻을 수 없었다. 어금니에는 크라운이 씌워져 있고 사랑니 하나를 뺀 자국이 있었지만 전국의 치과 기록을 모조리 뒤져보아도 이 턱뼈의 X선 사진이나 어금니 모형은 나오지 않았다.

"그 맹장은 어떻게 된 거죠? 의사 말로는 수술한 지 얼마 되지 않았다던데요. 기껏해야 2년 남짓? 맹장 절제술은 누가 집도한 거죠? 어쨌든 프랑스의 외과의사가 한 것은 아니라는 건데요. 아가씨 사진을 전국의 수술실에 모두 돌렸거든요. 아가씨를 흠모하는 사람이 맹장을 훔쳐갔나요?"

어둑어둑한 병실에서 파스토르는 미소를 지었다. 그는 의자를 집어 침대 옆에 놓고 조용히 앉았다.

"그럼 한번 추리해봅시다."

이제 그는 잠자는 여인의 귀에 입을 붙이고 중얼거리고 있다.

"아가씨는 외국에서 개복 수술을 받고 치과 치료를 받았어요. 운이 좋으면 치아의 크라운 성분을 분석해서 어느 나라인지 알 수 있을 겁니다. 그러니 두 가지 가설이 나오죠."

(질문이란 어느 누구에게든 어떤 상태의 사람에게든 할 수 있다. 대답을 통해 진실을 파악하는 경우는 드물고, 대부분의 경우 진실은 질문을 계속 던져나가는 과정에서 드러난다. 이것은 꼬마 장 바티스트가 초등학교에 다닐 때 위원장이 가르쳐준 것이다.)

"우선 아가씨는 프랑스 영토에서 살해된 미모의 외국인일 수 있습니다. 고문당한 것을 보면 스파이일 수도 있겠군요. 만약 그렇다면 이 사건은 제 손을 벗어나겠죠. 그러니 이 가설은 당연히 제쳐놓겠습니다.

아니면 아가씨는 그저 출장중이었을 수도 있죠."

파스토르는 복도에서 들리는 카트의 쇳소리가 멀어지기를 기다렸다가 물었다.

"파견 교사였나요?(그는 믿어지지 않는다는 듯 입을 비죽 내밀었다.) 아니야. 이건 교사의 몸이 아니야. 그러면 대사관 직원? 사업가?"

시원시원한 몸매, 단단한 근육, 강한 의지가 엿보이는 얼굴 등은 여성 사업가의 이미지와 딱 들어맞았다.

"그것도 아니겠죠. 사업가였다면 부하 직원들이 찾았겠죠."

파스토르는 자가용 비행기를 타고 다니는 여성 사업가들을 몇 번 본 적이 있었다. 여사장이 자리를 비우면 부하 직원들은 쩔쩔매면서 아무 일도 하지 못했다.

"관광? 아가씨, 여행업계에서 일하나요? 혹시 안절부절못하는 관광객들을 끌고 다니는 참을성 많은 가이드인가요?"

아니야. 왜 그런지 설명할 수는 없지만 가이드는 아니었다. 정해진 코스나 따라다닐 관상이 아니었다.

"그러면 혹시 기자?"

이제 그는 기자라는 생각을 가지고 이리저리 맞춰보았다. 기자라…… 취재기자…… 사진기자…… 뭐 그런 종류의 기자일 것 같은데.

"하지만 신문사에서 이런 미모의 기자가 실종되었는데 왜 찾지 않을까?"

그는 여자의 몸 전체를 다시 훑어보았다. 미녀였다. 골격도 예쁘고 얼굴도 예쁘고. 손가락은 섬세하고 부드러웠다. 머리카락도 자연스럽고.

"하루하루 앵벌이하는 일간지 기자도 아니고, 미리 써둔 기사를 저녁식사 전에 전화로 불러주는 간부급 기자도 아닌 거죠."

그랬다. 그는 그녀가 오히려 현장에 들러붙어 몇 주 동안 안 보이다가 취재가 끝나야 나타나는 심층취재 기자일 거라고 생각했다. 현재의 역사가, 바로 여기의 민속학자, 묻혀 있어야 할 것을 파헤치는 타입의 기자 말이다. 투명성의 윤리를 들먹이며 남들이 숨기려는 것을 기필코 파헤쳐서 보도하려는 기자 말이다.

"그게 맞아요?"

파스토르는 문이 열리는 소리를 듣지 못했다. 티안이 가래 섞인 목소리로 빈정거리는 게 들렸다.

"그거든지 휴가중인 타자수든지 거추장스러운 상속녀든지……"

"타자수는 외국에서 병을 치료받을 일이 없어요. 상속녀라면 고문하지 않고 바로 콘크리트를 매달아 물속에 빠뜨리겠죠. 선배는 안남(安南)* 사람치고는 진짜 둔해요. 특이하네요."

"약간은 프랑스 사람이라서 그런 거 아니겠어? 얘야, 그만 가

자. 나는 병원에만 오면 몸이 더 안 좋아져."

✤

반 티안 형사는 우울했다. 하루하루 시간은 흐르는데 과부 돌고루키를 죽인 놈을 잡을 수가 없었다.

"내 이웃이었어. 바로 앞집에 사는 여자였다고."

한 놈이 면도칼을 들고 벨빌을 어슬렁거리고 있었다. 그놈이 반 티안 형사의 코앞에서 노부인들을 두 동강 내버리고 있는데, 반 티안 형사는 그놈을 잡을 수가 없었다.

"그 썩을 놈이 우리 집에 들어왔을 것 같아? 그놈은 앞집에 가서 일을 저질렀다고!"

과부 호씨가 반 티안 형사의 마음속에서 분통을 터뜨리고 있었다. 호씨는 돌고루키보다 돈도 더 많았다. 호 할머니는 가난한 사람들이 뻔히 보는 곳에서 지폐 다발을 흔들면서 벨빌의 곳곳을 누비고 다녔다. 하지만 죽어나가는 것은 다른 과부들이었다. 과부 호씨가 지폐를 깔고 자는 동안 다른 과부들은 그 작은 손아귀에 쥐꼬리만 한 연금을 움켜쥐고 있었다. 연금에 독이 발려 있

_____

* 베트남의 옛 명칭.

기라도 한 듯 그 때문에 과부들이 죽었다. 반 티안 형사와 과부 호씨는 이제 사이가 좋지 않았다.

"바보 할망구로 변장한 바보 늙은이라니. 이짓도 이제 지긋지 긋해."

파스토르는 위스키 잔들을 일렬로 세워놓고 항우울제 알약을 집어넣었다. 달리 할 일이 없었다.

"밤낮으로 붙어 있었는데 이런 꼴이 되다니⋯⋯"

그것은 사실이었다. 반 티안 형사는 온갖 수법을 다 동원했다. 사복을 입고 뭔가 알 만한 놈들은 죄다 붙잡고 물어보았다. 원피스 차림으로 마약 살 돈이 없는 놈들을 하나하나 유혹했다. 과부 호씨는 온몸이 주삿바늘 자국투성이라서 물이 줄줄 새는 약쟁이들 옆을 지나갔다. 그들은 약이 모자라 몸이 떨려 이가 딱딱 부딪히고 온몸의 구멍에서 땀이 흐르고 있었지만 호 할머니가 지나가게 내버려두었다. 호 할머니는 그림의 떡이었고, 그래서 더 짜증이 났다. 저 많은 돈이, 하느님 맙소사, 알라 신이여! 저 돈이 헤로인이 될 수 없다니! 호 할머니는 벨빌의 두뇌에 심어놓은 지식의 나무* 같았다. 건들면 안 돼! 그녀가 지나가는 걸 보면 어떤 약쟁이들은 욕구불만으로 실신했다. 이제 호 할머니는

---

* 성경에 나오는 선악과를 가리킨다.

자기 자신을 믿지 않았다. 그녀는 자기 억양이 싫었다.

"말끝마다 느억맘*을 치는 것도 이젠 진력이 나."

사실 호 할머니는 베트남 말을 한 마디도 못 했다. 억양은 가짜였고 거동이나 몸가짐도 가짜였다.

"프랑스인의 둔한 두뇌를 가지고 예민한 아시아인인 척하기도 지겨워."

매일 밤 보고서를 작성할 시간이 되면, 티안은 사무실에 돌아와 역겨워하면서 검은 실크 광택의 태국식 원피스를 벗어던졌다. '아시아의 천 가지 꽃' 향수 냄새 때문에 파스토르는 숨을 쉴 수가 없었다. 과부 호씨가 우울해하면 반 티안 형사는 속에 담아둔 얘기를 털어놓았다. 그도 홀아비였다. 아내 자닌은 죽었다. 키다리 자닌이 죽은 지도 벌써 12년째였다. 그녀는 제르베즈라는 딸을 하나 남겼지만 제르베즈는 하느님과 결혼했다. ("아빠, 아빠를 위해 기도할게요. 하지만 시간이 없어서 뵈러 가지는 못하겠어요.") 반 티안 형사는 외로웠다. 솔직히 말하면 세상 어디에도 마음 둘 곳이 없었다.

"우리 어머니는 1920년대에 통킹에서 선생 노릇을 했어. 몽카이라는 도시에서 근무했는데 그곳에 있을 때 프랑스의 가족에게

---

* 베트남 요리에서 조미료로 쓰는 젓갈.

처음이자 마지막으로 편지를 썼지. 그 편지를 내가 보관하고 있어. 아가야, 한번 읽어볼래?"

파스토르는 편지를 읽었다.

　사랑하는 부모님,

　더 말할 필요도 없겠죠. 프랑스는 이 나라에서 앞으로 20년 이상 버티지 못할 거예요. 이 나라 사람들이 볼 때 우리는 너무 탐욕스럽고, 우리가 볼 때 이곳 사람들은 너무 교활해요. 저야 약탈에 소질이 있으니까 아무거나 손에 걸리는 대로 귀중품을 하나 집어 바로 귀국선을 탈래요. 기다리세요. 금방 갈게요.

　　　　　　　　　　　　　　　　　　루이즈 올림

"그래서 어머님 손에 무엇이 걸렸는데요?" 파스토르가 물었다.

"우리 아버지. 통킹 남자 중에 키가 제일 작은 사람이었지. 어머니는 12구 출신의 키 큰 여자였고. 톨비악 출신이었어. 알겠어? 베르시의 포도주 창고 있는 곳 말이야. 나는 그 동네에서 자랐어."

"그렇군요."

"싸구려 포도주 창고에서 자란 거야. 평범한 가메* 품종 포도주를 취급하는 가게였지."

✢

　파스토르의 수사도 그다지 잘 풀리지 않았다. BMW 차체의
지문 분석도 아무런 소득이 없었다. 그 차의 소유주는 꼼꼼한 성
격의 치과의사로(싱글남이었다), 에이즈의 공포가 확산된 이래
한 번도 장갑을 벗은 적이 없는 사람이었다. 두 살인자도 그에
못지않게 세심했다. 파리에서 지문이 **하나도** 찍혀 있지 않은 자
동차는 그것뿐이었으니까. 단골 정비공 역시 자기 지문을 말끔
히 지워놓았다.

　티안의 조언에 따라 파스토르는 여자가 바지선에 떨어진 밤
에 각 경찰서에 녹음된 구조 요청 전화를 모두 검토했다.

　"차에 실리기 전에 몸싸움이 있었을지도 몰라. 여자가 비명을
질렀을 수도 있고. 그렇다면 누군가가 듣고 경찰에 연락했을 수
도 있지."

　"그럴 수도 있죠." 파스토르는 인정했다.

　그날 밤 파리와 인근 지역에서는 302명의 여자가 비명을 질렀

---

* 보졸레와 같은 값싼 포도주를 만드는 데 주로 쓰이는 포도 묘목.

다. 경찰은 208번 출동했다. 출산 예정일보다 아기가 일찍 나와 비명을 지른 산모도 있고, 급성맹장염 때문에 비명을 지른 사람도 있고, 섹스 도중에 낸 교성도 있고, 애인에게 맞아 소리를 질렀다가 경찰이 나타나자마자 용서하고 없었던 일로 한 경우도 있었다. 심각한 상황은 없었다. 파스토르는 나머지를 확인해보기로 했다.

잠자는 미녀의 사진을 보고 연락하는 사람도 없었다. 여성 사업가가 자리를 비웠다면 그것은 다른 곳에 가서 중요한 일을 처리하고 있기 때문이었다. 파스토르는 취재기자나 특파원이 있는 언론사들도 돌아다녔다. 언론사의 숫자는 생각보다 많았다. 전부 돌아보려면 며칠이 걸릴 터였다.

✤

마침내 어느 날 저녁, 카레가 형사의 클립이 바닥났다. 카레가는 목덜미가 황소 같은 다부진 체격으로 사시사철 목에 털이 달린 항공 점퍼를 입고 다녔다. 그는 느릿느릿하면서도 절도 있는 형사로, 어리디어린 피부관리사와 사귀고 있었다. 그는 소매치기에 노출증까지 겹친 사건에 대한 상세한 보고서의 타이핑을 막 마친 참이었다. 소매치기야 봐줄 수도 있지만 지고지순한 연

애를 갓 시작한 그에게 노출증은 혐오감을 불러일으켰다. 카레
가는 보고서를 묶을 클립을 누구에게 빌릴까 1분 넘게 고민했
다. 결국 그는 파스토르에게 빌리기로 했다. 파스토르는 조용하
면서도 언제나 밝은 성격으로 수많은 사람에게 수많은 서비스를
해주면서도 절대 보답을 요구하지 않는 착한 녀석이었다. 파스
토르는 언제나 자리에 있었다. 그는 사무실에서 잠을 잤다. 카레
가가 카롤과 처음으로 밤을 보낼 수 있었던 것도 파스토르가 당
직을 바꿔준 덕이었다(정확히 말하면 그날 밤 두 사람 사이에는
아무 일도 없었다. 카롤과 카레가는 장래를 이야기하는 것으로
만족했다. 그들이 그 장래를 시작한 것은 다음 날 아침 6시 30분
의 일이었다). 파스토르는 하루 종일 의료보험공단 서류에 우표
를 붙이고 있는 키 작은 베트남계 형사(어머니가 프랑스인이었
다)와 한 사무실을 쓰고 있었다. 반 티안과 파스토르의 사무실
은 카레가의 바로 옆방이었다. 이 모든 (직업적, 감정적, 지형
적) 이유로 그날 밤 카레가는 티안-파스토르의 방에 들어갔다.
나란히 서서 도시의 네온 속에 반짝이는 겨울밤을 바라다보고
있는 두 형사의 뒷모습이 보였다. 그들은 돌아보지 않았다. 카레
가는 허락을 받지 않고서는 클립 하나라도 빌릴 사람이 아니었
다. 하지만 ("파스토르, 클립 하나만 줘" 하는 식으로) 대번에 용
건을 말하기도 싫었다. 그래서 자기가 와 있다는 것을 알리려는

데 파스토르의 책상 위에 놓인 사진 한 장이 눈에 띄었다. 현상실에서 가져온 그 사진에는 석탄 더미 속에 벌거벗고 누워 있는 미녀의 모습이 보였다. 상처투성이였지만 여전히 아름다웠다. 얼굴을 확대한 사진을 보면 알 수 있었다. 과묵한 역도선수 같은 무뚝뚝한 말투로 카레가 형사가 입을 열었다.

"나 이 여자 아는데."

파스토르는 천천히 몸을 돌렸다. 피곤한 표정이었다.

"뭐라고 했어?"

카레가 형사는 그 여자를 안다고 다시 말했다.

"이름은 쥘리 코랑송이고, 『악튀엘』지의 기자야."

분홍색 알약 무더기가 폭포수처럼 떨어져 바닥에 튀었다. 반티안이 트랑센 통을 들어보니 통은 이미 비어 있었다.

전화벨이 울렸다.

"파스토르?"

수화기 저편에서 직업적 흥분을 주체하지 못해 탄성을 지르는 경찰의 목소리가 들렸다.

"찾았어. 그 여자가 누군지 알았어!"

"나도 알아." 파스토르는 말했다.

그리고 전화를 끊었다.

15

나는 머리를 굴렸다. 11구 구청 소속 간호사가 우리의 스멜 영감에게 마약을 먹이려 했고, 아두슈는 약봉지를 들고 있다가 경찰에 체포되었다. 나는 아두슈가 죄가 없다고 말하려 했지만 아두슈는 그들이 내 말을 믿지 않을 거라고 생각하고 나를 막았다. 그는 혼자 헤쳐나갈 생각이었다. 하지만 일주일이 지나도록 아두슈는 여전히 풀려나지 않았다. 결론, 아두슈를 도와야 한다.

남은 방법은 하나밖에 없었다. 마약을 준 간호사를 잡아서 실토하게 만드는 것이다. 그래서 나는 스멜 영감을 구청에 보내서 그 환상적인 약이 다 떨어졌다는 핑계를 대고 그 여자와 약속을 잡게 했다. 영감은 메시지를 접수시키고 구청 소속 간호사가 오늘 오후 네시 삼십분에 방문할 것이라는 약속을 받았다. 나는 스멜의 옷장에 숨었다. 매복을 한 것이다. 스멜은 그녀를 다시 본다는 생각에 들떠서 방 안을 서성거린다.

"요염한 갈색머리 아가씨라니까, 뱅자맹. 진짜야!"

"영감, 입 좀 다물어요. 여자가 왔다가 우리 애길 들으면 어쩌려고 그래요?"

나는 그의 낡은 양복과 수제화 더미 속에 쭈그리고 앉아 말한다. 스멜의 옷장에서는 독특한 과거의 냄새가 난다.

"웃으면 빛이 나고 눈은 반짝거린다니까. 자네도 보면 알 거야!"

"계속 그렇게 떠들면 볼 수 있겠어요? 영감 혼자 있는 게 아닌 걸 눈치 채면 바로 도망갈 텐데요!"

"처음 본 후로 그 여자 생각이 머리를 떠나지를 않아."

스멜이 보이지는 않지만 그가 서성거리는 소리가 들린다. 그는 31사이즈 옷을 입었다. 그의 구두는 삐걱거리면서 50년대 소리를 내고 있다.

"게다가 얼마나 귀여운데! 약을 주면서 내 손바닥을 어루만졌다니까……"

솔직히 말해 스멜은 너무나 안절부절못하고 있어서 그놈의 폭탄 봉지를 진짜 먹은 게 아닌가 의심스러울 정도다. 나는 작전이 완전히 무산될까 걱정스럽다.

"똑똑." 드디어 왔다. 작전 개시다.

스멜의 구두 밑창*은 침묵한다.

다시 똑똑 소리가 들린다. 스멜은 그 자리에 꼼짝 않고 서 있다. 나는 화가 나서 속삭인다.

"씨팔, 빨리 가서 문 열어요!"

스멜은 여전히 반응이 없다. 몸이 굳어 있다. 사랑의 감정으로 얼어붙은 것이다. 그의 옷장 속에 쭈그리고 앉아 있는 나는 왜 스멜이 평생 독신인지 불현듯 깨닫는다.

똑똑똑. 이번엔 세 번 두드린다.

내가 빨리 결정하지 않으면 집 앞에 왔다가도 문을 열어주지 않아 가버린 스멜 평생의 모든 여자들처럼 키 작은 갈색머리도 가버릴 것이다. 그래서 나는 옷장에서 뛰쳐나와 방을 가로질러 달려가 문을 활짝 연다.

"좀 오래 걸리네요."

어마어마한 떡대의 금발 여자가 말을 내뱉고는 스크럼하프**처럼 나를 밀치더니 온몸이 마비된 스멜 앞에 우뚝 선다.

"그래, 할아버지, 어디가 안 좋은데요?"

* 스멜(semelle)은 원래 '구두 밑창'이라는 뜻.
** 럭비 경기의 한 포지션.

스멜은 아무 말도 하지 못한다. 마스토돈*은 고개를 돌려 나를 바라본다.

"이 영감 왜 이래요? 나 바쁘거든요. 이 집 말고도 가볼 데가 많다고요."

"다른 분을 기다리고 있었어요." 나는 말한다. "좀 놀란 모양이에요."

"다른 사람 누구요? 구청 소속 간호사를 부른 게 아니에요?"

"맞아요. 근데 다른 간호사분, 갈색머리 여자분을 기다리고 있었어요."

"갈색머리는 없어요. 이 지역 담당은 두 명밖에 없는데 나 말고 다른 사람은 빨강머리예요. 나보다 훨씬 못생겼고요. 그런 쪽의 생각이라면 당장 접어요."

"근데 지난번엔 서글서글한 성격의 키 작은 갈색머리 간호사가 영감한테 약을 줬어요. 약이 효과가 좋아서 약을 더 받으려고 와달라고 한 거고요."

"처방전은 있어요?"

"처방전이요?"

뒤룩뒤룩 살이 찐 넙데데한 얼굴이 갑자기 굳어지고 눈을 찌

---

* 지금은 멸종한 매머드의 일종.

푸린다.

"허튼수작은 그만둬, 조그만 양반. 약을 받았으면 당연히 처방전이 있어야지."

"처방전 같은 건 없었어요. 포장지도 없는 알약을 비닐봉지에 잔뜩 담아서 들고 왔더라고요. 신경안정제 비슷한 거였는데……"

"경찰을 부를까?"

여기서 대화는 잠시 중단된다. 떡대는 이 말을 던지는 게 꼭 한잔하러 가자고 제안하는 품이다.

"이 동네는 진짜 왜 다 이 모양이야? 나한테 가짜 처방전을 뜯어내려는 인간이 이번 주에만 벌써 세번째야. 나는 그런 일은 하기도 싫고 할 수도 없다고."

문득 그 괴상한 얼굴에 주름이 잡히더니 알았다는 듯 교활한 미소가 떠오른다. 그녀는 스멜을 손가락으로 가리키며 말한다.

"저 다 망가진 노인네가 필요한 게 아니지? 당신이 필요한 거지?"

(이건 또 무슨 소리?) 그러더니 갑자기 다정하게 나온다.

"마약은 해결책이 아니야, 조그만 양반. 다른 방법을 알고 있는데."

그녀는 그 말을 하고 나에게 다가온다. 키가 얼마나 될까? 내가 반사신경이 예민해 무의식중에 뒤로 물러섰기에 망정이지 하마터면 내 머리가 그녀의 두 가슴 사이에 끼어버릴 뻔했다. 여자는 뒤도 돌아보지 않고 스멜에게 지시한다.

"할아버지는 부엌에 가서 기다리세요."

말이 떨어지기 무섭게 우리 둘만 남는다. 그녀의 식인귀 같은 얼굴이 내 머리 위에 놓이고 화강암처럼 단단한 가슴이 나를 벽에 눌러 뭉갠다. 하역장 인부 같은 손이 아래쪽(내 아래쪽!)으로 기어가는 동안 강간범이 명령을 내린다.

"내가 지금은 시간이 없거든, 예쁜이. 그러니까 아무리 늦더라도 오늘 밤에 우리 집에 와서 치료를 받도록 해. 안 그러면 경찰한테 넘길 줄 알아. 여기 내 주소."

그녀의 손가락이 내 허리띠 안쪽으로 슬며시 기어 들어오더니 차가운 방문용 명함을 밀어 넣는다. 나의 내밀한 우편물 저울은 명함이 돋을새김으로 인쇄되어 있다는 것을 확인한다. 정말 우아하다.

✢

그러니까 스멜에게 약을 준 여자가 간호사라면 나는 대주교다. 그녀는 구청과는 정말 아무 상관이 없다. 구청 간호사들은 시민에게 마약을 공급하는 것이 아니라 시민을 강간한다.

갈색머리 여자가 구청 공무원 명부에 없는 것은 개인 사업자이기 때문이다. 아니면 일당이 있어 체계적으로 경로당 방문판매를 하고 있는 것인지도 모른다(이 동네에서만 벌써 세 명이 걸려들었다). 그때 불현듯 한 가지 생각이 떠오른다. 유레카! 리송을 약물중독 상태로 만들어버린 여자, 나의 쥘리아가 쫓고 있는 키 작은 갈색머리 여자가 생각난다. 같은 여자라면? 정말 같은 여자라면?

❖

말로셴의 차후 수사는 암실에서 진행된다. 내 여동생 클라라는 손가락으로 사진을 만지고 있고, 우리의 머리 위에는 빨간 전구가 매달려 있다.(이런 조명 아래서 클라라의 부드러운 얼굴을 바라보니…… 나의 클라리넷, 말해봐, 너를 사랑하는 사람이 언제 나타날까? 어떤 사람일까? 그가 네 오빠를 참아낼 수 있을까?)

우리는 훈장 수여식 때 클라라가 찍은 사진을 전부 인화하기로 했다. 운이 좋으면 갈색머리가 필름에 있을 것이다.

"오빠, 구의원 좀 봐, 웃기네……"

민중의 대변자가 통 속의 화학 용액 속에서 정말 모습을 드러낸다.

"턱부터 나오네. 정력적인 사람은 이렇다니까!"

클라라는 조용히 웃는다. 클라라는 사진가다. 16년 전 가늘고 긴 눈을 뜨자마자 사진가였다. 쥘리와 클라라를 서로 소개시켜주었을 때 쥘리도 그 사실을 한눈에 알아차렸다.("뱅자맹, 저 아이가 세상을 어떤 시선으로 바라보는지 당신은 모를 거야. 저애는 겉과 속을 함께 본다고.")

"이제 고령자 담당 정무차관 차례야……"

아르노 르카플리에는 가르마부터 나온다. 다음에는 콧등이 나오고 턱을 이등분하는 오목한 보조개가 따라 나온다. 이 수직선 양쪽으로 붙어 있는 통통한 얼굴은 얼굴을 완전히 가리는 중세 기사의 투구처럼 깨끗하고 미끈하고 무표정하다. 투구치고는 좀 말랑말랑한 게 사실이지만 결코 뚫고 들어갈 수 없게 단단하며 길게 찢어진 세심한 두 눈이라고 예외는 아니다.(젠장, 난 이 작자가 정말 싫다!) 아르노 르카플리에는 연단 위에서 몸을 숙이고 있다. 그는 훈장을 달고 환한 표정을 짓고 있는 스멜의 손을 잡는다. 사실은 스멜에게 손가락 끝만 대고 있다. 경멸하는 마음이 있어서겠지. 내 생각에 이 아르노라는 작자는 노인네 알레르기가 있다. 그런 놈이 고령자 담당 정무차관이라니…… 정말 웃긴 팔자다.

우리는 그렇게 꼬박 두 시간을 일한다. 클라라의 향수가 현상액의 유독한 악취에 저항하고 있다. 이윽고 클라라가 말한다.

"클로즈업으론 아무 소용이 없겠어, 오빠. 그 여자가 꽤 조심한 것 같아. 군중 속에서 찾아봐야 할 것 같은데. 사진을 확대해서 뽑아볼게."

"시간은 넉넉해."

"오빠는 아니야. 스토질 아저씨가 오늘 저녁에 들른다고 했잖아."

(스토질, 제발 나를 이 붉은 어둠 속에 있게 해줘요. 내 귀염둥이 여동생이랑 함께 있단 말이에요.)

"오빠가 스토질 아저씨한테 신경을 써줘야지. 돌고루키 아줌마가 살해당한 충격에서 아직 벗어나지 못하고 있잖아. 가봐. 뭔가 발견하면 오빠를 부를게."

⁜

스토질이 도착했다. 그는 의자 하나를 집어다가 아이들과 할아범들이 자고 있는 침실 한복판에 앉았다. 나를 기다리고 있다. 노인네들과 애들이 자는 소리를 듣는 것은 우리 사이에 거의 관례가 되었다. 아이들은 침대 위층에, 할아버지들은 아래층에 자

리가 배정되어 있다(이것은 테레즈의 생각이었고, 클라라가 승
인했으며, 아이들이 투표를 통해 지지했고, 내 권위로 허가된 사
항이었다. 우리 집에 도착했을 때 노인네들은 워낙 충격을 받은
상태여서 잠을 이루지 못했다. 그러자 테레즈가 "아이들의 숨결
이 진정시켜줄 거야"라고 선언했다. 아이들의 숨결? 소녀들의
체취? 어찌 되었든 이렇게 결정을 내린 뒤로 할아버지들이 깊이
잠드는 것은 사실이다. 아이들과 노인네들의 수면이 서로 얽혀
드는 가운데 스토질과 나는 소곤소곤 이야기하면서 몇 시간 동
안 체스를 둔다).

스토질이 말한다.

"오늘은 소련 사람들을 데리고 시내 구경을 시켰어."

제레미가 침대에서 돌아눕고 아래층의 메를랑 할배도 몸을
돌린다.

"출국 허가를 받고 해외여행 유의사항도 지시받은 훌륭한 공
산당원들이야."

프티가 신음 소리를 낸다. 테레즈는 기침을 한다.

"여행사에서 부탁하기를 그들을 신경 써서 챙겨주라더라고.
정보부원 하나가 그들과 동행하고 있었어. 명랑한 성격의 우크
라이나인이었지. 그자가 낄낄대면서 그러더라고. '동지, 프로파
간다*는 사양합니다. 우리는 자본주의 국가의 거짓말에 속지 않

아요.' 그들은 언제나 그런 식이야. 농담을 많이 하지만 같이 따라 웃다가 죽는 수가 있지. 기분 좋은 뱀에게 물리는 것처럼 말이야."

"흐루시초프가 생각나네요. 맞아요, 그 사람도 많이 웃었죠."

"그자는 그 방면으론 전문가였지. 다른 놈이 그 자리를 차지하고 농담을 하기 전까진 말이야."

할아버지들의 숨결이 조금씩 아이들의 숨결에 맞춰졌다.

"나는 소련인들이 생각하는 파리를 보여줬어. 콜로넬 파비앙 광장,** 노동조합사무소, 노동총동맹 건물 같은 곳 말이야. 다른 곳은 전혀 가지 않았어. 정보부원이 정육점 쇼윈도를 흘낏 보기라도 하면 나는 '프로파간다예요! 가게 안에 있는 건 다 가짜예요. 소시지도 종이로 만든 가짜고요. 알렉세이 트로피모비치 동지, 계속 쳐다보면 저는 보고서를 올리지 않을 수 없습니다!' 하고 말했지."

리송은 잠을 자면서 웃기라도 하는 것처럼 쾌활하게 딸꾹질을 한다.

스토질은 이야기를 계속한다.

"정오에는 르노 공장 사원 식당에 데리고 가서 밥을 먹였어.

---

* 선전물, 선전운동.
** 프랑스 공산당 당사가 있는 곳으로, 이 책의 무대인 벨빌에서 멀지 않다.

오후에는 베르사유에 가고 싶어하더라고. 소련인들은 누구나 베르사유를 보고 싶어하지. 나는 거기까지 또 가고 싶지가 않았어. 그래서 생라자르 역 앞으로 데려가서 말했어. '여기가 베르사유입니다. 폭군의 궁전을 대혁명 당시에 민중의 용도에 맞게 개조했죠.' 다들 플래시를 터뜨리느라 정신이 없더군."

나는 조용히 웃는다. 잠자는 사람들은 동일한 리듬으로 숨을 쉰다. 이 모든 사람들이 하나의 호흡으로 모아지다니……

"그 사람들이 이제 형님을 모스크바에 한번 초청해야 하는 거 아닌가요?" 내가 말한다.

하지만 스토질은 다른 얘기로 넘어간다.

"돌고루키 여사는 혁명 이전의 작가들에 정통했어. 내가 수도원을 나왔을 때처럼 그녀도 스무 살 때 공산주의자였어. 내가 크로아티아에서 항독 지하운동을 하는 동안 그녀는 여기서 레지스탕스 활동을 했고. 그녀는 마야콥스키의 시들을 외우고 있었고, 우리는 『검찰관』의 여러 장면을 통째로 암송했어. 그녀는 안드레이 벨리*도 알고 있었어, 정말이야."

"저도 그 노부인이 기억나요. 엄마한테 '따님 클라라의 얼굴은 복고신앙파**의 성화처럼 해맑아요'라고 말했죠."

---

* 러시아의 상징주의 시인(1880~1934).

"돌고루키 가문은 당시에 귀족이었어. 그것도 전설적인 귀족 가문이었지. 그중 일부는 혁명에 가담했지만."

스토질은 자리에서 일어선다. 이불 밖으로 나온 프티의 팔을 다시 넣어준다.

"오늘 저녁엔 리송이 무슨 얘기를 해줬어?"

"솔제니친의 『1914년 8월』이요. 그런데 제레미가 1914년의 병사들 군복에 대해 모조리 알고 싶어해서 베르됭이 리송을 도와줬어요. 군에서는 미터당 3.5프랑 하는 플란넬 면을 매달 70만 미터나 썼다나봐요. 매달 양말도 255만 짝, 목도리 25만 개, 방한모 만 개, 폭 140센티미터짜리 군복용 나사(羅絲) 원단 240만 미터, 다 합치면 양모 원료 7만 7천 톤 분량이래요. 베르됭은 이 모든 것의 가격을 상팀 단위까지 알고 있었어요. 당시에 재봉사였대요. 이 숫자의 홍수 앞에 아이들은 마른 택시*** 얘기보다 더 빠져들더군요."

"그렇지. 젊은 애들은 죽음을 사랑해." 스토질이 꿈꾸는 듯한 표정으로 말한다.

** 17세기에 교회 개혁에 반발해 러시아 정교에서 이탈한 분파.
*** 1차 세계대전 초기인 1차 마른 전투(Bataille de la Marne) 때 독일군이 파리 근교까지 진주하자 프랑스군이 신속한 병력 수송을 위해 징발한 택시들을 가리키는 말이다.

"무슨 소리예요?"

"젊은이들은 죽음을 사랑한다고. 열두 살 때는 전쟁담을 들으면서 잠이 들고, 스무 살에는 돌고루키 여사나 나처럼 전쟁에 뛰어들지. 정의를 위해 적에게 죽음을 선사하고 자신은 영광스러운 죽음을 맞기를 꿈꾸는 거야. 어떤 경우든 젊은이들이 사랑하는 것은 죽음이야. 오늘 여기 벨빌에서 젊은이들은 노파들의 목을 자르고 그 노파들이 저축한 돈으로 마약을 사서 빛나는 죽음을 구하는 거야. 돌고루키 여사는 그 때문에 죽었어. 죽음에 대한 젊은이들의 열정 때문에 죽은 거야. 미친 젊은이가 모는 차에 치여 죽었더라도 다를 바 없어. 그렇고말고."

잠시 침묵이 흐른다. 잠자는 사람들의 고른 숨소리가 들린다.

"근데 클라라는 침대에 없네."

"곧 잘 거예요, 스토질 아저씨." 클라라가 아주 가까운 곳에서 대답한다(사실 멀리 있을 때도 클라라의 부드러운 목소리는 아주 가깝게 들린다). "저 여기 있어요."

클라라가 스토질에게 키스를 하고 나서 말한다.

"오빠, 그 간호사를 찾은 것 같아."

불이 켜진다. 정말 키 작은 갈색머리 여자가 보인다. 두 눈이 얼굴을 삼키고 있다(스멜은 "반짝이는 시선"이라고 했다). 새하얀 얼굴을 몹시 짙은 빛깔의 머리칼이 에워싸고 있다. 그녀가 약봉지 비슷한 작은 주머니를 가방에서 꺼내고 있는 사진도 있다. 다음 확대 사진을 보니 문제의 약봉지가 맞다. 그래, 제대로 잡은 것 같다……

"잘했어, 클라라. 내일 쥘리에게 보여주고 확인해보자."

16

카레가 형사는 파스토르가 일주일 내내 찾던 것을 몇 초 만에 알려주었다. 바지선에서 발견된 미녀는 『악튀엘』지의 기자인 쥘리 코랑송으로, 작년에 백화점 연쇄폭발사건 때 심문한 적이 있었다.

"용의자였어?" 파스토르가 물었다.

"아니, 그냥 목격자였어. 폭탄 하나가 터졌을 때 현장에 있었거든."*

---

*『식인귀의 행복을 위하여』(문학동네, 2006)를 참조할 것.

＊

막상 잡지사에서는 별 소득이 없었다. 편집국에서는 쥘리 코랑송이 어디 있는지 아는 사람이 아무도 없었고, 신경 쓰는 사람도 없었다. 그녀는 가끔 몇 달씩 종적을 감췄다가 지구 반대편이나 코앞의 교외 지역에서 취재하여 작성한 기사를 들고 나타났고, 그동안에는 결코 얼굴을 볼 수 없었다. 그녀는 회사 동료들과 별로 친하게 지내지 않았고 다른 언론계 사람들과는 더더욱 어울리지 않았다. 내성적이면서도 정력적인 사람들투성이인 이 업계에서 그녀는 도도한 것은 아니지만 자기 얘기 하는 것을 꺼리고 특별한 콤플렉스나 트라우마도 없으며 어느 곳에도 묶여 있지 않은 여성으로 통했다. 그녀의 삶은 '무슨 내용인지 절대로 미리 알려주지 않고 기가 막힌 기사를 쓴다'는 말로 요약할 수 있었다. 그녀가 쓴 기사는 퇴짜 맞는 법이 없었다. "정말 대단한 여자예요. 언젠간 유명해질걸요." 그녀는 마약을 하지도 않았고 과음을 하지도 않았다. 동료들은 이구동성으로 그녀가 "굉장한 미인"이고 "엄청나게 섹시"하며 불굴의 투사라고 말했다. 사생활 쪽으로는 누구랑 사귀는지 알려진 바가 없었다. 그녀가 남자를 좋아하느냐, 동성애자냐, 자위광이냐, 스포츠를 즐기느냐, 우표를 수집하느냐 하는 질문은 이미 유행이 지나(파스토르는 그 점을 너무 늦게 깨달았다) 분명한 답변을 얻을 수 없었다. 그러나 한 가지는 확실했다. 쥘리 코랑송은 불같은 연애를 할 수도 있을 것이다. 하지만 그녀가 이상한 놈에게 빠져 망가지는 일은 절대 없을 것이다.

❖

파스토르는 이후 며칠 동안 저녁마다 야전침대에 누워 쥘리 코랑송이 쓴 글을 모조리 읽었다. 처음부터 놀란 점은, 다루는 주제는 폭탄 같은데 문체는 차분하다는 것이었다. 깔끔하고 명확한 글로, 주어-동사-보어로만 이루어진 건조한 문체였다. '사건이 알아서 얘기하게 내버려두고 불필요한 말은 덧붙이지 말자'는 주의였다. 『악튀엘』지나 이 시대의 전반적 어조와는 확연히 구별되는 것이었다.

쥘리 코랑송은 호기심을 채우려고 세계 곳곳을 돌아다녔다. 그녀의 작업 방식은 파스토르가 생각한 그대로였다. 기사를 쓸 때마다 취재 사건에 완전히 몰입해 매번 완전히 다른 사람이 되었다가 다음 기사를 쓸 때면 다시 원점에서 출발하는, 끊임없이 리셋되는 인생이었다. 코카인 밀매를 취재하려고 일부러 태국의 여자 감옥에 투옥되었다가 콜레라로 죽은 죄수들의 시체 더미에 숨어 탈옥한 적도 있었다. 터키 산 양귀비가 마르세유의 마약 공장까지 운반되어 세기말의 헤로인으로 변신하게 되는 극비 운송 루트를 알아내기 위해 위험을 무릅쓰고 터키 내무부 장관과 친분을 맺기도 했다. 그녀가 마약에 관한 기사를 많이 썼다는 점을 파스토르는 기억해두었다. 하지만 그녀는 다른 주제들도 다뤘다. 사랑에 관한 기사를 쓰려고 세계 일주를 한 후, 얼마 안 남은 원시 부족들과 혁명 전야의 혁명가들만이 사랑이라는 이름에 걸맞은 섹스를 즐긴다는 결론을 내렸다(하지만 혁명가들의 경우 혁명을 하자마자 별볼일 없어졌다). 파스토르는 잠시 어둠침침한 사무실에서 몽상에 잠겼다. 부친인 위원장과 가브리엘을 떠올렸다. 가브리엘이 그 기사를 읽었다면 분명히 쥘리 코랑송을 불러서 자기가 섹시한 대머리 남편과 그 나이에도 어떻게 섹스를 하는지 보여주었을 것이다. 사실 파스토르는 부모님이 사랑을 나누는 것을 우연히 목격한 적이 있었다. 서로 닿을 때마다 두 분의 몸은 마치 화산이 폭발한 정글 같았다.

❖

코랑송의 마지막 기사는 반년 전 파리의 한 백화점에서 연쇄 폭발사건이 벌어지던 당시 그곳에 근무하던 직원 한 명의 이야기를 사진 기사 형식으로 보도한 것이었다. 문제의 직원은 나이를 짐작할 수 없는 데다 신기할 만큼 색깔이나 특징이 없는 사람으로 이름은 뱅자맹 말로센이라고 했다. 그는 희생양 역할을 하는 것으로 백화점에서 월급을 받았다. 그의 업무는 회사 잘못으로 사고가 생길 때마다 책임을 떠맡는 것으로, 고객이 찾아와 화를 내면 최대한 불쌍한 표정을 지어 피해 고객이 분노 대신 동정심에 빠져 보상 요구를 철회하고 돌아가게 만드는 일이었다. 말로센이라는 작자와 인사 책임자가 고객을 속인 후에 희희낙락하고 있는 사진도 있었다. 그 밑에는 백화점이 이런 식으로 절약한 비용에 대한 통계 분석이 달려 있었다(확실히 할 만한 일이었다). 쥘리 코랑송은 말로센의 봉급 액수도 적어놓았다(꽤 두둑한 금액이었다). 또한 기사는 말로센의 가족을 소개하고 있었다. 가족과 함께 있을 때 말로센은 훨씬 젊어 보이고 개성이 드러났다. 대가족의 맏아들 말로센이 동생들의 이층 침대 옆에 앉아 이야기를 들려주고 있고, 아이들은 눈을 반짝거리며 듣고 있었다.

다른 기사와 마찬가지로 쥘리 코랑송은 가치 판단을 조금도 섞지 않았고 느낌표 하나 쓰지 않았다. 주어-동사-보어로 된 문장이었다.

✛

파스토르는 쥘리 코랑송의 호적을 살펴보았다. 부친은 도피
네 지방의 비야르 드 랑스 부근에 있는 같은 이름(코랑송)의 작
은 마을에서 1901년 1월 2일에 태어난 자크 에밀 코랑송이라는
사람이었고, 모친은 1923년 2월 17일 볼로냐에서 태어난 에밀
리아 멜리니라는 이탈리아 사람이었다. 쥘리는 외동딸이었는데
나이는 부친이 훨씬 더 많았지만 모친이 1951년에 먼저 죽었고
부친은 1969년에 죽었다.

반 티안 형사는 자크 에밀 코랑송이라는 이름을 알고 있었다.

"우리 어머니와 비슷한 사람이었어." 티안이 느닷없이 말했다.

(늙은 티안은 젊은 파스토르를 놀래기를 좋아했다. 파스토르
가 정말 놀라는 일도 가끔 있었다.)

"그 사람도 포도주 저장소에서 자랐나요?" 파스토르가 물었다.

"아니, 그는 식민 통치의 정당성을 믿지 않는 식민지 총독이
었어."

티안의 설명에 따르면 코랑송이라는 이름은 1954년 월맹군과
협상하던 시기에 신문 사회면에 망데스 프랑스*의 이름 옆에 처

---

* 프랑스의 좌익 정치인으로 1950년대에 수상을 지내며 프랑스의 식민 지배 청산
에 앞장섰다.

음 등장했다. 또한 코랑송은 같은 해에 튀니지가 내정 자치권을 획득할 때에도 적극적인 역할을 수행했다. 드골 치하에서도 코 랑송은 독립을 추구하는 아프리카 지하조직들과 교섭하면서 계 속 같은 방향으로 정책을 이끌었다.

"코랑송이 쓴 이 기사 읽어봤어요?" 파스토르가 반 티안에게 물었다.

파스토르는 티안이 자기를 놀라게 할 경우 반드시 반격을 했 다. 그는 노형사에게 사진이 잔뜩 붙은 기사를 던졌다. 티안의 누런 얼굴이 새파랗게 질렸다.

쥘리 코랑송은 보트피플을 찾아 그들의 배와 별반 다를 게 없 는 소형 보트(사진)에 몸을 싣고 남중국해를 떠돌던 중 급성맹 장염으로 쓰러졌다(사진). 마취도 못 한 채 그 자리에서 수술을 해야 했으며(사진), 친구들이 어쩔 줄 몰라 발만 동동 구르고 있 어서(사진) 결국 그녀가 한 손에는 외과용 메스를, 다른 손에는 손거울을 들고 직접 수술을 마무리해야 했다(사진).

"이걸 보면 적어도 한 가지는 알 수 있죠." 티안이 진정제 한 알을 삼키는 동안 파스토르가 말했다. "이 여자를 고문하고 바 지선에 던져버린 자들은 그녀에게서 아무 정보도 얻지 못했을 거라는 거죠."

✜

같은 날 오후, 파스토르 형사는 동료 형사인 반 티안보다 총을 빨리 뽑으려고 열번째 시합을 하고 있었다. 그런데 권총이 스웨터 그물코에 걸리는 바람에 손에서 미끄러졌다. 땅에 떨어지는 순간 총알이 발사되었다. 7.65밀리미터의 표준 규격 탄환은 티안의 견갑골을 스치듯 지나가 천장에 맞고 튀어 벽에서 방음용 폴리에스테르 조각을 떨어뜨리더니 조용해졌다.

"다시 하자." 티안이 말했다.

"그만 하죠." 파스토르가 말했다.

사격 결과를 보니 파스토르가 쏜 여덟 발 중 네 발은 과녁 정중앙 가까이 맞았다. 문제는 그것이 반 티안의 과녁이라는 것이었다. 정작 파스토르의 과녁(사격 자세를 취한 사람 모양의 판지)에는 한 발도 맞지 않았다.

"어떻게 하면 그렇게 못 쏠 수가 있어?" 티안이 감탄하며 물었다.

"총을 쏴야 하는 상황이라면 이미 너무 늦은 거죠." 파스토르는 달관한 표정으로 대답했다.

✣

    잠시 후 파스토르는 보스인 쿠드리에 총경의 사무실에 불려
갔다. 늘 그렇듯 사무실은 커튼이 드리워져 있고 제정 양식의 어
둠침침한 초록빛 조명에 잠겨 있었다. 엘리자베트라는 이름을
부르자 엄청나게 길쭉한 여비서가 (말없이) 대답한 후 파스토르
에게 커피를 가져다주었다. 엘리자베트는 쿠드리에 총경을 말없
이 존경하고 있었고 총경은 그것을 악용하지 않았다. 그녀는 아
무 소리도 내지 않고 들어왔다 나갔다. 그녀가 나가고 난 자리에
는 언제나 커피포트가 놓여 있었다.

17

쿠드리에 엘리자베트, 고마워. 이보게, 파스토르……

파스토르 예, 총경님.

쿠드리에 세르케르 총경에 대해 어떻게 생각하나?

파스토르 마약반의 우두머리 말씀이시죠? 총경님, 그게……

쿠드리에 응?

파스토르 꽤 놀랍다고 해두죠.

쿠드리에 설탕은 하나 넣나, 두 개 넣나?

파스토르 하나 반 넣습니다, 총경님. 감사합니다.

쿠드리에 어떤 면에서?

파스토르 예?

쿠드리에 어떤 면에서 세르케르가 놀랍다는 건가?

파스토르 세르케르 총경은 너무나 전형적인 인물이죠, 총경님. 현장 경찰의 표본 같다고나 할까요? 근데 어떤 분야든 그렇게 전형적인 사람은 사실 굉장히 드물죠. 거의 불가사의죠.

쿠드리에 무슨 말인지 설명해보게.

파스토르 제 말씀은, 한 사람이 그렇게 뻔한 면만 잔뜩 있으면 오히려 진짜 같지 않다는 겁니다. 그러니 비유나 상징만큼 불가사의해지죠.

쿠드리에 흥미로운 생각이군.

파스토르 지금 제가 수사하고 있는 여자도 그렇게 전형적인 인물이죠. 이상주의자에다 싸움꾼인 기자 말입니다. 그런 인물은 영화에 나와도 관객들이 비현실적인 캐릭터라고 비웃을 겁니다.

쿠드리에 내 손자들 말마따나 '짱'이로구먼.

파스토르 총경님께 손자들이 있습니까?

쿠드리에 두 명 있다네. 할아버지 노릇도 쉬운 게 아니더군. 거의 투잡을 뛰는 기분이야. 그래, 그 사건 수사는 진전이 있나?

파스토르 피해자의 신원을 파악했습니다, 총경님.

쿠드리에 어떻게 알아냈나?

파스토르 카레가가 아는 사람이더군요.

쿠드리에 잘됐군.

파스토르 자크 에밀 코랑송의 딸입니다.

쿠드리에 망데스의 오른팔이었던 코랑송? 좋은 사람이었지. 콘래드*랑 닮았어. 그와는 달리 식민지 해방 쪽으로 나간 사람이었지만.

파스토르 정반대의 모험이었군요.

쿠드리에 그렇다고 할 수 있지. 커피 한 잔 더 마시겠나?

파스토르 감사합니다, 총경님.

쿠드리에 파스토르, 세르케르 총경이 다시 한번 자네의 협조를 필요로 하는 것 같네.

파스토르 알겠습니다, 총경님.

쿠드리에 사실 협조라기보다는 도움이라고 해야겠지만.

파스토르 ……

쿠드리에 물론 그럴 여력이 있다면 말일세.

파스토르 당연히 할 수 있습니다, 총경님.

쿠드리에 바니니 사건을 조사하면서 세르케르가 아두슈 벤 타예브라는 자를 현행범으로 체포했어. 벤 타예브는 자기 아버지가 운영하는 식당에서 손님들에게 암페타민을 팔려고 했지.

파스토르 벨빌에서요?

---

*『암흑의 핵심』을 쓴 영국 소설가 조셉 콘래드.

쿠드리에 그래, 벨빌에 있는 식당이야. 그런데 취조를 하면서 세르케르가 좀……

파스토르 힘자랑 좀 했군요.

쿠드리에 그렇지. 세르케르는 벤 타예브가 바니니 살해 사건에 개입되어 있다고 확신하고 있네. 아니면 적어도 범인을 비호하고 있거나.

파스토르 그런데 벤 타예브는 자백하지 않았고요?

쿠드리에 그렇지. 근데 진짜 문제는 취조 과정에서 벤 타예브가 일주일 동안 병원 신세를 졌다는 거야.

파스토르 알겠습니다.

쿠드리에 사소한 잘못이라고 할 수 있지. 그러니 기자들이 냄새를 맡기 전에 우리가 이 문제를 해결해야 하네, 파스토르.

파스토르 알겠습니다, 총경님.

쿠드리에 벤 타예브를 오늘 취조할 수 있겠나?

파스토르 당장 가보겠습니다.

✣

파스토르가 세르케르의 환한 사무실에 들어서자마자, 콧수염 달린 거한이 한패라는 듯 입가에 미소를 지으며 일어나 팔로 파스토르의 어깨를 감쌌다. 세르케르는 파스토르보다 머리 하나는 컸고 머리통도 워낙 컸다.

"샤브랄 건에 대해 칭찬해줄 기회가 없었군. 하지만 지금도 놀라움이 가시질 않네."

그는 왈츠라도 추듯 파스토르를 방 안에서 끌고 다녔다.

"벤 타예브 건 말인데…… 상황을 설명해주겠네. 그 개새끼가 말이야……"

세르케르의 사무실은 쿠드리에의 사무실보다 훨씬 넓고 밝았다. 알루미늄과 유리가 곳곳에서 반짝이고 있었다. 세르케르가 경찰이 될 생각을 한 후로 취득한 학위증과 자격증이 벽을 장식하고 있었고, 곁에는 승진 사진, 보이스카우트 사진, 법대 시절 스크럼 짜고 놀던 사진 등이 걸려 있었다. 법조계, 연예계, 정계의 유명 인사들과 찍은 사진들도 있었다. 유리 선반 위에는 수많은 사격대회에서 받은 트로피가 진열되어 있고, 맞은편 벽에는 멋진 권총 컬렉션이 자태를 뽐내고 있었다. 파스토르는 그중 총열 네 개짜리 작은 피스톨 하나에 잠시 시선이 멈췄다.

"공이 격발식 32구경 레밍턴 엘리엇 데린저야." 세르케르가 설명했다. "용의주도한 도박꾼들이 가지고 다니는 무기지."

마침 두 알루미늄 캐비닛 사이에 박힌 작은 냉장고 앞을 지나던 참이었다.

"맥주 한잔 할까?"

"사양하지는 않겠습니다."

파스토르는 덩치들과 언제나 잘 지냈다. 덩치들 입장에서 보면 파스토르는 키가 작아 불안할 게 없고 똑똑해서 친해지고 싶은 녀석이었다. 가브리엘과 위원장은 장 바티스트가 유치원에 다닐 때부터 이미 힘센 애들을 무서워하지 말라고 가르쳤다. 파스토르는 덩치만 컸지 머리는 나쁜 상어들 주위를 맴도는 파일럿피시 같았다.

"얘기한 것처럼 그 타예브라는 애새끼 때문에 좀 짜증이 나고 있어."

세르케르는 실제로 실력 있는 경찰이었다. 거리에서도 그랬고(여러 번 부상당했다) 그의 사무실에서 나는 비명 소리를 봐도(줄줄이사탕으로 끌려온 불량배들은 주먹질 가득한 그의 완벽한 논리에 언제나 두 손을 들었다) 그것은 확실했다.

"하지만 타예브가 바니니를 죽인 건 확실해. 아니면 내 손에 장을 지진다."

세르케르가 그렇게 자신 있게 말하니 파스토르는 그 말을 믿고 싶었다. 하지만 그래도 파스토르는 질문을 던졌다.

"물증이 있습니까?"

"아니, 하지만 동기가 있어."

파스토르는 세르케르가 다음 말을 생각할 시간을 주었다.

"바니니는 아랍 놈들을 좀 세게 손봐주는 경향이 있었어. 그러다 시위 진압 과정에서 불순분자 한 놈을 죽였는데 그놈이 타예브의 친척이었어."

"무슨 말인지 알겠습니다."

"그런데 곤란한 문제가 있어. 바니니가 공무 수행하는 장면을 아두슈 벤 타예브가 사진 찍은 거야. 그 사진들은 도통 찾을 수가 없고 말이지. 타예브를 기소하면 그 사진이 즉시 신문에 실릴 거야."

"그렇군요. 그러면 어떻게 해야 하죠?"

"그래서 자네가 필요한 거야. 우선 타예브가 바니니를 죽였다고 자백을 해야 해. 그리고 **이게 정말 중요한 건데**, 그놈이 친구들을 팔아넘긴다는 소문을 퍼뜨려서 그놈의 친구들이 바니니의 사진을 언론에 유출하지 못하게 해야 해."

"알겠습니다."

"해볼 만한가?"

"그럼요."

18

아두슈 벤 타예브의 상태는 파스토르가 바지선 안에서 막 발견했을 때의 쥘리 코랑송보다 나을 게 없었다.

"계단에서 심하게 굴렀나보군요." 파스토르는 등 뒤로 문을 닫고 나서 말했다.

"뭐 그런 셈이죠."

하지만 벤 타예브는 코마 상태와는 거리가 멀었다. 오히려 구타를 당해서 날이 선 것 같았다.

"어떤 혐의로 잡혀왔는지는 알죠? 지겨운 얘기 또 반복하지 맙시다."

"걱정하지 마세요. 하도 맞아서 이제 기억력이 좋아졌습니다."

평소 습관대로 파스토르는 피의자와 단둘이 있게 해달라고

요청했다. 그는 생각에 잠긴 듯 방 안을 천천히 둘러보았다(타자기와 전화기가 잔뜩 있는 큰 사무실이었다). 파스토르는 손으로 가구들을 만지면서 걸었다. 얼굴이 수척했다.

"제가 제안을 하나 하죠. 시간을 절약할 수 있을 겁니다."

파스토르는 전화기 한 대의 수화기가 들려 있는 것을 발견했다. 그는 고개를 끄덕이더니 벤 타예브에게 조용히 있으라고 손짓하고는 수화기와 받침대 사이에 끼어 있는 아주 얇은 고무를 떼어내고 수화기를 내려놓았다.

"이제 우리밖에 없습니다."

전화선 저편의 세르케르는 그 말을 듣지 못했다. 그는 감탄하는 표정으로 고개를 끄덕이며 전화를 끊었다.

✤

늘 그렇듯 귀들이 문에 들러붙었다. 늘 그렇듯 얼마 되지 않아 귀들은 불분명한 중얼거림과 타자기 소리를 들었다.

45분 후, 파스토르는 타자 친 종이 네 장을 들고 다시 세르케르의 사무실에 들어갔다.

"전화 건은 미안하네." 세르케르가 히죽거리면서 말했다. "직업적 호기심이랄까."

"이런 일이 처음도 아닙니다." 파스토르가 대답했다.

그는 무척 피곤해 보였지만 폴 샤브랄을 취조한 직후에 비하면 그렇게 나쁜 상태는 아니었다.

세르케르는 파스토르의 안색에는 신경 쓰지 않았다. 그는 즉시 벤 타예브의 서명에 눈이 갔다.

"그 녀석이 서명했나? 파스토르, 자넨 정말 명불허전이군! 맥주 한잔 더 들게. 그럴 자격이 있어!"

바로 이 순간 덩치 큰 경찰은 작은 키의 경찰을 좋아하는 듯 보였다. 그러고 나서 세르케르는 안경을 고쳐 쓰더니 서류를 읽기 시작했다. 한 문단 한 문단 넘어가면서 그의 얼굴에 돌던 미소가 조금씩 걷혔다. 세번째 문단을 읽다가 그는 천천히 고개를 들었다. 파스토르는 맥주를 손에 든 채 그 시선을 태연히 견뎠다.

"지금 뭐 하자는 수작이야?"

"아마 진실이겠죠." 파스토르가 대답했다.

"꼬부랑 노파가 바니니를 죽였다고? 장난하자는 거야?"

"아두슈 벤 타예브가 본 그대로입니다."

"그래서 그놈 말을 믿었어?"

"물어보니까 그렇게 대답하던데요⋯⋯" 파스토르는 천천히 말했다.

"자백을 척척 받아낸다는 자네 노하우가 그런 거였어?"

"끝까지 읽어보셔야죠."

세르케르는 한동안 말없이 파스토르를 쳐다보았다. 그러더니 다시 진술서를 읽기 시작했다. 젊은 형사의 얼굴은 서서히 원래 모습을 되찾았고, 그는 공손히 맥주를 비웠다. 3쪽을 읽다가 세르케르는 다시 눈을 치켜떴다. 파스토르는 다른 거한들이 그런 표정을 짓는 것을 본 적이 있었다. 성질을 어디다 풀어야 할지 몰라 답답해하는 표정이었다.

"이놈의 구청 이야기는 또 뭐야?"

"그거요? 벤 타예브 말로는 체포되었을 때 들고 있던 암페타민은 훈장 수여식 도중에 구청 간호사가 한 노인에게 준 거랍니다."

"그렇군, 파스토르. 그러니까 나더러 이 말을 속 편하게 믿으라 이거지?"

"그건 알아서 하시고요. 확실한 건 마약이 벤 타예브의 업종이 아니라는 거죠."

세르케르는 파스토르를 다른 시각으로 보기 시작했다. 쿠드리에 휘하에서 출세하고 있는 늑대 새끼가 아예 경찰청을 통째로 집어삼키려는 것이다. 벌써 이래라저래라 하고 있지 않은가.

"그래, 그러면 벤 타예브의 업종은 뭔데?"

"도박이죠. 그자는 벨빌부터 구트도르 사이의 불법 복권업계를 완전히 장악하고 있습니다. 그자를 옭아매려면 그쪽을 뒤져야 할 겁니다. 4쪽을 보시면 그자의 오른팔 두 명의 이름이 적혀 있습니다. 이인자는 '카빌리아인 시몽'이라는 빨강머리 녀석입니다. 이자의 곁에는 '모시족 모'라는 우람한 흑인이 따르고 있죠. 바니니가 살해당한 날, 카빌리아인과 벤 타예브는 페르라세즈에서 수금을 하고 돌아오는 길이었습니다. 집으로 돌아가던 길에 맞은편 인도에서 살인 장면을 목격한 것이죠."

"별 우연도 다 있군."

"그 우연 덕에 그들은 알리바이를 잃은 거죠."

세르케르는 귀를 쫑긋 세웠다. 이 문장은 작은 선물이 아닐까? 뭔가 암시하는 게 아닐까? 이 예의 바른 애송이가 다시 마음에 들었다. 언제 이놈을 쿠드리에게서 빼앗아와야겠어. 세르케르는 잠시 입을 다물고 있다가 물었다.

"이 사건에 대한 내 생각을 한번 들어보겠나?"

"말씀하시죠."

"먼저 한 가지. 파스토르, 자네는 훌륭한 경찰이야. 상당히 출세할 거야."

"감사합니다."

"게다가 상관이 칭찬해도 겸손하게 굴 줄 알지."

파스토르는 세르케르와 완전히 똑같은 미소를 지을 줄 알았다.

"그럼 이제 내 생각을 얘기하지."

목소리에 약간 권위가 담긴 걸로 보아 이제는 상관으로서 이 야기를 하겠다는 것이었다.

"내 생각에는 벤 타예브가 그 총잡이 할머니 얘기를 늘어놓으면서 자네를 가지고 논 것 같네. 게다가 나로선 자네가 그 말을 어디까지 믿었는지 알 수 없네." 이 말을 덧붙이면서 그는 파스토르에게 무슨 생각인지 안다는 듯한 시선을 보냈다. "어쨌든 벨빌의 노파가 자기를 보호하려는 젊은 경찰을 길 한복판에서 죽였다는 얘기는, 미안하지만 나한테는 안 통해. 벤 타예브가 자네에게 그런 헛소리를 지껄인 건 그게 너무 엄청난 이야기이기 때문이야. **그 정도로** 엄청난 거짓말을 하리라고는 생각할 수 없을 테니까. 무슨 말인지 알겠나? 거짓말이 너무 커지면 진짜 같거든. 약삭빠른 꼬마들은 누구나 아는 수법이야. 특히 아랍 놈들이 잘하는 짓이지. 그런데 벤 타예브 그놈이 까불다가 제 무덤을 팠어. 자기가 **사건 발생 시각에 범행 현장에 있었다**는 걸 대놓고 인정한 거잖아. 그게 중요한 거지. 다른 건 다 상관없어. 게다가 자기 손으로 서명까지 했잖아. 그러니까 자네는 적어도 그놈이 손수건의 한 귀퉁이를 꺼내게 만들었다고 할 수 있지. 피 묻은 부분을 말이야.* P38 권총을 든 할머니 얘기는 중죄재판소에서 먹히지 않을 거라고 봐. 알고 있었는지 모르겠는데 범행 도구가 P38이었거든."

세르케르는 잠시 말을 멈춘다.

"그러면 난 어떻게 할 것이냐…… 우선 벤 타예브를 경찰 살해 혐의로 법정에 세울 거야. 그리고 그놈이 친구들을 모조리 팔아넘긴다는 소문을 내서 그놈의 두 부하의 귀에 들어가게 해야지. 카빌리아인 시몽하고 모시족 모 말이야. 그렇게 되면 그런 놈을 돕겠다고 손 하나라도 까딱하겠어? 그 썩을 놈의 타예브가 찍은 사진들은 절대 유출되지 않을 거야. 어떻게 생각해?"

"벤 타예브는 제 피의자도 아닌데 어차피 총경님이 알아서 하셔야죠."

"그렇지. 그리고 마약 문제에 관해서도 자네가 잘못 생각했다고 봐. 벤 타예브, 그놈은 분명히 마약업계에서 일하고 있어. 하지만 그 점에 관해서는 정보가 더 필요해. 그 말로센이라는 자에 대해 더 조사해봐야겠어."

파스토르의 머릿속에 쥘리 코랑송의 기사와 말로센의 얼굴이 순식간에 스쳐 지나갔다. 그는 그 이름을 똑똑히 기억해두었다.

세르케르는 파스토르 쪽으로 몸을 기울였다. 반음 정도 톤을

---

* 프랑스어에서는 무언가를 간직하려고 할 때 '손수건을 덮어 주머니에 넣는다'고 표현한다.

낮추고 거의 아버지처럼 다정한 목소리로 말했다.

"내 말에 기분 상한 건 아니지?"

"그럴 리가요."

"자네도 틀릴 때가 있다는 걸 인정하겠지?"

"그럼요."

"바로 그거야! 그것도 훌륭한 경찰이 갖춰야 할 덕목이지!"

✣

순찰차 안에서 파스토르는 과부 호씨에게 세르케르와 나눈 이야기를 들려주었다. 원피스 차림의 반 티안 형사는 몹시 흥분해 몸을 떨었다.

"선배님, 왜 그러세요? 어디 안 좋아요?"

"아니야. 빌하르츠 주혈흡충증*이 재발한 것 같아. 세르케르 라는 이름만 들으면 매번 이렇게 돼."

두터운 구름층이 도시의 하늘을 잔뜩 메우고 있었다. 한겨울 인데도 하늘은 열대의 비구름만큼이나 위협적이었다.

"세르케르**가 뭔지 알아?"

---

* 논이나 시냇물에 사는 주혈흡충과의 기생충이 사람 혈관에 침투해 일으키는 만성질환.

티안은 팔뚝을 벅벅 긁어댔다.

"경찰 말고는 모르겠는데요."

"논에 사는 꼬리가 짧은 유충이야. 아주 엿 같은 벌레지. 그놈은 사람의 살갗을 파고들어. 그러면 가려워 죽을 지경이 되지. 그러다 속이 썩어 들어가면서 피오줌을 싸게 돼. 그게 빌하르츠야. 세르케르라는 이름만 들어도 나는 그런 상태가 돼."

"혹시 통킹 출신이라는 선배의 부친 때문에 그 병에 걸리신 건가요?"

"사람의 몸은 서구 의학의 관점만으로는 온전히 설명할 수 없어. 근데 우리 지금 어디 가는 거야?"

"쥘리 코랑송 때문에요."

"병원?"

"아뇨, 그 여자 집에 가요. 탕플 로 85-87번지요."

** 프랑스어로 세르케르(cercaire)는 본래 꼬리 달린 흡충류 유충을 가리킨다.

19

"쥘리아?"

가짜 간호사의 사진을 들고 쥘리아의 집 문 앞 층계참에 와보니 문이 반쯤 열려 있다. 그래서 나는 층계참에서 중얼거린다.

"쥘리아?"

그것도 머뭇거리면서. 심장은 이중으로 고동친다. 사랑 때문에, 불안 때문에.

"쥘리아……"

결국 보고 싶지 않은 것을 보게 된다. 자물쇠가 부서져 있다. 빗장은 날아가고 없다.

"쥘리아!"

나는 문을 활짝 연다. 완전히 베르됭(도시) 꼴이다.* 그러니까 포격을 받아 잔해만 남은 베르됭 말이다. 언젠가 다시 재건할 수 있을 것 같지도 않다. 벽지와 양탄자는 뜯겨 있고 침대, 소파, 쿠션은 전부 찢어져 속을 드러내고 있다. 가구들은 판자 하나씩 완전히 분해해서 다 부숴놓았다. 서재의 책들은 모조리 찢겨 시체의 산을 이루고 있다. TV와 전축은 내부 부속을 전부 들어내 껍데기만 남았고, 전화기는 반으로 쪼개져 이산가족이 되었다. 화장실 세면대는 받침에서 뽑혀 있고, 냉장고의 방수 껍질은 드러누워 있으며, 수도관도 밖으로 나와 길이 방향으로 절단되어 있다. 마룻바닥은 쪽마루 판자 한 쪽씩 꼼꼼하게 뜯겨 있고 벽의 굽도리널도 마찬가지다.

쥘리아는 없다.

쥘리아는 없다?

아니면 쥘리아는 **더이상 없는 건가?**

내 가슴이 이상하게 뛴다. 이런 고동은 처음이다. 혼자 외롭게 뛴다. 너무나 공허하게 울린다. 공허한 메아리처럼 고동친다. 나는 새 심장을 이식받았다. 홀아비의 심장이다. 아파트에 **이런 짓**을 할 수 있는 자들이라면 쥘리아를 잡았을 때 못 할 짓이 없을 테니까. 그녀를 죽인 거야. 나의 그녀를 죽인 거야. 나의 쥘리아

---

* 말로센의 집에 얹혀사는 베르됭 영감이 아니라, 1차 세계대전의 격전지였던 베르됭.

를 죽여버린 거야.

❖

불행을 겪고 무너져버리는 사람들이 있다. 불행을 겪고 완전
히 얼이 빠지는 사람들이 있다. 무덤가에서 아무 의미 없는 소리
를 지껄이는 사람들이 있는데 차를 탔을 때도 그것은 멈추지 않
아 정작 죽은 사람은 언급도 하지 않고 자잘하고 일상적인 별의
별 얘기를 계속 지껄이며, 나중에 자살을 하는 사람들도 있지만
그건 얼굴에 드러나지 않으며, 실컷 울고 나서 금세 상처가 아무
는 사람들이 있고, 자기가 흘린 눈물에 빠져 죽는 사람들이 있으
며, 그 사람에게서 벗어나 기뻐하는 사람들도 있고, 죽은 자의
모습을 이제 볼 수 없는 사람들이 있는데 죽음이 그의 모습을 앗
아갔기에 보려고 애써도 볼 수가 없는 것이고, 죽은 자를 여기저
기서 보는 사람들이 있는데 죽은 자를 지워버리려고 망자의 옷
가지를 팔아버리고 사진을 불태우고 이사를 하고 대륙을 바꾸고
산 사람을 새로 맞아들이지만 아무 소용이 없어 죽은 이가 백미
러에 다시 보이는 것이며, 묘지에 소풍을 가는 사람이 있고, 머
릿속에 무덤이 파여서 묘지를 피해 돌아가는 사람이 있으며, 더
먹지 못하는 사람이 있고, 술을 마시는 사람이 있으며, 그 슬픔

이 진짜인지 꾸며낸 감정인지 자문하는 사람이 있고, 과로로 건강을 해치는 사람이 있고, 마침내 휴가를 떠나는 사람이 있으며, 죽음이 말도 안 된다고 생각하는 사람이 있고, 나이가 들면 전쟁 때문이든 병 때문이든 오토바이 때문이든 자동차 때문이든 시대 때문이든 인생 때문이든 죽는 게 당연하다고 생각하는 사람이 있으며, 죽음이 삶이라고 생각하는 사람이 있다.

그리고 아무 짓이나 하는 사람이 있다. 예컨대 뛰기 시작하는 것이다. 다시는 멈추면 안 되는 것처럼 달리는 것이다. 내가 그 경우다. 나는 계단을 급히 뛰어 내려간다. 도망가는 것이 아니다. 나는 아무것도 피하지 않는다. 아니 어쩌면 무엇인가를, 쥘리아의 죽음 비슷한 것을 따라잡으려 하는 것인지도 모른다. 하지만 도중에 내가 마주치는 것은 4층 층계참에서 내 길을 막고 있는 꼬부랑 베트남 여자뿐이다. 나는 그 여자를 밀쳐버렸고 그녀는 말 그대로 날아가면서 허공에 형형색색의 알약, 약병, 약봉지를 쏟는다. 약국이 폭발했다고 해도 믿을 판이다. 앨범도 폭발했다. 부딪히면서 나도 그 마약 간호사의 사진들을 놓친 것이다. 다행히 계단 네 칸 아래에서 헐렁한 스웨터 차림의 곱슬머리 청년이 베트남 여자를 받는다. 나는 벌써 그들을 한참 지나쳤고 사과도 하지 않는다. 계속 달려 건물 밖으로 솟구쳐 나오니 때마침 하늘도 담은 것을 모조리 단번에 퍼붓고 있어 차가운 비에 홀

딱 젖고, 그 비를 맞으며 물수제비뜨는 조약돌처럼 빗속에서 탕 플 로를 따라 달리고, 자동차 보닛, 공원 철책, 오줌 싸는 개를 뛰어넘으며 33677제곱미터의 레퓌블리크 광장을 대각선으로 가로지르고, 계속 뛰면서 물이 불어나는 레퓌블리크 가 2850미 터를 올라간다. 급류가 나에게 밀어닥치지만 목표를 상실해서 달리는 사람을 막을 수 있는 것은 아무것도 없다. 나는 페르라셰 즈 묘지 방향으로 달리고 있는데 그것을 목표라고 할 수는 없기 때문이다. 예전에 나의 목표는 쥘리아였다. 수많은 의무와 속박 에 깔려 살면서도 깊이 숨겨둔 나의 아름다운 비밀 목표는 쥘리 아였다. 하지만 지금 나는 달릴 뿐 생각은 하지 않는다. 달릴 뿐 고통스러워하지 않는다. 검은 비는 나에게 날치의 영롱한 날개 를 달아준다. 전에는 백 미터를 뛸 생각만 해도 녹초가 되곤 했 는데 지금 나는 수천 미터를 달리고 있다. 나는 달리고, 다시는 달리는 것을 멈추지 않을 것이다. 나는 수영장이 되어버린 신발 두 짝을 신고 달리고 있고 내 생각들은 그 수영장에 빠져 허우적 거린다. 나는 달리고, 수중달리기라는 새로운 인생 속에서(인간 의 적응력이란!) 이미지들이 나타난다. 생각보다는 빨리 달릴 수 있지만 이미지는 뛰기만 해도 그 리듬에서 저절로 생겨난다. 난장판이 된 아파트, 쥘리아의 널찍한 얼굴, 칼로 찢긴 작은 쿠 션, 쥘리아가 갑자기 찡그리는 표정, 목이 잘린 전화기, 쥘리아의 갑작스러운 비명(쥘리위스, 네가 본 게 바로 그거였어?), 쥘리위스의 비명 소리, 오랫동안 계속되는 고통의 울부짖음, 벽에서 뜯겨나간 굽도리널, 땅바닥에 쓰러진 쥘리아, 이제 나는 물웅덩이에 따귀를 맞고 흙탕물의 비명 소리를 들으면서 달린다, 그뿐이 아니다, 도랑 건너뛰기, 머리칼과 엉덩이를 흔들면서 내 인생에 처음 등장했을 때의 쥘리아의 모습, 찢어발긴 책들, 쥘리의 묵직한 가슴, 구타, 따귀, 구타, 나를 내려다보는 쥘리의 커다란 미소, "스페인에서는 '사랑하다'를 속어로 '꼬메르'*라고 해", 쥘리에게 먹히려고 달리기, 뼈를 발라낸 냉장고, 그들은 무엇을 알아내려고 한 걸까? 그리고 생각이 이미지를 따라잡는다, 두려움에 짓눌리고서도 생각은 그렇게나 빠르다, 쥘리가 무엇을 아는지 알려고 했겠지, "뱅, 당신이 아는 게 적을수록 모두의 안전에 도움이 될 거야." 쥘리, 맞아, 불쌍한 노인네들이 다시 그놈들의 손아귀에 들어가면 안 돼. "뱅, 나한테 전화도 하지 말고 우리 집에 오지도 마, 게다가 한동안 난 숨어 지낼 거야." 하지만 내가 바보처럼 달리고 있는 동안 **그놈들이 우리 집에 온다면**, 정말 그런다면, 그놈들이 알아내려고 한 것이 할아버지들의 은신처였다면, 이제 할아버지들이 어디에 숨어 있는지 알고 있다면, **그놈**

---

* '먹다'라는 뜻.

들이 길을 내려가 우리 집에 들어간다면? 엄마가 아이들, 할아버지들하고만 있는데 문을 부수고 우리 집에 들어간다면? 물웅덩이, 따귀, 도랑, 공포, 나는 볼테르 고등학교 앞에서 길을 건너고, 차들은 경적을 울리고 욕설을 퍼붓고 미끄러지고 서로 충돌하지만 나는 벌써 술 취한 갈매기처럼 플리숑 로에 뛰어들었고 슈맹베르 로를 건너 철물점 문을 들이받았다. 육상대회 우승자들은 공포에 질려 뛰었던 것이 틀림없다. 다른 설명은 불가능하다. 공포에 압도당해 달리면 어떤 기록이라도 깰 수 있는 것이다.

내가 들이받는 바람에 반투명 유리창 하나가 박살났고, 우리 집 문을 활짝 여는데 따뜻한 피가 하늘의 차가운 수프와 섞여 실개천처럼 내 얼굴에 흐른다. 철물점은 비어 있다. 하지만 그냥 비어 있는 것이 아니다. 급하게 집을 비운 것이다. 강제로 끌려나가듯 비운 것이다. 마지막 순간에 갑자기 비운 것이다. 예기치 못한 일로 다 내버려두고 비운 것이다. 원래 바글바글했어야 하는데 비어 있다. 아무도 없다. 안락의자에서 꼼짝도 하지 않고 있는 엄마를 빼면 아무도 없다. 엄마는 눈물범벅인 얼굴로 나를 돌아보고 나를 못 알아보는 것처럼 쳐다본다.

20

"선배님, 괜찮으세요?"

파스토르는 약을 전부 주워 담는 것을 포기했다. 알약 몇 개는 커브를 잘 돌면서 계단을 한 칸씩 튀어 내려가 1층까지 떨어졌다. 과부 호씨는 딱 달라붙는 태국식 원피스 차림으로 4층 층계참에 허리를 굽히고 주저앉아 숨을 고르고 있었다.

"괜찮아요?" 파스토르가 다시 물었다.

"방금 살해당한 사람치고는 괜찮아."

"위까지 올라갈 수 있겠어요?"

"죽은 자는 저절로 하늘에 올라가잖아."

파스토르는 과부 호씨의 날갯죽지 밑에 팔을 끼워 일으켜세운 후 쥘리 코랑송의 집 문 앞까지 데려갔다.

"어이구."

티안 자신도 이 "어이구"가 거기까지 올라오느라 힘들어서 튀어나온 말인지 열려 있는 아파트 문 뒤로 펼쳐진 광경 때문에 나온 말인지 몰랐을 것이다. 파스토르가 대꾸하지 않자 티안이 그를 돌아보았다. 후배 형사의 얼굴을 본 티안은 가슴이 내려앉았다. 파스토르는 그곳이 자기 집이기라도 한 듯 이 폐허를 바라보고 있었다. 파스토르는 너무나 충격을 받아 옆으로 털썩 쓰러져 문틀에 몸을 기댔다. 얼굴은 창백하고, 눈은 움직이지 않았으며, 입은 벌어져 있었다.

"야, 너 왜 그래? 빈집털이 처음 봐?"

파스토르는 천천히 손을 들었다.

"아뇨, 본 적 있죠. 그래서 그래요. 신경 쓰지 마세요. 선배님. 괜찮아질 거예요."

그들은 이 난장판을 건드리기가 두렵기라도 한 것처럼 오랫동안 문턱에 서 있었다.

"속에 공간이 있는 물건이란 물건은 다 뜯어서 뒤졌구먼." 티안이 말했다.

마침내 파스토르가 몸을 일으켜세웠다. 하지만 두 눈의 표정은 그대로였다.

"말로센 혼자서 이 짓을 할 수는 없었을 거예요."

"말로센?"

"조금 전에 선배를 밀치고 지나간 사람 이름이에요. 계단에서요."

"그자가 너한테 명함이라도 주고 갔어?"

"쥘리 코랑송이 그 사람에 대한 기사를 쓴 게 있어요. 사진도 실려 있었고요."

파스토르는 혼잣말을 하는 것처럼 넋이 나간 목소리로 말했다.

"말로센이라고? 기억해둬야겠군." 티안이 말했다.

그들은 그제야 조심성을 발휘해 잔해 속을 걷는 것처럼 발을 높이 들면서 집 안으로 들어갔다.

"최소한 두세 명은 됐겠지?"

"그렇죠. 전문가의 소행이에요. 아파트 뒤지기 전문이요. 딱 표가 나요." 파스토르가 말했다. 멍한 목소리에 분노가 담겨 있었다.

"이것 좀 보세요. 배수구도 뜯었어요. 심지어 전선 가리는 막대까지 벗겨내고 뒤졌네요."

"그놈들이 원하는 걸 찾았을까?"

"아뇨. 아무것도 못 찾았어요."

"어떻게 알아?"

"다 부숴버렸으니까요."

티안은 조심스럽게 잔해들을 들어 올렸다.

"놈들이 뭘 찾고 있었을까?"

"기자 집에서 뭘 찾겠어요?"

파스토르는 쭈그리고 앉아 가루가 된 액자 파편 속에 박혀 있던 사진 하나를 끄집어냈다.

"이걸 보세요."

헐렁한 하얀 제복을 입고 몸을 덜덜 떨면서 떡갈나무 잎으로 장식된 챙 달린 모자를 옆구리에 꼭 끼고 있는 남자의 사진이었다.[*] 남자는 티안과 파스토르에게 조롱의 눈길을 보내는 것처럼 보였다. 그는 자기보다 키가 큰 접시꽃들 사이에 서 있었다. 그의 제복은 너무 커서 남의 옷 같았다.

"코랑송의 아버지야." 티안이 설명했다. "식민 총독의 제복을 입고 있군."

"어디 아팠나요?" 파스토르가 물었다.

"아편." 티안이 대답했다.

파스토르는 가브리엘과 위원장이 늙고 병든 친구를 두고 "이륙했어"[**]라고 한 것이 무슨 뜻이었는지 그제야 깨달았다. 사진

---

[*] 프랑스에서 떡갈나무 잎은 외교, 군사 등의 업적에 대한 명예훈장에 사용되는 장식이다.

[**] 프랑스어의 décoller라는 단어에는 '비행기가 이륙하다' '배가 출항하다' '비쩍 마르다' 등의 의미가 있다. 이 문단은 이 단어의 이러한 중의성을 이용하고 있다.

속의 코랑송 씨는 분명히 '이륙한' 상태였다. 그를 땅에 묶어두고 있던 닻줄은 풀려버렸다. 피부와 해골이 따로 놀고 있었다. 이글거리는 눈빛은 너무 높은 고도에 올라 어지럽다는 표시였다. 파스토르는 가브리엘이 병들었을 때 위원장이 "그녀가 이륙하는 걸 보고 싶지 않아"라고 말하던 게 기억났다. 파스토르는 가브리엘과 위원장의 모습을 쫓아내려고 초인적인 노력을 기울였다.

"한 가지 궁금한 게 있는데……"

머리를 긁는 티안의 모습은 태풍이 지나간 후 잔해 속에 서 있는 태국의 시골 여자 같았다.

"그 말로센이라는 작자 말인데……"

파스토르는 밝은 표정을 지으려 노력했다.

"나쁜 기억이죠?"

"내 갈비뼈들이 볼 때는 아직 기억이란 말을 쓰기는 이르지. 그자는 조금 전에 이 집에서 나온 거겠지?"

"아마 그렇겠죠."

"나를 밀치고 지나갈 때 손에 사진을 몇 장 들고 있던 것 같은데. 사진인지 서류 뭉치인지 모르겠군."

"사진이에요." 파스토르가 말했다. "선배랑 부딪히면서 떨어뜨렸어요. 제가 주워두었어요."

"그 사진들을 여기서 찾은 걸까?"

"물어봐야죠."

❖

쥘리 코랑송의 집 아래층에는 꽤 양심적인 봉제공장이 있었다. 이 동네에서 터키 노동자들을 부리면서 법정 노동 시간을 두 시간 이상 초과하지 않는 유일한 곳이었다. 하지만 공장 사람 중 누구도 위층 아파트에서 나는 소리를 들은 기억이 없었다.

"가끔이나마 들리는 소리는 타자기 소리밖에 없어요." 사장(순금 장신구를 단 착한 남자)이 단언했다.

"그 소리 못 들은 지는 얼마나 되었나요?"

"정확히는 모르겠고요, 아마 보름쯤?"

"그 집에 사는 여자를 못 본 지는 얼마나 되었죠?"

"워낙 보기 힘든걸요. 자주 보면 좋은데 아쉽죠. 정말 대단한 미인이거든요!"

❖

비가 내리기 시작했다. 한겨울에 어마어마한 양의 봄비가 내리고 있었다. 빗발이 거세고 차가웠다. 파스토르는 말없이 운전을 했다.

티안이 물었다.

"그 폐허에서 타자기 파편 봤어?"

"아니요."

"그 여자, 타자기를 들고 다니면서 일하는 걸까?"

"그럴 수도 있죠."

이 비는…… 가브리엘과 위원장을 마지막으로 만났을 때도 파스토르는 똑같은 비를 뚫고 갔다. "사흘만 기다려." 위원장은 그렇게 말했다. "사흘 후에 와. 그때면 다 해결되어 있을 거야."

"백화점에 들러볼까요?" 파스토르가 불쑥 제안했다.

"백화점?"

"코랑송의 마지막 기사의 배경이 된 곳이에요. 말로센은 그곳에서 희생양으로 일했죠."

"희생양? 대체 그게 뭔 소리야?"

"가면서 설명해드릴게요."

✛

백화점에서 그들은 옷을 쫙 빼입은, 생클레르라는 중세풍 이름의 젊은 인사과장을 만났지만 별 소득이 없었다.

"그 말을 믿으세요? 다른 경찰분들에게 벌써 설명한 적이 있는데요. 우리는 **단 한 번도** 말로센을 희생양으로 이용한 적이 없습니다. 그는 저희 매장에서 품질 관리를 책임지고 있었어요. 비겁하게 고객 앞에서 질질 짜는 건 우리가 시켜서 그런 게 아니라 원래 그 인간 성격이라고요."

"하지만 쥘리 코랑송이 쓴 기사 때문에 말로센을 내쫓은 것 아닙니까?" 티안이 물었다.

젊은 과장은 소스라치게 놀랐다. 그는 이 베트남 노파가 질문을 하리라고는 생각지도 않고 있었다. 하물며 장 가뱅의 목소리로 질문하리라고는.

빗방울이 그들의 머리 위 커다란 유리 지붕을 두드리고 있었다. 겨울비인 주제에 끈질기게 열대성 강우를 따라 하고 있었다. 파스토르는 생각했다. '나는 절대 장사꾼은 못 했을 거야. 어떤 질문에든 대답할 수 있어야 하니까.' 가브리엘의 말이 생각났다. "애는 절대 대답을 하지 않아. 할 줄 아는 거라곤 질문하는 것뿐이야." 위원장이 예언하듯 말했다. "언젠가 한꺼번에 대답하겠지."

"말로센이 백화점에서 해고된 것 때문에 기자에게 앙심을 품고 복수했을 수도 있을까요?" 파스토르가 물었다.

"그럼요. 그러고도 남을 놈이죠." 젊은 과장이 대답했다.

✛

파스토르는 녹초가 된 것 같았다. 티안은 자기가 운전대를 잡겠다고 고집을 부렸다.

"젠장, 무슨 비가 이렇게 많이 와? 여기가 베트남이야?"

파스토르는 침묵을 지켰다.

"얘야, 웃기는 얘기 하나 해줄까?"

"아뇨, 괜찮아요."

"널 사무실에 내려주고 산동네로 돌아가야겠어. 몇 가지 사소하게 확인해볼 게 있어서. 그럼 밤에 보고서 작성 시간에 봐."

✛

파스토르가 사무실에 들어서니 전화벨 소리가 그를 맞이했다.

"여보세요, 파스토르인가?"

"예, 접니다."

"나 세르케르인데, 좋은 소식이야. 뭔지 알아?"

"뭔데요?"

"아까 자네가 가고 나서 금방 11구 구청에서 전화가 왔어."

"그래요?"

"응, 보건과 전화였어. 구청 간호사들 말이야. 말로센이 노인네들을 이용해서 암페타민을 구청에서 공짜로 얻으려고 한다는 거야."

"말로센이요?" 파스토르는 그 이름을 생전 처음 듣는 것처럼 행세했다.

"응, 내가 벤 타예브를 덮쳤을 때 벤 타예브에게 약을 받으려던 작자야. 이름이 말로센이야."

"그러면 어떻게 하실 건가요?"

"낚싯줄이 완전히 풀리기를 기다려야지. 아직 당길 때가 아니야."

"……"

"파스토르?"

"예?"

"이 말 진심인데, 아직 최고 수준은 아닐지 몰라도 자넨 벌써 대단한 경찰이야!"

파스토르는 전화기가 유리로 되어 쉽게 부서지기라도 할 것처럼 천천히 수화기를 내려놓았다.

21

조리기에서는 물이 끓고 있고, 오븐에는 저녁 식삿거리가 들어 있지만, 클라라도 로뇽도 없다. 제레미의 역사책은 책상 위에 펼쳐져 있지만, 제레미도 없다. 책 옆에는 한복판에 큼직한 잉크 얼룩이 묻어 있는 프티의 받아쓰기 공책이 놓여 있다. 프티는 어디 있지? 테레즈의 조그만 원탁 위에는 타로 카드가 놓여 있고 점칠 때 쓰는 부채도 펼쳐져 있다. 테레즈는 어디 있지? 메를랑은? 스멜은? 리송은?

마침내 엄마가 나를 알아보더니 말한다.

"아! 왔구나, 애야. 벌써 알고 있니? 누구한테 들었어?"

엄마는 해가 지는 것만큼이나 천천히 손등으로 눈물을 훔친다.

"듣다니, 뭘? 맙소사, 엄마, 도대체 무슨 일이 생긴 거야?"

엄마는 턱으로 큰 책상을 가리키며 중얼거린다.

"베르됭."

나는 빗물과 핏물로 범벅이 되고 제정신이 아니어서 바보같이 베르됭 전투 얘기인 줄 안다. 나는 얼마 전부터 베르됭 같은 상태였다.

"베르됭이 프티의 받아쓰기를 도와주다가 공책에 이마를 박고 쓰러졌어."

내 뒤에는 문이 아직 열려 있다. 공책 종잇장이 축축한 외풍에 막 펄럭이다가 힘이 빠진 듯 다시 눕는다. 나는 "베르됭(Verdun), 베르 됭(verre d'un), 베르 댕(vert daim)"* 하고 중얼거리지만, 이 빌어먹을 단어의 뜻이 생각나지 않는다. '외국인들은 정말 구별하기 어렵겠군……'

"어이구, 이건 웬 상처니? 어디 베였구나. 내가 반창고를 붙여줄게. 문 좀 닫을래?"

엄마 말을 잘 듣는 아들은 문을 닫는다. 하지만 내가 유리창을 깨서 바깥바람이 들어온다. 공책 한복판에 잉크 얼룩이 있다. 베르됭 상공의 푸른색 폭발 같다.

"베르됭이 몸이 안 좋아?"

---

* 베르 됭(verre d'un)은 '○○ 한 잔', 베르 댕(vert daim)은 '초록색 스웨이드'라는 뜻.

이거야. 이제 이해했다.

"베르됭이 곧 죽는대."

나는 그 사실을 알게 된다. 그렇다, 그 사실을 알게 된다. 다음과 같은 질문을 하면서 내 목소리에 섞여든 안도의 기색이 지금도 귀에 선하다.

"그게 다야? 다른 일은 없었어?"

그리고 엄마의 눈길도 눈에 선하다. '하느님, 인간의 탈을 쓰고 어떻게 저런 소리를 할 수가 있죠? 그것도 제 아들이……' 하는 식의 분노한 시선이 아니라 죽어가는 사람이 바로 나인 것 같은 눈빛이다. 엄마는 자리에서 일어섰다. 임신했을 때 특히 그런데 엄마의 동작은 중력을 벗어나 있어서 좀 **유령** 같다(엄마가 한 번 움직이면 집 안의 모든 것이 조용히 제자리를 찾는다). 엄마는 커다란 수건을 찾다가 내 몸을 닦아주었고, 젖은 옷들은 발치로 떨어진다. 아들은 엄마 앞에 벌거벗고 서 있다.

"엄마 혼자만 내버려두고 다들 나간 거야?"

이마에 반창고를 붙이니까 얼마나 기운이 넘치는지!

"베르됭을 데리고 생루이 병원에 갔어."

엄마가 내 옷들을 주워 뭉치자 옷들이 종이반죽 꼴이 되었다. 엄마는 마른 옷과 따뜻한 음식을 들고 돌아왔다.

"다들 따라가겠다고 했어. 너도 가봐야지. 네가 있어야 할 거야. 이것 좀 마시렴. 뛰어왔니?"

비앙독스.* 뼈를 으깨어 짜낸 육즙. 인생이 그런 거지. 게다가
펄펄 끓고.

⁜

베르뙹, 친애하는 베르뙹 영감. 솔직히 말해 영감이 곧 죽는다
는 소식만큼 마음이 놓이는 소식도 세상에 없을 거요. 택시를 타
고 병원으로 가는 중이지만 이 말은 분명히 해야겠소. 그래야 영
감이 하늘나라에 올라가서 바로 나를 옹호해줄 테니까. 다른 누
가 아니라 영감이 죽는 걸 기뻐한다고 원망하진 않겠지. 영감은
자기가 아닌 다른 사람들의 군복이 폭탄에 터져나갈 때 느끼는
안도감을 너무나 잘 알고 있잖아. 하지만 하늘 위에 있는 저 바
보 천치 녀석은 몰라. 그 녀석은 전쟁을 해본 적도 없고, 용감한
사람들이 지상에서 하는 싸움을 하늘 위에서 구경만 했지. 그놈
은 섹스도 안 해봤어. 그래서 그놈은 이름만 사랑의 하느님이지
사랑에도 비열하게 위아래가 있어 쥘리아보다는 베르뙹 같은 사
람이 죽기를 바라는 심정 따위는 전혀 이해하지 못하는 것이지.

---

* 수프에 넣는 소스 상표.

이제 영감 덕에 나는 쥘리아가 불멸의 존재라는 것을 알게 되었어! 그놈들이 그녀의 아파트를 엉망으로 만들어놓은 것은 그녀를 잡지 못했기 때문이고, 그놈들이 그녀의 가구들을 고문한 것은 그녀가 그놈들의 손가락 사이로 빠져나갔기 때문이야. 그녀가 대단히 약삭빠른 모험가라는 점을 감안하면 놀랄 일도 아니지. 나만 해도 그녀를 침대에서 구석에 몰아넣을 수가 없거든. 영감, 하늘 위의 그놈에게 똑똑히 얘기해줘. 이번에 날 놀라게 한 것 때문에 나중에 나한테 혼 좀 날 거라고 말이야. 그리고 영감의 어린 딸 카미유를 스페인 독감에 걸리게 한 것도 잊지 않고 손봐주겠다고 전해줘. 총알이 빗발치는 속에서도 5년 동안 살아남도록 도와주더니 마지막에 스페인 독감을 투하해서(오, 숭고하고 교묘한 술책이여!) 영감의 딸아이를 죽여버렸잖아. 영감이 살아남으려고 발버둥친 것도 다 그 아이 때문이었는데 말이야!

택시를 타고 베르됭에게 가면서 나는 이렇게 흥분해 생각을 이어가면서 하늘 위의 그 녀석에게 말을 건다. 그놈이 진짜 존재한다면 세상의 기원에는 개똥이 있다는 것을 입증하는 것이고, 그놈이 존재하지 않는다면 차라리 더 낫다. 그놈은 나 같은 희생양이니까, 어느 것의 기원도 아니면서 모든 일의 원흉인 희생양이니까. 앞 유리창의 와이퍼가 폭풍우를 헤치고 있다. 와이퍼가 우리의 유일한 추진 수단인 것 같다. 운전사는 나처럼 하늘을 원망한다. 이런 폭우가 쏟아질 계절이 아닌데 하늘 위의 그놈이 천사들과 딴 짓을 하고 있는 게 틀림없다는 것이다.

"차 세워요!"

내가 너무 크게 소리를 지르는 바람에 브레이크가 으스러지면서 택시가 돌풍을 일으키며 급커브를 튼다.

"대체 무슨 짓이에요?"

"잠깐만 기다리세요!"

나는 빗속으로 뛰어들어 물을 철철 토하는 빗물받이 홈통 옆에 기도라도 하는 것처럼 주저앉아 있는 작은 형체 쪽으로 달려간다.

"제레미! 여기서 뭐 하는 거야?"

송유관이 터진 것처럼 물이 펑펑 솟아 흙탕물이 눈까지 튀는데도 급류 속에 무릎을 꿇고 앉아 있던 제레미가 나를 돌아보더니 말한다.

"보면 몰라? 병에 물을 담고 있잖아."

우리가 배수관 밑에서 만날 약속이라도 했던 것처럼 태연하다.

"형, 이건 베르됭 할아버지의 마지막 병이야. 올해를 대표하는 빗물이야. 할아버지는 이 병을 갖고 떠나야 해."

택시의 분노한 경적 소리가 들린다.

"서둘러, 제레미. 감기 걸리겠다!"

제레미의 손은 퍼레졌지만 병은 아직 절반밖에 차지 않았다.

"길 건너편 병신 새끼 때문이야. 빈 병을 그냥 못 준대서 한 병을 산 다음에 안에 든 걸 쏟아버렸어. 그놈이 깔때기도 안 빌려주잖아. 쪼다 새끼!"

'병신 새끼'란 길 건너편 우유가게 주인을 두고 하는 말이다. 그는 계산대를 맡고 있는 마누라와 손님들을 가게 안으로 들이고는 같이 실실 쪼개고 있다. 택시 운전사는 좀 외로웠는지 창문을 열고 그놈들과 말을 섞는다.

"실례합다. 저 앞에 있는 병원이 생루이 병원임까, 생탄 병원임까?"

죄짓는 놈 따로 있고 매 맞는 놈 따로 있는 법이다. 세상일이란 게 원래 그렇다. 나는 마구 물을 튀기면서 택시 옆쪽으로 돌아가 낄낄거리는 그놈의 아가리에 100프랑짜리 지폐를 처넣는다.

✣

접수대의 간호사들은 개구리 인간들이 습격한 줄 안다.

"이봐요! 그런 꼴로 어딜 들어가요?"

간호사들이 쫓아와봤자 소용없다. 우리는 개의치 않고 갈 길을 간다. 세상의 그 무엇이 우리를 막을 수 있으랴.

"더러운 게 다 튀잖아요!"

"그래도 고무 오리발은 벗어놓고 왔거든요!" 제레미가 대답한다. 그러고는 나에게 말한다.

"형, 이쪽이야. 빨리 와."

여자들은 따라오지 못하고 포기한다. 그들의 눈에 대걸레의 악몽이 떠오른다.

"저기서 돌아서 복도 끝 방이야." 제레미가 알려준다.

하지만 모퉁이를 돌자 한 떼거리의 사람들이 복도를 가로막고 있다. 목소리가 제일 큰 사람은 흰 가운을 입은 작달막한 남자인데 목소리가 왠지 귀에 익다. **차분하게** 악을 쓰는 프로페셔널한 목소리.

"베르톨드, 열흘 전부터 이렇게 투약했잖아. 계속 이러다간 이 여자 뇌가 흰 소스가 되어버릴 거야. 내 말 좀 들어!"

그는 붉은 안색의 키다리에게 삿대질을 하면서 병실 안을 가리킨다. 하얀 모포에 덮인 채 반투명의 촉수가 수없이 뻗어나온 형체가 보인다.

"저 여자를 그냥 깨어나게 하면 죽을 거라니까. 마르티, 나는 그런 위험을 감수할 수 없어."

(마르티! 맞다. 작년에 제레미가 학교에 불을 지르고 나서 손가락이 잘렸을 때 봉합 수술을 해준 키 작은 의사의 이름이 마르

211

티였다.)

"베르톨드, 넌 지금 네 엉덩이하고 그 밑의 금색 방석을 보전하려고 그렇게 조심하는 거잖아! 하지만 그렇게 투약해놓으면 나중에 여자가 깨어났을 때 네 머리하고 엉덩이도 구별 못 하는 지경이 될 거라고!"

약물 투여량을 두고 의사들끼리 싸우고 있는 것이다. 다른 흰 가운들은 의대생이나 말단직원임에 틀림없다. 분위기가 워낙 험악해서 졸자들은 속으로 웃을 엄두도 못 내고 있다.

"마르티, 상관하지 마. 네가 우리 과 과장이라도 돼?"

"베르톨드, 내가 과장이었으면 너한테는 화장실 청소도 맡기지 않을 거야."

치료 방법을 둘러싼 대화가 이쯤 이르렀을 때, 여전히 손에 병을 들고 젖은 생쥐 꼴로 서 있던 제레미가 갑자기 소리를 지르기 시작한다.

"저리 좀 비켜요! 씨팔, 시간 없단 말예요!"

주변이 조용해진다. 마르티가 뒤를 돌아본다.

"아, 너로구나!"

그는 제레미가 어제 퇴원하기라도 한 것처럼 제레미의 손을 잡고 손가락을 재빨리 살펴보더니 말한다.

"잘 붙은 것 같네. 이번엔 또 무슨 사고를 칠 작정이야? 양측

폐렴이라도 걸리려고?"

엉뚱하게도 제레미는 그에게 1리터짜리 병을 보여준다.

"의사 선생님, 이 병에 붙일 라벨이 필요해요."

그러고는 덧붙여 말한다.

"친한 할아버지가 죽어가요. 복도 끝 방인데 한번 와보실래요?"

⊹

루나, 로랑, 프티, 클라라, 할아범들이 전부 와 있다. 테레즈는 침대 옆에서 베르뎅의 손을 잡고 있다. 베르뎅. 베르뎅에게는 하얀 환자복을 입혀놓았다. 병원의 첫 촉수가 벌써 그의 왼팔에서 뻗어 나와 머리 위의 점적 주입 장치에 연결되어 있다. 그는 완전히 누워 있지도 완전히 앉아 있지도 않다. 사르다나팔루스*는 루나가 등에 받쳐준 세 개의 깃털 구름을 푹신하게 깔고 누워 있다. 엄마가 혼자 있으니 빨리 집에 가보라고 내가 귓속말을 하자 루나가 프티를 데리고 조용히 떠난다. 제레미는 침대 위로 올라가 라벨까지 붙인 빗물 담긴 병을 베르뎅의 팔 옆에 놓는다. 라벨에는 '빗물. 마지막 겨울'이라고 씌어 있다. 제레미는 한 마디

---

* 고대 아시리아 제국의 마지막 왕인 아슈르바니팔. 여기서는 들라크루아의 그림 〈사르다나팔루스의 죽음〉을 암시하고 있다.

도 하지 않는다.

"욕실에 가서 옷 벗고 몸 말린 다음에 머리 좀 빗어. 옷장에
빗 있어."

제레미는 군소리 없이 마르티의 말을 따른다. 이제 남은 건 움
직이지 않고 서 있는 우리의 존재와 베르뙹의 머리맡에서 들리
는 테레즈의 목소리뿐이다. 테레즈는 익숙한 동작으로 영감의
손을 손날로 비벼주면서 눈썹을 찌푸린 채 인생이 파놓은 협곡
들을 둘러보고 있다. 베르뙹의 한 손은 병을 쥐고 있고 다른 손
은 아무렇게나 부려져 있다. 베르뙹은 테레즈를 **바라본다**. 그렇
다, 죽음의 문턱에 서서 미래에 대한 열정을 담은 눈빛으로 테레
즈를 바라본다. 내 주술사 여동생은 아주 어렸을 때부터 누구의
눈에든지 그러한 열정을 지펴놓을 줄 알았다. 예전에 단 한 번이
었지만 내가 경솔하게도 큰오빠 특유의 합리주의와 가르치려드
는 태도로 "근데 테레즈, 젠장, 넌 네가 하는 소리를 진짜로 믿
는 거야?" 하고 물었을 때 그녀가 늘어놓은 얘기가 문득 이해가
된다. 내 질문에 그녀는 고개를 들어 나를 바라보았다. 그녀의
눈은 어떤 의심에도 흔들리지 않았지만 믿음이라는 역겨운 불꽃
으로 타오르지도 않았다.

"믿느냐 마느냐의 문제가 아니야, 오빠. 그 사람이 무엇을 원
하는지 알아야 하는 거지. 그런데 사람들이 정말 원하는 건 영생

밖에 없어."

그 말에 나는 '어휴, 또 시작이군. 내가 괜히 말을 꺼냈어' 하고 생각했지만 그녀는 가냘픈 목소리로 이야기를 계속했다.

"하지만 사람들이 모르는 건 우리가 영생을 이미 갖고 있다는 거야. 그러니까 **원하는 것을 이미 갖고 있다**는 걸 모르는 거야."

나는 몰래 머릿속으로 '정말?' 하고 생각했지만 그녀는 조롱에는 워낙 둔해서 상대가 눈으로 비웃고 있어도 절대 눈치 못 챈다. "오빠, **여생**이라는 말을 하는 것은, 그러니까 우리에게 몇 년, 몇 달, 몇 초가 남았다고 할 때 말이야, 사실은 영생에 대한 믿음을 표현하는 것이거든."

"그래?"

"응, 내가 지치지 않고 오빠의 남은 수명을 계산한다면, 오빠 생애의 매 초마다 내가 오빠의 남은 수명을 센다면, 그리고 **마지막** 1초에도 내가 오빠의 남은 수명을 0.1초 단위로 센다면, 그리고 0.01초 단위로, 또 0.001초 단위로 센다면, 내가 오빠 옆에서 무한소 단위까지 남은 시간을 센다면 여전히 계산할 **남은 수명**이 있다는 거잖아. 오빠, 영생이란 그런 근면한 정신일 뿐이야." 다음 날 나는 백화점에서 브리콜라주* 층의 지배인인 친구 테오에

---

* 브리콜라주 상점은 우리나라의 전파상과 철물점이 합쳐진 곳이다. 프랑스는 기술자의 품삯이 비싼 탓에 우리나라에 비해 브리콜라주 상점들의 규모가 훨씬 크다.

게 이 얘기를 해주었다. 테오는 고개를 젓더니 내 누이가 위험인
물이라고 대답했다. "그런 식의 궤변 때문에 바보 같은 어린애
들이 커다란 오토바이를 타고 교차로를 140킬로미터로 통과하
는 거라고. 시속 20킬로미터로 달리는 것보다 140킬로미터로
달리는 게 다른 차와 부딪칠 확률이 더 낮다는 거지." 우리는 테
레즈를 비웃으면서 수다를 떨었고 그 뒤로 나는 이 주제를 화제
에 올린 적이 없었다.

하지만 모두들 자리에 서서 테레즈가 베르뙁에게 미래를 예언
해주는 것을 두 시간째 듣고 있다보니, 그 시간 내내 베르뙁의
환한 시선에서 눈을 떼지 못하고 있다보니, 그의 미소에 담긴 평
온한 확신 때문에 시간 가는 것도 모르고 참을성 없는 젊은이나
뼈에 좀이 슨 늙은이나 피로도 잊은 채 꼼짝 않고 서 있다보니,
큰오빠인 나 뱅자맹도 테레즈의 이론을 거의 믿게 된다.

"베르뙁 할배, 할배 손을 보니까 할배를 꼭 닮은 어린 소녀가
보여요. 할배는 곧 그 소녀를 만날 거예요. 할배, 좋은 소식이 있
으니 알려드릴게요. 오래 기다리셨잖아요. 그 때문에 그 아이도
이 소식을 같이 들으려고 할배를 오래 기다렸고요. 베르뙁 할배,
잘 들어요. **이제는 스페인 독감 때문에 사람이 죽지 않아요!**"

바로 그 순간 마르티가 조용히 내 어깨를 두드렸다. 베르뙁의
얼굴은 아직도 미소로 환하지만 이미 베르뙁은 우리를 떠났다.

클라라가 다가가 부드럽게 테레즈를 부축하는데, 마르티가 내 귀에 속삭이는 것이 들린다.

"환자가 미래를 앞에 두고 죽는 건 처음 봅니다."

누군가가 말한다.

"엄마한테 전화해야지."

하지만 전화기를 건드리기도 전에 전화벨이 울린다. 제레미가 받는다.

"뭐라고?"

그러더니

"설마, 농담이겠지."

라고 말하고는 우리 쪽을 돌아본다.

"엄마가 좀전에 여동생을 하나 만들었대요."

그리고 아무에게도 묻지 않고 말한다.

"우리 그애를 베르뙹이라고 불러요."

(여자애가 이름이랍시고 달고 다니기에 참 좋기도 하겠다. 베르뙹 말로센이라니!)

"형, 그리고 다른 소식이 있어."

"또 뭔데?"

"쥘리위스가 아픈 게 나았대."

22

비는 여전히 양동이로 퍼붓고 있었다. 파스토르는 머리 뒤에 손을 받치고 야전침대에 누워 빗물이 유리창 위로 미끄러지는 소리를 듣고 있었다. 그는 난장판이 된 아파트 광경을 떨쳐버리려 애쓰고 있었다. 마요 대로의 집에 마지막으로 갔던 게 언제지? 창문을 열어두고 온 것은 아닐까? 서재 창문이라도…… 내일은 가봐야지. 하지만 내일 가보지 않을 거라는 것을 그는 알고 있었다. 지난번 이후로 다시 돌아갈 용기가 나지 않았던 것처럼. 지난번에도 딱 5분, 갈아입을 옷 몇 벌을 가방에 주워 담을 시간만 머물렀다. 이제 그 옷들은 살균된 철제 캐비닛에서 잠자고 있었다. 파스토르는 쿠드리에 총경처럼 사무실에서 잠을 잤다. 자기 할 일을 찾아 하는 젊은이, 공화국의 안녕을 위해 찾을 때마다 자리에 있는 파스토르! 하지만 동료들은 필요하면 언제든 이 스웨터 청년이 당직을 교대해주는 것이 좋아서 제발 집에 좀 들어가라고 잔소리하지 않았다. 누군가의 야심 덕에 적어도 누군가는 섹스하러 갈 수 있는 것이다…… 파스토르는 서재 생각을 하고 있었다. 책은 위원장이 가브리엘 다음으로 사랑하는 것이었다. 부부 모두 배우자 다음으로 사랑하는 것이 책이었다. 출간되자마자 저자가 사인한 사철 양장 제본의 초판본들. 꿀 냄새 나는 오래된 밀랍, 가죽 냄새, 희미한 빛 속에서 영롱한 광채를 발하는 금박. 음악은 절대 금지였다! 축음기도 턴테이블도 전축도 없었다. "음악은 음악당에서 듣는 거야"라고 위원장은 선포했다. 이제 파스토르의 기억 속에서는 책들의 침묵만이 빗줄기의 망치질 소리와 어우러지고 있었다. 그 조용한 장정들을 열어보는 일은 드물었다. 아래층에 있는 지하실은 서재의 복사판이었다. 동일한 책장, 동일한 작가, 동일한 제목의 책들이 위층에 있는 초판본들과 똑같은 위치에 놓여 있었다. 하지만 지하실에 있는 책들은 평범한 판본이었다. 그리고 실제로 읽는 것은 지하실의 책들이었다. "장 바티스트, 지하실에 내려가서 책 한 권 가져오렴." 그러면 파스토르는 자기가 맡은 임무를 자랑스러워하면서 마음대로 책을 골라 왔다.

✤

"놀랐지?"

갑자기 불이 켜졌다. 티안이 막 나타난 참이다. 과부 호씨가
아니라 (원래 모양을 잃고 헐렁해진 지 오래인) 제복 차림의 반
티안 형사였다. 결과는 같았다. 그는 금세 다시 속옷 차림의 성
냥개비 같은 몸이 되었고, 흠뻑 젖은 옷은 둘둘 말아 구석에 던
져버렸다.

"이거 받아. 너 주려고 가져왔어."

그는 파스토르에게 신문지로 싼 커다란 꾸러미를 불쑥 던졌다.

"선물인가요?" 파스토르가 물었다.

"내가 애인 하나 있었으면 한 지도 꽤 오래되었는데 말이
야……"*

파스토르는 벌써 끈을 풀고 있었다. 티안이 손을 들었다.

"잠깐만 기다려. 먼저 고백할 게 있어."

그는 뉘우치는 표정이었다. 흰 팬티를 입고 서 있는 것이, 기
숙사 공동 침실 문 앞에서 벽 보고 서 있는 벌을 50년째 받고 있
는 늙은 어린아이 같았다.

---

* 티안 형사는 농담으로 파스토르를 애인 취급하고 있다.

"부끄럽구나, 얘야. 너한테 좀 숨긴 게 있어."

"괜찮아요, 선배님. 아시아 사람들은 천성적으로 음흉하잖아
요. 책에서 봤는데 아시아 사람들은 거짓말을 하지 않고는 못 배
긴다더라고요."

"우리에겐 또 다른 결점이 있어. 황인종의 기억력이지. 참을
성은 많아도 결코 잊지는 않아."[*]

이 말을 하고는 티안의 얼굴은 고통으로 찡그려져 비스듬히
일그러졌다.

"망할 놈의 비. 저놈의 비 때문에 요통이 재발했어."

그는 책상 서랍을 재빨리 열어 자기 마음대로 팔피움을 처방
했다. 파스토르는 버번위스키 한 잔을 내밀었다.

"고마워. 그 말로셴에 대한 거야. 너한테 좀 거짓말을 했어.
진짜 거짓말은 아니고 아는 걸 빼먹고 말하지 않은 거지. 사실
그자의 얼굴을 본 적은 없지만 이름은 원래 알고 있었어."

파스토르는 말로셴의 이름을 못 들어본 경찰이 파리에 한 명
이라도 있을까 궁금했다.

"그는 과부 돌고루키의 친구였어."

"마지막 피해자요?"

---

[*] 파스토르의 조롱과 모욕을 참고 넘어가지만 잊지는 않겠다는 의미.

"그래, 내 이웃집 여자. 그녀는 일요일마다 말로센의 집에 드나들었어."

"그게 어때서요? 벨빌은 시골 마을 같잖아요. 아닌가요?"

"그렇지. 하지만 말로센은 폴리레뇨 로에 살거든."

"그게 그렇게 중요한 사항인가요?"

티안은 잔을 내려놓고 후배를 한참 동안 불쌍하다는 듯이 쳐다보았다.

"폴리레뇨 로라는 말을 듣고도 아무 생각도 안 나?"

"알죠. 18세기까지는 사냥꾼들의 집결 장소였잖아요. 그게 우리 사건이랑 무슨 상관인데요?"

티안은 포기했다는 듯 고개를 흔들고는 말했다.

"네가 나한테 배울 게 아직 남아 있다니 기쁘구나. 네가 너무 똑똑해서 슬슬 짜증이 나고 있었거든. 얘기해줄 테니 그로그*나 한 잔 만들어 와."

눈빛만 봐도 통하는 오래된 커플의 모습이었다. 파스토르는 전기 버너에 주전자를 올렸다.

"만신창이가 되어 바지선 위에 누워 있는 여자를 발견한 날 밤에 들어온 신고 기록들을 뒤졌던 건 기억해? 여자 비명 소리

---

* 럼주에 따뜻한 물과 설탕, 레몬 등을 섞어 만든 술.

와 관련된 신고 말이야."

"노력을 좀 하면 기억이 나겠죠."

"그중에 11구 경찰서도 있었거든."

"그래요?"

"응. 로케트 로의 4층에서 긴 비명 소리를 들었어. 폴리레뇨
로와 만나는 지점이지."

"신고를 받고 경찰이 확인해보았나요?"

"전화로 확인했어. 신고한 여자에게 전화를 했더니 이제 소리
가 들리지 않는다고, 조용해졌다고 했어. 자주들 그래. 가보기
전에 먼저 전화부터 해보는 거야. 열에 아홉은 불필요한 출동을
피할 수 있지."

"근데 이건 열에 한 번이었다는 거로군요."

"바로 그거야. 이제 정신이 좀 드나보구나. 나는 신고를 했던
아줌마를 만나봤어. 그녀와 그녀의 남편이 무슨 소리를 들었는
지 정확히 묘사해달라고 했지. '여자의 비명 소리, 타이어 소리,
자동차 문 닫는 소리, 그게 다예요.' 그렇게 말하더군. '내려가
보셨나요?' 하고 물었지. '그냥 창문으로 내다봤어요.' '뭐가 보
이던가요?' '아무것도 못 봤어요!' 하고 둘이 똑같이 느낌표를
붙이면서 말하더라고. 그렇게 똑같으면 수상한 법이지. 그래서
말이야, 알잖아, 기품 있는 베트남 산 독버섯* 분위기를 풍기면

서 그 말을 법정에서 다시 할 배짱이 있냐고 물었어.(근데 너 주전자를 태우려는 거야?)"

끓는 물에 럼주 세 스푼, 레몬 껍질, 분홍색 트랑센 한 캡슐을 넣은 티안의 그로그가 나왔다.

"그래서요?"

"그랬더니 어쩔 줄을 몰라하더라. 어떤 그림인지 훤히 보이지? 결국 남편이 먼저 실토했어. 그거 알아? 이런 경우에는 언제나 남자가 먼저 자백해. 여자가 먼저 자백하는 일은 절대 없어. '형사님한테 정보를 드리는 게 좋을 것 같아. 법질서를 수호하는 분인데 말이야, 안 그래?' '무슨 정보?' 여자는 수세적으로 물었지. '그 왜, 도망간 남자 말이야……' '아! 맞아, 폴리레뇨 로를 뛰어가던 남자, 맞아, 까맣게 잊고 있었네.' '누가 도망을 갔나요?' 나는 아주 공손하게 물었어. '예, 한 남자가 뭔가를 진 것처럼 허리를 굽히고 도망갔어요.' '그런데 경찰서에는 그 말을 안 했군요.' 그들은 어쩔 줄 몰라하더군. '그게 그러니까, 깜박 잊었어요.' '그래요? 생각을 어디다 두고 왔다가 이제야 생각이 난 거죠? 그 뛰어가던 남자, 아는 사람입니까?' 아니, 아

---

* 이 부분은 베트남(안남)계인 반 티안 형사의 말장난이다. 원문을 직역하면 '남근 모양의 안남 사람(Annamite phalloïde)'인데, 이 표현은 맹독성의 치명적 독버섯인 알광대버섯(amanite phalloïde)이라는 단어와 발음이 흡사하다.

니, 하느님께 맹세코 절대 모른다더군! '그런데 왜 그 사람을 비호하려고 했습니까?' '아니 우리가 왜 알지도 못하는 사람을 숨겨주려 하겠어요?' '제가 궁금한 것도 바로 그 점이죠.' 취조가 잘 진행되면 늘 그렇듯이 그 순간에 딱 침묵이 흐르더군. 나는 점점 월맹군 비슷한 분위기를 풍기면서 속삭였어. '혹시 **다른 건** 보지 못하셨습니까?' 그리고 그들이 또 개소리를 늘어놓을 틈을 주지 않고 바로 한 방 먹였지. '**씨팔, 너희가 뭘 봤냐니까?**'"

티안은 기분이 좋아 한동안 말을 쉬었다.

"이 그로그 정말 훌륭한데. 아가, 너 경찰에 들어오기 정말 잘했다."

"그래서 그 사람들이 뭘 봤대요?"

티안은 신문지로 싼 꾸러미를 엄지손가락으로 가리켰다.

"이제 열어봐도 돼."

꾸러미에는 멋진 모피 코트가 들어 있었다. 파스토르는 그것이 무슨 모피인지 몰랐다.

"스컹크 가죽이야. 서너 마리는 들어갔을 거야. 동물보호단체에서는 경악할 일이지. 그 아줌마는 그 꼭대기에서 슬쩍 내려다보고도 이게 뭔지 안 거야. 아마 값이 얼마나 나가는지도 바로 알았을걸. 경찰들이 순식간에 도착해서 자기 마누라 갖다 주겠다고 외투를 두고 서로 싸울 게 뻔한데 이 얘기를 11구의 경찰

들에게 할 리가 없지. 뛰어가던 사람 얘기도 할 리가 없고. 그녀
는 차가 지나가지 않게 해달라고 하느님께 기도를 드렸어. 도주
자가 어둠 속으로 사라지기를 기다린 다음에 슬리퍼를 신고 재
빨리 내려왔다가 부리나케 올라간 거야. 그러니 그녀가 이번 겨
울에 입을 코트를 미리 걸친 걸 본 사람은 아무도 없지. 게다가
이번 겨울은 정말 추울 것 같잖아."

"그래서 코트를 군소리 없이 그냥 내주던가요?"

"공권력 앞에서 어쩌겠어? 하지만 너무 애석해하기에 위로해
주었어. 전 세계 마피아들이 이 코트를 찾고 있으니 이걸 갖고
있다간 목숨을 부지하기 어려울 거라고."

"선배님 착하시네요."

"아니야. 하지만 솔직히 말해서 나는 오늘 오후에 심문한 백
화점 인사과장처럼 깨끗한 척하는 잡놈보다는 코트를 갖고 싶어
하는 인간적 욕심을 가진 이 아줌마가 백 배는 좋아."

"그 사람한테도 착하게 굴었잖아요."

✤

얼마 후 파스토르는 코트의 출처에 대해 몇 가지 가설을 세워
보았다. 티안은 이 문제와 무관한 일일보고서를 타이핑하면서

말을 했다. 규칙적인 타자 소리에 정신이 몽롱해졌다.

"졸지 않으려면 타이핑하면서 얘기를 해야겠어. 그게 정말 코랑송의 코트라면 그 말로센이라는 자는 완전히 꼬인 거지?"

"그런 셈이죠." 파스토르는 인정했다.

⚜

얼마 후 둘 다 보고서 작성을 마쳤다.

"그래, 내가 네 사건을 도와주느라고 뼈 빠지게 돌아다니는 동안 넌 저녁 내내 뭐 하고 있었어?"

"저도 선배한테 좀 숨긴 게 있어요."

"계속 같이 살려면 가끔씩 놀랄 일을 서로 준비해야 하는 게지. 커플 생활을 잘 하려면 그래야 하는 거 아니겠어?"

"말로센이 떨어뜨리고 간 사진들에 나오는 여자 말인데요. 사실 낯이 익었어요."

"학교 친구야? 아니면 영성체를 같이 받은 애? 첫사랑? 하룻밤 상대?"

"아니요. 마약반 파일에 올라 있는 여자예요. 분명히 사진을 본 기억이 있어서 카레가한테 은밀히 확인해달라고 부탁했죠."

"은밀히?"

"저는 세르케르를 위해 일하는 게 아니니까요."

"그래서 어떻게 됐어?"

"제 기억이 맞았어요. 5년 전에 앙리 4세 고등학교* 정문 앞에서 체포된 마약상이에요. 이름은 에디트 퐁타르 델메르이고요. 건축가 퐁타르 델메르의 딸이죠. 이 문제는 선배가 도와주실래요? 이 여자를 찾아서 며칠 미행해야 해요. 시간 남을 때 해주실 수 있겠어요?"

"당연하지. 그러니까 마약 밀매꾼이라는 거지? 애들한테 마약을 파는 년이라니. 이놈의 말로센이라는 자는 정말 멋진 사람들과 교제하는군……"

"그렇죠. 말로센을 한번 찾아가봐야겠어요. 그것도 선배가 도와주셨으면 좋겠어요. 선배가 아래층에서 그자의 가족들을 붙잡고 있으면 그동안 저는 위층에 있는 그자의 침실을 뒤져보려고요. 사진 몇 장을 침실에 숨겨두고 있거든요. 제가 그 사진들이 필요해서요."

"그런 정보를 어디서 얻은 거야?"

"아두슈 벤 타예브한테서요. 오늘 오후에 취조한 놈이에요."

---

* 모파상, 지드, 사르트르, 푸코 등 수많은 지식인을 배출한 유서 깊은 명문 고등학교.

✥

반 티안이 의료보험공단에 보낼 서류에 우표를 붙이는 시간이 되었다. 아내 자닌이 죽은 후로 매주 두 번씩 하고 있는 일이었다. 벌써 12년째 하고 있었다. "네 아버지가 의료보험 제도를 만들어서 얼마나 다행인지 모르겠어!"

✥

"내가 **새로 만든** 게 절대 아니야." 위원장은 그 문장을 신문에서 읽을 때마다 투덜댔다. "원래 있던 기금들을 전후(戰後)에 통합한 것뿐이지." 하지만 국민의료보험 제도는 그의 필생의 과업이었고, 위원장은 그 점을 부인할 수 없었다. 하루는 파스토르가 위원장에게 어떤 이유에서 공공서비스에 그토록 헌신하는지 물었다. 돈도 많은데 왜 가브리엘을 사랑하면서 편하게 살지 않는가?

"사랑에 대해 세금을 내야 하니까. 개인의 행복은 집단에 파급될 의무가 있어. 그렇지 않으면 사회는 힘센 놈들만 살판나는 곳이 될 거야."

그리고 또 한번은 이렇게 말했다. "내가 가브리엘과 섹스할

때마다 아픈 사람 한 명이 의료비 전액을 환급받을 거라고 믿고
싶어."

"한 명만요?" 하고 파스토르는 물었다. 파스토르는 모자랄 것
없는 이 노부부가 자기를 입양한 것도 '사랑에 대한 세금'이 아
니었을까 궁금해하곤 했다. 하지만 그것은 아니었다. 나이를 먹
으면서 파스토르는 그건 다른 것이라는 점을 깨달았다. 그는 그
들의 **증인**이었고 그들만의 섬의 '프라이데이'였다. 그렇지 않으
면 이 비루한 세상에서 두 남녀가 그토록 사랑했다는 것을 누가
알겠는가?

"근데 너는 언제 연애할 거야?" 가브리엘이 물었다.

파스토르는 대답했다. "계시라도 받으면요."

᛭

티안이 떠나고 한참이 지나 새벽녘이 되자 비가 마침내 그쳤
다. 전화가 울렸다. 쿠드리에였다.

"파스토르?"

"총경님?"

"자고 있던 건 아닌가?"

"아닙니다, 총경님."

"일요일 아침에 나랑 식사나 하면서 사건을 정리해보는 건 어떤가?"

"저야 좋습니다, 총경님."

"그렇다면 생제르맹 상가 카페에서 아홉시에 보기로 하지."

"되마고* 건너편에 있는 것 말씀입니까?"

"그래, 나는 일요일마다 그곳에서 아침을 먹는다네."

"알겠습니다, 총경님."

"그럼 일요일에 보도록 하지. 일요일이면 자네도 보고서를 다듬을 시간은 충분하겠지."

---

* 수많은 문인과 예술가 들이 드나들던 생제르맹의 유서 깊은 카페.

23

베르됭 말로센 양, 젖먹이의 초상화. 벌써 생후 3일째!

그 녀석은 대가족의 식탁에 오르는 통구이만큼 커다랗고(두꺼운 돼지 가죽 기저귀로 꽁꽁 싸놓은 적색육과 똑같다), 윤기가 나고, 포동포동하지 않은 데가 없고, 갓난아기이고, 순진무구하다. 하지만 조심! 녀석이 눈꺼풀을 닫고 주먹을 쥔 채 한숨 잠이 들면 꼭 잠에서 깨어나려고, 깨어나겠다고 알려주려고 그러는 것 같다. 그리고 녀석이 깨어나면 완전히 베르됭이다! 모든 대포가 갑자기 포문을 열고, 유산탄(榴散彈)이 비명을 질러대며, 공기 중에는 한 가지 소리밖에 들리지 않고, 세상은 지축이 흔들리며, 사람들은 비틀거리다 서로 부딪힌다. 그것이 그칠 수 있다면, 그놈이 15분이라도 다시 잠들 수 있다면, 그놈이 수류

탄처럼 위협적이지만 적어도 시끄럽지는 않은 거대한 포피에트*
의 모습으로 돌아갈 수만 있다면, 사람들은 어떤 영웅적 행동도
어떤 비열한 행동도 마다하지 않을 것이다. 그애가 다시 잠든다
해도 우리가 잘 수 있는 것은 아니다. 우리는 그애를 감시하느
라, 언제 깨어날지 예측하느라 너무 바쁘다. 물론 그래도 신경이
곤두선 것이 조금 풀리기는 한다. 일시적 소강 상태, 정전(停
戰)…… 전쟁중에 잠시 숨을 돌릴 시간이다. 우리는 잠을 잘 때
도 눈과 귀를 한쪽씩 열어놓는다. 각자의 참호에서 보초는 밤새
깨어 있다. 그리고 조명탄 소리가 나자마자, 제기랄, 적의 공격
이다! 모두 젖병을 준비하라! 적의 공세를 격퇴하라! 기저귀, 의
무병, 기저귀, 맙소사! 기저귀 한쪽이 똥 범벅이 되더니 다른 쪽
도 즉시 넘쳐나온다. 더럽다고 우는 비명 소리는 배고프다고 우
는 소리보다 더 무시무시하다. 젖병! 기저귀!

됐다. 베르띵이 다시 잠들었다. 우리는 선 채로 얼이 빠져 비
틀거리면서 그애가 소화시키는 동안 짓는 함박 미소를 뚫어지게
쳐다본다. 이 미소는 모래시계다. 눈에 띄지 않게 조금씩 줄어들
어 입아귀가 모일 것이고 분홍빛 입술이 꽉 쥔 주먹 모양이 되면
나팔수는 원기왕성한 부대원들에게 기상을 명할 것이다. 다시

---

* 얇게 썬 고기에 야채로 소를 넣어 만 요리. 이 문단의 첫 문장에서 얘기한 고기
요리.

한번 배고프다는 비명 소리가 참호들을 흔들고 하늘을 뒤덮을 것이다. 하늘은 그에 화답하여 모든 대포의 포문을 열고 집중 포격을 가할 것이다. 이웃들은 천장을 치고 문을 두들기며 건물의 마당에서는 욕설이 터져나올 것이다…… 전쟁이란 들불과 같아서 신경을 놓고 있으면 전 세계로 번진다. 처음엔 아무것도 아닌 일이 그렇게 될 수 있어서 사라예보에서 황태자의 두개골이 약간 터진 것을 가지고 5분 후에는 전 세계인이 멱살을 잡고 싸운다.

그리고 한번 시작되면 쭉이다……

베르됭은 한없이 그런다.

벌써 사흘째다.

제레미는 푹 꺼진 눈으로 베르됭의 요람을 내려다보면서 망연자실한 질문을 던지는 것으로 이 상황을 요약한다.

"근데 얘는 자라지도 않아?"

✥

이 폭풍우에서 다치지 않고 무사히 살아남는 사람은 엄마뿐이다. 엄마는 잠을 잔다. 베르됭이 우리 가족의 영토에 수많은 군단을 풀어놓았건만 엄마만은 용케 피해간다! 제네바 협정인

234

셈이다. 엄마는 잠을 잔다. 내 기억이 닿는 한, 아이를 낳고 나면 엄마는 늘 잠을 잤다. 제레미를 낳고서는 엿새를 잤다. 기록이었다. 착한 하느님과는 반대로 엄마는 이레째 되는 날 잠에서 깨어나 나에게 물었다.

"애야, 아기는 어떻게 생겼니?"

문자 써서 말하면 **점입가경**이라고, 말로셍 가문의 그 어떤 아이도 엄마 젖을 빨았다고 자랑할 수 없다. 쥘리아는 내가 그녀의 유방을 숭배하는 것도 그 때문이라고 생각한다. "쥘리, 유방 좀 빌려줘!" 쥘리아는 웃음을 터뜨리고, 겹쳐진 원피스 앞자락이 벌어지면서 그녀의 흰 언덕들이 솟아오른다. "이리 와, 내 사랑, 네 집처럼 생각해."("내 사랑"…… 그렇다, 그건 나를 두고 하는 말이다. 쥘리, 대체 어디 숨어 있는 거야?)

그러니까 작은 베르텡이 굶주린 사단들로 공격해오는 동안 엄마는 잠을 잔다. 우리가 엄마를 원망해도 할 말이 없으리라. 선원들은 그보다 사소한 일로도 폭동을 일으키니까. 하지만 베르텡을 진정시키면서 우리는 엄마를 깨우지 않을까 노심초사한다. 정말 더 버티지 못하겠을 땐 엄마가 자는 모습을 보면서 기운을 차린다. 엄마는 그저 잠만 자는 것이 아니다. **본래의 모습을 되찾는다.** 기진맥진한 전투원들은 문틀에 몸을 기대고 평화로운 아름다움의 귀환을 목격할 수 있다.

"엄마는 콜라 병에 우유를 담은 것만큼 예뻐."

제레미는 눈물을 글썽거리면서 이 말을 중얼거렸다. 리송은 그 모습을 그려보려고 눈썹을 찌푸려가며 거룩한 노력을 기울였다. 클라라는 사진을 찍었다. 그래, 제레미, 엄마는 코카콜라 병에 우유를 담은 것처럼 아름다워. 나도 그 아름다움을 잘 알고 있어! 그 매력에는 저항할 수 없지. 잠자는 숲 속의 공주, 조개껍데기에서 나오는 비너스, 형언할 수 없는 순수함, 사랑의 탄생과 같은 것이야. 애들아, 그다음 이야기를 아니? 착한 왕자님이 나타난단다. 엄마는 잠에서 깨어나면 연애할 생각밖에 없어. 만약 불행히도 그때 잘생긴 집시(아니면 착한 회계원이든 그 누구든)가 지나가기라도 하면……

내 얘기를 따라가고 있던 제레미가 갑자기 중얼거린다.

"아, 그건 안 돼! 젠장. 형, 엄마가 또 남자를 따라갈까?"

그러고는 겨우 잠깐 졸고 있는 아기의 요람을 불안한 눈으로 쳐다보더니 말한다.

"베르됭이 '진짜 마지막'* 아니야?"

---

* la Der des Ders. 직역하면 '마지막 중의 마지막'이라는 뜻으로 본래 1차 세계대전을 가리키는 표현이다(당시 각 정부들은 이 전쟁만 치르면 더이상의 전쟁은 없을 것이라고 선전했다). 여기서는 물론 '진짜 마지막 아기'라는 뜻이다. 제레미는 엄마가 잠에서 깨자마자 또 새 남자를 따라가 아기를 만들어올까 두려워하고 있다.

두고 볼 일이지…… 사랑은 그 점에서 전쟁과 꼭 닮았으니까……

✤

요컨대 사흘 밤낮으로 세상은 지옥도였다. 순번을 정해 교대로 애를 보아도 소용이 없었다. 애들, 여자들, 할아버지들은 모두 녹초가 되었다. 가장 중요한 일을 책임지고 있는 클라라가 특히 탈진 상태다. 다들 우울하다. 베이비 블루스*라고나 할까. 드문 일은 아니다. 메를랑은 심지어 다시 마약을 하겠다고 협박했다.

"뱅자맹, 계속 이런 식으로 가면 맹세컨대 난 주사를 또 맞을 거야!"

어린애를 싫어한다고는 생각도 할 수 없는 리송이 요람을 내려다보며 끊임없이 고개를 젓는다.

"이보다는 1914년의 세계대전 쪽이 더 낫겠어."

로농은 사나운 표정으로 정육점 칼들을 훔쳐보는 듯싶다. 그는 변하는 세상 풍습을 따라잡지 못한다. 로농의 사전에 통구이

---

* 출산 직후 대다수의 산모가 일시적으로 겪는 가벼운 우울증. 이것이 장기간 지속되면 본격적인 산후우울증으로 간주된다.

는 절대 발언권이 없다.

　테레즈, 쥘리위스, 프티는 타격이 적다. 베르됭(다른 베르됭, 그러니까 시끄럽지 않은 베르됭)이 죽은 후 테레즈는 고령자를 위한 천궁도(天宮圖)를 만드는 작업에 착수했다. 신문에 실어 노인들이 '내일의 운세'를 알 수 있게 말이다. 테레즈는 쉬지 않고 일한다. 건물이 무너져도 모를 것이다. 개 쥘리위스는 하루 종일 베르됭의 요람을 노려보면서 놀라움에 빠져 있다. 하지만 그건 그렇게 보이는 것일 뿐이다. 쥘리위스가 고개를 옆으로 돌리고 (혀는 반대쪽으로 늘어뜨리고) 있는 것은 지난번 발작의 후유증이다. 루나의 사랑 의사 로랑의 말에 따르면 쥘리위스는 이 놀란 표정을 평생 달고 다닐 거란다. 사실 자기 책임을 인식하고 있는 개들이 다 그렇듯 쥘리위스는 집에 어린애가 하나 더 늘어 기뻐하고 있다. 프티는 쥘리위스처럼 반응한다. 책임감을 느끼는 것이다. 프티는 베르됭을 안고 흔들어주고, 어떻게든 달래려고 애를 썼다. 프티는 구형 베르됭에게 물려받은 이야기들을 신형 베르됭에게 들려준다. 어린 여동생이 눈을 뜨기만 하면 프티는 지난번에 하던 부분부터 이어서 1차 세계대전이 집어삼킨 옷감의 종류와 분량 얘기를 끝없이 늘어놓는다. 동생이 지르는 소리가 커지면 프티는 전쟁터의 소동에 목소리가 파묻히게 놔두지 않겠다는 굳은 의지로 목소리를 드높인다.

하지만 세상 어느 것도 베르뙹을 진정시킬 수 없다. 기적이라 할 것이 도래하기 전까지는.

⁜

조금 전의 일이었다. 베르뙹이 잠에서 막 깨어났다. 일곱시였다(19시). 오늘만 해도 백번째 젖병을 물 시간이었다. 베르뙹은 즉시 평소보다 좀더 격렬하게, 우유가 입맛에 맞지 않는다는 것을 알렸다. 당직을 서고 있던 제레미는 우유 냄비를 불에 올리고 사이렌을 팔에 안았다. 프티는 즉시 군수물자 옷감 레퍼토리를 틀었다.

"미터당 1.65프랑짜리 목도리 25만 개, 방한모 10만 개, 폭 140센티미터짜리 군복용 원단 240만 미터……"

그때 누군가 문을 두드렸다. 처음에는 이웃일 거라 생각하고 다들 평온한 가족 생활을 계속했다. 하지만 두드리는 소리는 그치지 않았다. 제레미가 "씨팔" 하고 외치더니 시위중인 베르뙹을 안은 채 가서 문을 열었다. 베르뙹과 제레미 앞에는 나막신을 신은 베트남계 꼬부랑 노파가 미심쩍은 표정으로 미소를 짓고 있었다. 베트남 여자가 물었다.

"마로챈?"

베르됭 때문에 제레미가 말했다.

"뭐라고요?"

베트남 여자는 더 크게 반복했다.

"마로챈?"

제레미는 소리 질렀다.

"뭐라고요? 말로센이요?"

베트남 여자는 물었다.

"요기, 마로챈 집?"

"예, 말로센 부족이 사는 집 맞는데요." 제레미는 베르됭을 칵테일 병처럼 흔들면서 말했다.

"벤다민 마로챈하고 애기할 수 이써요?"

"뭐라고요?"

베르됭은 점점 더 크게 울어댔다. 베트남 여자는 진정 신화적인 인내심을 발휘하여 다시 물었다.

"벤다민 마로챈하고 애기……"

그때 조리기 위의 냄비에서 우유가 넘치기 시작했다.

"씨팔!" 제레미가 말했다. "애 좀 잠깐 받아주세요."

제레미는 요동을 치고 있는 베르됭을 베트남 노파의 팔에 맡겼다. 기적이 일어난 것은 바로 그 순간이었다. 베르됭이 갑자기 조용해졌다. 집 전체가 놀라 깨어났다. 제레미는 우유 냄비를 부얼 바닥에 쏟았다. 우리의 머릿속에 퍼뜩 든 생각은 베트남 여자가 베르됭의 머리를 조용히 벽에다 찧었을 거라는 것이었다. 그런데 그게 아니었다. 베르됭은 노파의 팔에서 황홀한 미소를 짓고 있었다. 노파는 다정하게 손가락으로 베르됭의 목 아래쪽을 간질이고 있었다. 베르됭은 젖먹이가 기분 좋을 때 내는 꾸르륵 소리를 내고 있었다. 베트남 여자는 "히히히" 하는 웃음으로 화답했다. 그러더니 또다시 말했다.

"벤다민 마로챈하고 애기할 수 이써요?"

"전데요. 들어오세요, 할머니." 내가 말했다.

그녀는 문을 닫고 집 안으로 들어왔다. 베르됭은 여전히 그녀의 팔에 안겨 꾸르륵 소리를 내고 있었다. 그녀는 검은색 비단으로 된 마오 칼라*의 긴 원피스에다 기다란 털양말을 신고 있었다. 이 휴전의 정적으로 마비 상태에서 깨어난 클라라와 리송은 함께 자리에서 일어나 우리의 구세주가 어떻게 생겼는지 보러 왔다. 그들의 동작은 좀 유령 같은 구석이 있어서 잠에서 깨어난 좀비 같았다. 그걸 보고 노파는 약간 불안했는지 어찌할 줄 모르고 눈살을 찌푸린 채 방 한복판에서 멈춰 섰다. 우리는 다들 동시에 똑같은 두려움에 빠졌던 것 같다. 그녀가 베르됭을 우리에

---

* 중국 공산당 제복에서 볼 수 있는 스탠딩 칼라.

게 돌려주고 가버릴까 무서웠던 것이다. 클라라와 리송과 나는
그녀에게 의자를 끌어다 놓아주었다. 의자 세 개를 권한 것이다.
그녀는 주저하며 서 있었다. 곧 도망칠 것 같았다. 나는 손으로
턱을 만졌다. 사흘째 면도를 못 하고 있었다. 리송을 쳐다보았
다. 피로해서 몸이 굳어버린 늙은 털북숭이였다. 클라라를 쳐다
보았다. 초췌했다. 제레미는 손을 너무 떨어서 우유가 냄비 밖으
로 절반은 흘렀다. 멋진 광경이었다. 안색이 너무나 좋은 베르뙹
만이 손님의 팔에 안겨 건강한 기운을 내뿜고 있었다.

"클라라, 가서 쉬어. 너도 좀 쉬어야지. 리송 영감님도 좀 쉬
시고요." 내가 말했다.

하지만 리송은 가지 않겠다고, 괜찮다고 대답하며 고맙다고
인사한다. 사실 그의 얼굴은 불현듯이 환히 빛나고 있다. 경탄을
감추지 않고 이 작은 노파를 지긋이 바라본다.

이윽고 내가 말한다.

"예? 할머니, 저한테 하실 말씀이 있으신가요?"

그녀가 원하는 것은 스토질코비치와 안면을 트는 것이었다.
그녀의 이름은 호씨였다. 과부 돌고루키의 옆집에 살았다. 정확
히는 같은 층 앞집이라고 부언했다. 돌고루키가 죽은 후로 그녀
는 너무 외로워서 스토질이 주관하는 노부인들의 버스 투어에
참여하길 원했다. 그녀도 과부였다.

"그거야 식은 죽 먹기죠." 나는 말한다. "스토질에게 제가 얘기하겠습니다. 일요일 아침에 모시러 갈 겁니다. 아홉시에 벨빌 대로와 팔리카오 로가 만나는 곳으로 나오세요."

그녀는 기뻐하며 그러겠다고 고개를 끄덕였다. 그녀는 이국적인 미소를 지으며 지폐 한 다발을 꺼내 코앞에 대고 흔들었다.

"톤 닐 쑤 이써, 히히히! 톤 마나!"

리송과 나는 아연실색했다. 적어도 3, 4천 프랑은 되었다.

"부인, 돈은 필요 없습니다. 스토질코비치는 돈을 받지 않아요. 공짜랍니다."

✣

그때 세 가지 사건이 동시에 일어난다. 제레미는 마침내 젖병을 준비해 갖고 나타나 베르됭이 베트남 여자의 품에 불만을 표시하기 전에 베르됭의 주둥이에 꽂는다. 우리가 까맣게 잊고 있던 테레즈는 자기 자리에서 나와 노파의 손을 부드럽게 잡더니 자기 원탁 쪽으로 끌고 가서 미래를 말해주기 시작한다. 그때 현재 시제로 전화기가 울린다.

"말로셴?"

나는 이 불쾌한 목소리가 누구인지 알아차린다. 빠진 것은 문학계를 지배하는 나의 성스러운 보스, 탈리옹 출판사의 자보 여왕밖에 없었으니까.

"예, 접니다. 폐하."

"빈둥거리는 것도 이제 끝났어요, 말로센. 다시 일을 시작해야 해요. 그것도 최고로 잘해야 해요. 지금 당장!"

"그렇게 심각한 일인가요?" 나는 혹시나 해서 묻는다.

"최악이에요. 금세기 최악의 재앙이에요. 완전히 좆 됐어요. 당신이 가진 희생양의 재능을 발휘할 절호의 기회예요."

"도대체 무슨 일인데요?"

"퐁타르 델메르 기억나요?"

"건축가 퐁타르 델메르요? 시멘트에 흐르는 미문(美文)의 제왕이요? 어제 일처럼 똑똑히 기억하죠."

"그게 사실은, 우리가 편집해야 할 그 사람 책이 작살났어요."

(그래, 이해가 되기 시작한다. 나는 아무 잘못도 저지르지 않았지만 그 뚱땡이를 찾아가서 두들겨 맞을 처지인 것이다.)

"우리 직원이 인쇄소에 조판본을 가져가다가 자동차 사고를 냈어요. 차는 불타버렸고 책도 함께 타버렸어요."

"그 직원은요?"

"뭐 그렇게 쓸데없는 일에 관심이 많아요? 당연히 죽었죠. 부검 결과 무슨 마약에 취해 완전히 제정신이 아니었더라고요. 병신 새끼."

"그러면 저는 정확히 뭘 해야 합니까, 폐하? 퐁타르 델메르를 찾아가서 수송 책임자가 운전중에 약물 과용으로 사망했다, 그분의 귀중한 책자가 파괴된 것은 내 탓이다, 완전히 내 탓이다, 이렇게 말해야 합니까?"

"당신 신상을 위해서 그보다는 좀더 영리하게 말하길 바라요."

(저쪽은 지금 장난할 분위기가 전혀 아니다. 그 점을 내가 분명히 깨닫도록 그녀는 돈 얘기를 시작한다.)

"말로셴, 이 책에 얼마나 많은 돈이 투자되었는지 상상이나 해요?"

"예상 수익보다 열 배는 집어넣었겠죠."

"틀렸어요. 이 책으로 벌 돈은 **벌써** 다 벌었어요. 이 책은 파리의 미래상을 분명히 알려주는 공식 포고문이나 다름없어요. 그래서 파리 시에서 막대한 보조금을 지급했어요. 투명한 정책 집행을 지향하는 건설부에서도 상당한 추경 예산을 편성했고요."

"맙소사……"

"입 닥쳐요, 얼간이 같으니! 내 말 잘 듣고 계산 좀 해봐요! 계속 얘기하죠. 퐁타르 본인의 건축사무소에서도 어마어마한 홍보 예산을 투입했어요. 저작권도 벌써 15개국에 팔렸고요. 자기네 나라 곳곳에 건설 현장을 벌여놓은 이 자선사업가의 비위를 맞추려는 거죠."

"기타 등등, 기타 등등."

"그 말대로예요, 말로셴. (그러더니 문득 너무나 깊은 연민을 담은 어조로) 근데 개가 간질병에 걸렸다고 했죠?"

그 말에 나는 상당히 놀란다. 그래서 입을 다문다. 그러자 자보 여왕이 여전히 부드러운 어조로 말을 잇는다.

"그리고 꽤 대가족이라고 했죠?"

"그렇습니다." 나는 대답한다. "심지어 전보다 숫자가 더 늘었죠."

"아! 경사 났군요! 정말 잘됐네요."

조금만 더 있으면 그녀는 전화선 저쪽에서 아직도 소녀 같은 손으로 손뼉을 치면서 기뻐서 깡충깡충 뛸 것이다.

"제가 어디가 또 아픈지 말씀드릴까요, 폐하?"

침묵. 전화상의 기나긴 침묵(그건 침묵 중에서도 최악이다). 그러더니 입을 열었다.

"말로셴, 내 말 잘 들어요. 그 빌어먹을 책을 다시 만들려면 한 달 정도 걸려요. 그런데 퐁타르 델메르는 다음 주 수요일에 교정쇄가 나오는 줄 알고 있어요. 책은 원래 10일에 출간하기로 예정되어 있었어요."

"그래서요?"

"그래서요?…… 그래서요, 한쪽 팔에는 갓난아기를, 다른 팔
에는 간질병 걸린 개를 안고 당신의 성(聖)가족에게 누더기를
입혀서 다음 주 수요일에 퐁타르 델메르의 집에 기어가서 무릎
을 꿇고 희생양의 업무를 잘 수행하면, 그가 불쌍히 여겨 우리에
게 꼭 필요한 한 달의 유예기간을 주겠죠. 울어요, 말로센, 그럴
듯하게 울어요. 희생양이 되어요."

(더 얘기해봤자 소용이 없겠다.) 나는 그저 한 가지만 묻는다.

"만약 제가 실패하면요?"

그보다 더 분명할 수 없게 답변이 돌아온다.

"실패하면 우리는 이 엄청난 금액을 변상해야 해요. 그 돈을
벌써 다른 곳에 투자했는데 말이죠. 그렇게 되면 탈리옹 출판사
로서는 고액 연봉자 몇 명을 쫓아내지 않을 수 없겠죠."

"이를테면 저 같은 사람 말인가요?"(바보 같은 질문이다.)

"당신이 1번 타자죠."

딸깍. 통화 종료. 수화기를 내려놓으면서 내가 묘한 표정을 지
은 것이 틀림없다. 여전히 베트남 노파의 손금을 읽고 있던 테레
즈가 나를 쳐다본다.

"오빠, 무슨 문제 있어?"

"응, 네가 예측하지 못한 문제야."

24

 티안은 이 길쭉한 여자의 차가운 손이 자기 손을 잡았을 때 깊
이를 헤아릴 수 없는 공포를 느꼈다. 살무사 무리에 손을 집어넣
기라도 한 듯 손을 뺄 뻔했다. 하지만 그의 내부에 있는 경찰이
제시간에 나타나 자제할 수 있었다. 점쟁이가 손을 어루만지는
한이 있어도 이 약쟁이 소굴에서 최대한 오래 버티면서—하느
님 맙소사, 어떻게 이럴 수가! 열두세 살밖에 안 먹은 아이도 바
들바들 손을 떨고 있다니—전화 통화 내용을 듣고 최대한의 정
보를 긁어모아야 했다. 또한 위층에서 파스토르가 말로센의 침
실을 뒤질 동안 이 가족을 최대한 오래 아래층에 붙잡아두어야
했다.

 "당신은 여자가 아니에요. 당신은 남자예요."

여자의 첫마디 말이었다. 다행히 작은 소리로 속삭이긴 했지만 노처녀 냄새 나는 할망구 선생 같은 불쾌한 어조였다. 티안은 눈살을 찌푸렸다.

"당신은 진실에 대한 열정 때문에 여자로 변장한 남자예요." 유치원 선생이 설명했다.

자기도 모르는 사이에 티안은 눈이 휘둥그레졌다.

"당신은 언제나 진실을 사랑했어요." 젊은 할망구는 노처녀 선생의 어조로 계속 말을 이었다.

그동안 말로센은 전화로 "그렇게 심각한" 일인지 묻고 있었다. 티안은 족집게같이 용한 이 말라깽이 처녀의 이야기는 듣지 않고 전화 통화를 엿듣는 데 집중하기로 결심했다. "도대체 무슨 일인데요?" 말로센이 물었다. 그의 목소리에는 불안한 기색이 역력했다.

"하지만 당신은 자기 자신에게 거짓말을 하고 있어요." 점쟁이 처녀가 말했다.

"건축가 퐁타르 델메르요?" 말로센이 전화에 대고 말했다. 티안 내부에 있는 경찰은 소스라치게 놀랐다. 그것은 말로센의 사진에 나오는 여자의 이름이었다. 파스토르는 마약반 서류에서 에디트 퐁타르 델메르라는 이름을 찾아냈었다. 티안은 그 더러운 년을 사흘째 미행하고 있었다. 그 사흘 동안 티안은 그 여자를 10년은 감방에서 썩게 만들 증거들을 찾아냈다.

"그래요, 당신은 있지도 않은 병을 만들어내면서 자기 자신에게 거짓말을 하고 있어요." 테레즈가 선언한다.

티안의 귀는 잠시 통화 내용을 놓쳤다.("있지도 않은? 있지도 않다고? 네가 뭘 안다고 헛소리야?")

"당신이 집어삼키는 어마어마한 양의 약 때문에 피해를 입은 것 말고는 당신 몸은 아주 건강해요." 예언가는 침착하게 말을 이었다.

("이런 약쟁이 따위에게 설교나 듣고 있어야 하나?") 정체가 들통 난 건강염려증 환자가 경찰의 마음속에서 분노를 터뜨렸다. 그런데 전화 통화의 문장 하나가 불현듯이 그의 뇌를 흔들었다. 말로센은 "우리의 배달책이 운전중에 약물 과용으로 사망했다고 고백하라고……"라고 말하고 있었다.

"부인을 잃은 후로 자기가 아프다고 믿는 것이죠."

이 말에야 비로소 점쟁이의 시선은 회의주의자의 시선을 만났다. 그녀는 그의 얼굴에 뒤섞여 나타난 놀라움과 괴로움을 읽었다. 테레즈는 이 '진실의 순간'을 잘 알고 있었다. 그것은 **이제는 존재하지 않는 것**이 갑자기 **지금 여기 있는 것**, 사람들이 '얼굴'이라 부르는 것 위에 나타나는 순간이었다. 나머지 통화 내용은 티안의 귀에 전혀 들어오지 않았다. 아가씨의 손은 이제 차지 않왔다. 그녀는 천천히 노인의 손을 주물러주고 있었고, 티안은 12년 만에 처음으로 손이 완전히 펴지는 것을 느꼈다.

"사랑하는 사람이 죽은 후에 있지도 않은 병을 만들어내는 것은 흔한 일이에요. 외로움을 줄이기 위한 방법이죠. 그러니까 자기가 두 명으로 쪼개지는 거예요. 자기가 타인인 것처럼 자기를 간호하는 것이죠. 그렇게 해서 다시 두 명이 되는 거예요. 본래의 자신과 자기가 간호하는 사람으로요." 테레즈가 말했다.

목소리는 여전히 무뚝뚝하고 미소도 없었지만 그녀의 말은 털뭉치처럼 부드럽게 티안의 내면에 자리 잡은 후 녹아내려 그의 내면을 '진실로 적셨다'. ('난 진짜 병신이야.' 티안은 속으로 중얼거렸다. '노망이 난 게야. 전화 통화 내용이나 들었어야 하는데……')

"하지만 당신의 고독은 곧 끝날 거예요." 테레즈가 말했다. "당신 앞에 행복한 미래가 보여요. 진정한 가족의 행복이요."

할 수 있는 일이라곤 없었다. 전화 통화는 이제 너무 멀리 들렸다. 티안은 여자의 손 안에서 온몸이 허물어지는 기분이었다. 그것은 예전에 어려운 사건 때문에 잔뜩 긴장한 채로 퇴근한 후 집에 돌아와 자신의 작은 몸을 자닌의 커다란 사랑의 손길에 맡길 때 느꼈던 편안함과 같은 종류의 감정이었다. 키다리 자닌을 그는 얼마나 사랑했던가!

"하지만 그전에 당신은 진짜 병을 겪어야 해요. 굉장히 중한 진짜 병이요."

티안은 몽상에서 빠져나왔다. 견갑골 사이에 식은땀이 차 있었다.

"어떤 종류의 병이요?" 그는 거리를 두고 비꼬는 어조로 말했다.

"진실을 찾다가 얻는 병이에요."

"그래서 무슨 병이요?"

"토성증후군*에 걸릴 거예요."

"그게 뭔데요?"

"로마 제국의 멸망을 초래한 병이죠."

❖

이제 티안은 투르티유 로의 과부 아파트에서 벽에 머리를 찧고 있었다. 주술은 풀렸다. 티안은 정신을 차리고 자기가 얼마나 큰 잘못을 저질렀는지 가늠해보았다. 말로셍이 경계하지도 않고 전화로 떠들고 있는 동안에 그 허깨비가 늘어놓은 예언 운운하

---

* saturnisme, 납중독. 이 명칭은 연금술사들이 납을 '토성'이라고 부른 것에서 연유한다. 납중독은 실제로 로마 제국의 쇠락의 한 원인으로 꼽힌다.

252

는 개소리에 귀를 기울이다니! 어떻게 그렇게 바보 같을 수가 있지, 빌어먹을, 바보짓도 이 정도면 범죄 수준이잖아! 말로셴이 망가진 어린애들 옆에서 초췌한 얼굴로 분명히 마약 이야기를 하고 있었는데! 클라라라는 10대 소녀만 해도 그래. 하느님 맙소사, 그애의 얼굴은 정말! **예전에는** 예쁜 아이였을 텐데! 그리고 팔에 갓난아기를 안고 있던 아이는 얼마나 녹초가 되어 있던지! 그리고 그 아기는! 아기는! 티안이 문을 두드리는 동안 얼마나 울어대던지. 티안이 품에 안으니 얼마나 조용해지던지! 티안은 가슴이 찢어졌다. 그 아기를 당장 데려와서 즉시 구청 복지과에 넘겨야겠어. 그 할아버지는 조금이나마 건강을 회복할 수 있는 요양시설에 맡겨야지. 눈이 퀭한 그 백발의 온화한 할아버지는 티안이 떠나려는 순간 머뭇거리면서 다가와서는 작은 분홍색 책 한 권을 건네주었다. "책을 읽고 조금이라도 덜 외로워하시라고요……"

티안은 주머니에서 그 작은 책을 꺼냈다. 슈테판 츠바이크의 『체스 이야기』였다. 그는 부드러운 분홍색 표지를 한동안 바라보았다. "이건 고독에 대한 책입니다. 보시면 아시겠죠" 하고 할아버지는 말했다.

티안은 책을 침대 위에 던졌다. "파스토르에게 내용을 요약해달라고 해야지……" 그리고 티안은 파스토르를 생각했다. 파스토르는 그를 기다리지 않았다. 말로셴의 침실에서 사진을 찾았을까? 어쨌든 티안은 파스토르가 오늘 저녁 보고서를 작성할 때 도움이 될 정보를 많이 갖고 있다. 말로셴은 건축가 퐁타르 델메르와 동업을 하고 있고, 그들의 사업은 건축가의 딸과 마찬가지로 마약과 관련된 것이었다. 그 점은 의심의 여지가 없었다. 파스토르는 쿠드리에에게 제출할 보고서에 그것을 덧붙일 수 있을 것이다.

하지만 티안은? (자기에게 미래라는 것이 있기라도 한 것처럼) 수정구슬에 주의를 빼앗겼던 노구의 반 티안 형사, 자기 보고서에는 도대체 무슨 말을 적을 것인가? 적을 게 아무것도 없었다. 벌써 몇 주째 노파 살해범을 추적하고 있지만 소득은 전무했다. 세르케르 휘하의 구역 담당 경관들보다 나을 게 무엇인가? 반 티안 형사는 패배자, 늙고 멍청한 패배자였다.

문득 두 개의 이미지가 중첩되었다. 과부 돌고루키의 얼굴이 선명히 보였다. 그녀는 미인이었다. 그것은 특별한 아름다움이었다. 퇴색하지 않는, 세월이 상처를 입힐 수 없는 강인한 부드러움이었다. 티안은 과부 돌고루키의 얼굴을 그려보았다. 유고슬라비아인 버스 기사 스토질코비치가 그녀를 유인하여 말로셴에게 먹잇감으로 던져준 것일까? 그리고 그는 지폐 다발을 말로셴 앞에서 흔들고 있는 자기 자신의 모습을 떠올렸다. 그는 자기가 싸늘한 분노에 사로잡혀 중얼거리고 있음을 깨달았다.

"네가 그 개자식이라면 빨리 와! 당장 와서 베트남 할망구의
돈을 가져가. 오라니까! 나는 너무 오래 기다렸어. 어서 와서 그
녀와 다른 여자들의 죽음에 대해 죗값을 치러야지. 날 더 기다리
게 하지 마. 어서 와. 이제 계산을 해야지……"

바로 그때 문 두드리는 소리가 들렸다. "벌써?" 그는 조금 전
처녀의 손을 잡고 있을 때 느꼈던 것과 동일한 안도감을 느꼈다.
"벌써?" 조금만 더 있었으면 이렇게 공손하게 문을 두드리는
사람에게 고마워했을 것이다. 그는 소리를 내지 않고 안구가 돌
출된 용 문양의 상감 세공을 한 낮은 탁자 뒤로 가서 쭈그리고
앉았다. 탁자 받침대 밑에는 커다란 마뉘랭 권총을 숨겨두었다.
그는 믿을 수 없을 만큼 긴장을 풀고 있었다. 면도칼을 보기 전
에는 총을 쏘지 않을 것임을 알고 있었다. 이 페널티킥의 분위기
가 싫지는 않았다. 더구나 지금까지 이 경기에서 한 골도 넣지
못했으니.

"들어와요!" 그는 웃는 목소리로 외쳤다.

조심스레 문이 열렸다. 누군가가 문손잡이를 돌리더니 발로
문을 밀었다. 문간에서 망설이고 있는 것 같았다. "들어와" 하고
티안은 중얼거렸다. "들어와, 여기까지 왔으니 들어와……" 문
이 더 열리더니 꼬마 레일라가 쟁반을 손에 들고 문짝을 등으로

밀면서 들어왔다. 쟁반에는 매일 저녁 같은 시간에 그녀가 과부 호씨에게 가져오는 쿠스쿠스가 담겨 있었다.

계집애가 쟁반을 낮은 탁자에 내려놓는 동안 티안은 불상처럼 꼼짝 않고 있었다.

"오늘은 아빠가 꼬치 요리를 넣었어요."

매일 저녁 아마르 영감은 '꼬치 요리를 넣었다'. 그리고 매일 저녁 계집애는 그 사실을 알려주었다. 쟁반을 놓고 나서 아이는 몸을 배배 꼬면서 머뭇거리고 서 있었다. 티안의 눈에는 그녀가 보이지 않는 것 같았다. 이윽고 레일라가 말했다.

"누르딘 말이에요. 계단 밑에 숨어 있어요."

티안은 말뜻을 전혀 이해하지 못한 채 '누르딘이 계단 밑에 숨어 있어요'라는 말을 속으로 따라 했다.

"제가 내려갈 때 절 만지려고 그러는 거예요." 레일라는 자명종 같은 톤으로 설명했다.

티안은 소스라치게 놀랐다.

"만쳐?"

그러더니

"아! 구래, 만쳐! 히히히, 만쳐!"

그리고 그는 아이가 기다리고 있던 행동을 했다. 그는 일어나서 작은 방의 찬장 위에 놓아둔 커다란 식료품 병을 열어 정육면

체 모양의 분홍색 루쿰 사탕 두 개를 꺼내 아이에게 주면서 평소처럼 권했다.

"나눠 먹거, 응? 나눠 먹거!"

꼬마 누르딘은 아직 여자애를 덮쳤다가도 사탕을 먼저 탐할 나이였다.

25

크루아상도 코코아도 조명도 길 건너편 두 카페만 못했다. 세 모금째 마시고서야 파스토르는 쿠드리에 총경에게 플로르 카페[*]나 되마고 카페보다 생제르맹 상가의 카페를 더 좋아하는 이유를 물어볼 용기를 낼 수 있었다.

"그 두 카페가 제일 잘 보이는 곳이 여기거든." 총경이 대답했다.

그들은 정중히 침묵을 지키며 아침식사를 계속했다. 크루아상을 코코아에 담가 먹는 것은 프랑스 식이었지만 빠는 소리를 전혀 내지 않는 것은 영국식이었다. 등은 조심스럽게 곧게 펴고

---

[*] 실존주의자들의 소굴이었던 생제르맹의 유서 깊은 카페.

있어서 의자에 닿지 않았다. 아래층 상가에는 도금한 고객들이 조금씩 들어차고 있었다. 파스토르는 저 번쩍이는 보석들이 폭탄을 끌어들인 지도 얼마 되지 않았다는 것을 기억해냈다.[*] 신념이란 얼마나 순진한 것인지. 부(富)의 반영에 폭탄을 먹이는 동안 길 건너 노천카페에서는 테러 현장을 꼼꼼히 지켜보는 구경꾼들에게 한 잔에 15프랑짜리 에스프레소 커피를 팔고 있었다. 파스토르는 회상했다. 번쩍이는 거울들이 폭발해서 피 묻은 파편이 된 후에야 상가는 본래 모습으로 돌아가 덧없는 상품과 덧없는 인류를 위한 지하 창고가 되었다.

"무슨 생각을 하고 있나, 파스토르?"

딴 세상에서 온 듯한 어린애 두 명(짙은 초록색의 더플코트, 쥐색 반바지, 깔끔한 벌링턴 양말, 바니니 풍의 짧게 자른 금발 머리)이 손톱을 깨끗하게 깎은 작은 손아귀에 이번 주에 받은 용돈을 꼭 쥐고 머뭇거리면서 들어왔다.

"여기서 폭탄이 터졌을 때 구조 작업에 참여했습니다, 총경님. 당시엔 아직 수습 기간이었죠."

"아, 그래?"

쿠드리에는 코코아 마지막 모금을 마셨다.

---

[*] 1982년 7월 생제르맹 상가 술집에서 발생한 폭탄 테러 사건을 암시하고 있다.

"그날 아침에 나는 건너편 카페에 앉아 있었네."

그들은 맛없는 코코아 맛을 지우려고 에스프레소 두 잔을 주문했고, 커피의 피해를 복구하기 위해 물 한 병을 시켰다. 마지막 크루아상 조각이 입 안에서 부스러졌을 때 쿠드리에가 물었다.

"그래, 수사는 어떻게 되고 있나?"

"많이 진척되었습니다, 총경님."

"용의자라도 있나?"

"말로셴이라는 자인데 거의 확실해 보입니다……"

"말로셴?"

파스토르는 이야기를 시작했다. 바지선에 떨어진 여자 때문에 몇 달 전에 말로셴은 해고되었다. "그자는 백화점에서 일하고 있었습니다, 총경님." 백화점 책임자 말로는 말로셴은 반드시 복수를 할 성격이다. 억울한 희생양처럼 굴기를 좋아하는 피해망상증 환자인 것이다. 그런데 쥘리 코랑송이 강으로 떨어진 밤에 말로셴의 이웃들은 여자의 비명 소리와 자동차 문 닫히는 소리, 타이어 소리를 들었다. 게다가 피해자의 코트도 현장에서 발견되었다. 그것만이라면 별일 아닐 수도 있겠지만 말로셴이라는 자는 마약 밀매 혐의를 받고 있으며 심지어 벨빌 노부인 연쇄 살인 사건의 범인으로도 지목되고 있다.

"맙소사!"

"마약 문제의 경우 세르케르 총경은 이미 꼼짝 못 할 증거를 확보하고 있습니다. 그것도 거의 현행범이나 다름없죠. 그런데 쥘리 코랑송은 교각추락 전에 마약을 투여당했습니다."

"교각추락?"

"제가 말을 한번 새로 만들어봤습니다, 총경님."

"우리 팀에서 그런 용감무쌍한 행동을 허락해야 할지 모르겠군, 파스토르."

"그러면 선박안착은 어떻겠습니까, 총경님?"

"노부인 연쇄 살인 사건과는 무슨 상관이지?"

"최근의 피해자 두 명은 말로센과 가까운 사이인 스토질코비치라는 자의 버스를 자주 탔고 말로센의 집에도 자주 드나들었다고 합니다."

"그 정보들은 어디서 얻은 건가?"

"반 티안 형사가 마지막 피해자인 과부 돌고루키와 아는 사이였습니다. 같은 층에 살았죠. 그 여자가 말로센네 집에 간 얘기를 했다고 합니다."

"그래서 그게 무슨 증거가 되지?"

"증거는 되지 못합니다, 총경님. 하지만 그녀가 살해된 방식을 보면……"

"어떤데?"

"그녀는 두려움 없이 살인범에게 문을 열어주었습니다. 그런데 티안과 스토질코비치를 제외하면 과부 돌고루키가 친하게 지낸 사람은 이 말로센이라는 자밖에 없었습니다. 스토질코비치는 범행 시각에 버스를 운전하고 있었고, 티안을 제외하면……"

"말로센만 남는다는 거로군."

"……"

"그래, 코랑송 살인 미수, 마약 밀매, 연쇄 살인, 다들 혐의에 불과하다지만 이건 용의자가 아니라 범죄의 백과사전 아닌가!"

"그렇게 보입니다, 총경님…… 게다가 티안이 말로센의 집을 방문했는데 온 가족이 마약에 절어 있는 것으로 보였다고 합니다."

"그렇게 보였다……"

쿠드리에 총경은 상체를 반쯤 꼬고 팔꿈치를 의자 등받이에 댄 채 자신의 시선이 여러 거울 속에서 겹겹이 늘어나는 것을 보고 있었다.

"보이는 것 얘기를 하니 말인데, 저 쇼윈도들을 보고 특별히 느껴지는 게 없나?"

로르샤흐 테스트* 종이를 내미는 심리학자의 말투였다. 파스

---

* 좌우 대칭의 잉크 얼룩 무늬로 성격을 진단하는 심리 테스트.

토르는 보스의 시선을 따라가지 않았다. 그는 상가를 전체적으로 훑어보지 않았다. 그는 한곳을 한참 쳐다보고 다음 곳으로 시선을 옮겼다. 그는 고정된 카메라 같았다. 프레임 안을 드나드는 것은 상가의 몫이었다. *끄트머리 문* 쪽에 꼭 끼는 깔끔한 청바지를 입은 엉덩이 한 짝이 보였다. "이렇게 이른 시간에?" 파스토르는 놀랐다. 독서에 굶주린 사람들이 서점 계단을 급히 내려가고 있었다. 이번 주의 읽을 거리를 구입한 사람들은 천천히 계단을 오르고 있었다. 읽을 문학에서 자성(磁性)을 제거한 후* 그들은 길 건너편에 편안히 자리를 잡고 앉았다. 파스토르 바로 앞 출구의 계단을 오르고 있는 사람은 생시몽을 가슴에 품고 있었다. 파스토르는 아무리 애써도 위원장의 모습이 카메라 프레임 안에 침입하고 가브리엘의 목소리가 책을 메우는 것을 막을 수 없었다. "그 당시 죽은 라포르스 공작은 후회가 없었다…… 그의 출생 신분과 명예에도 불구하고……"** 소리 내어 책을 읽는 가브리엘의 억양은 위원장의 입술에 생시몽의 노(老)공작의 미소를 빌려주었다. 저녁때 독서 시간마다…… 어린 장 바티스트 파스토르는 어둑어둑한 조명 속에서 귀를 쫑긋 세웠다……

파스토르는 몸을 떨고 잠시 눈을 감았다가 다시 떴다. 그러자

---

* '상점의 도난 방지 검색대를 통과한 후'라는 의미.
** 생시몽의 『회상록』 2부 17장의 다소 부정확한 인용.

마침내 찾고 있는 것이 보였다. 조금 전에 본 어린애 두 명(반바지, 더플코트, 벌링턴 양말)이 카세트테이프 매장을 깡그리 털고 있었다. 금발의 여종업원은 아이 하나가 내민 망가진 작은 소니 워크맨을 들여다보느라 정신이 없었고, 그사이 다른 아이는 열쇠를 훔쳤는지 쇼윈도를 싹쓸이하고 있었다. 파스토르는 아연실색했다. 아이의 몸이 자석이기라도 한 것 같았다! 물건들은 문자 그대로 튀어올라 아이의 손 안으로 빨려 들어갔다. 아이는 훔치는 것과 동시에 그 자리에 빈 껍질을 도로 놓았다. 아무도 눈치 채지 못했다. 파스토르는 감탄의 미소를 참을 수 없었다. 유리문이 저절로 닫혔고 작은 열쇠는 저절로 여종업원의 나일론 주머니에 들어갔다. 아무 소리도 나지 않았다. 빳빳한 금발인 두 아이의 작은 머리는 의기양양하게 빛나고 있었다.

"봤습니다, 총경님. 어린애 두 명이 저쪽 가게를 완전히 털었습니다."

"잘 보았네."

이제 아이들은 태평하게 출구 쪽으로 가고 있었다.

"가서 잡아 올까요, 총경님?"

쿠드리에는 피곤한 듯 손을 들었다.

"그냥 두게."

조금 전의 생시몽처럼 금발 소년들도 출구 계단을 오르고 있었다. 그런데 아이들이 갑자기 오른쪽으로 비스듬히 돌더니 두 경찰이 앉아 있는 탁자 쪽으로 다가왔다. 파스토르는 아이들이 오는 것을 보지 못하고 있는 쿠드리에를 겁에 질려 쳐다보았다. 그런데 어느새 한 아이가 총경의 어깨를 두드렸다.

"할아버지, 했어요."

쿠드리에는 뒤를 돌아보았다. 아이는 더플코트를 열어 보였다. 파스토르는 그렇게 가냘픈 몸으로 어떻게 그렇게 많은 물건을 지니고 다닐 수 있는지 이해가 되지 않았다. 쿠드리에는 진중하게 고개를 끄덕였다.

"너는?"

두번째 코트가 살짝 열리자 갑옷에 수두룩하게 달린 걸쇠에 수많은 카세트레코더, 계산기, 손목시계가 매달려 있었다.

"할아버지, 우리 점점 잘하는 것 같지 않아요?"

"그 정도는 아니야. 내 앞에 앉아 있는 파스토르 형사가 너희를 봤어."

쿠드리에는 피곤한 몸짓으로 아이들을 소개했다.

"파스토르, 이쪽은 내 손자들이네. 폴 쿠드리에와 제르맹 쿠드리에야."

파스토르는 손을 너무 세게 흔들지 않으려고 조심하면서 아이들과 악수를 했다. 그는 아이들의 당황한 기색을 보고 변명하는 편이 좋겠다고 생각했다.

"너희 할아버지께서 눈을 크게 뜨고 보라고 하지 않으셨으면 못 봤을 거다."

"눈을 감고는 아무것도 보지 못하는 법이지." 쿠드리에가 한마디 했다.

그러고는 아이들에게 말했다

"가서 모두 되돌려놓고 오렴. 이번에는 더 조심하고."

아이들은 등을 구부리고 사라졌다.

"도둑질 말인데, 파스토르……"

쿠드리에는 아이들을 계속 쳐다보았다.

"예, 총경님?"

"자제력을 키우는 데 그만한 것도 없지."

여종업원은 돌아온 아이들을 밝은 미소로 맞이했다.

총경은 결론을 지었다. "그리고 이 사회에서는 정직함을 유지하려면 운도 좋아야겠지만 엄청난 자제력이 있어야 해."

파스토르의 프레임에는 이제 쿠드리에의 얼굴이 들어올 자리밖에 없었다. 쿠드리에는 부하 형사를 전 세계 경찰의 집중력을 합쳐놓은 것만큼 주의 깊게 노려보고 있었다.

그는 천천히 입을 열었다.

"내 손자들이 자기 돈이 아니라면 20상팀도 건드리지 않을 아이들이라는 것은 말할 필요도 없겠지."

"당연하죠, 총경님……"

"그러니까 겉으로야 어떻게 보이든 간에 그 말로센 문제는 좀 더 신중하게 다루도록 하게나."

묵직한 목소리로 더없이 분명한 메시지가 떨어졌다.

"확인해봐야 할 중요한 사항이 아직 있습니다, 총경님. 티안 형사와 제가 에디트 퐁타르 델메르라는 여자를 미행했는데……"

쿠드리에는 손으로 말을 막았다.

"확인해보게, 파스토르, 확인해봐……"

3부

파스토르

"이보게, 파스토르, 자네는 어떻게 하기에
그런 인간 말종들이 자백을 하는 건가?"
"좀 인간적으로 대해주면 됩니다, 총경님."

26

"이름은 에디트 퐁타르 델메르, 나이는 스물일곱, 5년 전에 마약 사용과 판매로 체포된 적이 있군요. 맞습니까?"

에디트는 이 젊은 곱슬머리 형사가 태어날 때부터 입고 있었던 것 같은 그 낡은 스웨터만큼이나 따뜻한 목소리로 하는 말을 듣고 있었다. 맞다, 그녀는 건축가 퐁타르 델메르와 위대한 로랑스 퐁타르 델메르의 딸이자, 부모와는 인연을 끊은 에디트 퐁타르 델메르가 맞다. 로랑스 퐁타르 델메르의 몸은 전성기 땐 샤넬의 육체였고 그후에는 쿠레제스*의 육체였지만 자식이 있음에도 불구하고 엄마의 몸이었던 적은 결코 없었다. 그렇다, 사실이

---

* 프랑스의 패션 디자이너.

다. 에디트는 교외의 공업고등학교 앞이 아니라 앙리 4세 고등학교 정문 앞에서 마약을 팔다가 체포되었다. 부잣집 애들이라고 해서 가난한 집 애들만큼 즐기지 말란 법이 어디 있냐는 논리였다.

에디트는 젊은 형사에게 환한 미소를 지어 보였다. 이 어린애 같은 미소 덕에 그녀는 나이가 들어도 매력적인 악당 할멈이 될 것이다.

"맞아요, 하지만 예전 일이에요."

파스토르도 미소를 지었다. 꿈꾸는 듯한 미소였다.

"감옥에 몇 주 있다가 로잔의 한 병원에 입원해 반년 동안 약물중독 치료를 받았군요."

그렇다, 뚱보 퐁타르 델메르는 사회적 지위와 체면 때문에 자식이 마약중독자인 것을 용납할 수 없었고, 딸을 감옥에서 꺼내 고객의 신원을 철저히 보호하는 스위스의 한 병원으로 보냈다.

"그래요, 최고 순도의 헤로인처럼 새하얀 병원이었어요."

에디트의 말에 형사는 웃었다. 어린애 같은 꾸밈없는 웃음이었다. 형사는 밝은 색 눈의 이 갈색머리 여자가 정말 생기발랄한 아름다움을 갖고 있다고 생각했다. 그는 놀라울 만큼 섬세한 자신의 두 손을 낡은 벨벳 바지 위에 놓고 깍지를 끼었다. 그가 물었다.

"아가씨 얘기를 해도 되겠습니까?"

"그러세요." 젊은 여인이 말했다. "말씀하세요. 저는 제 얘기 듣는 걸 좋아해요."

그래서 파스토르 형사는 그녀에게 그녀 얘기를 했다. 그녀도 원하는 바였다. 그는 먼저 그녀가 악질 마약상이라기보다는 자기 원칙에 충실한 이론가라는 점을 알려주었다. 그녀의 주장에 따르면("제 말이 틀리면 말씀하세요") 인간은 분별력을 갖출 나이(대략 7~8세)가 되면 가장 높은 고지에 "발을 디딜" 권리가 있다. 그러니 에디트가 첫 실연 때문에(남자는 유명 배우였는데 그녀를 대한 방식도 유명 배우다웠다) 마약의 늪에 **떨어졌다**고 할 수는 없을 것이다. 반대로 마약 덕에 그녀는 환상이 산소를 공급받지 못할 만큼 까마득히 높은 봉우리에 도달할 수 있었다. (그녀가 체포되었을 때 진술한 것처럼) "자유롭다는 것은 우선 이해하려는 욕구에서 해방되는 것"이니까……

"맞아요, 당시에 그런 식의 얘기를 하고 다녔죠."

파스토르 형사는 말이 통하는 것을 확인하여 기분이 좋은 듯 그녀에게 미소를 지었다.

"하지만 세르케르 총경은 그래도 뭔가 **이해해야** 할 것이 조금이라도 있는지 확인해보라고 당신을 감옥에 보냈죠."

사실이었다. 그리고 감옥을 나온 후, 병원에서 에디트의 몸을 워낙 철저히 정화해버려서 이제 그녀는 혈관주사를 맞고 승천하는 취미를 영영 잃어버렸다.

"그래서 이제는 마약을 더 안 하시죠?"

하지만 파스토르 형사의 말은 의문문이 아니라 평서문이었다. 그렇다, 그녀는 벌써 몇 년째 마약을 안 하고 있었다. 이제는 마약에 손을 대지 않는다—어쩌다 한 번 기분 좀 내려고 코카인을 하는 게 다였다—이제 그녀는 다른 사람들을 승천시키고 있었다. 하지만 대상은 예전과 달라졌다. 이제 그녀는 학교 정문 앞에서 팔지 않았다. 그녀는 젊음에는 아무리 빈약한 가능성이라도 젊음의 가능성이 있다는 사실을 감옥에서 깨달았다. 하지만 양로원 정문 앞은? 경로당은? 방마다 늙은이들이 틀어박혀 있는 아파트 복도는? 젊음의 가능성은 꿈도 꿀 수 없는 이들이 이미 차가워진 몸으로 외롭게 살고 있는 건물 현관은? 노인들 말이다……

✢

에디트가 친누이라도 되는 것처럼 그녀의 인생을 얘기해준 형사, 혈색 좋은 뺨, 곱슬머리, 부드러운 목소리에 커다란 스웨터를 걸친 젊은 형사 파스토르는 이야기가 진행되면서 몸 상태

가 나빠지기라도 한 듯 종국에는 피부가 송장같이 하얘지고 눈
밑에는 깊이를 헤아릴 수 없는 납빛 구덩이가 파였다. 에디트는
처음에는 그가 새파란 애송이라고 생각했지만 — 엄마가 손으로
떠준 스웨터의 바늘땀이 보였다 — 대화가 길어지면서 그의 나
이를 전혀 짐작할 수 없게 되었다. 그의 목소리도 자기(磁氣) 테
이프가 지워지는 것처럼 소리가 불분명해지면서 중간중간 갑자
기 끊어지곤 했고, 눈구멍 깊이 가라앉은 그의 눈은 힘이 빠져
음울하게 굳어버렸다.

❖

노인들, 그래……

에디트는 자신의 생각이 창백한 형사의 입에서 흘러나오는
것을 듣고 있었다. 그의 입술은 기운이 빠져 느릿느릿 말을 더듬
고 있었다. 그녀는 그가 늙은이들에 대한 그녀의 이론을 되풀이
하는 것을 들었다. 1914년과 1940년에 청춘을 두 번이나 빼앗긴
늙은이들 말이다. 인도차이나 전쟁과 알제리 전쟁, 인플레이션,
파산, 하루아침에 도랑물에 휩쓸려간 그들의 작은 사업, 너무 일
찍 죽은 아내와 건망증 심한 자식들은 차치하더라도 말이다. 이
늙은이들의 혈관이 위안받을 권리가 없다면, 그들의 뇌가 현기

증을 느낄 권리가 없다면…… 이 유령 같은 인생이 영예롭게 불꽃놀이로 (설사 그것이 거짓일지라도) 축하를 받으며 마무리될 수 없다면 그건 정말 부당한 일이다.

"내가 정말 그렇게 생각하는지 당신이 어떻게 알아요?"

에디트가 얼결에 묻자 경찰은 저주에 걸려 망가진 것 같은 얼굴을 쳐들었다.

"**아가씨의 생각**을 아는 게 아니라 아가씨가 한 **말**을 아는 거죠."

그것도 사실이었다. 그녀는 이론에 기대지 않고는 살 수 없었다. 그녀에게 이론은 일종의 알리바이였다.

"그러면 내 진짜 생각은 어떤 건지도 들어보고 싶군요."

그는 오늘내일하는 노인네처럼 대답하는 데 뜸을 들였다.

"아가씨 세대의 심리이론가들이 다 그런 것처럼 아버지를 미워하고 아버지의 명성을 무너뜨리기 위해 망나니짓을 하는 거죠."

그는 씁쓸하게 고개를 끄덕였다.

"아가씨의 경우에 재미있는 점은 부친께서 아가씨를 속였다는 겁니다."

파스토르 형사의 폭로에 여자는 피가 얼어붙었다. 퐁타르 델 메르가 미친 듯이 웃음을 터뜨리는 광경이 눈앞을 스쳤다. 그녀는 충격에 몸을 비틀거렸다. 자리에 앉아야 했다. 에디트의 감정이 형사에게도 전해졌다. 그는 미안하다는 듯 고개를 저었다.

"정말 무시무시하게 단순한 얘기죠." 그가 말했다.

에디트가 조금 정신을 차리자 파스토르 형사는(어디가 아파서 그런 표정인 것일까?) 그녀가 간호사인 척하며 실력을 발휘해 사람들을 유혹했던 구청들의 목록을 모조리 읊었다. 그는 부인할 수 없는 사진을 보여주었다.(11구 구청에서 그녀는 약봉지를 손에 들고 얼마나 밝은 표정인지!) 그리고 나서 파스토르 형사는 10여 명의 증언을 읽었고 에디트를 이 일에 끌어들인 자들의 이름을 하나씩 말하기 시작했다. 이 모든 것이 너무나 자연스럽게 진행되어서 에디트는 알아서 나머지 사람들의 이름을 한 명도 빠짐없이 불러주었다.

파스토르는 미리 준비한 진술서를 주머니에서 꺼내 빠진 이름 몇 개를 자기 손으로 추가해 적어넣은 후 여자에게 서명해달라고 정중히 부탁했다. 에디트는 겁먹기는커녕 오히려 엄청난 안도감을 느꼈다. 계약의 사회라니, 빌어먹을! 이 천박한 세상에는 서명으로 확인하지 않는 것이 아무것도 존재하지 않았다! 물론 그녀는 서명을 거부했다.

그렇다. 그녀는 태평하게 담배에 불을 붙이고 서명을 거부했다.

✢

　하지만 형사는 에디트를 생각하고 있지 않았다. 파스토르는 성냥이 영국제 담배의 끄트머리로 가는 것을 보다가 그녀 생각을 멈추었다. 그는 정신이 딴 곳에 가 있었다. 자기 과거 어딘가에 함몰되어 있었다. 고개를 숙이고 말하는 위원장 앞에 서 있었다.

　"장 바티스트, 정말 끝이야. 가브리엘은 이제 가망이 없어. 하루에 담배를 세 갑씩 피워댔으니 어쩔 수 없지. 폐에 얼룩이 생겼어. 종양이 온몸에 퍼졌어……" 담배 문제로 가브리엘과 위원장이 다툰 것은 하루 이틀이 아니었다.

　"당신이 담배를 많이 피우면 내가 발기가 안 돼." 그 말에 그녀는 담배를 조금 줄였다. 조금만. 이제 위원장은 파스토르 앞에 서서 중얼거리고 있었다.

　"가브리엘의 몸이 병원에서 부서지는 게 보이지 않아? 내가 노망난 홀아비가 되어가는 게 보이지 않아?" 늙은 남자는 아들에게 허락을 구하고 있었다. 동반 자살을 하겠다는 것이었다. 안 된다고 하지 마! 동반 자살…… 달리 어쩔 도리가 없으니까.

　"사흘만 시간을 줘. 그후에 와봐. 서류는 전부 정리해둘게. 우리는 한 구멍에 그냥 같이 묻어줘. 네 유산을 쓸데없이 낭비하지 말고."

파스토르는 허락했다.

❖

"서명하지 않겠어요." 에디트가 단언했다.

형사는 좀비의 눈으로 그녀를 바라보았다.

"아가씨는 서명할 겁니다. 제겐 확실한 노하우가 있거든요."

❖

이제 에디트는 파스토르 형사가 계단을 내려가는 소리를 듣고 있었다. 가냘픈 몸치고는 굉장히 무거운 발걸음이었다. 일말의 희망도 남지 않게 되자 그녀는 그 시체 같은 얼굴 앞에서 아는 것을 전부 실토했다. 그다음에는 서명을 했다. 그의 '노하우'는 확실히 효과적이었다. 그녀는 서명을 했다. 그는 그녀를 체포하지 않았다. "마흔여덟 시간을 줄 테니 짐을 싸서 사라지도록 하세요. 직접 증언할 필요는 없습니다." 그녀는 가방을 집어 자기의 인생을 가장 정확히 요약해주는 것들을 담았다. 태어나자마자 받은 곰 인형, 10대 때 쓰던 탐폰, 오늘 입을 원피스 한 벌,

내일을 위한 지폐 두 뭉치. 그녀는 문손잡이에 손을 얹었다가 생각을 바꾸어 화장대에 앉았다. 그리고 큼직한 백지에 적었다.

"우리 엄마는 나에게 스웨터를 짜준 적이 없어."

그러고 나서 그녀는 다시 문 쪽으로 가지 않고 창문을 열었다. 가방을 여전히 손에 든 채 창틀 위에 똑바로 섰다. 파스토르 형사는 키 작은 베트남 여자와 함께 심연 속을 걷고 있었다. 에디트는 얼마 전부터 벨빌에서 베트남계 꼬부랑 노파를 너무 자주 보았다는 생각이 그제야 났다. 파스토르 형사는 길모퉁이를 돌기 직전이었다. 문득 거구의 퐁타르 델메르가 어마어마한 배를 흔들면서 폭소를 터뜨리는 모습이 떠올랐다. 식인귀의 웃음 비슷한 것이었다. 그녀의 아버지는 식인귀였다. 식인귀의 딸이라니…… 그녀는 마지막 소원을 말했다. 내 몸이 길바닥에 떨어지는 소리를 그 경찰이 똑똑히 듣게 해주세요. 그리고 그녀는 허공으로 몸을 던졌다.

✤

"선배님, 부탁인데 웃긴 얘기 하나 해주세요."

길모퉁이를 돌자마자 베트남 여인은 이야기를 시작했다.

"한 남자가 산을 오르고 있었는데 말이야, 사고를 당했어."

"선배님, 꼭 웃긴 얘기라야 해요."

"조금만 더 들어봐. 그러니까 등산가가 사고를 당했어. 줄이 끊어져서 계속 추락하는 거야. 그러다가 빙판이 덮인 넓적한 바위의 돌출부를 손가락 끝으로 잡았어. 아래는 2천 미터는 되는 심연이었어. 그 남자는 잠시 기다렸어. 발이 허공에서 흔들리고 있었지. 결국 그는 기어들어가는 목소리로 말했어. '누구 없어요?' 아무 소리도 들리지 않았어. 그는 목소리를 조금 높여 다시 말했어. '거기 누구 없어요?' 어디선가 굵직한 목소리가 솟아나 그가 있는 곳까지 들려왔어. '그래, 있다. 나다, 하느님이다!' 등산가는 기다렸어. 심장이 뛰고 손가락은 얼어붙었어. 그러자 하느님이 다시 말했어. '나를 믿는다면 그 바위를 놓아라. 천사 둘을 보내 허공에서 받아주마.' 어마어마한 정적 속에서 등산가는 잠시 생각을 하더니 물었어. '누구 다른 사람 없어요?'"

파스토르의 얼굴에서 나쁜 기운이 빠져나가는 것이 보였다. 젊은이의 얼굴이 산 사람 비슷해졌을 때 티안이 말했다.

"애야."

"예?"

"스토질코비치라는 유고슬라비아 놈을 잡으러 가야지."

27

  말로셴이 말한 대로 과부 호씨는 아홉시 정각에 벨빌 대로와 팔리카오 로가 만나는 모퉁이에 서 있었다. 바로 그때 지붕 위에 좌석이 설치된 낡은 버스가 즐거운 노부인들을 싣고 그녀 앞에서 급정거했다. 그녀는 망설이지 않고 버스에 올랐고, 황소에게 바쳐질 제물로 끌려가는 왕녀가 받을 법한 환호를 받았다. 다들 그녀를 둘러싸고 키스하고 어루만졌으며, 그녀는 제일 좋은 좌석을 받았다. 운전사 오른쪽의 연단 비슷한 곳에 설치한, 캐시미어를 덮은 커다란 쿠션 의자였다. 운전사 스토질코비치는 흑단 같은 머리의 늙은이로 엄청난 저음의 목소리로 외쳤다.

  "숙녀 여러분, 오늘은 호씨 부인을 모시는 영광을 맞게 되었으니 특별히 파리의 아시아인 거리를 보여드리도록 하겠습니다."

안에서 보니 버스는 전혀 버스 같지 않았다. 창문은 질긴 무명 천으로 된 작은 커튼으로 예쁘게 꾸며놓았고, 좌석마다 푹신한 소파가 놓여 있었으며, 내벽은 벨벳으로 덮어놓았고, 조그만 원탁과 카드놀이용 탁자가 두꺼운 양탄자를 깐 바닥에 고정되어 있었으며, 오스트리아 식 사기 스토브에서는 나무 태우는 향긋한 냄새가 났으며, 현대적 스타일의 벽등에서는 구릿빛 조명이 흘러나오고 있었고, 불룩한 물주전자는 꿈나라처럼 반짝이고 있었다. 길거리를 돌아다니다가 남들이 내놓은 물건을 집어온 것 같은 이 모든 중고품 잡동사니 덕에 스토질코비치의 버스는 시베리아 너머의 사창가 분위기가 났고, 과부 호씨는 불편하지 않을 수 없었다.

"정말이야. 조심하지 않으면 외몽골 울란바토르의 갈보집에 창녀로 끌려가는 게 아닌가 했다니까."

하지만 파스토르의 얼굴에는 직업적 관심 말고는 아무 표정도 드러나지 않았다. 젊은 여자가 파스토르의 머릿속으로 떨어졌다. 피투성이 보도(步道)가 파스토르의 머릿속을 콘크리트로 뒤덮었다. 티안은 버번위스키 한 잔과 분홍색 캡슐 두 알을 내밀었다. 파스토르는 약은 거절하고 호박(琥珀) 색 액체에 입술을 축였다.

"말씀 계속하세요."

사실 티안은 말로센이 노파 살해 사건의 범인이며 냉정한 목소리의 유고슬라비아인이 공범이라고 굳게 확신한 채("직관이야. 모든 경찰이 갖고 있는 여성적 측면이지") 분노를 삼키며 버스에 올라탔다. 그는 버스 안의 분위기에 휩쓸리지 않으려 했다. 물론 스토질코비치 덕에 이 노부인들은 요즘 아가씨들도 못 누리는 즐거움을 누리는 듯한 게 사실이었다. 이 여인들은 외로움이나 가난은 물론이고 류머티즘도 전혀 앓은 적이 없는 것처럼 보이는 게 사실이었다. 이곳에서는 모두가 서로를 깊이 사랑하는 것 같은 게 사실이었다. 늙은 스토질코비치는 세상의 어떤 남편도 따르지 못할 만큼 이들이 원하는 바를 미리 감지하는 것 같은 게 사실이었다…… 정말 그랬다……

"하지만 그게 다 면도칼로 늙은 거위의 목을 치기 위한 거라면……"

과부 호씨는 그래서 주의를 놓지 않았다. 그들이 이탈리 광장 뒤쪽의 차이나타운을 누비고 다닐 때도 경계심을 풀지 않았고, 즙 많은 망고와 희귀한 망고스틴을 건네받을 때도 경계심을 풀지 않았고(그녀는 그 과일을 한 번도 먹어본 적이 없었고 당연히 이름도 몰랐다. 하지만 과부 호씨는 알아들을 수 없는 말을 횡설수설 지껄여 자기 감정을 감추면서도 기쁨의 탄성을 짤막하게 질렀다), 방심하는 틈에 스토질코비치가 무시무시한 타격을 가할까봐서, 단 한 방으로 모든 게 끝장나버릴까봐서 그렇게 계속 경계심을 풀지 않고, 그러니까 적대감을 품은 채 경계심을 풀지 않고 있었다.

"숙녀 여러분, 이곳은 현대식 차이나타운입니다." 미나리 냄새 가득한 슈아지 가의 표의문자 쇼윈도들 앞에서 그는 선언했다. "하지만 훨씬 오래된 다른 차이나타운이 있죠. 여러분의 젊은 영혼의 고고학자인 제가 그곳을 곧 보여드리겠습니다."

이야기가 여기까지 이르렀을 때 티안은 잠시 망설이더니 파스토르가 받지 않고 남겨둔 약 두 알을 주사위 놀이꾼처럼 순식간에 집어 버번위스키와 함께 죽 들이켰다. 그는 손등으로 입술을 닦고 말했다.

"지금부터 잘 들어. 극동 특집 쇼핑을 마치고 우리는 모두 버스로 돌아갔어. 스토질코비치는 톨비악 로를 따라 톨비악 다리 쪽으로 계속 내려갔어. 알지 모르겠는데 그 다리는 포도주 시장으로 통해. 그러니까 1948년 이후에 생긴 시장 말이야."

파스토르는 한쪽 눈썹을 찡그렸다.

"거긴 선배님이 어릴 때 살던 동네 아니에요?"

"맞아. 유고인은 왼쪽으로 핸들을 꺾어 베르시 강변로를 타고 가다가 다시 우회전해서 센 강을 건넌 후 아줌마들을 태운 마스토돈을 시라크가 만든 새 벨로드롬* 바로 앞에 세웠어."

"숙녀 여러분, 이 거대한 두더지굴이 보이십니까? 현대 건축의 상상력이 만들어놓은 이 지하 토굴이 보이십니까?" 그는 큰 소리로 말하기 시작했다.

"예에에!" 처녀 합창단이 외쳤다. "이게 뭐 하는 데 쓰이는지 아십니까?"

"아니요오오!"

"젊은 미치광이들이 초현대식 이륜차를 타고 빙빙 도는 데 쓰입니다. 초현대식이라고 해봤자 사실 대홍수 이전부터 존재하던 물건이죠. 페달을 밟는 거니까요!"

"그 스토질코비치라는 자, 말투가 정말 그래요?"** 파스토르가 물었다.

"그게 다가 아니야. 세르보-크로아티아 식 억양은 또 얼마나 멋지다고. 그 여자들이 스토질이 하는 말을 절반이나 알아듣는지 모르겠어. 근데 얘기 끊지 말고 마저 들어봐."

"이건 범죄입니다!" 스토질코비치는 소리를 질렀다. "이놈의 언덕 앞에 예전에 뭐가 있었는지 아십니까?"

---

* 주로를 비탈지게 만든 사이클 전용 경기장.
** 아쉽게도 번역에서 살리지 못했지만 스토질의 말투는 매우 문어적이다. 실제로 페낙은 한 인터뷰에서 스토질의 모델인 자신의 친구 딘코 스탐박의 언어가 '시적'이라고 평한 바 있다.

"아니요오오!"

"작은 포도주 창고가 있었습니다. 정말 별것 아니었죠. 가메 품종 포도주를 취급하는 조그만 가게에 불과했지만 제 평생 만나본 중에 가장 인자한 부부가 운영하는 곳이었습니다."

⁙

과부 호씨는 심장이 멎었다. 그리고 반 티안 형사의 심장은 과부 호씨의 심장 속에서 굳어버렸다. 자기 부모님의 이야기였던 것이다.

"안주인 여자의 이름은 루이즈였습니다." 스토질코비치는 말을 이었다. "다들 통킹댁 루이즈라고 불렀죠. 그녀는 통킹에서 잠시 교사 생활을 하는 동안 우스꽝스러운 식민지 놀이는 집어치워야 한다는 것을 깨달았습니다. 그녀는 키 작은 통킹 남자를 남편으로 맞이해 품에 안고 귀국했습니다. 부부는 루이즈의 아버지가 경영하던 작은 포도주 창고를 물려받았죠. 포도주 도매상의 딸로 태어나 포도주 도매상으로 사는 것이 그녀의 멋진 운명이었습니다. 포도주 도매상 중 가장 자비로운 사람이었고요! 그녀는 무일푼의 대학생과 우리 유고인들 같은 역사의 낙오자들에게는 구세주였지요…… '루이즈와 티안의 집'은 우리가 동전

287

한 푼 남지 않았을 때 도피처가 되어주었고, 우리가 영혼을 잃었다고 생각했을 때는 천국이 되었으며, 우리가 돌아갈 나라도 없는 무국적자 신세가 되었다고 느낄 때는 고향 마을이 되어주었습니다. 전후에 우리 머릿속이 완전히 황폐해졌을 때, 우리가 평화를 사랑하는 오늘의 학생인지 어제의 영웅적 살인자인지 알 수 없었을 때 루이즈의 남편인 티안 영감, 몽카이의 티안(몽카이는 그의 고향입니다)은 우리의 손을 잡고 가게 뒷방의 꿈나라로 데려갔습니다. 그는 우리, 아픈 아이들을 돗자리에 조심스레 눕히고 긴 파이프를 건넨 후 작은 아편 열매를 손가락으로 말아주었습니다. 그 후드득 소리는 이제 가메 포도주도 우리에게 줄 수 없는 것을 가져다주었죠."

✛

"그때 갑자기 전후에 부모님 집을 드나들던 그 유고인 패거리가 눈앞에 떠올랐어. 스토질코비치도 그중 하나였지. 그래, 40년이 지났지만 어제 본 것처럼 그를 알아볼 수 있었어. 성직자 같은 목소리…… 기상천외한 얘기들…… 사실 그는 조금도 변하지 않았어…… 스토질코비치, 스탐바치크, 밀로예비치…… 그런 이름의 사람들이었어. 실제로 어머니는 그들에게 공짜로

먹을 것, 마실 것을 주었지. 물론 그들은 무일푼이었어. 어떤 때
는 아버지가 아편을 주어 잠들게 했고…… 그들에게 아편을 주
는 걸 내가 별로 좋아하지 않았던 게 기억나.

'나치와 맞서 싸운 사람들이야' 하고 어머니는 말씀하셨지.
'블라소프의 군대를 쳐부쉈고. 이제는 소련인들을 감시해야 할
거야. 그들이 가끔 아편 한 모금 빨 자격이 있다고 생각하지 않
니?'

당시에 나는 경찰이었어. 샛노란 망토를 걸치고 자전거를 타
고 다녔지. 가게 뒷방이 사실 좀 걱정이 되었어. 서서히 소문이
나서 돈 많은 놈들이 출입하기 시작했지. 나는 괜히 겁주기 싫어
서 집에 들어가기 전에 제복을 벗어서 어깨에 메는 가방에 쑤셔
넣고 작업복 차림으로 자전거를 끌고 나타났지. 뤼미에르 공장
에서 퇴근하는 사람처럼 말이야."*

티안은 향수에 젖어 가볍게 웃었다.

"그런데 지금은 중국 여자로 변장하고 있으니. 알겠어? 나는
처음부터 잠입 경찰이었던 거야…… 근데 하려던 얘기가 이게
아니었는데……"

티안은 듬성듬성한 머리칼을 만졌다. 머리털 하나하나가 용

---

* 뤼미에르 형제의 영화 〈뤼미에르 공장을 나서는 노동자들〉(1895)을 암시하고
있다.

수철처럼 일어섰다.

"기억이란 건 말이야…… 한 가지가 생각나면 또 다른 게 생각나지…… 역방향의 상상력이랄까…… 그만큼 미친 일이긴 하지만."

파스토르는 이제 완전히 집중해서 이야기를 듣고 있었다.

티안이 말했다.

"하루는, 그러니까 어느 날 저녁이었는데, 어느 봄날 저녁이었어. 창고 앞 등나무 아래에서—그래, 등나무가 한 그루 있었지. 연보랏빛이었어—그 세르보-크로아티아 출신의 젊은 영웅들이 나른하게 술에 취해 탁자에 앉아 있었어. 그런데 그중 한 명이 소리를 질렀어(그게 스토질코비치였는지 다른 사람이었는지는 기억이 나지 않아).

'우리는 가난해, 우리는 외로워, 우리는 알몸이야, 우리는 아직 여자도 없어. 하지만 우리는 역사의 한 페이지를 썼다고!'

그때 꼿꼿한 몸에 흰옷을 입은 키 큰 남자 하나가 지나가다가 탁자 옆에 멈춰 서더니 이런 말을 했어.

'역사를 쓴다는 건, 지리학을 엉망으로 만들어버리는 거지.'

그 사람은 아버지의 고객이었어. 그는 매일 같은 시간에 아편을 피우러 왔어. 아버지를 친근하게 '나의 약장수'라고 불렀어. 그는 이렇게 말했지. '류머티즘에 걸린 이 늙은 세상은 자네의 약을 점점 더 필요로 할 거야, 티안.' 그자가 누군지 알겠어?"

파스토르는 고개를 저었다.

"코랑송이었어. 식민지 총독 코랑송. 생루이 병원에서 잠자는 숲 속의 미녀 짓을 하고 있는 코랑송의 아버지 말이야. 그 사람이었어. 까맣게 잊고 있었네. 하지만 이젠 그 사람 모습이 눈에 선해. 몸을 곧게 펴고 의자에 앉아서 어머니가 프랑스령 인도차이나와 알제리의 종말을 예언하는 것을 듣고 있었지. 그러고 나서 그는 이렇게 대답했어.

'루이즈, 지당한 말이에요. 지리학이 다시 자기 권리를 주장할 거예요.'"

❖

이제 반 티안 형사 앞의 버번위스키 병은 비어 있었다. 그는 그럴 리가 없다는 듯 고개를 연방 좌우로 저었다.

"스토질코비치라는 유고인이 노파 살해범이든지 아니면 적어도 공범일 거라고 굳게 믿고 버스에 탔는데, 그자는 내 어머니를 너무나 찬란한 모습으로, 내 아버지를 너무나 지혜로운 모습으로 되살려놓은 거야……"

한참 말을 않더니 그가 덧붙였다.

"하지만 우리는 정직한 경찰이니까 그놈을 감방에 보내야 해."

"왜요?" 파스토르가 물었다.

✣

"숙녀 여러분, 이제 우리 뭘 할까요?" 늙은 스토질코비치는
질문을 하는 게 아니라 뤼시앙 죄네스* 풍으로 의례적 멘트를
하고 있었다. 그러자 노부인들이 한목소리로 대답했다.

"영면에 대한 적극적 저항이요!"

스토질코비치는 몽루즈 기슭 소순환노선 근처의 버려진 역
앞에 버스를 막 주차한 참이었다. 그곳은 파리 시계(市界)에서
어렵지 않게 찾아볼 수 있는, 태어날 자들이 죽은 자들을 아직
지우지 못한 버려진 장소 중 하나였다.** 역은 문과 덧창이 없어
진 지 오래였고, 철로 사이에는 가시덤불이 자라고 있었고, 이
빠진 타일 바닥에는 무너진 지붕의 잔해가 굴러다녔으며, 온갖
종류의 낙서가 벽 위에서 인생을 이야기하고 있었다. 하지만 기
차의 죽음을 믿지 못하는 기차역들의 낙관적 표정은 아직 잃지

---

* 라디오 퀴즈 프로그램을 30년간 진행한 전설적 사회자로, 매회 방송마다 똑같은
문구를 반복했다.
** 80년대 중반 당시 몽루즈는 수십 년째 심각한 인구 감소를 겪고 있었다.

않은 상태였다. 노파들은 일요일마다 오는 공원을 다시 찾은 어린애들처럼 기뻐 소리를 질렀다. 좋아서 깡충깡충 뛰는 그들의 고무 밑창 밑에서는 부서진 석회 조각이 바스락거리는 소리를 냈다. 노파 하나가 문가에서 망을 보는 동안 스토질코비치는 벌레 먹은 연단 밑에 감춰진 뚜껑문을 들어올렸다. 그 연단은 방은 비좁고 창문은 너무 높은 역장 사무실에서 플랫폼을 내다볼 수 있도록 받침대로 쓰던 것 같았다. 과부 호씨는 머뭇거리다가 다른 노부인들을 따라 뚜껑문 밑에 숨어 있는 구덩이로 들어갔다. 그것은 원통형 수직 갱도로 안에는 사다리 대용으로 무쇠 가로대가 박혀 있었다. 과부 호씨의 앞에 서 있는 노파는(그녀는 커다란 장바구니를 들고 있고 오른쪽 귓바퀴 뒤에는 보청기가 감겨 있었다) 마지막 가로대에 도달하면 미리 알려주겠다고 안심시켜주었다. 과부 호씨는 자기 내면으로 내려가는 기분이었다. 그 안은 어두웠다. 과부 호씨는 '내 내세가 축축한걸' 하고 생각했다.

"조심해요. 다 왔어요." 커다란 장바구니를 든 노부인이 말했다.

과부 호씨는 극도로 조심하면서 땅에 발을 딛었지만 반 티안 형사의 머리카락이 가발 밑에서 곤두서는 것은 어쩔 수 없었다. '맙소사, 도대체 어디에 들어온 거야!' 그것은 부드러운 동시에 단단하고, 옹골찬 동시에 가루 같았으며, 견고한 동시에 전혀 야무지지 못했다. 고체도 액체도 진흙도 아니었고 건조하면서도 물컹했다. 그런 것이 과부 호씨의 나막신에 스며들었다. 차가운 감촉이 전해졌는데 왠지 모르게 무시무시하게 끔찍했다. 태곳적부터 존재한 공포였다.

"아무것도 아니에요." 장바구니를 든 여자가 말했다. "몽루즈 묘지에서 흘러 내려온 거예요. 공동 묘혈*에서 제일 오래된 유골들이죠."

'지금 토하면 안 돼' 하고 반 티안 형사와 과부 호씨는 서로에게 명령을 내렸다. 목구멍을 넘어 입 밖으로 나오려던 것을 다시 삼켰다.

"위에 뚜껑문 닫았어요?" 스토질코비치가 묻는 소리가 들렸다.

"뚜껑문 폐쇄 완료!" 잠수함 사다리를 타듯 내려온 노부인이 젊디젊은 목소리로 확인했다.

"그러면 이제 전등을 켜도 됩니다."

과부 호씨는 그야말로 '개안(開眼)을 했다.' 그녀가 들어온 곳은 카타콤이었다. 당페르 로슈로의 (예쁜 두개골들이 질서정연하게 놓여 있고 넓적다리뼈가 세심하게 선별되어 있는) 예술

---

* 극빈자들이나 전염병 사망자들을 개인별로 안장하지 않고 한데 묻은 구덩이.

적으로 정돈된 카타콤이 아니라 야만적이고 난잡한 진짜 카타콤이었다. 아직 인간의 모습이 남아 있는 대퇴골 조각이 가끔씩 튀어나오는 으깨진 뼛조각들의 마른 진창을 밟으며 수백 미터를 걸어가야 하는 진짜 카타콤이었다. '이건 정말 구역질 나는군!' 반 티안 형사는 스토질코비치를 향한 분노가 다시 치솟는 것을 느꼈다. '입 탁치고 눈이나 크게 터!' 과부 호씨가 티안을 위협했다. 그는 입을 다물고 눈을 떴다. 게다가 스토질코비치가 경고를 했다.

"다들 주의하세요. 도착했습니다. 불을 끄세요."

그들은 넓은 공터에 막 들어온 참이었다. 과부 호씨는 제대로 살펴볼 시간이 없었다. 눈치 챈 것은 모래주머니를 잔뜩 쌓아 벽을 둘렀다는 것뿐이었다. 잠시 어두워지는가 싶더니 곧 "조명!" 하고 스토질코비치가 외쳤다.

갑자기 천장에서 차가운 소나기처럼 하얀 조명이 내려와 눈을 뜰 수 없었다. 노부인들은 과부 호씨를 가운데 두고 일렬로 서 있었다. 그 사실을 깨닫자마자 다른 것이 보였다. 그것은 10미터 정도 앞에서 용수철 장난감처럼 땅에서 느닷없이 튀어나왔다. 하지만 그것이 무엇인지 알아볼 수가 없었다. 폭음이 울리면서 바로 터져버렸기 때문이다. 과부 호씨는 깜짝 놀랐다. 그녀는 장바구니를 들고 보청기를 낀 옆자리의 여자를 바라보았다. 그녀는 반쯤 굽힌 무릎에 상반신을 숙이고 양팔은 앞으로 쭉 내민 채 손으로는 P38 권총을 꽉 쥐고 있었다. 권총은 태평하게 연기를 뿜고 있었다.

"앙리에트, 훌륭해요!" 스토질코비치가 탄성을 질렀다. "언제나 제일 빠르군요."

다른 사람들도 대부분 무기를 꺼냈지만 갑자기 튀어나온 표적을 겨냥할 틈이 없었던 것이다.

✤

"그러니까 스토질코비치는 살인마에 대항해 자기 몸을 지킬 수 있도록 이 노파들을 무장시킨 거야. 그리고 매주 일요일 오후에 순간사격, 표적사격, 엎드려쏴, 내리사격 등을 훈련시키고 있어. 실탄을 아끼지 않고 마음껏 총을 쏘고 전광석화처럼 총을 뽑더군. 정말이야. 강력반 애송이들이 보고 배워야 해."

"하지만 그중 두 명은 결국 목이 잘렸죠." 파스토르가 지적했다.

"안 그래도 스토질코비치가 그 얘기를 계속하더군. 그래서 다들 훈련 시간을 늘리기로 했어."

"그게 바로 '영면에 대한 적극적 저항'인가요?" 파스토르가 비로소 미소를 되찾고 물었다.

"응, 그렇지. 어떻게 생각해?"

"저도 같은 생각이에요. 할머니들이 움직이는 건 모조리 쏴버리기 전에 이 놀이를 중단시켜야죠."

티안은 슬픈 표정으로 고개를 끄덕였다.

"그 일은 화요일에 하도록 하자. 네가 나 좀 도와줘야겠다. 노부인들은 화요일마다 귀먹은 여자* 집에 모여 총기를 소제하고 교환하고 탄창을 만들어. 취로 사업장 내지는 타파웨어 홈파티** 분위기지."

잠시 침묵이 흘렀다.

"그런데 한 가지 생각이 났는데……"

"뭔데요?"

"바니니 사건 말이야. 할망구 하나가 그 녀석을 쏜 게 아닐까?"

"그럴 수도 있죠." 파스토르는 말했다. "어쨌든 아두슈 벤 타예브는 그렇게 주장하고 있어요."

티안은 다시 한참 동안 고개를 끄덕였다. 그러더니 멍한 미소

---

* 장바구니를 들고 보청기를 낀 노부인.
** 미국의 다단계업체인 타파웨어(Tupperware) 사가 창안한 판촉 방식으로, 동네 주부들이 한 집에 모이면 회사 측 카운셀러가 방문하여 다과와 오락을 겸해 제품 설명회를 갖는 것.

를 지었다.

"그거 알아? 그 여자들 예쁜단다……"

28

 노부인들은 세 형사에게 전혀 저항하지 않았다. 사실 형사들
로서도 미안한 일이었다. 파스토르, 티안, 카레가는 범죄 집단을
무장해제시킨다기보다는 고아들에게서 장난감을 빼앗는 기분
이었다. 노부인들은 소형 저울, 깔때기, 화약, 탄환을 세심하게
정리해둔 커다란 탁자 주위에 앉아 있었다(이번 주에 쓸 탄약을
준비할 참이었다). 다들 고개를 숙이고 있었다. 다들 말이 없었
다. 죄를 지어 그런 것도 아니고 두렵거나 불안한 것도 아니었
다. 단지 갑자기 다시 늙어버린 것이다. 고독과 무관심을 다시
맞이하게 된 것이다. 카레가와 파스토르는 압수한 총기를 큰 가
방에 담았고, 티안은 탄약을 맡았다. 이 모든 일이 완벽한 침묵
속에서 진행되었다. 스토질코비치라는 자는 워낙 태연히 상황을

바라보고 있어서, 모르는 사람이 보았다면 압수 작전을 지휘하는 사람인 줄 알았을 것이다.

티안은 유고인의 앞을 지나면서 "그래, 당신이 그 베트남 여자였소? 축하하오"라는 말이라도 들을까 두려웠다. 하지만 스토질은 아무 말도 하지 않았다. 그는 티안을 알아보지 못했다. 티안은 더욱 부끄러웠다. '젠장, 자학 좀 그만둬. 너 정말 미친 거 아냐? 설마 이 할망구들이 스무 살 남짓한 녀석들을 모조리 총으로 갈겨버리게 놔둘 생각은 아니겠지? 바니니가 죽은 것으로 부족해?' 이렇게 생각해보았자 소용이 없었다. 부끄러움은 사라지지 않았다. '도대체 언제부터 그 망나니 바니니가 죽은 걸 가지고 슬퍼했다고 그래?' 이 생각을 해도 기운이 나지 않았다. 지금 자기가 무장해제하고 있는 이 노파들이 바니니 같은 놈들을 줄줄이 쏴 죽였다고 해도 티안은 오히려 훈장을 달아주고 싶었을 것이다. '이들은 다시 두려움에 빠질 뿐 아니라 덫에 걸린 거위처럼 목이 잘릴 때만 기다려야겠지.' 티안은 다시 한번 실패를 맞이했다. 그 미친놈이 아직도 거리를 활보하는 것은 분명 티안의 책임이었다. 그런데 보호해주지도 못하면서 이들에게서 지금 무기를 압수하고 있는 것이다. 심지어 이제는 용의자라고 할 만한 사람도 없었다. 스토질코비치를 알게 된 후로 말로센이 살인범이라는 가설은 완전히 의미를 잃었다. 스토질코비치 같은

300

사내가 살인마의 친구일 리는 없었다.

✤

세 경찰은 탁자 정리를 마무리했다. 그들은 그만 가보겠다는 말을 차마 못 하는 손님처럼 난처해하며 문가에 서 있었다. 마침내 파스토르가 마른기침을 하며 목소리를 가다듬고 말했다.

"부인들을 체포하지는 않겠습니다. 앞으로 귀찮게 하는 일도 없을 겁니다. 약속합니다."

그는 잠시 망설였다.

"하지만 이 총기는 남겨둘 수 없습니다."

그리고 다음 말을 꺼냈지만, 말도 안 되게 쓸데없는 얘기를 했다고 이내 후회했다.

"위험하니까요……"

이번에는 스토질코비치에게 말했다.

"선생님은 저희와 동행하셨으면 좋겠습니다."

압수한 무기는 모두 2차 대전 이전의 물건이었다. 대부분은 권총으로 제조 국가도 제각각이었다. 소련제 토카레프와 독일제 발터는 물론이고 이탈리아제 글리센티, 스위스제 시그 사우어 대구경 자동권총, 벨기에제 브라우닝도 있었다. 하지만 자동화기도 있었다. 미국제 M3 기관단총, 매우 낡은 영국제 스텐 기관 단총에, 심지어 개머리판과 총신을 자른 조쉬 랜달* 풍의 윈체 스터 기병총도 있었다. 스토질코비치는 이 무기들이 자기가 전 쟁 말엽에 크로아티아의 항독 무장단체를 위해 모은 것임을 순 순히 인정했다. 하지만 작전이 끝나자 그는 이 무기들을 가능한 한 깊숙이 숨기기로 결심했었다.

"티토 파든 스탈린 파든 미하일로비치 파든 빨치산을 무장시 켜 무기들이 다시 살육에 쓰이게 할 필요는 없었습니다. 나는 그 걸로 전쟁과는 안녕이었죠. 아니, 안녕이라고 생각했다고 하는 게 옳겠군요. 하지만 노부인들의 목이 잘리기 시작하니……"

그는 인간의 양심은 이상한 것이라고, 꺼진 불이 다시 이는 것 같다고 설명했다. 자신의 전쟁이 끝난 후로 그는 무슨 일이 있어 도 이 무기들을 다시는 끄집어내지 않을 작정이었다. 하지만 시 간이 흐르면서 그는 무기를 들고 맞서 싸울 가치가 있는 수많은 불의를 TV를 통해 목격했다…… 하지만 그래도 그것은 아니었 다. 이 무기들은 완전히 묻어버리기로 한 것이었다. 그런데 노부 인 연쇄 살인이 터졌고("아마 나도 늙고 있어서 그런 것이겠 죠") 그는 끔찍한 악몽을 꾸기 시작했다. 신경질적인 젊은이들

---

* 미국의 TV 서부극 시리즈 〈Wanted : Dead or Alive〉(1958~1961)의 주인공으 로, 스티브 맥퀸이 분했다. 이 인물은 총신을 자른 윈체스터 기병총을 사용했다.

의 부대가 이 건물들(그는 느릿한 손짓으로 벨빌을 가리켰다)을 습격하는 꿈이었다. 늑대들이 양떼를 덮치는 것 같았다. "우리 나라 사람들은 늑대를 잘 알고 있습니다." 순진하게도 죽음을 사랑하는 젊은 늑대들, 남에게 죽음을 선사하고 자신의 혈관에 죽음을 주입하는 젊은 늑대들 말이다. 그는 죽음에 대한 그러한 열정을 알고 있었다. 그 역시 젊은 시절에 그런 열정에 빠졌었 다. "우리가 블라소프의 졸개들을 생포한 후 얼마나 많은 목을 잘랐는지 아십니까? 목을 잘랐다는 말은 진짜입니다. 백색의 무 기로 죽인 것이죠. 탄약이 모자랐거든요. 우리의 누이와 어머니 들을 강간한 자들에게는 총알도 아깝다는 핑계도 있었고요. 얼 마나 될 것 같습니까? 칼로 말입니다. 한번 아무 숫자나 말해보 시죠. 전체 숫자를 상상할 수 없다면, 나는 몇 명이나 죽였을 것 같습니까? 그중에서도 역사에 휩쓸려 그곳에 떨어진 노인네들 의 목을 내가 얼마나 잘랐을 것 같습니까? 환속한 신학도인 내 가 얼마나 목을 잘랐을 것 같습니까?"

아무도 대답이 없자 그가 말했다.

"그 때문에 이 노부인들을 무장시키기로 한 겁니다. 예전의 나 같은 젊은 늑대에게 맞서 싸울 수 있게 말이죠."

그는 눈살을 찌푸리더니 덧붙였다.

"결국 내 생각에는……"

그러더니 갑자기 격하게 말했다.

"하지만 이분들은 어느 누구에게도 해를 끼치지 않았을 겁니다. 모두 잘 훈련받아서 사고가 생기는 일도 없었을 겁니다. 모두들 신속히 총을 쏠 줄 알고 면도칼을 보기 전에는 쏘면 안 된다는 것을 잘 알고 있으니까요……"

금발에 초록색 옷을 입은 바니니의 유령이 조용히 세 형사의 눈앞을 지났지만 그들은 무시했다.

"그래요." 마침내 스토질코비치가 말했다. "이건 내 마지막 전투였습니다."

그는 희미하게 미소를 지었다.

"아무리 좋은 이유에서 하는 일이라도 끝은 있게 마련이죠."

"스토질코비치 씨, 당신을 체포해야겠습니다." 파스토르가 말했다.

"당연한 일이죠."

"불법 무기 소지 혐의로만 기소될 겁니다."

"얼마나 살게 될까요?"

"당신 경우에는 몇 달이면 될 겁니다." 파스토르가 대답했다.

스토질코비치는 잠시 생각하더니 너무나 자연스러운 태도로 말했다.

"징역 몇 달이라면 부족할 텐데…… 적어도 1년은 살아야 하는데……"

세 경찰은 서로를 쳐다보았다.

"왜요?" 파스토르가 물었다.

스토질코비치는 다시 생각에 빠져 필요한 시간을 꼼꼼히 따
져보더니 이윽고 특유의 비순 같은 음성으로 말했다.

"베르길리우스를 세르보-크로아티아어로 번역하는 일에 착
수했거든요. 꽤 오래 걸리는 까다로운 작업이라서요."

✣

카레가는 스토질코비치를 차로 데려갔다. 그동안 티안과 파
스토르는 어쩔 줄 몰라 인도에서 발을 굴렀다. 입을 다물고 주먹
은 꽉 쥔 채로 티안은 침묵을 지켰다.

마침내 파스토르가 말했다.

"선배님은 지금 화가 나서 미칠 지경인가봐요. 약국 좀 찾아
드릴까요?"

티안은 손짓으로 거절했다.

"괜찮아. 애야, 그냥 좀 걷지 않을래?"

추위가 다시 도시를 집어삼켰다. 겨울의 마지막 추위, 최후의
일격이었다. 파스토르가 말했다.

"이상하네요. 벨빌은 추위를 믿지 않나봐요."

그 말은 어느 정도 사실이었다. 영하 15도에도 벨빌은 본래의
빛깔을 잃지 않았다. 벨빌은 여전히 지중해 분위기를 자랑하고
있었다.*

"보여줄 게 있어." 티안이 말했다.

그는 파스토르의 눈앞에서 주먹을 폈다. 손 안에는 끝부분을
십자로 갈라놓은 9밀리미터 탄환이 있었다.

"그 아파트 주인인 귀먹은 여자에게서 빼앗았어. P38 탄창에
이 총알을 재어놓고 있었어."

"그런데요?"

"압수한 탄약 중에 바니니의 머리를 수박처럼 터뜨릴 수 있는
총알은 이것뿐이야. 끝이 갈라진 탄환은 파고든 다음에 속에서
분리되거든. 그러면 바니니 꼴이 되는 거지."

파스토르는 멍한 표정으로 총알을 주머니에 넣었다. 그들은
조금 전에 벨빌 대로로 나온 참이었다. 그들은 횡단보도 앞에서
신호등이 빨간불로 넘어가기를 기다리면서 얌전히 서 있었다.

"저 병신 두 놈 좀 봐." 티안이 턱짓으로 가리키며 말했다.

---

* 프랑스의 이민자 중 대다수를 차지하는 아랍인들 대부분이 북아프리카의 지중
해 연안 국가 출신이다. 여러 차례 언급된 것처럼 벨빌은 유색 인종 밀집 거주지역
이다.

맞은편 인도에는 머리를 짧게 자른 젊은이 두 명(한 명은 가죽점퍼를, 다른 쪽은 초록색 로덴 코트를 입고 있었다)이 머리가 긴 또 다른 젊은이의 신원을 확인하고 있었다. 젊은이들이 하는 핀볼 게임의 리듬에 맞춰 늙은 아랍인들이 도미노 게임을 하는 장외마권소 앞이었다.

"세르케르 휘하의 구역 담당 경관들이군요." 파스토르가 말했다.

"병신들." 티안이 같은 말을 되풀이했다.

그날 오후 티안이 자기와 파스토르의 목숨을 구한 것은 그가 자기 자신에게 미칠 듯이 화가 나 있었기 때문이고, 차를 모는 사람도 기관총 사수도 늙은이가 그렇게 빨리 움직일 거라고는 예측하지 못했기 때문이다.

"조심해!" 티안이 소리를 질렀다.

티안은 총을 뽑는 것과 동시에 파스토르를 쓰레기 더미 뒤로 밀어 넘어뜨렸다. 첫번째 총알은 1초 전에 파스토르가 서 있던 자리의 신호등 빨간불을 부숴버렸다. 두번째 총알은 티안의 총에서 나와 곧장 운전사의 오른뺨으로 날아가 너무나 깨끗하게 작은 구멍을 뚫었다. 운전사의 머리는 왼쪽으로 밀렸다가 유리창에 부딪혀 핸들 위에 떨어졌고 죽은 발은 액셀을 짓눌렀다. BMW가 급발진하는 바람에 세번째 총알은 빗나가 티안의 오른쪽 어깨에 맞았다. 그 충격으로 티안의 몸이 회전했고, 그의 MAC50 권총은 저절로 오른손에서 왼손으로 넘어갔다. BMW의 보닛은 인도의 공연 안내 기둥을 들이받고 날아갔으며, 오른쪽 옆문에서는 사람이 퉁겨져나왔다. 티안은 그자가 아직 허공에 떠 있을 때 9밀리미터 대구경 탄환 세 발을 박아넣었다. 남자의 몸은 신기하게도 스펀지 같은 소리를 내며 인도에 떨어졌다. 티안은 잠시 팔을 뻗고 있다가 천천히 총을 내리고 파스토르를 돌아보았다. 파스토르는 아무것도 보지 못한 것을 조금 답답해하면서 몸을 일으켰다.

"대체 이게 무슨 난리야?" 티안이 물었다.

"저를 노린 거예요." 파스토르가 말했다.

세르케르 휘하의 구역 담당 경관 두 명이 총을 빼 들고 대로를 건너면서 소리를 질렀다.

"둘 다 꼼짝 마. 움직이면 쏜다!"

하지만 티안은 벌써 신분증을 꺼내 귀찮은 듯 내보이고 있었다.

"너희는 뭐 하다가 이제야 오냐?"

그러고는 파스토르에게 말했다.

"아까 약국 찾아주겠다고 한 말 지금도 유효해?"

"어떤지 일단 좀 볼까요?"

파스토르는 조심스레 옷을 벗겨 티안의 어깨를 보았다. 윗옷의 견장은 총알에 찢어지고 삼각근은 관통상을 입었지만 쇄골이나 견갑골은 다치지 않았다. 파스토르 자신은 넘어졌을 때 병 조각에 찔려 손을 베였다.

"나는 살집이 별로 없어서 말이야." 티안이 말했다. "근데 저두 예술가 선생은 너한테 뭘 원한 거야?"

29

　나 뱅자맹 말로센은 인간성을 토해내는 방법을 배우고 싶다.
목구멍에 손가락 두 개를 넣어 토하는 것만큼이나 확실한 방법
을 알고 싶다. 경멸이나 짐승의 불같은 증오, 눈 딱 감고 살육을
저지를 수 있는 증오를 배우고 싶다. 어느 날 누군가 나타나 다
른 사람을 가리키면서 '저놈은 완전히 **개자식**이야. 그놈 머리에
똥을 눠, 뱅자맹, 그놈에게 네 똥을 먹여, 그놈을 죽여, 그놈과
비슷한 놈들을 몰살시켜버려' 하고 말해줬으면 좋겠다. 그리고
정말 그렇게 하고 싶다. 농담이 아니다. 사형제도의 부활을 주장
하는 사람이고 싶다. 그것도 공개 처형을. 사형수는 단두대로 먼
저 발을 자른 다음 간호와 치료를 해주고 다 나으면 다시 단두대
에 놓고 이번에는 넓적다리를 자르고 또 치료해주고 다 나으면

철컥! 하고 이번엔 제일 아픈 부위인 슬개골 높이에서 무릎을 잘라버렸으면 좋겠다. 나는 처벌지상주의자들과 강한 유대감을 가진 진짜 대가족을 이루고 싶다. 처형 장소에 애들을 데리고 구경 갈 것이다. 제레미에게는 "국립교육기관에 불을 지르는 짓을 또 했다가는 어떻게 되는지 알겠어?"라고 할 수 있을 것이고, 프티에게는 "저것 봐, 저것 봐, 저 사람도 사람들을 꽃으로 바꿔버렸어!"라고 할 수 있을 것이며, 아기 베르됭이 입을 열기만 하면 나는 피투성이 단두대 날을 똑똑히 볼 수 있도록 군중의 머리 위로 흔들어댈 것이다. 그걸 보면 이제 그런 짓은 못 하겠지! 나는 일벌백계주의를 굳게 믿으며 선인과 악인을 명확히 구별할 줄 아는 고매한 정신의 일원이고 싶고 **굳은 신념**의 소유자이고 싶다. 제기랄, 정말 그러고 싶다! 젠장, 그러면 인생이 얼마나 쉬워질까!

전철 안에서 나는 이런 생각에 빠져 있다. 탈리옹 출판사에서 돌아오는 길이다. 나는 정말 병신같이 자보 여왕에게 신세타령을 하며 측은히 여겨줄 것을 호소하고 가족을 들먹이면서 내일 퐁타르 델메르 건을 실패해도 해고하지 말아달라고 애원했던 것이다.

"그만 좀 징징거려요, 말로센. 불쌍한 척은 나한테 할 게 아니라 퐁타르 델메르에게 해야죠."

"출판 기한을 연장시키지 못한다고 해서 왜 내가 잘려야 합니까? 씨팔!"

"상소리하지 마요. 실패하니까 잘리는 거죠. 우리처럼 훌륭한 출판사에서 무능한 사람을 데리고 있을 수도 없는 노릇이고요."

"하지만 폐하, 폐하처럼 빈틈없는 분도 실패하지 않았습니까? 교정쇄가 그 차와 함께 불타버린 게 누구 책임인데요!"

"그 일에 실패한 건 차를 몰던 직원이에요. 그는 임무에 실패한 죄로 죽었어요. 산 채로 불에 타 죽었어요. 자업자득이죠."

나는 자보 여왕을 바라보았다. 삐쩍 마른 커다란 몸통 위에 비만에 걸린 수박을 얹어놓은 그 기괴한 몸뚱이, 긴 팔에 벙어리장갑처럼 통통한 아기의 손. 그녀의 목소리는 늘 잘난 척할 기회를 노리는 끔찍한 어린아이처럼 명랑했다. 그리고 늘 궁금한 것이지만 내가 왜 그녀를 미워하지 않는지 다시 자문했다.

"말로센, 이건 확실히 해두도록 해요. 나나 당신이나 건축가 퐁타르 델메르에 대한 존경심 따위는 손톱만큼도 없어요. 하지만 일단 그 막대한 보조금을 잃을 순 없어요.(그랬다간 다른 자들이 그 돈을 챙길 거예요!) 또 한 가지는……"

그녀의 째지는 목소리가 잠시 멎더니 굉장히 설득력 있는 눈길로 나를 바라본다.

"또 한 가지는 당신이 이런 종류의 싸움에 **적격**이라는 거죠.

당신은 눈물 작전으로 싸움을 이기는 것에 재능을 타고났잖아요! 내가 이 전투에서 당신을 쓰지 않는다면 그건 범죄나 다름없어요. 당신의 존재 이유를 빼앗는 게 될 거예요."

(그러니까 나의 안녕을 위해 나를 교전 지역으로 투입한다는 것이다.)

"젠장, 당신은 희생양이에요. 이 점을 머릿속에 꼭 집어넣도록 해요. 당신은 머리끝부터 발끝까지 희생양이에요. 내가 출판 일에 재능이 있는 것처럼 그게 당신의 재능이에요! 누가 봐도 당신은 언제나 모든 나쁜 일의 원흉이에요. 하지만 그 어떤 악질 사기꾼 앞에서라도 당신은 언제든지 눈물을 쥐어짜고 빠져나갈 거예요! 당신의 역할을 다시는 의심하지 않게 해주죠. 자기 역할을 한 번만 더 의심해봐요. 내가 돌로 쳐 죽일 테니까!"

그 말에 나도 폭발했다.

"대체 무슨 개소립니까? 내가 희생양이라니! 그게 대체 무슨 말이에요?"

"당신이 세상의 모든 골칫거리를 자석처럼 끌어당긴다는 말이죠. 이 도시에서 당신이 알지도 못하는 수많은 사람들이 당신이 저지르지 않은 수많은 일을 당신 탓으로 돌릴 거란 말이에요. 어떤 면에서 그 모든 일은 정말 당신 탓이기도 해요. **다들 누군가의 탓으로 돌리고 싶어하니까요!**"

"뭐라고요?"

"못 들은 척하지 마요. 무슨 말인지 모르는 척도 하지 마요. 내가 무슨 말을 하는지 완벽히 이해하고 있잖아요. 안 그러면 백화점에서 해고된 후에 당신이 뭐 하러 여기 탈리옹 출판사에서 더러운 희생양 일을 하고 있겠어요? 더구나 당신은 백화점에서 **도 똑같은 일을 했잖아요!**"

"그러니까요! 나는 일부러 백화점에서 해고되었다고요! 병신 같은 놈들이 저지른 잘못 때문에 욕먹는 것도 진력이 나서 그만두고 싶었다고요!"

"그러면 왜 우리 회사에서 똑같은 일을 하겠다고 했나요?"

"나는 부양가족이 있단 말입니다! 소파에 누워 빈둥거릴 팔자가 아니라고요!"

"가족이라니, 맙소사! 가족을 부양하는 방법은 한두 가지가 아니에요. 첫번째 방법은 전혀 부양하지 않는 것이죠. 루소가 그 방면에는 전문이었잖아요.* 제정신이 아닌 걸로는 당신 못지않은 사람이기도 했고요!"

갈 데까지 갔으니 싸움은 한없이 이어질 수도 있었다. 하지만 자보 여왕은 프로페셔널하게 대화를 끝내버리는 능력이 있었다.

---

* 장 자크 루소는 자기 자식들을 고아원에 버렸다.

"그러니까 내일 퐁타르 델메르의 집에 가서 그의 건축 책 출판 기일을 연장해오도록 해요. 못 하면 해고예요. 열여섯시 정각에 간다고 벌써 말해뒀어요."

그러더니 돌연 상냥해져서는 면도도 제대로 못 한 내 뺨을 아기 손으로 어루만졌다.

"성공할 거면서 왜 그래요? 전에도 난처한 상황에서 우리 회사를 여러 번 구해줬잖아요."

❖

그래서 나는 머릿속으로 단두대를 상상하면서 집으로 돌아온다. 클라라가 문을 열어준다. 사랑하는 누이를 보자마자 나는 무슨 일이 벌어졌다는 것을 직감한다. 그녀가 입을 열기도 전에 나는 너무나 듬직한 목소리로 묻는다.

"그래, 무슨 일 있어?"

"스토질 아저씨가 전화했어."

"근데?"

"경찰서에 가 있대, 오빠. 아저씨가 감옥에 갈 거래."

"왜?"

"별일 아니래. 아저씨가 자기 집 근처 몽루즈 카타콤에 전쟁이 끝난 후부터 총기를 잔뜩 숨겨두고 있었는데 경찰이 그걸 발견했대."

(뭐라고?)

"걱정할 필요 전혀 없대. 감방에 편안히 자리를 잡으면 바로 연락할 거래."

'감방에 편안히 자리를 잡으면'이라니…… 누가 스토질 아니랄까봐! 감방에 들어가게 되니까 숨어 있던 수도사가 깨어난 것이다! 게다가 내가 아는 스토질이라면 기뻐하고 있을 것이다. (세상이 어떻게 돌아가는 거야! 아두슈와 스토질은 감옥에 갇혀 있고, 자보 여왕은 자유롭게 활보하고 있다니!)

"카타콤에 총기를 숨겨두었다는 게 무슨 말이야?"

클라라가 대답하기도 전에 제레미가 내 소매를 잡아당긴다.

"형, 그게 다가 아니야. 다른 일도 있어."

제레미는 내가 익히 알고 있지만 좋아하지는 않는 표정을 하고 있다. 제레미가 저렇게 뿌듯한 표정일 때는 반가운 일이라고는 일어나지 않는다.

"뭔데? 또 무슨 일인데?"

"형이 놀랄 일이야."

이놈의 가족과 살면서 나는 놀랄 일 비슷한 거라면 아무리 작은 것이라도 경계하게 된다. 나는 주위를 둘러본다. 할아버지들

과 아이들은 다들 몰래 깜짝 생일파티라도 준비하는 것처럼 무
관심한 낯짝을 하고 있다. 그때 갑자기 뭐가 잘못되었는지 깨닫
는다. 전대미문의 정적이 집 안을 뒤덮고 있는 것이다. 파멸의
침묵이 완성된 것이다. 내가 묻는다.

"베르됭은 어디 있어?"

"걱정 말게. 자고 있어." 로눙이 말한다.

그의 어조로는 무슨 일인지 전혀 짐작이 가지 않아 나는 다시
묻는다.

"설마 애기한테 술이라도 먹인 건 아니죠?"

"아니야. 놀랄 일은 다른 거야." 제레미가 말한다.

나는 쥘리위스를 쳐다본다. 고개는 옆으로 돌아가 있고 혀는
늘어져 있다. 이놈 표정을 봐도 무슨 일인지 짐작이 되지 않는다.

"하여튼 쥘리위스 목욕을 안 시켰구나. 그랬으면 정말 기쁘고
놀라운 일이었을 텐데."

(설마 스토질을 정말 투옥시키지는 않겠지?)

"그보다 훨씬 좋은 일이야." 제레미는 입을 삐죽거리면서 다
시 말한다. (제레미가 말을 덧붙인다. 나쁜 신호다.) "하지만 형
이 원하지 않으면 원래 있던 자리에 도로 갖다놓을게."

알았어, 내가 졌다.

"제레미, 놀랄 일이라는 게 도대체 뭐야? 내가 이번엔 또 무슨

꼴을 겪어야 하는 건데?"

제레미의 표정이 환해진다.

"위층에 있어. 형 방에. 아주 예쁘고 아주 따뜻한 거야. 내가
형이라면 당장 뛰어갈 텐데."

✛

쥘리아, 쥘리다! 나의 코랑송이! 그것도 내 침대에! 한쪽 다리
에는 깁스를 하고 있고 혈관에는 점적 주입 장치가 연결되어 있
고 얼굴에는 멍이 들어 있지만 쥘리아가 맞다! 살아 있다! 맙소
사, 내 사랑 쥘리아다! 그녀는 잠들어 있다. 미소를 짓고 있다.
루나는 그녀의 오른쪽에 서 있고 제레미는 침대 앞에 서서 연극
적 몸짓으로 그녀를 가리키며 알려준다.

"쥘리아 아줌마야."

나는 요람을 들여다보는 것처럼 침대에 몸을 숙이고 온갖 질
문을 한꺼번에 퍼붓는다.

"왜 이래? 어디서 찾았어? 심각한 상태야? 누가 이랬어? 살이
빠진 것 같지? 안 그래? 얼굴에 있는 자국은 뭐야? 다리는 왜 이
래? 근데 여기서 뭐 하는 거야? 왜 병원에 안 있어?"

"그러니까." 제레미가 말한다.

조금은 석연치 않은 침묵이 흐른다.

"그러니까 뭐? 그러니까 뭐가 어쨌다고?"

"그러니까 아줌마는 병원에 있었어. 근데 치료를 제대로 못 받고 있더라고."

"뭐라고? 무슨 병원?"

"생루이. 생루이 병원에 있었어. 엉터리로 치료하고 있더라고." 제레미는 같은 말을 반복하면서 루나에게 눈짓으로 SOS 신호를 보낸다.

침묵이 흐른다. 나는 무서워 죽을 지경이지만 결국 침묵을 깨고 말한다.

"근데 우리가 이렇게 시끄럽게 떠들고 있는데 왜 깨어나지 않는 거야?"

그러자 마침내 루나가 제레미를 도와준다.

"약물 때문에 그래, 오빠. 금방 깨어나지 못할 거야. 병원에 실려왔을 때 벌써 약물 때문에 잠든 상태였고, 병원에서는 정신을 차렸을 때 쇼크가 너무 크지 않도록 또 투약을 했어."

"그러니까 병원에 계속 두면 절대 깨어나지 못할 거야. 저번에 마르티 선생님이 그랬어." 제레미가 말한다.

나는 빨리 설명하라고 제레미를 노려본다.

"지난번에 마르티 선생님이 베르톨드라는 의사와 싸우던 거

기억나? 베르됭 할아버지가 죽어서 같이 갔을 때 말이야. 기억나? 그때 마르티 선생님이 '계속 이렇게 투약했다간 이 여자 죽을 거야' 하고 고함을 질렀잖아. 돌아오는 길에 그 병실을 슬쩍 들여다보았더니 쥘리아 아줌마가 침대에 누워 있더라고. 형, 아줌마 맞다니까!"

제레미는 그 증거로 내 침대에 누워 있는 나의 쥘리아를 가리킨다.

그러니까 이렇게 된 것이다. 제레미와 루나가 다른 사람의 의견을 묻지도 않고 쥘리아를 납치한 것이다. X선 찍으러 간다는 핑계를 대고 병원에서 데리고 나온 것이다. 루나는 간호사 복장을 하고 제레미는 가족인 척 눈물을 글썽이면서("엄마, 걱정하지 마, 별일 아닐 거야") 이동식 침대에 쥘리아를 싣고 수킬로미터의 복도를 가로질러 손쉽게 병원을 빠져나와 루나의 차에 태운 후 '자, 가자!' 하고 내 침실까지 끌고 올라온 것이다. 그렇게 된 것이다. 그것은 제레미의 생각이었다. 그리고 제레미와 루나는 매우 만족하여 자기들의 행동을 자랑스러워하면서 큰형의 칭찬을 기대하고 있다. 병원에서 환자를 유괴하는 것이 훈장감이라고 생각하는 것이다…… 어쨌든 얘들이 나에게 쥘리를 돌려준 것은 사실이다. 평소 성격대로 나는 얘들을 때려죽여야 할지 꽉 안아줘야 할지 양극단 사이에서 망설인다. 나는 그냥 질문이나 하기로 한다.

"병원 측에서 어떻게 나올지 생각은 해봤어?"

"병원에 있었으면 아줌마는 죽었을 거야!" 제레미가 부르짖는다.

큰형은 아무 말이 없다. 생각에 빠져 한참을 말이 없다. 그러더니 선고를 내린다.

"너희는 둘 다 너무나 사랑스러워. 내 인생에 가장 큰 선물을 해주었어…… 그럼 이제 이 자리에서 맞아 죽고 싶지 않으면 어서 꺼져!"

내 목소리에 설득력이 있었나보다. 그들은 그 즉시 복종해 뒷걸음치며 방을 나간다.

✣

"선생, 댁의 식구들은 정말 시한폭탄이에요!"

의사 마르티가 전화선 너머에서 낄낄대며 웃는다.

"내 동료 베르톨드가 어떤 표정이었는지 보셨어야 하는데! 환자가 사라지다니! 해명을 하려고 기자회견을 준비하고 있을 겁니다. 걱정 안 하셔도 돼요!"

나는 그가 작은 직업적 즐거움을 맛보게 잠시 놔둔 뒤 묻는다.

"그래, 선생님은 어떻게 생각하세요?"

마르티의 답변은 언제나 명확하다.

"치료의 관점에서만 보면 제레미의 행동은 정당화될 수 있다고 봅니다. 병원 입장에서 보면 물론 난처한 사건이고요. 하지만 특히 심각한 건 경찰과의 문제죠."

"경찰이라뇨? 경찰이 왜요? 경찰에 신고할 건가요?"

"아니요. 하지만 쥘리 코랑송 양을 병원에 데려온 것은 경찰이었어요. 모르셨어요?"

(아니, 몰랐다.)

"아뇨, 몰랐습니다. 오래된 일인가요?"

"두 주 정도 되었죠. 젊은 형사가 가끔 들러서 환자 머리맡에 앉아 자기 말을 들을 수 있는 것처럼 이야기를 하곤 했어요. 사실 환자에겐 좋은 일이죠. 그 덕에 그녀가 제 눈에 띄었지요."

"두 주째 코마 상태라고요?"

(나의 쥘리가 두 주째 깨어나지 못하고 있다니…… 대체 무슨 일을 당했기에?)

"그래요. 깨어났을 때의 쇼크를 피하기 위해서 병원에서 일부러 코마 상태를 유지한 겁니다. 근데 제 생각에 이 경우 그건 진짜 바보짓이거든요. 저는 이제 코랑송 양이 가능한 한 빨리 깨어나야 한다고 봅니다."

"사고가 생길 위험이 있나요? 그러니까 깨어날 때요. 깨어나다가 잘못될 수도 있나요?"

"예. 치매 증세가 생길 수도 있고, 환각 증세를 겪을 수도 있어요."

"죽을 수도 있나요?"

"베르톨드와 제가 의견이 갈리는 것이 그 점이에요. 저는 죽지 않을 거라고 봐요. 아시겠지만 보통 강한 여자가 아니잖아요!"

(맞다. 알고 있다. 그녀는 강한 여자야. 맞아.)

"선생님, 저희 집에 한번 들러주실 수 있나요? 와서 봐주실 수 있어요?"

즉시 대답이 나온다.

"그럼요, 말로센 씨. 계속 면밀히 관찰하겠습니다. 하지만 병원과의 문제를 먼저 해결하고 경찰에 알려야죠. 안 그러면 용의자를 숨겨두고 있다거나 뭐 그런 생각을 할지도 모르니까요."

"경찰한테는 어떻게 해야 할까요?"

나는 제정신이 아니다. 이 의사를 실제로 만난 건 두 번밖에 되지 않는데도 전적으로 믿고 맡기고 있는 것이다. 처음 본 건 작년에 제레미가 갈기갈기 찢긴 데다 통닭처럼 구워져서 병원에 데려갔을 때였고, 두번째는 베르뒹이 죽은 날이었다. 하지만 인생이 다 그렇지 뭐. 군중 속에서 귀인을 만나거든 그냥 따라가

323

라…… 그냥 따라가라.

"제가 파스토르 형사에게 전화를 할게요, 말로센 씨. 환자 머리맡에 앉아 얘기를 하던 바로 그 사람이에요. 제가 파스토르 형사에게 조언을 구하도록 하죠."

30

"들어오게, 파스토르. 어서 들어와."

밤이 되었지만 세르케르 총경의 사무실은 대낮같이 밝았다. 시간에 관계없이 언제나 일정한 조명이 벽과 천장에서 솟아나 그림자를 지우고 방 안의 모든 것을 숨김없이 여실하게 드러냈다.

"파스토르, 베르톨레를 소개하겠네. 베르톨레, 이쪽은 파스토르야. 샤브랄을 쓰러뜨린 친구, 기억하지?"

키다리 베르톨레는 헐렁한 양털 스웨터 차림으로 조명 속에 머뭇거리며 서 있는 파스토르 형사를 바라보며 잠시 미소를 지었다. 약간은 무기력해 보이기까지 했다. 어린 왕자를 그대로 복사해 만든 라텍스 인형 같은 친구가 샤브랄에게서 자백을 받아냈다니. 키다리 베르톨레는 아직도 믿어지지 않았다.

"그래, 파스토르, 총 맞을 뻔했다면서? 다행히 티안 영감이 그 자리에 있었다면서?"

세르케르의 말에는 빈정거리는 기색이 전혀 없었다. 현장에 있었던 부하 두 명의 보고서를 요약한 것뿐이었다.

"제가 총을 뽑기도 전에 다 끝났더군요." 파스토르가 말했다.

"그랬다더군." 세르케르가 말했다. "티안이 총을 뽑는 걸 전에 본 적이 있어. 대단하지. 그렇게 작은 사람이 그런 대구경 총을 그렇게 빨리 다루다니, 솔직히 놀라 뒈지는 줄 알았어."

그러더니 파스토르의 손에 붕대가 감긴 것을 보고 물었다.

"한 방 맞은 거야?"

"쓰레기 더미에 넘어지면서 유리 조각에 찔린 겁니다. 영광의 상처죠!" 파스토르가 말했다.

"처음엔 다 그런 거야."

이 사무실의 조명에는 다른 효과가 있었다. 어디서 나오는지 알 수 없는 조명은 시간을 지워버렸다. 총경은 그 점을 깨닫고 악당들을 취조할 때 이용했다. 사무실은 유리로 도배된 것 같지만 정작 창문은 하나도 없었다. 벽시계도 없었다. 취조중에 방을 드나드는 경찰들은 손목시계를 차지 않았다.

"지금 바쁘신가요?" 파스토르가 부드럽게 물었다. "괜찮으시다면 시간을 내주셨으면 하는데요."

키다리 베르톨레는 잠시 미소를 지었다. 파스토르 이 자식, 말을 귀엽게 하네. 목소리도 정말 부드럽고.

"꼬마야, 네가 원하면 시간은 언제든지 내줄 수 있지."

"개인적인 문제라서요." 파스토르는 베르톨레를 바라보며 미안한 어조로 말했다.

"베르톨레, 그만 나가봐. 그리고 파스키에한테 메를로티 사건 잠복 인원을 두 배로 늘리라고 해. 그 이탈리아 놈이 똥 싸러 가는 것까지 나한테 보고하라고 해."

베르톨레는 지시 사항을 받고는 문을 닫고 나갔다. 틀이 알루미늄으로 된 두꺼운 불투명 유리문이었다.

"꼬마야, 맥주 한잔 할래?" 세르케르가 물었다. "총싸움하는 걸 보니 그래도 겁이 좀 났지?"

"예, 조금은요." 파스토르가 인정했다.

세르케르는 벽에 붙은 냉장고에서 맥주 두 병을 꺼내 뚜껑을 딴 후 젊은 형사에게 한 병을 건네고는 흰색 가죽 안락의자에 몸을 던졌다.

"앉아. 그래, 얘기해봐."

"제 얘기에 흥미가 있으실 겁니다."

맥주는 맥주였다. 친해지는 데는 맥주가 최고다. 세르케르는 파스토르를 좋아했다. 파스토르가 끝부분을 십자로 갈라놓은 9밀리미터 탄환을 내려놓자 호감은 더 커졌다.

"이 탄환은 바니니를 살해한 총에서 나온 겁니다. 사제(私製) 탄환이죠."

총경은 탄환을 엄지와 검지로 집어 돌려 보면서 한참 동안 고개를 끄덕였다.

"총기도 확보했어?"

"총기와 범인을 확보했고 범행 동기까지 파악했습니다."

세르케르가 바라보자 청년은 흑백사진 대여섯 장을 건넸다. 바니니가 실력을 발휘해 땅에 쓰러진 시위 참가자들을 브래스너 클로 내려치는 사진이었다. 그중 한 명은 얼굴이 터지고 눈알이 눈두덩이 밖으로 튀어나와 있었다.

"이걸 어디서 찾은 거야? 벤 타예브의 부하들 집을 전부 수색했지만 아무것도 못 찾았는데."

"말로센의 집에 있었습니다." 파스토르가 말했다. "은밀히 훔쳐 왔죠. 제가 다녀간 것도 눈치 못 챘을 겁니다."

"범행 도구는?"

"마찬가집니다." 파스토르가 말했다. "P38 권총입니다. 총경님께서 옳았습니다. 그것도 말로센의 집에 있었습니다."

세르케르는 자기 앞에 앉아 있는 청년을 바라보았다. 샤브랄을 쓰러뜨린 걸로도 모자라 오래전부터 자기 팀이 총동원되어 찾던 것들을 쟁반에 담아 들고 온 것이다.

"어디서 단서를 얻고 찾아 들어간 거야, 꼬마야?"

"이게 다 총경님 덕입니다. 총경님 말씀대로 벤 타예브가 저를 놀려먹은 거라는 생각이 들었습니다. 저는 놀림당하는 것을 좋아하지 않습니다. 게다가 저는 원래 말로센이 죽이려고 한 여자를 수사하던 중이었습니다. 그러다보니 총경님 관할 사건에 끼어들 수밖에 없었습니다."

세르케르는 신경 쓸 것 없다고 고갯짓을 했다.

"그다음엔?"

파스토르는 불편한 듯 미소를 지었다.

"이미 제 신상 기록을 보고 아실 거라고 생각됩니다만, 저는 돈이 많습니다. 막대한 유산을 물려받았죠. 거액 앞에서는 아무리 의리 있는 자도 밀고자가 될 수 있습니다."

"카빌리아 사람 시몽?"

"예를 들자면요. 그리고 모시족 모도 있죠."

세르케르는 맥주를 한참 들이켰다. 거품 덩어리가 콧수염에서 모두 기화되자 그가 물었다.

"그래, 자네가 파악한 진상을 설명해보게."

"간단합니다." 파스토르가 말했다. "벤 타예브에 대한 총경님의 말씀은 옳았습니다. 그는 분명 마약을 유통시키고 있죠. 하지만 조직의 우두머리는 말로센입니다. 흠잡을 데 없는 가장(家長)인 척하면서 숨어 있는 것이죠. 타예브와 말로센은 독창적인 아이디어를 냈습니다. 마약 시장을 젊은이들에서 노인들 쪽으로 옮긴다는 것이죠. 그들은 나중에 사업을 확장하겠다고 굳게 결심하고 일단 벨빌에서 일을 시작했습니다. 그런데 바니니는 욕먹을 짓은 많이 했어도 바보는 아니었죠(저와는 방식이 다르지만 그 친구도 증인의 입을 여는 데는 확실한 노하우가 있었죠). 결국 바니니가 이 일을 감지한 겁니다. 그래서 그들이 바니니를 죽인 것이고요. 그렇게 된 겁니다. 아니, 말로센이 죽였다고 해야겠군요. 자기들이 사진을 갖고 있는 한 경찰에서 일을 크게 만들지 못할 거라고 생각한 거죠. 그 사진들은 마약반 입장에서는 너무나 치명적인 것이니까요."

파스토르는 잔을 비우고 결론을 내렸다.

"하지만 이제 사진은 총경님 손에 들어왔습니다. 원판 필름도요."

세르케르 총경의 사무실에는 시간이란 것이 존재하지 않았다. 세르케르가 질문을 던졌을 때 파스토르는 그사이 얼마나 시간이 흘렀는지 알 수 없었다.

"그래서 내가 원하는 걸 이렇게 공짜로 주는 건가?"

"그건 아닙니다." 파스토르가 말했다. "대가로 원하는 게 있습니다."

"말해봐."

파스토르 형사는 놀라울 만큼 어린애 같은 미소를 지었다.

"선물의 대가로 맥주 한잔 더 주시면 안 되겠습니까?"

세르케르는 세르케르다운 웃음을 터뜨리고는 냉장고 앞에 섰
다. 그는 파스토르에게 등을 보이고 있었다. 알루미늄 책장 위쪽
에 박아놓은 미니 냉장고의 내부 조명으로 그의 상반신은 역광
을 받아 노란빛을 발산하고 있고 몸의 나머지 부분은 사무실의
공허한 조명 속에 남아 있었다. 세르케르가 양손에 맥주를 한 병
씩 쥐고 여전히 파스토르에게 등을 보이고 있는데 파스토르가
기운 없는 목소리로 말했다.

"나를 죽이려고 하지 말았어야죠, 세르케르."

세르케르는 몸을 돌리지 않았다. 냉장고 문은 닫혔지만 그는
양손에 맥주를 들고 등을 위험에 노출시킨 채 이 무시간적 조명
속에서 꼼짝하지 않고 서 있었다.

파스토르는 쾌활하게 웃었다.

"뒤로 돌아요! 총을 겨누고 있지 않아요! 날 죽일 생각을 하지
말았어야 했다는 얘기를 하는 것뿐이에요."

세르케르는 몸을 돌리자마자 파스토르의 손을 쳐다보았다.
정말이었다. 파스토르는 그에게 총을 겨누고 있지 않았다. 세르

케르는 천천히 오래 숨을 내쉬었다.

"날 죽이려고 했다고 뭐라고 하는 게 아니에요. 그 생각이 틀렸다는 얘길 하는 거라고요."

세르케르는 순간 어린애 같은 표정을 지었다.

"내가 그런 게 아니야!"

아이들은 거짓말을 할 때 소리를 크게 지른다. 진실을 말할 때는 더 크게 지른다. 파스토르는 자기 앞에 서 있는 사람을 믿었다.

"그러면 퐁타르 델메르였나요?"

세르케르는 인정했다.

"그자의 딸이 투신자살하기 전에 남긴 유서에서 네 얘기를 했어. 퐁타르는 복수를 하고 싶어했지. 나는 바보 같은 짓이니 그만두라고 했어."

파스토르는 한참 동안 고개를 끄덕이면서 그 말을 인정했다.

"퐁타르가 언제는 바보짓을 안 했나요? 그럼 이제 맥주 좀 마실까요?"

그제야 뚜껑을 따고 잔을 채우면서 맥주병은 기뻐서 오래도록 전율을 발산했다.

"우선, 경찰을 죽이는 건 바보짓이죠. 안 그래요?"

파스토르는 미소를 지으며 세르케르에게 물었고, 세르케르는 웃음 없이 고개를 끄덕였다.

"그리고 바보 둘을 시켜서 그런 일을 하는 건 더 바보짓이죠."

세르케르의 잔은 여전히 손도 대지 않은 상태였다.

"벌써 한 번 실패한 경험이 있는 놈들을 썼다는 건 말할 것도 없고요. 말이 나왔으니 말인데, 만약 다른 놈들이라면 내 손에 장을 지져요."

파스토르는 세르케르의 **머릿속에서** 두 귀가 쫑긋 서는 것을 보았다. 근육질 콧수염의 커다란 가면은 이제 태연함을 되찾았다.

"걔들은 코랑송 기자를 죽이는 일도 실패했거든요, 세르케르. 걔들은 코랑송에게 약물을 투여하고 센 강에 던졌는데 그게 지나가던 바지선에 떨어졌어요. 근데 걔들은 그것도 몰랐어요!"

"병신 새끼들." 세르케르가 내뱉었다.

"저도 걔들이 병신이라고 생각해요. 그녀를 어디서 내던졌는지 알아요?"

세르케르는 고개를 저었다.

"퐁뇌프 다리요. 우리 건물 바로 앞이요. 그러니 당연히 목격자가 있죠. 바니니가 살해된 날 밤이었어요."

파스토르는 한 문장씩 끊어 말해 맞은편의 두뇌가 흡수할 시간을 주었다. 그 두뇌가 팽팽 돌아가고 있는 것이 느껴졌다. 인생을 살다보면 사람이 정말 컴퓨터와 비슷해지는 상황이 있다.

겉으로는 아무리 매끈해 보여도 속에서는 뉴런이 미친 듯이 깜박거리고 있는 것이다. 세르케르는 사태의 심각성을 깨닫고 하나뿐인 가능한 해결책을 택했다.

"파스토르, 장난은 그만 하고 까놓고 말해. 뭘 알고 있는지, 어떻게 알았는지, 그리고 원하는 게 뭔지. 알겠어?"

"알겠어요. 처음에는 바지선에 떨어진 여자 사건을 수사하고 있었어요. 그 여자는 지금도 코마 상태예요. 그녀가 기자라는 것을 알게 되고 그 여자의 취재 스타일을 파악하고 나니까 그녀가 어떤 더러운 일의 냄새를 맡아서 누가 입을 막으려고 한 게 아닐까 생각하게 되었죠. 여기까지는 이해되시죠?"

세르케르는 고개를 끄덕였다.

"그 여자 집을 수색하러 갔는데 말로센이라는 자를 만났어요. 그자는 미친 듯이 도망가다가 티안 영감하고 부딪혔고 그 바람에 사진 몇 장을 떨어뜨렸어요. 에디트 퐁타르 델메르의 사진이었어요."

잠시 시간이 흘렀다. 세르케르는 고개를 끄덕였다.

"훌륭한 경찰이 다 그렇듯이 저도 마약반에서 연수를 받았거든요. 근데 그 여자 얼굴이 낯이 익더라고요. 그래서 파일을 뒤져보니까 80년에 총경님이 분명히 체포한 적이 있더군요. 그래서 이 여자가 마약 밀매에 다시 손을 댔고 그 사진들은 증거 자료일 거라고 생각했어요. 하지만 말로센이 그 사진들을 코랑송에게 갖다 주려고 한 건지 코랑송의 집에서 훔쳐온 건지 알 수가 없었어요. 근데 이 문제는 총경님이 본의 아니게 도와주셨지요."

내가? 어떻게? 하는 눈빛이었다.

"저한테 아두슈 벤 타예브를 요리해보라고 하셨잖아요. 기필코 바니니의 복수를 하고 싶어하셨죠. 물론 타예브의 목을 원했고요. 하지만 총경님이 압수하신 폐기 약물은 구청에서 나왔다, 훈장 수여식 도중에 구청 간호사가 한 노인네에게 주었다, 이렇게 얘기하니까 제 말을 믿지 않으셨죠. 기억나세요?"

뭔가 이해되기 시작한다는 표정으로 세르케르는 고개를 끄덕였다.

"그런데 총경님은 너무 서둘러 부인을 하시더라고요. 왜 믿지 않으려는 걸까? 그게 그렇게까지 말도 안 되는 일일까? 저는 호기심에 한번 확인해봐야겠다고 생각했죠. 그래서 확인했고요."

잠시 시간이 흘렀다. 한 모금을 마셨다. 맥주는 맛이 좋았다.

"근데 이상한 점을 발견했어요. 그날 아침 11구 구청에서 있었던 50주년 훈장 수여식 말이에요. 노인에게 훈장을 달아준 사람이 고령자 담당 정무차관 아르노 르카플리에였어요."

'무슨 얘기를 하려는 거야? 대체 어디까지 가려는 거야?'하는 투로 세르케르의 눈살이 찌푸려졌다.

"근데 말로센이 떨어뜨린 사진 하나를 보니까, 에디트 퐁타르 델메르가 앞쪽에 있고 뒤쪽 연단에는 르카플리에가 있더군요. 무슨 말인지 아시겠어요? 그 반지르르한 멋진 머리카락하며 콧등이랑 턱 보조개로 내려오는 가르마하며……"

(알았으니까 좀 대충 해라……)

"그다음은 저절로 풀려나갔어요. 저는 에디트를 며칠 동안 미행했어요. 잘생긴 고령자 담당 정무차관 아르노가 주관하는(직책이 직책이니까요) 노인 관련 행사에는 항상 얼굴을 내밀더군요. 아주 공식적이고 깨끗해서 아무도 의심하지 않을 그런 장소죠. 그리고 매번 그녀는 꼬부랑 노인네들을 한 떼거리씩 유혹했고, 매번 약봉지가 은밀하게 그녀의 가방에서 노인네들의 주머니로 건너가더군요."

침묵. 또 침묵. 진실의 투명한 빛 속에서 시간은 멈춰버렸다.

파스토르가 진짜 놀란 표정으로 말했다.

"그런데 식장마다 경찰이 꼭 한 명은 있더라고요. 로덴 코트나 가죽점퍼를 입은 마약반 형사가요. 패션도 보스를 따라가나 봐요."

보스는 점점 이해가 되기 시작했다. 카드로 지은 성이 슬로모션으로 무너지는 것 같았다.

"형사들이 그녀가 하는 짓을 눈치 채지 못하는 게 이상했어요. 그녀가 별로 조심하지도 않았는데 말이에요. 그래서 생각했죠. 혹시 그들은 **그녀를 보호하기 위해** 나온 게 아닐까? 그녀가 일을 하는 동안 생길지도 모르는 위험을 막아주려고 나온 게 아닐까? 세르케르, 어떻게 생각해요?"

"알았으니까 얘기나 계속해."

"그래서 에디트 퐁타르 델메르를 찾아갔어요. 당연히 저는 이 가설들을 증거인 것처럼 제시했죠. 그녀는 제 가설들을 확인해 주었어요. 자백을 했죠. 하지만 진술서에는 서명하지 않으려 하더군요. 근데 저도 그 방면에는 노하우가 있죠. 샤브랄 사건 때 총경님도 칭찬하셨던 것처럼요."

세르케르의 맥주에는 거품이 하나도 남아 있지 않았다. 하지만 맥주는 끔찍하게 산소를 결핍한 채 그곳에 그대로 고여 있었다. 파스토르의 목소리가 들렸다.

"에디트 퐁타르 델메르를 찾아가기에 앞서 다른 조사를 했어요. 아주 간단한 서류 검색이었죠. 사건이 있을 때마다 늘 하는 일상적 조사죠. 저는 이 예쁜 아이가 뉘 집 따님인지 알고 싶었어요. 아버지가 건축가 퐁타르 델메르더군요. 훌륭한 직업이죠. 말도 번지르르하게 하고요. '인간과 건축 공간의 합일'…… 그가 전에 한 강연 제목이었어요. '모든 아파트가 그곳에 깃든 신체의 리드미컬한 발현이 되기를……' 진짜 이렇게 말했다니까요. 멋있지 않아요?"

"계속해." (잔에는 여전히 손도 대지 않았고 목소리는 무뚝뚝하다.)

"그러죠. 저는 파리 시청에 전화를 했어요. 지적과에요. 퐁타르 델메르가 수도에 벌여놓은 건설 현장들이 어떤 성격의 것인지 알아봤죠. 알고 보니 그는 새 건물을 지어 파리의 외관을 바꿀 생각이 없더군요(그가 브레스트와 벨빌에 해놓은 짓을 생각하면 고마운 일이죠). 그의 건축법은 '내부 리모델링'이었어요. 달리 말하면 파리의 외적인 건축 형태는 그대로 두고 자기 건축 사무소의 자회사에서 구입한 아파트들의 내부를 개조하는 것이죠. 저는 이 아파트들의 목록을 뽑아봤어요. (지금까지는) 총 2,800개더군요. 그 아파트들의 이전 소유자들이 누군지 뒤져봤어요. 97퍼센트가 독거노인이더군요. 대부분이 가족도 없이 병원에서 사망했고요. 병원 몇 군데에 전화를 해서 이 노인들이 왜 죽었는지 알아봤어요. 거의 전원이 정신병원에서 노인성 치매로 죽었더군요. 그 결과 아파트는 비게 되었고요⋯⋯"

이번의 침묵은 진정 영원한 침묵이었다. 그곳에 서 있는 나이를 짐작할 수 없는 젊은이는 시간의 소유자였다.

"요약할까요?" 파스토르가 물었다.

침묵, 당연히 침묵.

"좋아요, 요약하지요. 아주 간단히 정리하면 이 사건은 이렇게 됩니다. 파리에는 희망 없는 독거노인이 굉장히 많이 살고 있죠. 이 노인네들의 아파트를 헐값에 구입해서 퐁타르 델메르가 심혈을 기울이고 있는 '최고로 인간적인 건축'의 규범에 따라 개조를 한 후 거장의 작품에 걸맞은 가격으로 되팔면 5백에서 6백 퍼센트의 이익이 납니다. 문제는 아파트가 비어야 한다는 것이죠. 노인은 왜 죽을까요? 늙어 죽는 거죠. 노화를 재촉하는 것이, 노화의 마지막 단계에 가속도를 붙이는 것이 대단한 범죄일까요? 쉽게 답할 수 없는 문제죠. 심지어 인도적 처사라고 볼 수도 있을 테고요. 이렇게 되면 양심에 거리낄 일도 없으니 노인들이 마약 시장에서 돈주머니를 열게 할 수 있죠. 제가 말이 좀 많군요. 맥주 한잔 더 하고 싶은데요."

로봇이 자리에서 일어난다. 로봇은 작은 냉장고의 문을 연다. 로봇은 뚜껑을 딴다. 로봇은 다시 앉는다.

"마약 시장을 어린애들에서 노인들로 옮기는 것은 거의 도덕적인 일인 데다 막대한 이익을 가져다주죠. 마약 단속반을 책임지고 있는 세르케르 총경의 비호와 고령자 담당 정무차관의 축복이 있으니 고객들은 의심을 받을 리도 없고요. 완전히 황금 시장이죠. 마약상을 어디서 찾느냐고요? 어려울 게 뭐 있어요? 마약반 파일에 올라 있는 놈들 중에 골라서 고용하면 그만인걸요.

본인은 마약에 다시 손대지 않는다는 단서를 달아야겠죠. 에디트 퐁타르 델메르같이 믿을 수 있는 사람들로요. 그리고 충분한 급료를 지불하는 거죠. 자본은 충분하니까."

여전히 조용한 조명이 비치고 있고, 진실은 점점 여실히 드러나고 있었다.

"그런데 여기자 하나가 이 사업의 냄새를 맡은 거예요…… 첫번째 불운이었죠."

그렇다, 엄청난 불운이었다. 끈질기게 거치적거리는 일이었다.

"그렇게 된 거죠. 제가 아는 얘기는 다 했어요. 제 얘긴 끝났습니다." 파스토르가 말했다.

그는 일어나지 않았다. 멋진 검은색 야생마를 완전히 꺾어버린 로데오 챔피언처럼 세번째 맥주를 마시면서 그 자리에 있었다.

"알았어, 파스토르. 원하는 게 뭐야?"

처음에 그는 대답이 없었다. 그러더니 한마디를 덧붙였다. 유용한 정보였다.

"제 보스인 쿠드리에는 아무것도 몰라요. 그는 코랑송 살해, 노파 연쇄 살인, 마약 밀매 혐의로 말로센을 쫓는 데 주력하고 있지요."

사람의 얼굴에서 긴장이 풀리는 것을 보는 것은 근사한 일이다. 안도하는 광경만큼 평화로운 것도 세상에 없다. 세르케르 총

경은 자기 앞에 앉아 있는 젊은 파스토르에게 그런 광경을 제공
하면서 소리를 질렀다.

"젠장, 맥주가 미지근해졌잖아!"

다시 냉장고까지 왕복.

"그래, 꼬마야, 원하는 게 뭐야?"

"우선 나를 '꼬마'라고 부르는 것부터 그만둬요. 요즘 들어 키
가 좀 큰 것 같으니까."

우호적 분위기의 종말.

"알았어, 파스토르, 원하는 게 뭐야?"

"총수익의 3퍼센트요. 3퍼센트."

"너 미쳤어?"

"정신 말짱해요. 3퍼센트. 그리고 잊지 마세요. 나는 장부나
회계 같은 것에 어둡지 않아요. 내 재산을 훌륭하게 관리하고 있
다고요. 아무튼 내일 퐁타르 델메르와 약속을 잡아주세요. 셋이
모여서 계약의 세부 사항을 합의해야죠."

총경의 이마 뒤에서 회계사 한 부대가 부산을 떨기 시작했다.

"세르케르, 계산 그만 해요. 내가 맨손으로 온 줄 알아요? 지
참금도 두둑이 가져왔잖아요. 일단 당신은 내 손안에 있어요. 진
상을 폭로하지 않는 대신 3퍼센트를 받는다는 게 오히려 너무
싼 거 아닌가요? 하지만 무엇보다 나는 말로센을 데려올 수 있

다고요. 조금 전에 증명한 것처럼 그자는 바니니 살해, 노파 연쇄 살인, 노인 상대 마약 밀매 할 것 없이 범인으로 딱 들어맞아요. 이상적인 희생양이죠. 게다가 말로센도 좋아할 거예요. 그자는 원래 천성적으로 희생양 역을 하고 살거든요."

그때 전화가 울렸다.

"무슨 일이야?" 세르케르가 수화기를 들고 으르렁거렸다.

"응, 여기 있어."

그러더니

"파스토르, 네 전화야."

전화기가 손에서 손으로 넘어갔다.

"예?" 파스토르 어린이가 말했다. "예, 의사 선생님, 전데요, 예. 뭐라고요? 그 사람들 왜 그런 짓을 했대요? 아, 그래요, 알겠습니다. 예, 알겠어요…… 아니요. 그 여자는 피의자가 아니에요. 아니요. 그렇게 심각한 일은 아닌 것 같은데요. 예, 해결할 수 있을 거예요…… 선생님, 진짜 그러실 필요 없어요…… 아니요, 아니에요. 괜찮다니까요…… 그렇죠, 예, 안녕히 계세요."

파스토르는 부드럽게 전화를 끊고 한동안 꿈꾸는 듯 미소를 지었다.

"세르케르, 덤으로 자그마한 선물 하나 드릴게요. 말로센이 생루이 병원에서 쥘리 코랑송을 납치했다네요. 치료를 제대로 못 받고 있다고 생각했대요. 그 여자는 말로센의 애인이거든요. 한번 생각해보세요. 여자는 지금 그자의 집에 있어요. 내 생각에는 여자가 그 집에서 죽으면 완벽할 것 같은데 말이죠."

마지막으로 미소를 짓고 그는 자리에서 일어났다.

"하지만 그 문제도 내일 퐁타르 델메르 집에서 처리하도록 하죠. 오후 세시 삼십분쯤이 어떤가요? 잊지 마세요. 3퍼센트예요."

31

　과부 호씨는 어깨가 아팠다. 뼈를 감싼 얼마 안 되는 살집에 관통상을 당했다. 과부 호씨는 정말 억울한 팔자라고 생각했다. 그 불량배가 몇 센티미터만 몸 안쪽으로 쐈으면 과부 호씨는 이 자리에 없었을 것이고, 큰 안도감을 느꼈을 것이다. 하지만 안도는커녕 과부 호씨는 여전히 어깨에 구멍이 뚫린 채 살아남아 자기 주위에서 벨빌이 무너지는 것을 바라보고 계단 밑에서 쥐들의 똥오줌 냄새가 올라와 코밑에서 '아시아의 천 가지 꽃' 향수의 향기를 밀어내는 것을 느끼고 있었다. 과부 호씨는 아마르 영감의 쿠스쿠스와 꼬치 요리가 접시에서 식는 것을 보면서도 배가 고프지 않았다. 과부 호씨는 마지막 남은 루쿰 사탕을 들고 돌아간 꼬마 레일라가 미웠다. 과부 호씨는 그 소녀에 대한 자신의 증오가 부당한 것을 알고 있었지만 그 덕에 어깨의 통증을 견딜 수 있었다. 과부 호씨는 외롭고 실패한 늙은 홀아비 경찰로 사는 것이 지긋지긋했다. 변장하고 벨빌에 잠입하는 것이 자기 생각이었기에 더 화가 났다. 존경하는 상관인 쿠드리에 총경에게 매우 공식적으로 제안한 것도 본인이었다.

"미끼가 되겠다는 건가, 티안? 괜찮은 생각인데. 즉시 계좌를 하나 열어주겠네. 근데 통장을 누구 이름으로 하지?"

"호치민이요."

조상들의 땅인 인도차이나와 베트남에 대해 아무 지식이 없었던 티안이 머리에 처음 떠올린 이름은 호치민과 지아프 장군이었다. 하지만 과부 호씨는 과부 지아프 씨가 되고 싶지는 않았다. 과부 호씨는 자비를 베풀어 목을 따줄 사람이 오기를 기다리며 꼭대기 층에 파묻혔다. 그 건물은 세대의 절반이 입주자가 없어 폐쇄되어 있었으며 살인자는 오지 않았다. 상처를 삐죽삐죽한 화학섬유 가제로 싸맨 채 팔피움 기운에 완전히 취해 있었지만 과부 호씨는 어느 때보다 정신이 맑았다. 그녀는 자기 자신에게 실망했다. 그녀의 상관도 실망했을 것이다. 가장 답답한 것은 그녀가 다시 반 티안 형사로 돌아가는 밤 시간에 사무실을 같이 쓰는 젊은 곱슬머리 형사에게 실력을 보여줄 수 없다는 것이었다. 요즘 세상에 보기 드문 부드러움을 갖춘 데다 성품도 곧은

이 파스토르라는 청년에게 존경받을 수만 있다면 과부 호씨는 무엇이든 했을 것이다. 그것도 실패했다. 그리고 오늘 밤 그녀는 갑자기 자기 자신과 마주하게 되었다. 자기가 저지른 배신의 기억과 함께. 최근 들어 과부 호씨가 거둔 성공이라고는 착한 사람을, 고귀한 영혼을 가진 세르보-크로아티아 사람을 배신한 것뿐이었다. 자기보다 더 헌신적으로, 아마 더 효과적으로, 벨빌의 노부인들을 지켜주는 사람이었다. 과부 호씨는 앞집 친구 돌고루키가 살해당하도록 내버려두었다. 태국식 원피스를 입은 유다, 그것이 과부 호씨의 모습이었다.

과부 호씨는 졸기 시작했다. 얼마 지나지 않아, 고통의 편린들에 찢겨나가는 뒤숭숭한 꿈 사이사이로 세르보-크로아티아인이 되살려낸 모친의 모습과 미소를 지으며 꿀 냄새* 나는 구름 속을 떠다니고 있는 키 작은 부친의 모습이 보였다. 그때 토실토실한 턱의 보조개까지 가르마 선이 이어지는 금발의 얼굴이 보였다. 그 얼굴은 부모님의 재판에서 검찰 측 증인으로 나와 증언을 하고 있었다. 재향군인 담당 정무차관의 번지르르한 얼굴이었다. 그는 국립행정학교 출신의 새파란 애송이 관료로, 불법 아편굴은 인도차이나 참전용사들에 대한 모욕이라고 말했다. 그는

---

* 아편 중독자들은 아편의 쓴맛을 희석시키기 위해 흔히 꿀을 섞었다.

이런 때 어떤 식으로 얘기해야 하는지 알고 있었다. 그의 이름은…… 이름이 뭐였지? 이름에 '샤포'나 '셀리에'가 들어갔는데.* 그자가 지금은 고령자 담당 정무차관이 되었다…… 과부 호씨의 부모는 감옥에 갔고, 반 티안 형사는 그 참사를 막을 수 없었다. 몽카이 출신의 늙은 부친은 감방에서 쇠약해져갔다. 부친은 체중이 너무 줄어서, 티안이 마지막으로 면회를 가서 감옥 내 의무실에서 껴안았을 때는 커다란 나비 표본 같았다. 실제로 생전에 그의 손을 잡으면 나비를 만진 것처럼 가볍게 팔딱거리곤 했다. 그후 과부가 된 모친 루이즈는 석방되어 망령이 난 채로 정신병원에 수감되어 영영 휴식을 취하게 되었다. 그녀는 병원 약제실의 붙박이장에 들어 있던 약들을 몰래 집어삼켜 약물 과다 복용으로 사망했다. "하지만 선생님, 약장은 분명히 자물쇠로 잠가두었단 말이에요. 직접 확인해보세요." 티안은 포도주 창고를 팔았고, 몇 년 후 그곳에는 골프장을 오븐 속에 넣고 깜박 잊은 것 같은 초록색 수포 모양의 종합체육관 겸 사이클 경기장이 건설되었다.** 홀아비 티안의 비밀을 지켜주고 있는 과부

* 샤포(chapeau)는 '모자', 셀리에(cellier)는 '포도주 지하창고'라는 뜻. 당연히 이것은 앞에 잠시 등장했던 아르노 르카플리에(Arnaud Le Capelier)를 두고 하는 말이고, 포도주 창고는 말할 것도 없이 티안 모친의 사업을 말한다. 모자는 '죄를 뒤집어씌우다'라는 뜻을 가진 '모자를 씌우다(faire porter le chapeau)'라는 표현과 연관이 있는 듯하다. 소릿값 면에서도 두 단어는 이 인물의 이름과 유사하다.

호씨는 그의 불행에 눈물을 그치지 않았다. 티안은 부모님뿐 아니라 키다리 자닌마저 잃었다. 숙련된 손길로 그의 몸에서 가장 작은 것을 엄청나게 크게 만들어주던 자닌 말이다. 자닌은 죽었다. 그렇게 덩치 좋은 여자가 어떻게…… 믿을 수 없는 일이었다. "그래도 제르베즈가 있잖아." 자닌의 마지막 말에는 덧없는 미소가 담겨 있었다. 그건 사실이었다. 키다리가 이승에 남긴 딸 제르베즈가 있었다. 그녀는 티안의 친딸은 아니었지만 친딸이나 다름없었다. 그애에게는 빨갱이 책이라고 알려진 책에서 가져온 빨갱이 이름을 지어주었다.*** 하지만 이름이 그런데도 그녀는 신앙에 걸렸다.**** 그녀는 그 예쁜 곱슬머리를 베일 밑에 감추었다. 이런 세상에서 어떻게 신앙에 걸릴 수가 있는가? 티안에게 그것은 키다리 아내의 불치병보다 더 나쁜 결과를 가져왔다. 이제 제르베즈는 없는 것이다. 제르베즈는 자신의 목표에 헌신하느라 바쁘다. 영웅들에겐 부모가 없다. 낭테르의 매춘 여성 재활 쉼터에서 창녀들을 착한 하느님과 화해시키고 있다. 창녀는

** 1984년에 개관한 베르시 종합체육관은 외관이 잔디로 덮여 있고 뒤쪽에는 넓은 녹지가 있다.

*** 제르베즈는 에밀 졸라의 소설 『목로주점』의 여주인공 이름이다.

**** 여기서 신앙은 질병으로 간주되고 있다. 원문은 attraper la Foi인데, 이것은 attraper froid(감기에 걸리다)라는 표현을 살짝 비튼 것이다. 불어에서 신앙(foi)과 감기(froid)라는 단어는 발음이 유사하다.

그녀의 모친 키다리 자닌의 직업이었다. 티안이 자닌을 숭배하게 되어 툴롱에서 포주 짓을 하고 있는 처갓집 식구를 모조리 감옥에 처넣기 전까지 말이다. 처남들, 사촌들은 땅꼬마 황인종 짭새를 죽여버리겠다고 코르시카어로 맹세했다. 아무 일도 없었다. 다들 감옥에 갔다. 지금 와서 결산을 해보면 죽은 이들도 있고, 아직 감옥에 있는 이들도 있고, 제르베즈는 하느님과 살고 있고, 과부 호씨는 너무 외로운 나머지 그녀의 외로움을 달래줄 여력이 없는 이 패배한 홀아비를 품에 안고 홀로 있었다. 과부 호씨는 자기도 기도를 하고 있는 것을 깨달았다. 갑자기 맥이 풀렸다. 그녀는 타들어가는 입술로 기도했다. 하느님, 저에게 살인마를 보내주세요. 이제 비웃음 좀 그만 받게 해주세요. 살인마를 보내주시면 제 안의 경찰 반 티안은 재워놓겠다고 약속할게요. 반 티안의 전원을 뽑아놓을게요. 그의 무시무시한 반사신경을 없애놓을게요. 저를 믿지 않으시나요? 보세요, 하느님. 제 마뉘랭 권총을 감춰둔 곳에서 꺼내서 탄알을 뺄게요. 이것 봐요. 탄창과 총을 멀찌감치 던졌잖아요. 하느님, 부탁이에요. 살인마를 보내주세요. 저를 해방시켜줄 사람을 보내주세요.

그녀는 평생 처음으로 거의 공중부양 상태가 되어 이렇게 중얼거리고 있었다. 누구나 아는 것처럼 믿음은 산도 옮긴다. 그녀가 다시 눈을 떴을 땐 벨빌의 살인마가 라마27 권총을 겨누고 있었다. 과부 돌고루키의 가방에서 찾은 총이었다. 살인마는 자신의 방문을 기대하며 과부 호씨가 늘 열어두는 문으로 들어와서, 그녀가 알아들을 수 없는 말을 중얼거리는 것을 한참 동안 쳐다보았다. 살인마는 승리를 만끽하려고 그녀가 눈을 뜰 때까지 참을성 있게 기다린 것이다. 마침내 그녀가 열에 들떠 붉어진 눈꺼풀을 열었을 때 그가 말했다.

"안녕하세요, 형사님."

대번에 깨어난 것은 반 티안 형사였다. 낮은 탁자 뒤에 책상다리를 하고 앉아 있던 티안은 반사적으로 마뉘랭 권총을 무릎으로 찾았다. 마뉘랭 권총은 없었다. 맞은편에 서 있는 자는 소음기를 장착한 라마 권총을 그에게 겨누고 있었다.

"손을 탁자 위에 올려주실래요?"

젠장, 마뉘랭 권총이 없다니. 과부 호씨가 종교적 광증에 빠져 무기에서 탄환을 뺀 후 탄창을 던져버리고(그래, 찬장 밑에 들어갔어) 권총은 다른 쪽으로 던진 것이 문득 생각났다. 하느님 맙소사, 빌어먹을 할망구 같으니! 티안은 지금의 과부 호씨만큼 누구를 미워해본 적이 없었다. 무기를 집기도 전에 저자가 방아쇠를 당길 것이다. 병신 할망구가 노망이 났나! 좃 됐다. 완전히 좃 됐다. 거기까지 생각한 후에야 그는 비로소 방문객의 신원에 관심이 갔다. 저자였어? 말도 안 돼…… 병신 같은 호씨 할망구의 지각없는 기도를 듣고 강림하신 하느님 아버지, 성스러운 머리에 휘황찬란한 백발의 후광을 두른 꼿꼿한 몸의 늙은이가 티안 앞에서 몸을 폈다. 하지만 그는 하느님 아버지가 아니었다. 약쟁이 타락천사였다. 과부 호씨가 말로센의 집에서 만났던 전직 서적상 리송 영감이었다.

"책을 찾으러 왔습니다, 형사님."

리송 영감은 살가운 미소를 지었다. 권총을 손바닥에 딱 고정시켜 잡고 있는 것을 보니…… 그래, 이런 종류의 무기에 익숙한 것이었다.

"책은 읽으셨어요?"

그는 티안이 펴지도 않고 침대 발치에 떨어뜨렸던 작은 분홍색 책, 슈테판 츠바이크의 『체스 이야기』를 들어 흔들었다.

"안 읽으셨죠?"

노인은 미안하다는 듯 고개를 끄덕였다.

"온 김에 형사님이 전에 돈 많은 과부인 척하면서 말로센의 집에 와서 자랑하던 3, 4천 프랑도 가져가려고요."

그는 정말 선한 미소를 지었다.

"벨빌 젊은이들에게 형사님이 이 몇 주 동안 최고의 소일거리였다는 걸 아세요? 늙은 경찰이 베트남 과부로 변장했으니까요. 젊은이들은 나중에 자손들에게 얘기하려고 어떻게든 형사님을 한번 보려고 난리였답니다."

그가 말을 하는 동안에도 라마27은 흔들림 없이 안정되게 목표물을 겨누고 있었다.

"하지만 클라이맥스는 오늘 오후에 형사님께서 불량배 두 명을 죽였을 때였지요. 이제 형사님은 전설의 반열에 오른 거죠."

그는 엄지로 공이치기를 젖혔다. 회전 탄창이 한 칸 돌아가면서 장전되는 것이 보였다.

"형사님이 죽어야 하는 것은 그 때문이에요. 거리의 아이들은 오늘 오후에 본 형사님의 모습을 너무나 좋아하고 있지요. 더 오래 사시면 그 아이들이 실망할 거예요. 전설이 되셔야죠."

회전 탄창의 약실에 든 탄환들이 분명히 보였다. 탄환 하나하나가 포피에 싸인 음경 같았다. 티안은 과부 호씨의 립스틱이 떠올랐다. 립스틱을 봐도 같은 생각이 들곤 했다.

"우리끼리 얘기지만 솔직히 내가 도와드리는 거 아닌가요? 사실 경찰치고는 형사님 실력이 시원치 않잖아요."

티안은 현재 상황을 고려하면 그런 말을 들어도 어쩔 수 없다는 생각이 들었다.

"말로센이 노부인들의 목을 자를 수 있다고 생각했어요?"

그래, 그렇게 생각했다.

"착각도 유분수지! 형사님, 말로센은 진짜 성자예요. 아마 이

도시의 유일한 성자일 거예요. 그 사람 얘기를 해드릴까요?"

그는 얘기를 시작했다. 그는 무기를 쥐고 있었고, 따라서 시간
이 있었다. 그는 말로센이 왜 리송 자신과 다른 세 명의 늙은이
를, 아파트를 빼앗으려는 자들로 인해 마약에 중독되어 빈사 상
태에 빠진 늙은이들을 자기 집에 살게 하는지 이야기했다. 말로
센과 아이들이 그들을 어떻게 간호했는지, 그들이 어떻게 치료
되었는지, 이 믿을 수 없는 가족이 어떻게 해서 그들에게 삶의
이유와 인생의 참맛을 되찾게 해주었는지, 테레즈가 리송 자신
을 어떻게 부활시켜주었는지, 그 집에서 자기가 어떻게 행복을
찾았는지, 자기가 저녁마다 이야기꾼이 되어 소설을 들려줄 때
아이들이 좋아하는 것을 보면 얼마나 기뻤는지 이야기했다.

"그리고 그 때문에라도 형사님을 죽일 수밖에 없습니다."

이 늙은 미치광이가 어린애들에게 소설을 들려주기 때문에
내가 죽어야 한다고? 티안은 이해가 되지 않았다.

"그 소설들은 내 머릿속에서 잠자고 있어요. 아시겠지만 나는
평생 서점에서 일했죠. 읽은 책은 많아도 이젠 기억력이 예전 같
지 않아요. 그 소설들은 잠들어 있고 나는 매번 그것을 깨워야
하죠. 그래서 주사 한 방이 꼭 필요한 겁니다. 교양 없는 과부들
의 돈을 나는 그것에 쓰고 있지요. 그 아이들의 정신을 밝혀주기
위해 내 혈관 속의 문학을 깨워줄 물건을 사야 하니까요. 그게

얼마나 행복한 일인지 아시겠어요? 내 마음이 이해가 되나요?"

아니. 아이들에게 이야기를 해주려고 노파들의 목을 베는 것을 티안은 이해할 수 없었다. 하지만 확실한 것은 평생 경찰을 하면서도 눈에서는 광채가 나고 손은 떨리기 시작하는 이 백발의 남자만큼 위험한 미치광이는 만나본 적이 없다는 것이었다. '빨리 해결책을 찾지 못하면 꼼짝없이 죽겠군.'

리송 영감은 말을 이었다. "예를 들어 오늘 저녁에는 조이스 이야기를 해줄 작정이었어요. 형사님, 제임스 조이스는 아시나요? 몰라요? 이름도 못 들어봤어요?"

마뉘랭의 탄창은 찬장 밑에 있고, 마뉘랭 몸체는 침대 밑에 들어갔는데 보이지 않았다……

"그래서 조이스를 들려줄 거예요! 더블린과 조이스의 아이들을요!"

리송의 목소리가 한 음정 더 올라갔다. 그는 설교자처럼 단조로운 목소리로 읊조렸다.

"아이들은 성배를 깨뜨린 플린을 알게 될 것이고, 황산 공장 근처에서 머호니와 놀게 될 테죠. 죽은 사제의 거실에 어린 향기를 맡게 될 것이고, 온 세상의 바다에 빠져 죽을까 걱정하던 이블린의 두려움을 알게 될 거예요. 나는 아이들에게 더블린을 선물할 거예요. 아이들은 헝가리인 빌로나가 배의 갑판 위에 서서

'동이 틉니다, 여러분!' 하고 소리 지르는 것을 듣겠죠."*

　백발 밑에서 땀이 방울지고, 권총 손잡이를 쥔 손은 점점 더 떨리고 있었다.

　"하지만 그것을 생생하게 되살리려면 내겐 빛이 필요해요, 형사님. 형사님의 돈이 내 혈관에 퍼뜨려줄 빛이오!"

　티안은 "탕" 소리를 듣지 못했지만 그를 벽으로 밀치는 충격은 의식했다. 그는 머리가 벽에 부딪혀 튕기는 것을 느꼈고, 자기가 상대의 무기를 빼앗겠다는 말도 안 되는 생각으로 갑자기 무릎을 펴고 일어서서 앞으로 몸을 날리는 것을 인식했다. 그때 두번째 충격이 왔고, 그는 다시 벽에 부딪혔으며, 벌써 부상을 입은 그의 어깨가 눈에 불똥이 튈 만큼 비명을 지른 뒤에는 암흑이었다…… 의식에 마지막으로 떠오른 것은 나이를 짐작할 수 없는 베트남 여자의 품 안에서 젖먹이 아기가 종알거리는 모습이었다.

---

* 리송은 제임스 조이스의 『더블린 사람들』을 언급하고 있다.

32

키 큰 백발 노인이 올라가는 것을 보자마자 꼬마 누르딘은 숨어 있던 곳에서 나왔다. 누르딘은 층계 밑에서 빠져나와 달리기 시작했다. 레일라와 레일라의 친구들 뒤꽁무니를 쫓아다닐 때보다 백 배는 빨리 뛰었다. 그는 '쿠투비아'에, '룰라네'에, '뤼미에르 드 벨빌'에, '사프사프네'에, '굴레트'에 들러 물었다.* 카빌리아 사람 심, 카빌리아 사람 심 봤어요? 카빌리아 사람 시몽을 만나야 하는데.

메르게즈 소시지가 지글지글 구워지는 소리를 들으며 뛰었고, 박하꽃 무늬 식탁보 사이로 달렸고, 쇼윈도에서 대추야자 열

---

* 모두 식당, 술집, 카페의 이름이다.

매를 훔칠 생각도 않고 뛰었고, 흑인들이 어둠에 섞여 분간되지 않는 복도에서 본토 게임*을 두세 차례 했다. 누르딘이 모시족 모의 복부 근육을 들이받은 것은 그 어둠 속에서였다.

"심은 왜 찾아?"

"심은 내 말을 믿지 않았어." 꼬마 누르딘이 소리를 질렀다. "면도칼 살인마가 노인이라고 했는데 믿지 않았어. 지금 확인해 보라고 해. 전에 봤던 그 흰머리 노인이 과부 호씨네 집에 올라 갔어."

"여장 남자?"

"응, 과부인 척하는 경찰 집에. 늙은 살인범이 그 집에 올라갔어. 지금 가서 확인해봐, 그 사람이 면도칼 살인마야. 가서 보라니까! 과부 돌고루키를 죽인 것도 그 사람이었어."

모시족 모는 몸을 돌려 어둠 속을 바라보았다.

"마무드, 잠깐 내 자리 좀 봐줘. 금방 돌아올게."

그러고는 아이의 팔꿈치를 잡았다.

"가자, 누르딘, 가는 길에 심을 데리고 가자. 거짓말이었다간 메르게즈 소시지를 구울 수 있을 만큼 열나게 엉덩이를 때려줄 거야!"

---

* 65쪽 두번째 각주 참조. 사람을 찾느라 한 명씩 붙잡고 확인했다는 뜻.

"절대 거짓말 아니야, 내 엉덩이를 걸고 맹세해, 그놈을 잡으려고 보름째 계단 밑에 숨어 있었다고. 그 늙은이가 면도칼 살인마라니까! 바로 그 사람이야!"

＋

그들은 키 큰 백발의 늙은이가 건물을 나오는 것을 붙잡았다. 눈에는 신열이, 살가죽에는 전율이 돌고 있고 얼굴은 땀에 젖어 거울처럼 반사되는 것을 보니 확실했다. 이 노인네는 제정신이 아니었다. 시몽은 라마27 권총을 대신 들어준 후 그를 지하실로 끌고 갔다. 그동안 모시족은 과부 호씨의 혈압을 확인하려고 계단을 뛰어올랐다. 누르딘은 다시 층계 밑에 숨었다. 망을 봐야 했다.

영감은 처음에는 마약상들의 눈에 띈 것이라고 생각했다. 그는 돈을 보여주고 손을 내밀었다. 보통 거래는 2초 이상 걸리지 않았다. 이번에는 더 오래 걸렸다. 카빌리아 사람 시몽은 공손하게 돈을 거절했다. 지하실에서는 역한 오줌 냄새와 곰팡 슨 가죽 냄새가 났다. 다 해진 안락의자가 어둠 속에서 팔을 내밀었다. 시몽은 늙은이를 거기에 앉혔다.

"영감, 약 맞고 싶어? 금방 줄게."

그는 점퍼에서 악몽처럼 긴 주사기, 쿠스쿠스 스푼, 흰색 가루가 든 작은 봉지를 꺼냈다.

"공짜야."

그림자 하나가 지하실 가운데로 떨어졌다. 위층에서 내려온 모시족이었다.

"이자가 여장 남자를 죽였어."

카빌리아 사람은 이로 봉지를 찢었다. 그는 천천히 고개를 끄덕였다.

"영감, 벨빌에서 짭새가 죽으면 젊은이들이 다들 고생하는 거 몰라? 왜 그랬어?"

두 청년은 안락의자가 말을 하는 것만큼 놀라 자빠질 대답을 들었다.

"문학을 구하기 위해서!"

카빌리아 사람은 그 말에 감동하지 않았다. 길게 늘어진 침 가닥이 웃음 지은 앞니를 스푼 위로 솟아오른 흰 가루 언덕과 이어주었다. 가루는 분노로 지글지글 끓었다. 가루는 성난 고양이처럼 소리를 냈다.

"할망구들을 죽인 것도 문학 때문이야?"

"모든 문학을 위해서야! 나의 문학, 너의 문학을 위해서!"

모시족 모는 페르라셰즈에서 구트도르까지 못 들은 사람이 없을 거라고 생각했다.

늙은이는 흥분해 날뛰었지만 달아나려 하지는 않았다. 그는
몹시 들떠 소맷자락을 걷어붙였다. 목소리가 높아졌지만 의자
에 얌전히 계속 앉아 있었다. 창백한 팔이 어둠 속을 휘젓고 있
었다.

"그 무식한 할망구들의 돈 덕에 걸작들이 망각에서 빠져나와
어린애들의 마음속에서 되살아났어. 다 내 덕이라고! 코르보 남
작은…… 너희 코르보 남작* 알아?"

"남작은 한 명도 몰라." 모시족 모가 솔직히 말했다.

시몽은 용해중인 언덕에 바늘을 담갔다. 그는 빛이 없어도 한
치의 오차 없이 그 일을 할 수 있었다.

"그러면 킨다 부족의 왕자 임루 알 카이스**는 알겠지? 그는
너희 문화권 사람이야. 이슬람 이전의, 너희의 가장 오래된 문화
말이야!"

"왕자도 한 명도 몰라." 모시족 모가 고백했다.***

하지만 늙은이는 예고 없이 읊조리기 시작했다.

---

* 영국 출신의 환상문학 작가 프레데릭 롤프(1860~1913)의 필명.
** 6세기경의 아랍 시인.
*** 여기서 (그 자신이 대중소설 작가인) 페낙은 리송이 귀족 출신 작가들을 언급
하게 함으로써 대중과 유리된 리송의 엘리트주의적 문학관을 강조하고 있다.

"Qifa, nabki min dikra habibin oua manzili……"

시몽은 천천히 주사기 피스톤을 누르면서 모시족에게 그 말을 번역해주었다. 그는 미소 짓고 있었다.

"일을 멈추고 한 연인과 그녀의 거처를 기리기 위해 눈물을 흘리자……"

"그렇지!" 늙은이가 기뻐 웃음을 터뜨렸다. "그래, 그렇게 번역할 수도 있어. 그래, 자네 혹시 무타나비의 시는 알아? 사이프 앗 다울라의 어머니에 대한 디튀람보스*를 알아?"

"응, 알아." 시몽이 늙은이에게 몸을 기울이면서 말했다. "하지만 다시 듣고 싶어."

그는 노인의 이두근을 얇은 튜브 조각으로 동여맸다. 손가락 밑에서 혈관이 부풀어 오르는 것이 느껴졌다. 그의 목소리는 부드러웠다.

"Nouidou l — machrafiataoua l — aouali……" 노인은 암송했다.

시몽은 바늘을 찔러 넣으며 그 말을 번역했다.

"우리는 칼과 창을 준비하고 있다."

그리고 그는 피스톤을 누르면서 다음 구절을 암송했다.

---

* 디튀람보스는 고대 그리스의 대표적인 시가(詩歌) 양식인데, 여기서 리송은 이 단어를 '고대 서정시' 정도의 의미로 사용하고 있다.

"Oua taqtoulouna l-manounoubilla qitali."

침과 흰 가루의 혼합물이 혈관을 파고들었다. 그것이 심장에 도달하자 노인은 의자에서 떨어져 허공으로 몸이 퉁겨져나갔다. 그는 뼈가 부러지고 허리가 꺾인 채 두 청년의 발치에 쓰러졌다. 거미가 죽은 것과 흡사했다.

"번역은?" 모시족이 물었다.

"이제 죽음은 전투도 없이 우리를 살육한다." 카빌리아 사람이 읊었다.

❖

야전침대에 누워 천장을 바라보면서 파스토르는 사무실에 어둠이 자리 잡도록 내버려두었다. "마요 대로는 팔아야지." 그는 결심했다. 모노폴리 게임이라도 하듯 '마요 대로'라고 했지만 가브리엘과 위원장의 집을 말하는 것이었다. "어쨌든 다시 그곳에 발을 디딜 엄두도 나지 않으니까. 마요 대로는 팔고 뤽상부르 궁 맞은편 기느메르 로에 작은 집을 하나 사야지. 아니면 생마르탱 운하 근처 새 건물로……"

집에 돌아갈 필요도 없을 것이다. 부동산을 통하면 될 것이다.

"장 바티스트, 감상에 빠져 거추장스러운 유산에 얽매이지 말

고 다 팔아 처분해 없애버리고 새 출발을 해." 파스토르는 위원
장의 마지막 소원을 들어줄 작정이었다.

"새로 시작하는 마당에 진짜 새로 시작해야지. 그리고 가브리
엘 같은 여자를 만나."

"위원장님, 그건 좀 다른 얘기죠……"

파스토르는 자기가 세르케르를 상대로 거둔 승리를 정말 즐
겼는지 잠시 생각해보았다. 아니었다. 즐거울 건 또 뭔가? 그리
고 파스토르의 머릿속에 위원장이 다시 나타났다. 위원장은 서
재 창문으로 비스듬하게 들어오는 광선을 받으며 앉아 있었다.
그는 파스토르에게 마지막으로 스웨터를 짜주고 있었다. 그는
뜨개질 코를 세면서 말을 늘어놓았다.

"나의 의료보험 제도는 **원래** 적자일 수밖에 없어. 그런데 그런
측면을 가중시키는 나쁜 놈들이 있어."

"어떻게요?" 파스토르가 물었다.

"방법이야 수도 없이 많지. 예를 들어 불필요한 병원 수용, 특
히 노인네들의 수용이 있지. 정신병원에 한 명이 수용되면 비용
이 얼마나 드는지 알아?"

"정신이 멀쩡한 노인을 어떻게 정신병원에 들어가 죽게 할 수
있어요?"

"학대하고 알코올중독에 빠뜨리고 약을 과다하게 먹이고 마

약을 먹이는 식으로. 그 개자식들은 상상력이 풍부해." 그리고 다음 문장이 이어졌다. "이 문제를 제대로 조사해야 해."

코를 다 세고 나자 두 개의 긴 바늘은 다시 평온하게 반복 작업에 돌입했다.

"몇 달 전에 내가 감사위원회에서 이 문제를 제기했어. 가브리엘과 내가 다음 주에 자살하기로 하지만 않았어도 이 사건을 끝까지 파헤쳤을 텐데."

그때 가브리엘이 서재에 들어왔다. "내 덕에 중노동을 피한 거지." 그녀가 말했다. 아직 병색이 드러나지는 않았다. 하지만 그녀의 입술에는 이제 담배가 없었다.

위원장이 말을 이었다. "그래도 몇 가지를 적어두었어. 내 책상 안에 두었으니까 언제 한번 봐." 그러고는 말했다. "팔을 내밀어봐."

파스토르는 말을 따랐고, 위원장은 파스토르의 팔에 소매를 씌워보았다. 아직 코가 몇 개 모자랐다.

"장 바티스트, 솔직히 말하면 그 애송이 카플리에—알지? 내 친구였던 군수 르카플리에의 아들놈 말이야—는 가브리엘이 즐겨 쓰는 표현처럼 그렇게 **깨끗한** 것 같지 않아."

파스토르와 위원장은 아르노 르카플리에의 턱 보조개, 곧은 코, 가르마, 고급 공무원 특유의 **뻣뻣함**, 그리고 위원장을 엄청

나게 깍듯하게 대하는 것 등을 언급하며 킬킬거렸다. 위원장은
말했다.

"그놈은 멍청한 걸로는 일급이야. 국립행정학교를 나왔다지
만 동기 중에 꼴찌로 졸업했어. 그렇게 해서 그 녀석이 처음 배
치된 곳은 재향군인 관련 부서였어. 거기서 그놈은 불치병을 얻
었지. 노인들에 대한 증오를 말이야. 그런데 지금은 정계 친구들
덕에 고령자 담당 정무차관에 임명되었어……" 위원장은 길쭉
한 대머리를 흔들었다. "그 카플리에 놈이 노인들의 불필요한
수용을 비난할 리가 없어."

위원장이 말하는 동안 가브리엘은 고운 샤무아 가죽으로 무
장했다. 그녀는 자기 남자의 머리에 윤을 내기 시작했다. "반짝
반짝 빛나야 해. 적어도 **깨끗해야지**." 뾰족한 두상이었다. 저녁놀
을 받은 머리는 염소 떼가 핥고 간 암염 덩어리처럼 반짝거리기
시작했다. 위원장이 말했다.

"물론 제도는 중요해. 하지만 아무리 제도가 잘 되어 있어도
결국 들어가보면 믿고 맡길 수밖에 없는 부분이 있어. 그런데 돈
이 걸려 있는데 사람을 믿는다는 게 가능할까?"

"돈 문제라면 아무도 못 믿죠. 아무도요……" 파스토르는 어
두운 사무실에서 중얼거렸다. 그는 야전침대 끄트머리에 앉았
다. 그러더니 몸을 굽혀 무릎에 턱을 댔다. 몽상에 빠진 소녀들

이나 말라깽이 어린애들이 하는 것처럼 무릎 위로 위원장이 떠
준 마지막 스웨터를 발목까지 끌어내렸다. 코가 늘어나 힘을 잃
었다.

파스토르가 위원장과 사후 대화를 나누고 있을 때 자주 그러
는 것처럼 사무실 전화가 울렸다.

"파스토르? 나 세르케르야. 반 티안이 죽었어. 전화로 익명의
제보가 들어왔어. 같은 건물 지하실에 가보면 노파 살해범도 있
다더군. 그놈도 죽었대."

❖

반 티안 형사는 죽지 않았다. 피투성이가 된 과부 원피스 차림
의 반 티안 형사는 죽은 것이나 다름없었지만 아직 살아 있었다.
그는 이상한 말을 중얼거리고 있었다. 굉장히 나이 많은 유모가
갓난아기와 노는 것 같았다. 사람들이 그를 앰뷸런스의 환한 배
속에 급히 집어넣었을 때 반 티안 형사는 파스토르 형사를 알아
보았다. 그는 의학적 질문을 던졌다.

"얘야, 토성증후군이 뭐야? 병명이라는데 그게 뭐야?"

"지금 선배님이 딱 그거네요." 파스토르가 대답했다. "신체에
납*이 필요 이상으로 들어 있는 거죠."

⟡

그와는 달리 살인마는 분명히 죽었다. 그의 시체는 발효된 오줌이 스며 나오는 지하실에서 발견되었다. 예상과 달리 그는 젊은이가 아니라 흰 갈기를 휘날리는 노인이었다. 그의 얼굴은 끔찍하게도 보라색으로 변해 있었다. 온몸에 경련이라도 일었던 것처럼 허리가 꺾이고 몸이 오그라들어 있었다. 주머니에는 3천 프랑가량의 현금이 있었고, 라마27 권총, 그리고 면도가 아직 수익성이 있던 시절에 솜씨 좋은 이발사들이 사용하던 면도칼도 발견되었다. 그런 면도칼은 가죽 벨트에 갈아 썼고, 수염을 세밀하게 자를 수 있었으며, 흔히 검(劍)이라고 불렸다. 이자가 어떻게 살해되었는지에 대해서는 세르케르 총경이 진단을 내렸다.

"수산화나트륨을 잔뜩 먹였군. 주사기는 어디 있어?"

베르톨레를 부르자 키 큰 경찰이 대답했다. "여기 있어요." 그의 목소리는 억누를 수 없는 두려움에 빠져 오그라들었다. 이곳에 있는 모든 사람이 키다리 경찰이 가리킨 장소를 바라보았고, 다들 처음에는 집단 환각에 빠진 것이 아닌가 생각했다. 예전에 대량 채혈을 위해 쓰던 커다란 유리 주사기가 부서진 채 던져져

---

* 프랑스어의 plomb이라는 단어에는 '납'이라는 본뜻 외에도 '총알'이라는 의미가 있다.

있었다. 그런데 그것이 **움직이고 있었다.** 혼자 움직였다. 주사기
가 갑자기 벌떡 일어서더니 뱅그르르 돌았다. 그러더니 바늘을
내밀고 경찰들에게 달려들었다. 젊은 파스토르와 위대한 세르케
르만 빼고 모두들 출구 쪽으로 달려갔다. 세르케르는 마지막 승
부를 위해 지옥에서 돌아온 이 기사(騎士)를 구두 뒷굽으로 밟
아버렸다. 작은 회색 쥐가 피 냄새를 맡고 와서 주사기 속에 들
어갔다가 수산화나트륨 때문에 광란에 빠져 뒷다리를 요동치며
사방으로 날뛴 것이었다.

33

마침내 그날이 되었다. 나는 퐁타르 델메르의 저택에서 나에게 죄를 뒤집어씌우려는 경찰 두 명을 만났던 문제의 수요일 이야기를 하고 싶다. 물론 여러 갈래의 이야기가 하나로 합쳐지려면 결국 부딪힐 수밖에 없는 일이었다. 뻔한 표현이지만 "우리는 언젠가 만날 운명이었다." 이 풍요로운 경험으로부터 나는 몇 안 되는 신념 하나를 얻게 되었다. **그런 운명은 아닌 게 낫다.**

✤

나는 쥘리아 곁에서 밤을 보냈다. 그녀 옆으로 기어들어가면서 나는 간단한 계획을 세웠다. 그녀를 부활시키는 것이다. 그

나쁜 놈들은 그녀를 잡아 몇 군데를 담배로 지져놓았다. 아직도
자국이 보였다. 그녀를 보면 큰 표범이 자고 있는 것 같다. 그래
도 나의 쥘리아니까 표범이라도 좋다. 그 개자식들도 그녀의 체
취와 온기는 어찌하지 못했다. 얼굴을 세게 때린 것이 분명하지
만 나의 코랑송은 산골 주민처럼 얼굴이 튼튼했고, 광대뼈는 아
직 멍이 들어 있지만 광대뼈도, 그 납작한 아름다운 이마도 구타
에 무너지지 않았다. 그놈들이 이는 부러뜨리지 않았다. 입술을
찢었지만 다시 붙었고 이제 잠이 든 채로 나에게 포동포동한 미
소를 짓고 있었다. ("스페인에서는 '사랑하다'를 속어로 '꼬메
르'라고 해.") 그들이 부러뜨린 다리를 고정시키려고 허리까지
깁스가 되어 있고 다른 쪽 발목은 차꼬라도 찼던 것인지 빙 둘러
흉터투성이였다. 하지만 그녀의 미소에는 그 모든 것을 비웃는
자신감이 배어 있었다. 그녀는 이겨냈고 끝까지 입을 열지 않았
다.(그녀가 불었다면 내 손에 장을 지진다!) 기사를 완성해 어딘
가에 숨겨둔 것이 틀림없다. 그 배관공들이 그녀의 아파트를 다
뜯어내면서 찾으려 한 것이 바로 그것이다. 하지만 그녀의 미소
는 그 바보들에게 자기가 이런 사건의 원고를 집 안에 굴러다니
게 할 사람이 아니라는 것을 말하고 있었다. **그런데 어디에?** 그
종이들을 어디다 감춘 거야, 쥘리아? 사실 나로서는 대답을 듣
는 것이 급하지 않았다. 진실이 밝혀지면 재판을 해야 하고, 재

판을 하면 증언을 해야 하고, 증언을 하면 온갖 경찰, 판사, 변호사가 우리 할배들을 발로 툭툭 차면서 나와 아이들 덕에 가까스로 잊은 이야기를 죄다 다시 토해내라고 할 것이 뻔하니까. 하지만 다르게 보면, 이 사건이 계속 해결되지 않고 질질 끈다면 그 쓰레기들이 다른 노인들에게 계속 마약을 놓을 텐데 수도(首都)의 마약중독자 늙은이들을 전부 수용하기에는 우리 집은 너무 작고, 그렇게 거창한 소명을 수행하는 것은 내게도 무리다. 엄마가 만들어내는 아이 하나당 노인네 하나, 그것이 적정 비율이다.

그래서 나는 쥘리아 옆에 누워 상반된 두 입장 사이에서 망설이다가 생각을 그만두고 쥘리아를 광명의 왕국으로 다시 데려오기로 작정했다. 그렇게 하려면 내가 아는 쥘리아라면 단 한 가지 방법밖에 없었다. 착한 왕자님의 등장! 그래, 알아, 안다고. 이 상황을 악용해서 내 잇속을 챙기는 부끄러운 일이지. 하지만 쥘리아와 나는 원래 서로 괴롭히고 노는 걸 좋아한다고. 만약 내가 지금 그렇게 속 편하게 혼수상태로 두 주째 누워 있다면 쥘리아는 적어도 내가 그녀의 훌륭한 몸이라도 의식할 수 있도록 벌써 옛날에 (사장님들이 즐겨 쓰는 말처럼) '모든 수단을 동원'했을 것이다. 나는 그녀를 안다고. 그래서 나는 잠들어 있는 그녀와 섹스를 하기로 결심했다. 그녀는 잠에서 깨어날 때가 제일 예쁘니까. 나를 제일 먼저 알아본 것은 그녀의 유방이었다. 그리고 그녀 몸의 다른 부분들이 뒤따랐고(그녀는 조심스럽게 천천히 진행되는 쾌락의 비결을 알고 있었다) 내 집이 나에게 문을 연 것을 깨달았을 때 나는 당연히 들어갔다.

우리는 재미를 보았고 함께 잠이 들었다. 그렇게 밤을 보냈는데 오늘 아침에 방문을 두드리는 소리가 나더니 제레미가 소리를 질렀다.

"형, 형, 엄마가 깨어났어!"

젠장, 나는 항상 이런 식이다. 섹스는 나의 잠자는 숲 속의 미녀와 했는데 깨어난 것은 엄마라니…… 쥘리아는 내 옆에서 아직 잠을 자고 있다. 아, 물론 그녀의 내면이 깨어났다는 것은 장담할 수 있다. 하지만 그 아름다운 얼굴은 어젯밤에 내가 세밀하게 분석했던 그 불량한 미소를 지은 채 여전히 닫혀 있다.

"그게 다가 아니야, 형."

"또 무슨 일인데?"

"리송 영감이 어젯밤에 안 들어왔어."

(제기랄, 이건 또 무슨 소리야?)

"안 들어왔다니 무슨 말이야?"

"집에 안 들어왔다고. 침대는 잔 흔적 없이 깨끗해. 어제저녁에는 이야기도 안 들려줬어."

나는 몸을 굴려 침대에서 빠져나와 바지에 몸을 집어넣고 신발에 발을 넣고 소매에 팔을 낀다. 잠에서 깨자마자 또 **생각할** 일이라니! 리송이 들어오지 않았다. 우리가 할배들을 숨겨주기 시작한 이래로 첫 가출 사례다. 다들 밤마다 마약을 찾아다니고 낮에는 환각 상태에 빠져 지내는 일이 있어도 결코 가출 같은 짓은 하지 않았다. 이번의 리송만 빼면 어느 누구도 말이다. 어떻게 하지? 기다려야 하나, 나가서 찾아야 하나? 어떻게 찾지? 경찰에는 절대 알리면 안 된다. 씨팔, 리송, 씨팔, 대체 무슨 생각인 거야?

"형, 또 잠들었어? 뭐 해?"

다시 문을 두드린다. 안 나가면 내가 아니라 제레미 녀석이 쥘리아를 깨울 판이다.

"제레미, 나 옷 입고 있어. 생각하는 중이야. 가서 베르됭 젖병 준비하고 메를랑한테 나 면도 좀 해달라고 그래."

⁘

생마르셀 대로에 위치한 경찰병원은 밖에서 보면 어둡지만 안은 조명이 환했다. 경찰이 총을 맞았거나 칼에 찔렸거나 화재 현장에서 화상을 입었거나 교통사고를 당했을 때, 포괄적으로는 신경쇠약을 포함해서 경찰의 목숨을 돌봐주고 고쳐주는 곳이었다. 경찰병원의 담장 안에는 정신이 깜박깜박하는 늙은 우울증 환자 반 티안 형사가 있었다. 파스토르는 그가 죽음에 맞서 싸우는 것인지 아니면 그를 침대에 붙잡아두고 있는 얼마 안 남은 생명을 쫓아버리려고 싸우는 것인지 알 수 없었다.

"선배님, 도와드릴 일 없어요?"

튜브들이 몸 깊숙이 박혀 있는 티안은 기둥에 묶여 평생을 보냈다는 성 세바스티아누스와 비슷한 모습이었다.* 파스토르는 티안의 눈에서 마침내 정년이 되었다는 안도감만을 읽을 수 있었다. 그가 자리에서 일어나 문 앞에 이르렀을 때 노형사의 목소리가 다시 들렸다.

"얘야."

"예, 선배님?"

"그래, 부탁할 게 있어. 테레즈 말로센이라는 여자를 다시 한 번 보고 싶구나."

티안의 목소리에서는 바람 새는 소리가 났다. 파스토르는 알겠다고 고개를 끄덕인 후 문을 닫고 나와 하늘과 맞닿은 복도를 지나 현관 앞 계단을 내려왔다. 계단 밑에는 세르케르 총경이 개인 소유의 재규어 운전석에 앉아 그를 기다리고 있었다.

---

* 성 세바스티아누스는 보통 기둥에 묶여 화살 세례를 받은 모습으로 재현된다.

"어때?"

"별로 안 좋아요." 파스토르가 말했다.

명차(名車)는 즉시 출발하여 병원 앞 대로를 따라 바스티유 쪽으로 향했다. 오스테를리츠 다리를 건넌 후에야 파스토르는 엔진의 아름다운 침묵을 방해하는 것에 동의했다.

"선물이 하나 더 있어요." 그가 말했다.

세르케르는 잠시 그를 쳐다보았다. 어젯밤 이후로 세르케르는 새 동업자가 알려주는 이야기를 섣불리 짐작하지 않는 법을 배웠다. 파스토르는 잠시 미소를 지었다. 그리고 말이 없었다.

세르케르가 로케트 로로 들어가는 좁은 길을 막고 있는 빨간 불 앞에서 기다리고 있을 때였다.

"노파 살해범은 말로센의 집에 살고 있었어요." 파스토르가 선언했다.

파란불이 들어왔지만 세르케르는 출발하지 않았다. 평소엔 침착성을 잃지 않는 엔진이었지만 이 말에는 놀라서 정지한 것이다. 뒤쪽에서 클랙슨들이 불평을 했다. 옆 좌석 친구가 재미있다는 표정으로 바라보는 동안 세르케르는 시동 장치를 고문하기 시작했다.

"우리에게 얼마나 큰 도움이 될 소식인지 짐작하신 것 같군요." 파스토르가 말했다.

클랙슨 소리를 뒤로하고 재규어는 앞으로 돌진했다.

"젠장, 그거 정말이야?" 세르케르가 말했다.

그는 파스토르 같은 놈 앞에서는 앞으로 불필요한 질문만 되풀이하게 될 거라는 것을 깨달았다.

"티안이 방금 알려줬어요. 말로센이 그 살인자를 자기 집에 살게 해주고 있었다고요. 마약중독자 노인 셋이랑 같이요."

파스토르는 미소를 지었다. 세르케르는 자기가 예전에 이 미소가 천사 같다고 생각했던 것을 믿을 수 없었다. 그가, 다른 사람도 아닌 그 위대한 세르케르가, 한편으로는 대현자 앞에 앉아 있기라도 한 것처럼 어린애같이 감탄하고 있었고, 다른 한편으로는 두려움 섞인 깊은 증오를 느끼고 있었다. 이렇게 머리 좋은 놈과 동업을 하는 것은 위험한 일이었다…… 볼테르 광장에서 파스토르는 다시 킥킥 웃기 시작했다.

"정말 믿을 수가 없어요. 코랑송과 약쟁이 늙은이들을 한 지붕 아래 모아두다니. 그 말로센이라는 자는 우리를 위해 일하는 것 같아요!"

잠시 후.

"세르케르, 당신보다 말로센이 우리 사업에 더 공로가 큰 것 같지 않아요?"

("병신 새끼야, 언젠간 널 죽여주마. 너도 언젠가는 실수를 하

376

겠지. 그러면 바로 죽여주겠어.") 격한 생각에 세르케르는 숨이
멎었다. 생각은 곧 엄청난 안도감으로 녹아내렸다. 세르케르는
파스토르에게 미소를 지었다.

"손은 괜찮아?"

"좀 아파요."

그들은 속력을 높여 이제 페르라셰즈 묘지 정문 쪽으로 향했
다. 재규어는 몇 주 전 쥘리 코랑송의 코트가 날아간 곳에서 전
속력으로 커브를 틀었다. 나이를 알 수 없는 여자가 창가에서 컬
클립을 꽂은 이마를 검지로 두드리고 있었다. 어쩌면 티안이 요
리한 여자일지도 모르겠군 하고 파스토르는 생각했다.

"근데 티안은 어디까지 알고 있어?" 세르케르가 불쑥 물었다.

"몇 가지 사소한 정보밖에 몰라요." 파스토르가 대답했다. 그
러고는 덧붙였다.

"어쨌든 티안은 오늘 밤을 넘기지 못할 거예요."

면도날처럼 냉정한 놈이야, 그래. 세르케르는 생각했다. 내 너
를 즐겁게 죽여주마. 때가 되면 기회를 놓치지 않겠어.

강베타 광장에서 재규어는 피레네 로를 질풍처럼 올라 우회
전해서 라마르 로로 뛰어든 후 건축가 퐁타르 델메르의 집 바로
앞 공터로 미끄러져 들어갔다.

리송을 찾아야 했다. 정오에 나는 식구들을 이곳저곳의 식당에 보내 밥을 먹게 했다. 몇 명은 '사프사프네'에 보냈고 몇 명은 '뤼미에르 드 벨빌'에, 몇 명은 아마르의 식당에 보냈다. 임무는 아무 질문도 하지 말라는 것이었다. 그저 벨빌이 하는 말을 들으라고 했다. 그런데 왜 하필 벨빌인가? 리송같이 똑똑한 인물이 가출한 후에 뭐 하러 내 구역에서 놀고 있겠는가? 마약을 벨빌에서 구할 수 있어서? 리송 영감이 마약을 구하려고 이 동네를 돌면서 마약상을 찾을 거라고는 생각되지 않는다. 하지만, 하지만 나를 괴롭히는 것은 바로 그 생각이다. 마약중독자였던 사람이 가출하는 이유는 그렇게 많지 않다. 리송이 향수에 젖어 '구텐베르크의 테라스' 같은 대형 서점에 몰래 짱박혀서 밤새 책을 읽을 게 아니라면 말이다. 그도 언젠가는 보충을 해야 하지 않겠는가? 그의 문학적 교양도 무궁무진한 것은 아니니까. 어쩌면 오늘 저녁에 아이들에게 들려줄 요량으로 최근 화제작인 쥐스킨트의 『향수』를 허겁지겁 읽고 있는지도 모른다. 뱅자맹, 헛소리는 집어치워, 그만 해. 혹시 리송에게 여자친구가 있는 건 아닐까? 예컨대 애 봐주던 그 베트남 여자? 리송은 그 여자에게 관심이 없지 않은 것 같았다. 리송과 베트남 여자라…… 뱅자맹, 헛소리는 그만 하라고 했지, 그만 하란 말이야. 알았어. 하라는 대로 했다. 나는 그만두었다. 나는 귀를 기울였다. 그러자 어젯밤에 베트남 여자가 살해당했다는 말이 들렸다. 충격이었다. 이기적인 슬픔이 더해졌다. 베르뚕을 조용하게 할 수 있는 사람을 다시 찾기는 쉽지 않을 거라는 생각부터 들었으니까. 베트남 여자가 실은 베트남 남자이고(벨빌에서 이 정도는 놀랄 일이 못 된다) 그 베트남 남자는 심지어 경찰인데 몇 시간 전에 먼저 총질을 시작한 진짜 악당 두 명을 죽였다는 사실도 알게 되었다. 심지어 한 놈은 허공에 떠 있을 때 죽였다고 한다. 이 정보들을 수집해온 것은 제레미였다. 베트남 형사는 어깨에 총을 맞자 권총을 던져 오른손에서 왼손으로 바꿔 쥐고 클레이사격을 하는 것처럼 비행중인 저격수에게 총알을 퍼부었다는 것이다. 제레미는 감탄으로 넋이 빠져 있었다. 그놈의 제레미가! 그 총잡이가 며칠 전에 베르뚕을 품에 안고 달래주었고 우리 테레즈에게 인생 설계를 받았다니…… 갑자기 재미난 생각이 들었다. 리송이 그를 진짜 '미스 동남아'라고 믿고 반했다면, 잔뜩 긴장한 채 그녀의 집에 찾아갔다면, 중차대한 순간에 예쁜이가 가짜라는 것을 알게 되었다면…… 리송은 워낙 낭만적인 사람이라서 그녀를 죽일 수도 있었을 것이다.(뱅자맹, 진짜 그만 하라니까!) 결국 전무하다. 리송의 소식은 전무하다. 우리는 풀이 죽어 집에 돌아왔다. 베르똥은 자고 있었다. 쥘리아도 자고 있었다. 하지만 전화기는 자고 있지 않았다.

"여보세요, 말로센? 약속 잡은 거 잊은 건 아니겠죠?"

"폐하께 욕 좀 해도 되겠습니까?"

"그래야 정신이 든다면 하세요."

자보 여왕은 이런 식이다. 나는 그저 이렇게 말했다.

"아니요. 퐁타르 델메르와 만나는 약속은 잊지 않았습니다. 지금 당장 가겠습니다."

✤

"당신은 내 딸을 죽였소."

파스토르는 이런 종류의 시선을 견디는 것에 익숙했다. 지구 곳곳에서 집들을 쑥쑥 자라게 하는 뚱보 퐁타르 델메르는 그냥 건축가가 아니었다. 비탄에 젖은 아버지도 아니었다(슬퍼하는 것처럼 보이지도 않았다). 무슨 이유에서인지 자궁처럼 감싸는 형태로 만들어놓은 거대한 떡갈나무 책상 뒤에 앉아 있는 이 뚱보 남자는 뭐니뭐니 해도 살인자였다.

"당신은 내 딸을 죽였어." 퐁타르 델메르가 다시 말했다.

"그럴 수도 있겠죠. 하지만 당신은 저를 죽이는 데 실패했죠."

'깨끗한' 대화였다. (파스토르의 눈앞에 순간적으로 가브리엘의 곱슬머리 얼굴이 스치고 지나갔다.) 대화의 시작에서 세르케르는 말을 잃었다.

"다음번에는 실패하지 않을 거요."

뚱뚱한 사내는 이 말을 하면서 어조를 높이지 않았다. 그는 슬쩍 미소 짓더니 한마디 덧붙였다.

"내겐 다음 기회를 만들 능력이 얼마든지 있소."

파스토르는 피곤한 기색으로 세르케르를 돌아보았다.

"세르케르, 이분은 딸을 잃은 슬픔으로 제정신이 아닌 것 같은데요. 부탁인데 어떤 기회도 없을 거라는 걸 설명 좀 해주세요."

세르케르는 알겠다고 고개를 끄덕였다.

"그 말은 사실이야, 퐁타르. 이 젊은이는 겉으론 순진해 보여도 우리의 명줄을 쥐고 있어. 그 점을 빨리 깨닫는 게 좋을 거야."

파스토르를 짓누르던 시선에 믿어지지 않는다는 호기심이 섞였다.

"아! 그래? 에디트를 심문해서 뭘 알아냈겠어? 에디트는 심지어 내가 이 일에 연루되어 있다는 것도 몰랐다고."

"그렇죠." 파스토르가 말했다. "그래서 그걸 알려주었더니 굉장히 충격을 받더군요."

비곗살이 떨렸다. 눈에 띄는 것은 아니었지만 분명히 떨렸다.

"퐁타르 델메르 씨, 따님은 방식은 좀 특이해도 나름대로 이상주의자였습니다. 노인들에게 마약을 팔면서 아버지에게 효과적으로 반항하고 있다고 생각한 거죠. 요즘 말로 '아버지의 이미지'를 더럽히고 싶어했다고 할까요. 그러니 이 사업의 배후에 당신이 있다는 것을 알았을 때……"

"맙소사……"

그제야 그의 얼굴이 창백해졌다. 파스토르는 확인 사살을 했다.

"그래요, 퐁타르, 따님을 죽인 것은 당신이에요. 저는 그저 전령에 불과했죠."

잠시 후.

"이제 그 문제는 해결되었으니 사업 얘기로 넘어가도 될까요?"

집은 나무로 되어 있었다. 이 집에선 나무가 아닌 것은 하나도 보이지 않았다. 돌로 된 도시에 나무의 모든 본질, 색채, 온기를 불어넣는 것. 그것도 건축가 퐁타르의 생각이었으며, 이 추상적 관념이 형체를 얻으면서 추상적인 집들을 만든 것이다.

"파스토르가 우리에게 제안할 것이 있다고 하네." 세르케르가 말을 이었다. "우리로서는 거절할 방법이 없어."

그때 조심스럽게 벨이 두 번 울리더니 사무실 문이 열리고 벌집무늬 조끼를 입은 늙은 하인이 나타났다. 그 또한 나무색이었다.

"말로셴이라는 사람이 약속이 잡혀 있다면서 찾아왔는데요."

"꺼지라고 해!"

"안 돼요!" 파스토르가 부르짖었다. (그러더니 놀라움을 추스르고는 말했다.) "기다리라고 하세요."

그러고는 함박 웃음을 짓고 하인에게 말했다.

"오늘 오후에는 외출이나 하지 그러세요. 쉬면 좋잖아요. 안 그래요, 퐁타르?"

하인은 주인의 의향을 살폈다. 주인은 고개를 끄덕여 승낙하고는 시내에 나가 꿀이나 따라고 꿀벌을 손짓해 내보냈다.

"말로셴은 조금 뒤에 필요할 겁니다." 파스토르는 간단히 설명했다. "그러면 한 번 한 말을 또 하고 싶진 않으니까 이걸 들으시죠."

그는 낡은 스웨터의 주름 속에서 작은 케이스를 꺼내 책상 위에 놓았다. 소형 녹음기는 전날 파스토르와 세르케르가 나눈 대화를 퐁타르 델메르에게 그대로 들려주었다.

34

　그동안 나는 식구들을 데리고 부리나케 도망쳐 오스트레일리아의 오지로 망명하는 대신 바보같이 옆방에서•기다린다. 심지어 퐁타르 델메르를 빨리 만나고 싶어 안절부절못하고 있다! 리송은 종적을 감추었고, 쥘리아는 의식불명이고, 베르됭은 출정중이다 보니, 다른 어느 곳보다 집에 있고 싶다. 게다가 거물인척하려고 괜히 손님을 기다리게 하는 수작은 나도 해본 적이 있어 훤히 알고 있다. 지나치게 자주 해봤지. 그런데 나는 욕먹으러 온 게 아닌가? 빠르면 빠를수록 좋을 것이다. 주사 맞는 것과마찬가지로 이것도 오래 기다릴수록 더 아프다. 희생양 지망자들에게 한 수 가르쳐주겠다. 훌륭한 희생양이라면 욕먹기 전에 **선수를 쳐야 한다.** 비난받기 전에 먼저 죄를 뉘우치는 것은 기본

철칙이다. 언제나 타격조보다 먼저 도착해서 울상을 지어야 그 놈들의 총기가 녹이 스는 법이다(물론 그것도 소질이 있어야 한다. 나야 타고났지만).

그렇게 해서 나는 쏜살같이 달아나기는커녕 자리에서 일어나 허리를 미리 굽히고 세심하게 볼을 늘어뜨리고 눈은 비스듬하게 뜨고 아랫입술은 부르르 떨고 손가락은 안절부절못하게 만든 다음, 죄를 고백할 작정으로 퐁타르 델메르의 사무실 쪽으로 간다. 그의 기막힌 걸작이 정해진 시일에 나오지 못하게 되었는데 그건 내 잘못, 전적으로 내 잘못이고 나는 용서받을 수 없는 죄를 지었지만 부양가족이 있고 그가 회사에 항의라도 하면 나는 해고될 텐데 그러면 우리 식구는 길바닥에 나앉아 구걸이나 해야 할 처지다 등등. 만약 이 말에 진정이 되기는커녕 오히려 꼴좋다는 표정이면 나는 프로페셔널하게 새로운 레퍼토리를 꺼낼 것이다. "그래요, 그래요, 나는 맞아도 싸요, 나 같은 놈은 당해야 돼요, 더 세게 때리세요. 맞아요, 제일 아픈 데를 때리세요, 제 불알이요. 그래요, 더 세게 때려요!" 보통 첫번째 수법이 먹혀들지 않아도 두번째 수법에는 무너지게 마련이다. 나를 박살내려 하면 오히려 내가 더 좋아할까봐 적은 마침내 나를 풀어준다. 두 경우 모두 상대가 최종적으로 느끼는 감정은 불쌍하다는 것이다. 인생이 불쌍한 것일 수도 있고("이자는 정말 불쌍하군. 이자의 처지에 비하면 내 문제는 별것 아니잖아") 아니면 임상학적 동정심일 수도 있다("어쩌다 이런 마조히스트를 만난 거지? 무슨 일이 있어도 이자를 다시는 보고 싶지 않아. 나까지 우울해지잖아"). 둘 중 어떤 수법이 먹히든 간에 거구의 퐁타르에게 책을 빨리 내려면 그래도 탈리옹 출판사가 제일 낫다는 점을 납득시킨다면(우리는 그 책을 달달 외우고 있으니까. 우리가 그 책을 얼마나 좋아하는데!), 기한 연장을 허락받는다면, 나는 승리하는 것이다. 결국 자보 여왕이 옳았다. 상황은 그렇게 나쁘지 않다.

나는 이런 생각을 하면서 문손잡이에 손을 댄다. 게다가 문은 꽉 닫혀 있지도 않다. **상황은 그렇게 나쁘지 않다!** 그렇게 이놈의 문을 확 밀어젖히려는데 마침 들려온 소리에 나는 문 여는 것을 단념하고 그 자리에 멈춰 선다.

"그 약쟁이 노인네들이 말로센의 집에 있다고?"

"두 명은 벌써 죽었어." 누군가가 대답한다(이 목소리는 들어본 적이 있다). "그러니까 이제 두 명 남았어."

"죽은 두 명 중 하나는 벨빌 노파 살인범이야. 리송이라는 자였어. 마약 살 돈을 구하려고 노파들을 죽이고 다녔어."

(뭐라고? 우리의 리송이? 맙소사, 아이들이 이 소식을 듣는다면?)

"제기랄, 내가 그 늙은이들을 얼마나 찾아다녔는데!" 이건 건축가의 목소리다. 그가 말을 잇는다.

"그 기자년이 빼돌렸을 줄 알았어. 하지만 그놈들을 어디다 숨겼는지는 죽어도 말하지 않더군!"

이번엔 모르는 목소리가 들린다.

"그걸 물어보려고 납치한 건가요?"

"그렇지. 하지만 도통 불지를 않는 거야. 그런 쇠심줄은 처음 봤어. 내 부하들은 전문가였는데 말이야."

"당신 부하들은 저능아들이었어요. 여자도 못 죽였고 나도 못 죽였죠. 여자의 아파트를 뒤진 방법을 보니 평범한 도둑이 아니라는 게 확연히 드러났죠. 중대한 실수였어요, 퐁타르."

사람이란 이상하다. 그때까지만 해도 나는 행운의 여신에게 감사하며 도망칠 수 있었다. 하지만 사람을 금수와 구별 짓는 수많은 특징 중 하나는 사람은 항상 그 이상을 원한다는 것이다. 심지어 양적으로 충분히 얻으면 질을 원한다. 사실만으로는 충분치 않다. 사람은 '왜'와 '어떻게', 그리고 '어디까지'도 필요하다. 그래서 나는 잔뜩 겁을 먹어 바지에 오줌을 지리면서도 어떤 상황인지 보려고 문을 더 열었다. 사무실 안에는 세 남자가 앉아 있다. 두 명은 아는 사람이다. 콧수염이 칼집 모양인 가죽 점퍼 차림의 떡대 좋은 경찰 세르케르와 커다란 강낭콩 모양의 책상 뒤에 앉아 있는 거구의 퐁타르 델메르가 있다. 또 한 명은 모르는 사람이다. 가스통 라가프* 풍의 커다란 양털 스웨터를 입은 청년인데 초췌한 얼굴을 보니 굉장히 우울한 분위기다(옆모습이 보이는데 오른쪽 눈은 죽음 같은 눈구멍 안으로 워낙 깊이 들어가 있어서 무슨 색인지 보이지도 않는다).

"이봐, 파스토르." 갑자기 퐁타르 델메르가 말한다. (파스토르? 파스토르? 파스토르 형사? 마르티 선생이 전화했던 경찰?) "세르케르 말처럼 자네가 우리 명줄을 잡고 있군. 그럼 그렇게 하지. 사업에 자네를 끼워줄 수밖에 없겠군. 하지만 그렇다고 해서 우리 집에 와서 나더러 일을 못 한다고 이래라저래라 할 권리는 없지."

가죽 콧수염은 화해를 시도하려 한다.

"퐁타르……"

뚱보가 퉁명스럽게 대답한다.

"세르케르, 너는 입 닥치고 있어! 파스토르, 이 사업은 벌써 몇 년째 전국적 규모로 진행되고 있네. 자네가 아무리 약삭빠르다고 해도 천운이 따라서 우연히 그 여자를 발견하지 못했다면 아무것도 눈치 채지 못했을 거야. 그러니 좀 겸손해지게. 이 사업에서 자네는 어디까지나 신참이고 배울 게 많다는 점을 잊지

---

* 동명의 유명 만화의 주인공으로 항상 초록색 스웨터를 입고 다닌다.

말게. 3퍼센트를 요구했지? 좋아, 3퍼센트. 자네 정도 역량 있는 새 동업자라면 적절한 수당이야. 하지만 너무 거드름 피우지는 말게. 오래가고 싶다면 말이야."

"이젠 3퍼센트도 싫어요."

시체 같은 얼굴의 애송이가 내뱉은 이 짧은 말에 두 사람이 얼마나 놀랐는지는 말로 설명하기 힘들다. 가죽 옷을 입은 키 큰 경찰이 먼저 반응해 미친 듯이 소리를 지른다.

"뭐라고? 그걸로 모자라단 말이야?"

"어떤 의미에선 그렇죠." 낡은 양털 스웨터가 완전히 탈진한 목소리로 대답한다.

❖

소형 녹음기가 거짓말과 진실의 사운드트랙을 매끄럽게 돌리는 동안 파스토르의 눈앞에는 다른 영화가 재상영되고 있었다. '맙소사, 이걸 몇 번이나 더 봐야 하는 거지?' 아파트는 코랑송 기자의 아파트와 똑같이 체계적이고도 야만적인 수법으로 난장판이 되어 있었다. 초판본들이 꽂힌 책장은 바닥에 쓰러져 있고, 책들은 전부 찢겨 있었다. 똑같은 전문가의 솜씨로 집 안의 모든 물건이 속이 뒤집혀 있었다…… 기계와도 같은 집요함이었다.

하지만 가브리엘과 위원장의 몸을 물어뜯은 것은 야수들이었다. 파스토르는 침실 문 앞에 한 시간 넘게 서 있었다. 이제 움직이지 않는 두 사람의 시체는 워낙 심하게 고문을 당해 죽음마저 안식이 되지 못했다. 그들은 고통과 두려움으로 굳어버린 채 누워 있었다. 파스토르는 처음에는 그들을 알아보지 못했다. "그들의 얼굴을 다시는 알아보지 못할 거야." 그는 추억을 재조립하려고 절망적인 노력을 기울였지만, 시체들은 죽은 지 벌써 사흘이나 되었고 끔찍함을 덜어줄 수 있는 것은 아무것도 없었다. "그들은 자살하려 했단 말이야." 파스토르는 끊임없이 그 말을 되풀이했다. "가브리엘은 병에 걸려 죽음이 얼마 남지 않았고, 그래서 같이 자살하려 했단 말이야. 그런데 **이런 짓**을 하다니." 다른 말이 이어졌다. "그들의 목숨을 앗아갔어. 그들에게서 죽음을 훔쳐갔어. 그들의 사랑을 죽였어." 당시 파스토르는 젊었다. 입에 담기 어려운 것의 무게를 말이 줄여줄 수 있다고 믿는 나이였다. 그는 문지방에 서서 첫사랑에 실패한 10대처럼 문장의 리듬과 단어에 도취되었다. 한 문장이 특히 그에게 박혔다. "**그들은 사랑을 살해했어.**" 하트 모양의 책에서 나온 것처럼 구닥다리 낭만주의의 냄새가 나는 이상한 문장이었다. "**그들은 사랑을 살해했어.**" 하지만 그 문장은 가시처럼 살갗에 박혔고 밤마다 잠을 깨웠다. 그는 사무실 야전침대에서 쉰 목소리로 비명을 지르며 깨어났다. **"그들은 사랑을 살해했어!"** 그가 아직 침실 문지방에 서 있기라도 한 것처럼 가브리엘과 위원장의 시체가 그에게 나타났다. 더는 알아볼 수 없는 그 시체들이 눈에 **보였다.** 그리고 그는 사랑도 모든 것을 이겨낼 수는 없다는, 그들의 사랑도 **그것을** 이겨내지 못했을 거라는 생각을 떨치기 위해 싸움을 벌여야 했다. **"그들은 사랑을 살해했어."** 그는 일어나 책상에 앉아 보고서를 검토하거나 어둠 속에 외출을 했다. 강둑의 찬 공기가 그 문장을 쫓아버릴 때도 있었다. 어떤 때는 반대로 처형당한 두 시체가 그를 따라다녔고, 그럴 때면 그의 산책은 도주로 변했다.

파스토르의 동료들이 수사를 맡았다. 가브리엘의 보석들과 위원장이 작은 벽장에 보관하던 현금이 사라졌기 때문에 파스토르는 강도라는 결론에 즉시 동의했다. 그래, 강도야, 돈이 어디 있는지 알아내려고 고문을 한 거야. 하지만 파스토르는 그들이 제거된 것이라는 걸 알고 있었다. 왜 제거되었는지도 알았다. 언젠가는 누가 그랬는지도 알게 될 것이다. 불필요한 병원 수용 문제에 대한 위원장의 메모가 사라졌던 것이다. 전문가가 아니면 해독할 수 없는 전문적 기록이었다. 파스토르는 그 정보를 다른 사람에게 알리지 않았다. 그것은 그만의 비밀 정원이었다. 단 하나의 무시무시한 가시덤불이 집어삼킨 정원. **"그들은 사랑을 살해했어!"** 언젠가는 그 가시를 뽑으리라. **그짓을** 한 자들을 찾으리라.

마침내 그날이 온 것이다.

❖

"그래서, 뭐야? 젠장, 파스토르, 3퍼센트로 부족하다는 거야?"

"예. 이제 3퍼센트는 싫어요. 그리고 당신들한테 말로센을 넘겨주지도 않겠어요."

이름이 불린 말로센(바로 나!)은 살짝 열린 문 뒤에 쭈그리고 앉아 안도감을 느낀다.

"파스토르, 지금 무슨 소릴 하는 거야? 도대체 원하는 게 뭐야?"

세르케르의 목소리에는 불안한 기색이 담겨 있다.

불안한 예감이 맞았다. 파스토르는 타자 친 종이 한 묶음을 꺼내 책상에 내려놓는다.

"두 분이 이 진술서에 서명을 해주시면 좋겠어요. 여러 사건에 대한 죄목과 공모 사실이 적혀 있어요. 마약 밀매, 고문 살해, 살인 미수, 직권 남용 등등이요. 두 분 다 다섯 부에 서명해주세요. 원하는 건 그게 전부예요."

(나는 사실 수다스러운 편인데 지금은 정말 침묵에 대해 이야

392

기하고 싶다. 뜻하지 않게 진짜 침묵이 찾아오면 인간은 인간이라는 것을 철저히 다시 생각해보게 된다. 얼마나 멋진가!)

"그래?" 이윽고 세르케르가 말한다. 이 침묵을 겁주지 않으려고 낮은 목소리로. "여기다 서명을 하라고? 우리가 안 하겠다면 어쩔 건대?"

"제겐 노하우가 있어요."

파스토르는 그 말을 백 번은 했던 것처럼 극도로 피곤해하면서 말한다.

세르케르가 외쳤다.

"그래, 그 유명한 파스토르의 노하우! 그래, 그러면 그 노하우를 한번 발휘해봐. 우리를 설득하면 서명을 하지. 약속할게. 안 그래, 퐁타르?"

"나도 약속하지." 뚱보 퐁타르가 안락의자에 편히 앉으면서 말한다.

파스토르가 설명한다.

"이런 거예요. 당신들 같은 개자식들 앞에 서면 저는 지금 같은 얼굴을 하죠. 그리고 이렇게 말해요. 저는 암에 걸렸어요. 이제 기껏해야 서너 달밖에 안 남았죠. 그러니 이제 경찰이든 어디든 미래가 없어요. 그러니까 일은 간단하죠. 서명하세요. 안 하면 당신을 죽일 겁니다."

다시 침묵.

"그게 먹혀?" 마침내 퐁타르가 빈정대는 눈빛으로 세르케르를 바라보며 묻는다.

"댁의 따님한테는 아주 잘 먹히던데요, 퐁타르."

(유난히 표백력이 뛰어난 침묵이 있다. 퐁타르 델메르의 널찍한 상판은 그 세제에 담갔다가 꺼낸 것 같다.)

"그런 수법은 나한테는 안 통해." 세르케르가 함박 웃음을 지으며 선언한다.

웃으면서 입을 너무 크게 벌린 모양이다. 파스토르가 어디서 꺼냈는지 권총을 꺼내 총신을 거기에다 쑤셔 박은 것이다. 총신이 총경의 입에 들어가면서 이상한 소리가 났다. 파스토르가 총을 밀어 넣으면서 이 한두 개를 부러뜨린 것이 틀림없다. 세르케르의 머리는 의자 등받이에 박혀버렸다. 안으로 못을 박은 것 같다.

"한번 시험해보죠." 파스토르가 태연하게 말한다. "세르케르, 내 말 잘 들어요. 내 얼굴이 보이죠? 나는 암에 걸렸어요. 이제 기껏해야 서너 달밖에 안 남았죠. 그러니 이제 경찰이든 어디든 미래가 없어요. 그러니까 일은 간단하죠. 서명하세요. 안 하면 당신을 죽일 겁니다."

(내가 보기에 이자는 **정말로** 암에 걸렸다. 그렇지 않고서야 저

런 얼굴이 나올 수 없다.) 파스토르의 병세에 대해 세르케르 총경은 나와는 다른 진단을 내린 모양이다. 그는 잠시 망설이더니 오른손 가운뎃손가락을 들어 파스토르의 코앞에서 흔드는 것으로 대답을 대신한다. 그러자 파스토르가 방아쇠를 당긴다. 총경의 머리가 박살이 난다. 또 한 남자가 꽃으로 변한 것이다. 소리는 크지 않지만 바닥은 온통 붉은색으로 뒤덮인다. 세르케르의 어깨 위에는 턱밖에 남아 있지 않다. 몹시 놀란 기색으로 보건대 그의 아래턱은 자기가 학살을 피했다는 것을 믿지 못하는 모양이다.

파스토르는 일어나 피 묻은 총을 퐁타르 델메르의 책상에 떨어뜨린다. 그는 죽은 사람보다 더 시체 같다. 이 말은 결코 과장이 아니다. 그와는 달리 퐁타르는 분명히 살아 있다. 그는 그의 비만 체형이 허락하는 최고의 민첩함으로 권총을 잡아 탄창이 빌 때까지 파스토르를 쏘려고 한다. 문제는 이미 비어 있는 탄창을 비워보았자 별 피해를 주지 못한다는 것이다. 파스토르는 세르케르의 점퍼를 열고 권총집에서 총—크롬 도금에 진주모 빛이 도는 멋진 전용 권총—을 꺼내 그 뚱보 건축가를 향해 겨눈다.

"고마워요, 퐁타르. 안 그래도 그 P38 권총에 당신 지문을 찍으려 했는데."

"자네 지문도 묻어 있어." 거한은 기어들어가는 소리로 중얼거린다.

파스토르는 붕대 감은 손을 보여준다. 검지에는 반창고가 꼼꼼하게 붙어 있다.

"당신이 보낸 살인청부업자들 덕에 어제저녁부터 내 손은 지문을 남기지 않아요. 그래, 퐁타르, 이 진술서에 서명을 하실래요? 아니면 제 손에 죽을래요?"

(그러니까 서명하기는 싫겠지만 그래도……)

"잘 들어요, 퐁타르, 너무 많이 생각하지 마세요. 간단한 일이에요. 당신을 죽여도 세르케르의 총으로 죽일 거예요. 그다음엔 총을 당신 심장 근처에 놓아둘 거고요. 그러면 당신하고 세르케르가 육탄전을 벌이다 서로 죽인 게 되는 거죠. 서명을 하면 세르케르는 그냥 자살한 게 되고요. 무슨 말인지 이해가 돼요?"

(언제나 너무 잘 이해하는 게 진짜 문제가 되는 법이다.) 결국 퐁타르 델메르는 의자에 털썩 몸을 떨어뜨린다. 그 의자는 처음부터 비만 환자의 절망을 감당하기 위해 만들어진 것 같다. 의자는 용감히 그 임무를 수행한다. 퐁타르 델메르는 1분 정도 다시 생각하더니 끝내 단념하고 진술서로 손을 뻗는다. 그가 서명하는 동안 파스토르는 P38의 총신과 손잡이를 정성껏 닦고 탄창에 빈 탄알을 집어넣은 후 총을 세르케르의 손에 쥐여준다. 세르케

르의 가운뎃손가락이 마침내 접힌다.

그다음에는 의례적인 절차가 이어진다. 파스토르는 카레가라는 자에게 전화를 걸어 아르노 르카플리에를 체포하라고 부탁한다. 자택이든 고령자 관리청이든 지금 있는 곳에서.

"카레가, 아르노에게 전해. 에디트 퐁타르 델메르가 그를 주모자로 지목했고, 에디트의 부친인 건축가 퐁타르 델메르도 다 불었고, 세르케르 총경은 자살했다고. 응, 그렇다니까, 카레가, 자살했어⋯⋯ 아, 잊을 뻔했다. 오늘 저녁에 내가 개인적으로 심문할 거라는 말도 전해줘. 내 이름을 듣고 누군지 모른다고 하면 파스토르 위원장과 그의 부인인 가브리엘의 양아들이라고 알려줘. 그 말을 들으면 그놈도 기억이 날 거야. 그자가 두 분을 살해했어."

잠시 후. 그가 매우 부드러운 목소리로 말한다.

"카레가, 그놈이 투신자살이나 음독자살을 못 하게 해. 알았지? 서부영화에서 그러잖아, '산 채로 데려와'라고. 카레가, 그놈을 산 채로 데려와. 부탁이야⋯⋯"

(얼마나 부드러운 목소리인지⋯⋯ 불쌍한 아르노, 가르마가 금발머리를 반으로 나누는 녀석, 할아버지들을 잡아먹는 불쌍한 아르노⋯⋯)

"카레가, 그리고 앰뷸런스하고 죄인 호송차를 이리로 보내줘.

쿠드리에 총경한테는 세르케르가 죽었다고 알려주고. 알았지?"

딸깍. 전화를 끊는다. 그러더니 문 쪽을 돌아보지도 않고 말한
다(나는 그 문 뒤에서 살인 장면과 이후의 일들을 하나도 빼놓
지 않고 보았다).

"말로센 씨, 아직 거기 있어요? 가지 마세요. 돌려드릴 게 있
어요."

(나에게 돌려준다고? 그가? 나에게?)

"받아요."

그는 여전히 보지도 않고 나에게 바니니 형사의 이름이 적힌
크라프트지 봉투를 건넨다!

"이 신사분들을 유인하기 위해 잠시 사진을 빌려야 했습니다.
받으세요. 당신 친구 벤 타예브에게 도움이 될 겁니다. 그분은
곧 석방해드리겠습니다."

나는 손가락 끝으로 사진들을 집고는 부리나케 달아난다. 그
런데……

"아니요, 가지 마세요. 저도 댁에 들러야 해요. 해결해야 할
작은 문제 몇 가지가 있어요."

35

"그렇게 된 겁니다, 아름다운 아가씨. 다 끝났어요."

파스토르는 침대 발치에 무릎을 꿇고 앉았다. 쥘리아가 일부러 눈을 감고 있기라도 한 듯 그가 그녀에게 말한다.

"나쁜 놈들은 죽었거나 감옥에 갔습니다."

물론 쥘리아는 반응이 없다.(반응이 있으면 안 되지!)

"제가 그놈들을 잡겠다고 약속했죠. 기억하세요?"

부드러운 목소리다(이번엔 진실한 부드러움이다). 악몽에 빠진 아이에게 손을 내미는 것 같다.

"보세요. 저는 약속을 지켰어요."

그곳에 모인 온 가족은 이 천사 같은 형사에 대한 사랑으로 말 그대로 녹아내린다. 그렇게나 어려 보이는 데다 목소리는 또 얼마나 편안한지……

"아가씨 때문에 그놈들이 굉장히 겁을 먹었던 게 분명해요. 그러니까 그렇게 많은 실수를 저질렀죠."

지금 그가 천사같이 보이는 것은 사실이다…… 그의 얼굴은 완전히 달라졌다. 안색 좋은, 인형 같은 얼굴에 눈은 동굴처럼 패어 있지 않고 머리카락 컬은 어리디어린 아이의 머리처럼 가벼웠다. 몇 살이나 먹었을까?

"그래요! 아가씨는 전투에서 승리했어요."

(나야 불과 한 시간 전에 그가 한 남자를 꽃으로 바꿔버리는 것을 보기는 했지만!)

"아가씨 덕에 앞으로 병원에서 불필요한 수용을 할 때는 한 번 더 생각하게 될 겁니다."

두 사람이 긴 대화를 나눌 모양이라는 게 느껴진다. 그녀는 수수께끼 같은 미소로 요새를 치고 있고, 그는 참을성 많게도 그녀가 잠든 게 아니라 그의 이야기에 완전히 공감하며 귀를 기울이고 있는 것처럼 혼자 이야기한다. 이들이 연출하는 정다운 모습에 나는 피가 얼어붙는다.

"그래요, 재판이 있을 거예요. 당신이 구해준 피해자들이 증언을 할 거예요……"

쥘리아를 보러 온 마르티 선생이 묘한 표정을 짓는다. 위독한 사람이나 의식불명의 환자 앞에서 일장연설을 늘어놓는 것이 집안 풍습인지 궁금해하는 것이 틀림없다.

"아름다운 아가씨, 하지만 한 가지 중요한 게 빠졌어요."

(솔직히 말해 이 품위 있는 살인자는 내 신경을 돋우기 시작한다. 무방비로 누워 있는 나의 쥘리아의 귀에 대고 자꾸 "아름다운 아가씨"라고 속삭이다니.)

"아가씨의 기사가 없잖아요." 파스토르는 몸을 더 기울이면서 속삭인다.

개 쥘리위스는 머리를 기울이고 혀를 늘어뜨린 것이 누가 보면 어려운 강의를 듣는 학생인 줄 알겠다. 집중해서 보면 쥘리위스의 냄새가 올라오는 것을 **볼 수 있다.**

"제 수사 내용을 아가씨 기사와 대조해야 하거든요. 그래도 되겠죠?"

이제 대화는 비즈니스 얘기로 넘어간다.

"당연히 다른 기자와는 절대 인터뷰하지 않을 겁니다. 약속할게요."

엄마와 여자애들의 표정을 봐야 한다. 황홀경이다! 남자애들은 숭배! 노인들은 동방박사의 경배!(이봐, 식구들! 어리석은 짓 하지 마, 이자는 조금 전에 수박 쪼개듯이 아무렇지도 않게 사람의 머리를 날려버렸다고!)

"그리고 알고 싶은 게 하나 더 있어요."

이제 그는 나의 쥘리아에게 바싹 붙어 있다.

"왜 그렇게 위험을 무릅쓴 거죠? 그들이 벌써 당신의 움직임을 눈치 챘다는 것을 알았잖아요. 그들이 어떤 짓을 할지도 알았잖아요. 왜 그만두지 않았어요? 어떤 동기에서 그렇게 한 거죠? 이번엔 직업적 욕심 때문에만 그런 게 아니죠? 왜 그렇게 이 노인들을 보호하고 싶었던 거죠?"

테레즈가 뻣뻣한 다리로 뻣뻣하게 서서 직업적 관심을 보인다. 눈빛을 보니 이자는 원하는 것은 얻고야 만다고 생각하는 것 같다. 맙소사, 그녀의 판단이 옳았다는 것이 곧 증명된다.

파스토르가 좀더 큰 목소리로 애원하듯 부드럽게 말한다. "얘기해보세요. 난 **정말로** 알아야 해요. 기사를 어디다 숨겨둔 거죠?"

"내 차 안에요." 쥘리아가 대답한다.

(그래, 맞다. 독자가 막 읽은 말을 내가 방금 들은 것이다. "내 차 안에요." **쥘리아가 대답한다!**) "말을 했어!" "말을 했어!" 기쁨의 탄성이 터지고 모두들 사방에서 달려온다. 나는 정말 안도하고 정말 행복하지만 질투에 몹시 사로잡혀, 이 환희가 나와는 상관없는 일인 양 그 자리에 서 있다. 마르티 선생의 말도 못 들을 뻔했다.

"말로센, 부탁인데요, 병원에서 내가 진짜 기적을 필요로 할 때 댁의 가족 중 한 명을 나한테 보내주세요."

❖

그녀가 말문을 연 지도 이제 한참이 되었다. 목소리는 시간을 초월한 듯하고 다른 곳, 아주 먼 곳이나 아주 높은 곳에서 말하는 것 같지만 그래도 특유의 말투로 말을 하고 있다. 파스토르가 차를 어디에서 찾을 수 있냐고 묻자, 그녀는 약간 느릿느릿하게 요정 같은 이상한 목소리로 대답했다.

"당신은 경찰 아닌가요? 그것도 몰라요? 늘 그런 것처럼 당연히 견인 차량 보관소에 가 있죠……"

그러고는 이 싸움에 그렇게 집착한 이유를 설명했다. 파스토르가 옳았다. 직업적 고집만이 아니었다. 쥘리아가 이 늙은 마약 중독자들 문제를 취재하게 된 것은 연원이 깊었다. 그녀는 이 범죄단의 수뇌부하고는 누구와도, 건축가도 총경도 잘생긴 아르노 르카플리에와도 개인적으로 아는 사이가 아니었다. 아편 각하를 빼면 누구와 원한이 있는 것도 아니었다. 그렇다, 간단히 말해 아편 각하와 그 모든 부산물들과 원수를 진 것이었다.

아편과 쥘리의 관계는 오래된 이야기였다. 예전에 그들은 한 남자를 두고 싸웠다. 그 싸움은 그녀가 어릴 때 시작되었다(어린 소녀의 목소리로, 표범 여인의 큰 몸을 가지고 아주 작은 목소리로 이 이야기를 하는 그녀의 모습이 애처롭다).

쥘리아는 전직 식민 총독이었던 아버지 코랑송과 함께 베르코르 지방의 산속에서 살던 것을 떠올렸다. 당시 신문에서는 그를 '독립의 전파자'라고 불렀고, 어떤 이들은 '제국의 파괴자'라고도 했다. 부녀는 그곳에 낡은 농가를 대충 개조한 집을 한 채 소유하고 있었다. 부녀는 '레 로샤'라고 이름 붙인 그 시골집으로 틈만 나면 피신을 했다. 그곳에서 쥘리는 딸기나무를 심었다. 그들은 접시꽃이 자라게 내버려두었다. '독립의 전파자'…… '제국의 파괴자'…… 코랑송은 아직 살육을 피할 가능성이 있던 무렵 월맹과 처음으로 협상을 한 인물이었고, 망데스를 도와 튀니지 내정 자치권 획득에 기여했으며, 드골 치하에서 검은 아프리카*를 검은 아프리카에 돌려줄 때도 중요한 역할을 담당했다. 하지만 어린 딸에게 그는 '위대한 지리학자'였다.

---

* 북아프리카를 제외한 사하라 이남의 아프리카.

(쥘리는 지금 남의 가족에게 둘러싸인 채 침대에 누워 어린아이의 목소리로 읊고 있다.)

그녀는 레 로샤에 들렀던 사람들, 조국의 독립을 이룬 사람들의 이름을 읊었다. 어린애 같은 음성으로 파르하트 압바스, 메살리 하드지, 호치민, 보 구엔 지아프, 이븐 유수프, 부르기바, 레오폴드 세다르 상고르, 카메 은크루마, 시아누크, 치라나나의 이름을 말했다. 코랑송이 아프리카의 쌍둥이 대륙에서 영사직을 수행하던 시절로 거슬러 올라가면서 거기에 남미식 이름들이 섞였다. 수많은 바르가스, 수많은 아라에스, 수많은 아옌데, 수많은 카스트로, 그리고 체(체! 몇 년 뒤에는 어딜 가나 소녀들의 방에 그 명석한 털보의 초상화가 붙어 있는 것을 볼 수 있었다).

이들 대부분은 인생의 어느 순간에 한 번은 베르코르 지방의 외딴 시골집 레 로샤에 들렀다. 쥘리는 그들과 부친 간의 격한 논쟁을 한 마디도 빼놓지 않고 기억했다.

"역사를 쓰려고 하지 말고 역사의 권리를 지리학에 돌려주는 것으로 만족하라니까!"

"지리학이란 변하는 법이지." 체는 폭소를 터뜨리며 대답했다.

이들은 보통 망명 생활을 하는 중이었다. 어떤 이들은 경찰에 쫓기고 있었다. 하지만 부친과 있을 때는 모두들 공사판 인부처럼 떠들썩하게 쾌활한 기분이었다. 진지하게 말하다가 갑자기

장난을 치는 일도 많았다.

"지아프 학생, **식민지**가 뭡니까?" 코랑송이 식민지 교사 같은 말투로 물었다.

그러면 보 구엔 지아프는, 나중에 디엔비엔푸의 승리자가 될 보 구엔 지아프는 어린 쥘리를 웃기려고 초등학생처럼 더듬거리면서 말했다.

"식민지는 공무원들이 다른 나라 소속인 나라예요. 예를 들어 인도차이나는 프랑스 식민지이고, 프랑스는 코르시카 식민지죠."

폭우가 쏟아지던 어느 날 밤, 레 로샤 근처에 번개가 떨어졌다. 식당의 전구가 폭발하면서 불꽃놀이와 똑같이 별 모양으로 불똥이 튀었다. 하늘이 담고 있던 것을 한 번에 쏟아버릴 작정인 양 비가 내리기 시작했다. 그 자리에는 파르하트 압바스와, 쥘리가 이름을 잊은 알제리 사람 두 명이 있었다. 파르하트 압바스는 갑자기 몸을 일으키더니 밖으로 뛰어나가 묵시록 같은 폭풍 속에서 외쳤다.

"내 동포들에게 다시는 불어로 말하지 않을 거야! 동포들에게는 아랍어로 말할 거야! 동포들을 '동지'라고 부르지 않을 거야! '형제'라고 부를 거야!"

쥘리는 벽난로 앞에 웅크리고 앉아 그들이 밤새 하는 얘기를 들었다.

"쥘리, 그만 가서 자라. 아직 생기지 않은 나라의 국가 기밀은 더욱 비밀이야." 코랑송이 말했다.

하지만 그녀는 그 자리에 있게 해달라고 졸랐고, 언제나 누군가 한 명은 나서서 편을 들어주었다.

"코랑송, 따님이 우리 얘기를 듣게 놔둬요. 당신이 평생 살 것도 아니잖아요."

이 집을 방문하는 사람들은 모두 부친의 친구들이었다. 밤이면 흥분은 어마어마하게 고조되었다. 하지만 그들이 떠나고 나면 코랑송 총독은 갑자기 기운이 빠져 자기 안에 침잠했다. 그는 침실에 틀어박혔고, 집에서는 구역질 나는 끓인 꿀 냄새가 나기 시작했다. 이렇게 부친이 혼자 아편을 피우고 있으면 쥘리는 설거지를 하고 자러 갔다. 그녀는 아버지를 다음 날 늦게야 볼 수 있었다. 동공은 팽창해 있고, 몸은 공기보다 가벼웠으며, 더 슬픈 모습이었다.

"인생이 참 우습지. 나는 자유를 부르짖으며 우리의 식민 제국을 해체하고 살았어. 그건 꼭 새장 문을 열어주는 것처럼 신나는 일이고 낡은 스웨터의 올을 푸는 것처럼 우울한 일이야. 자유의 이름으로 수많은 가족을 귀양 보내고 있으니. 나는 제국을 육각형으로 만드는 일을 하고 있어."*

파리에 있을 때면 그는 오늘날 벨로드롬이 들어선 자리에 있던 아편굴을 드나들었다. 아편굴은 루이즈라는 이름의 전직 식민지 교사와, 코랑송이 '나의 약장수'라고 부르는 통킹 출신의 남편이 운영하고 있었다. 그러던 중 위장막 구실을 하던 가메 창고가 폐쇄되었고, 이 부부는 재판을 받게 되었다. 코랑송은 루이즈와 통킹 남자를 위해 증언하려 했다. 그는 고소를 한 '인도차이나 참전용사들'에게 불같이 화를 냈다.

"범죄자의 영혼을 가진 놈들이 성인군자인 척하다니!"

그는 예언조로 말했다.

"그놈들의 자식들은 아버지가 한 일이 아무것도 없다는 것을 잊기 위해 마약을 맞을 거야."

하지만 당시에는 그 자신이 마약으로 심각하게 쇠약해진 상태여서 변호사들이 증언을 못 하게 막았다.

"선생님이 무슨 말을 하든지 선생님 얼굴 때문에 신용을 잃을 겁니다, 코랑송 씨. 저희 고객에게 오히려 누가 될 겁니다."

그는 당시 아편에서 헤로인으로, 긴 파이프에서 차가운 주사기로 넘어간 상태였다. 이제 그가 혈관 속에서 쫓고 있는 것은 개인적인 고민이 아니라 태어나는 데 자기가 일조한 세계의 모순이었다. 여러 나라가 독립을 선언하자마자 지리학은 불치병처

---

* 해외 식민지들을 모두 잘라내고 흔히 육각형에 비유되는 프랑스 본토만 남기겠다는 말.

럼 다시 역사를 낳았다. 수많은 시체를 남긴 전염병이었다. 모부투는 루뭄바를 처형했고, 우프키르는 벤 바르카의 목을 잘랐으며, 파르하트 압바스는 망명했고, 벤 벨라는 가택 연금되었고, 이븐 유수프는 부하들에 의해 제거되었으며, 베트남은 자기들이 당한 역사를 캄보디아에 고스란히 돌려주어 피를 뽑았다. 베르코르 시골집의 친구들은 베르코르 시골집의 친구들에게 쫓겼다. 볼리비아에서 잡혀 죽은 체만 해도 카스트로가 그 죽음의 배후에 있다는 소문이 돌았다. 지리학이 역사에게 고문받는 일은 끝이 없었다…… 코랑송은 이제 죽음의 구멍이 숭숭 뚫린 유령에 불과했다. 그는 정원일을 할 때 조롱의 의미로 낡은 식민 총독 제복을 입었는데 옷이 너무 커서 헐렁거렸다. 그는 쥘리가 돌아오는 7월이면 어린 시절의 과일을 다시 맛볼 수 있도록 레 로샤에 딸기나무를 심을 계획을 세웠다. 그는 접시꽃들이 다른 땅을 침범하는 것을 방치했다. 자기 키보다 높게 자란 무성한 잡초들 속에서 정원을 가꿀 때면 흰색 제복은 깃대에 마구 휘감긴 깃발처럼 그의 해골에 자꾸 부딪혔다.

어느 여름 쥘리는 아버지를 구해야겠다는 말도 안 되는 생각을 했다. 논리와 사랑만으로는 부족했기에 아버지를 겁주기로 한 것이다. 그녀는 부친이 올 때가 된 것을 알고 팔꿈치 안쪽의 오목한 부위에 바늘을 꽂았다. 문이 열렸을 때는 주사기가 벌써 반쯤 비어 있었다. 그녀는 그가 덤벼들며 지르던 분노의 비명이 아직도 귀에 선했다. 그는 바늘과 주사기를 빼앗고는 그녀를 때리기 시작했다. 말에게 벌을 주는 것처럼 있는 힘을 다해 때렸다. 그녀는 이제 아이가 아니었다. 힘센 성인이었고 기자에다 특파원이었으며 위험을 한두 번 겪은 것이 아니었다. 하지만 그녀는 저항하지 않았다. 효녀라서가 아니라 뜻밖의 두려움에 몸이 마비된 것이었다. **부친은 그녀의 얼굴에 주먹세례를 퍼부었지만 하나도 아프지 않았다!** 그는 힘이 없었다. 그의 손은 깃털처럼 가벼웠다. 유령이 산 자의 몸을 차지하려고 덤벼드는 것 같았다. 그는 힘이 다할 때까지 때렸다. 양심의 분노로 아무 말 없이 때렸다.

그리고 그는 죽었다.

죽었다.

그의 팔은 작별 인사라도 하는 것처럼 허공에서 정지했다. 그는 소리도 내지 않고 딸의 발치에 쓰러졌다.

✛

이제 그녀는 어린애의 목소리로 그를 부른다. 계속 "아빠……"라고 한다. 마르티 선생은 어느 선까지는 경찰을 돕는

편이지만, 그 모습을 보더니 젊은 파스토르 형사를 거칠게 밀어 젖히고는 환각에 사로잡힌 커다란 어린애에게 망각의 주사를 놓는다.

"잠이 들 겁니다. 내일이면 깨어날 테고 이제 다시 잠드는 일은 없을 겁니다. 그러니 가족분들은 환자가 쉴 수 있게 소란 좀 피우지 말고 조용히 계세요."

4부

기병총 요정

겨울의 벨빌,

다섯 인물이 있었다.

빙판까지 치면 여섯이었다.

36

도시는 볼륨을 낮추었다. 쿠드리에 총경의 이중 커튼은 밤을 맞아 열려 있었다. 엘리자베트가 두고 간 마지막 커피포트는 아직 따뜻했다. 제정 양식 의자에 몸을 곧게 펴고 앉아 있는 파스토르 형사는 조금 전에 두번째 구두 보고를 마친 참이었다. 보고는 처음과 완전히 동일했다. 하지만 오늘 밤 쿠드리에 총경의 머리에는 안개가 끼어 있었다. 전체적으로 보면 사건은 더할 나위 없이 명쾌했다. 하지만 몇 가지 부분이 걸렸고 그 때문에 설명 전체가 흔들리는 것이 보였다. 티끌 하나 없이 맑은 호수에 어릿광대가 믿을 수 없을 만큼 극도로 압축된 거짓을 딱 한 방울 떨어뜨린 것처럼 말이다.

쿠드리에 파스토르, 선심 써서 내가 바보라고 생각하고 말해
보게.

파스토르 총경님, 무슨 말씀이십니까?

쿠드리에 전부 설명해보라고. 하나도 이해를 못 하겠어.

파스토르 건축가가 리모델링할 만한 건물을 헐값에 사서 비싼
값에 되팔고 싶어하는 게 이해가 안 되십니까, 총경님?

쿠드리에 아니, 그건 이해가 돼.

파스토르 고령자 담당 정무차관이 큰돈을 벌려고 불필요한 병
원 수용에 개입했다는 게 이해가 안 되십니까?

쿠드리에 너무나 잘 이해하지.

파스토르 마약 문제 전문가인 총경이 편안한 노후를 위해 마
약상이 되는 게 이해가 안 되십니까?

쿠드리에 처음 보는 일도 아니지.

파스토르 이 세 명(총경, 정무차관, 건축가)이 힘을 합쳐 사업
을 하고 수익을 나눠 갖는 게 이상해 보이십니까, 총경님?

쿠드리에 아니.

파스토르 ……

쿠드리에 그게 아니야. 사소한 부분들이 문제야……

파스토르 예를 들어서요?

쿠드리에 ……

파스토르 ……

쿠드리에 그 노부인은 왜 바니니를 죽였지?

파스토르 그녀가 너무나 뛰어난 속사수였기 때문입니다, 총경님. 같은 이유로 해직되는 경찰이 많이 있잖습니까. 그래서 저는 그 노부인을 그냥 두자고 하는 겁니다. 이제 무기가 없으니까요.

쿠드리에 ……

파스토르 ……

쿠드리에 그리고 에디트 퐁타르 델메르라는 아가씨, 건축가의 딸 말이야. 그 여자는 왜 자살한 건가? 세르케르 같은 자가 패배를 목도하고 자살을 한다, 그거야 이해가 되지(게다가 바람직하기도 하고). 하지만 마약상이 체포되었다고 자살하는 것은 한 번도 본 적이 없네!

파스토르 그녀는 평범한 마약상이 아니었습니다, 총경님. 그녀는 흠잡을 데 없는 사람이라고 생각했던 아버지의 명예를 실추시키기 위해 마약 거래에 끼어들었습니다. 그런데 자기 보스가 다름 아닌 아버지라는 사실을 알게 된 것이죠. 그런 악당의 명예를 실추시키는 것은 쉬운 일이 아니고요. 그녀는 자기가 그를 얼마나 경멸하는지 알리기 위해 자살한 겁니다. 정신분석학이 아빠라는 것을 발명한 이래로 교양 있는 젊은이들이 그런 짓을 종종 하지요.

쿠드리에 그 말은 맞아. 요즘은 두 종류의 비행 청소년이 있지. 가족이 없는 녀석들과 가족이 있는 녀석들.

파스토르 ……

쿠드리에 ……

파스토르 ……

쿠드리에 그래, 파스토르, 그렇다면 말이야, 내가 제대로 이해했다면, 자네는 우연히 발견한 사진 한 장 덕택에 이 미궁처럼 꼬인 사건을 해결했다는 건가?

파스토르 그렇습니다, 총경님. 에디트 퐁타르 델메르가 한 노인에게 암페타민 캡슐을 넘겨주는 사진이었죠. 게다가 겉보기에 완전히 무관한 듯한 네 가지 사건(바니니 살해, 쥘리 코랑송 살인 미수, 벨빌 노파 살해, 노인 대상 마약 밀매)이 서로 밀접하게 연결되어 있었다는 점을 감안하면 우연이 우리 대신 일해줬다고 해야겠죠.

쿠드리에 이 경우에는 우연이 컴퓨터보다 나았지.

파스토르 그래서 우리 직업이 낭만적이라고들 하는 것이죠, 총경님.

쿠드리에 ……

파스토르 ……

쿠드리에 커피 좀더 들겠나?

파스토르 감사합니다.

쿠드리에 ……

파스토르 ……

쿠드리에 파스토르, 오래전부터 자네에게 하고 싶은 말이 있었네.

파스토르 ……

쿠드리에 나는 자네의 부친인 위원장님을 무척 존경했다네.

파스토르 아는 사이셨습니까, 총경님?

쿠드리에 내 헌법학 교수이셨네.

파스토르 ……

쿠드리에 뜨개질을 하면서 강의를 하셨지.

파스토르 그랬군요. 그리고 어머니는 아버지가 외출하실 때마다 샤무아 가죽으로 두피를 반들반들하게 닦아주셨죠.

쿠드리에 맞아. 위원장님의 머리는 거울처럼 반짝였어. 가끔은 머리를 보여주면서 "제군들, 스스로 떳떳하지 않을 땐 여기와서 양심을 비춰보게"하고 말씀하셨지.

파스토르 ……

쿠드리에 ……

파스토르 ……

쿠드리에 그렇기는 하지만…… 세르보-크로아티아 출신의 라틴 문학자가 카타콤에서 할머니들을 살인자로 양성하고, 노부인들이 자기를 보호해주려는 경찰을 죽이고, 은퇴한 서적상이 문학의 영광을 위해 능숙하게 사람의 목을 베고, 나쁜 여자애가 아버지가 자기보다 더 나쁘다고 창문으로 뛰어내리는 세상이라면…… 나도 은퇴해서 손자들 교육에나 전념할 때가 된 것 같네. 이 자리는 다른 사람에게 넘겨줘야겠어, 파스토르. 게다가 이 세기말의 부조리를 이해하는 데는 자네가 나보다 뛰어난 것 같으니.

파스토르 하지만 이 세기말은 제 통찰력을 누리지 못할 것 같습니다, 총경님. 저는 사직하러 왔습니다.

쿠드리에 저런! 벌써 지겨워진 건가, 파스토르?

파스토르 그런 문제가 아닙니다.

쿠드리에 무슨 일인지 물어봐도 되나?

파스토르 사랑하는 사람이 생겼습니다, 총경님. 그리고 저는 한 번에 두 가지 일은 못 합니다.

37

"오빠, 둘이 떠났어."

테레즈는 너무나 냉정하게 소식을 전한다. 내 여동생인 임상학
자 테레즈는 외과용 메스를 휘둘러 내 마음을 둘로 쪼개놓는다.

"한 시간 전에 떠났어."

클라라와 나는 문가에 서 있다.

"편지를 남겼어."

(훌륭해. 떠난다고 알리는 편지라니. 훌륭해……) 클라라가
내 귀에 속삭인다.

"오빠, 설마 이럴 줄 몰랐던 건 아니지?"

(아! 그래, 이럴 줄 알았다! 근데 나의 클라리넷, 미리 예상하
면 불행이 더 견디기 쉽다고 누가 그러던?)

"뭐 해? 들어가. 계속 바깥바람 맞고 서 있을 거야?"

식당 식탁 위에는 정말 편지가 놓여 있다. 영화에서 옷장, 작은 탁자, 벽난로 위에 편지를 두고 떠나는 장면을 얼마나 많이 봤던가! 그런 장면을 볼 때마다 나는 '클리셰*야! 푸홋, 형편없는 클리셰야!' 하고 생각했다.

오늘 그 클리셰가 새하얀 직사각형의 모습으로 식당 식탁 위에서 나를 기다리고 있다. 쥘리아의 머리맡에 무릎을 꿇고 있는 파스토르의 모습이 떠오른다…… 후안무치하게 잠자는 여인에게 수작을 부리다니! 그녀가 무방비로 누워 있는 동안 귓구멍에 거짓 약속을 잔뜩 들이붓다니…… 정말 역겹다!

"테레즈, 내 마음이 피를 흘리고 있어. 혹시 반창고 같은 거 없어?"

(이 편지를 열어볼 용기는 결코 나지 않을 것이다……)

클라라가 그것을 느꼈는지 식탁으로 가서 봉투를 집어 열고 (심지어 봉하지도 않았다) 종이를 펴서 훑어보더니 멍한 표정으로 팔을 떨어뜨린다. 소녀의 시선은 천천히 싸구려 감상주의로 흐려진다.

"베네치아로 데려갔어, 다니엘리 호텔로!"

---

* 판에 박은 듯한 문구 또는 진부한 표현을 가리키는 문학 용어.

"가는 김에 깁스는 떼고 갔대?"

피해 본 것을 만회하기 위해 내가 할 수 있는 말은 그게 전부다.("깁스는 떼고 갔대?" 꽤 근사하지 않은가?) 그럴지도 모른다. 하지만 두 여동생의 눈빛을 보니 꼭 그런 것 같지도 않다. 보아하니 둘 다 내 말을 이해하지 못하는 것 같다. 그러더니 클라라가 문득 이해한다. 폭소를 터뜨린다.

"파스토르가 쥘리아랑 떠난 게 아니야, 엄마랑 갔어!"

"뭐라고? 다시 한번 말해볼래?"

"파스토르가 쥘리아랑 떠난 줄 알았어?"

이 질문은 테레즈가 던진다. 전혀 농담하는 기색이 아니다. 그녀가 계속 말한다.

"그런데 그런 식으로 반응하는 거야? 오빠는 평생 가장 사랑한 여자를 다른 남자가 데리고 떠났는데 문 앞에 서서 손가락 하나 까딱 안 하고 있는 거야?"

(젠장, 또 혼이 나다니!)

"그리고 쥘리를 고작 그 정도밖에 못 믿어? 오빠, 오빠 쥘리를 사랑하는 거 맞아? 남자가 뭐 그래?"

테레즈는 적대적인 질문을 속사포처럼 쏟아 붓는다. 하지만 나는 어느새 나의 쥘리아를 만나려고 네 발로 계단을 기어올라 이미 용서받은 아이처럼 나의 코랑송에게 뛰어들고 있다. 그래,

테레즈, 나는 회의적인 연인이야. 내 심장은 원래 의심이 많아. 그런데 왜 나를 좋아할까? 왜 다른 사람도 아니고 나를 좋아하지? 대답할 수 있어, 테레즈? 그녀가 다름 아닌 나를 좋아한다는 사실을 확인할 때마다 정말 기적인 것 같아! 테레즈, 너는 근육질의 심장이 더 좋아? 믿음이 절대 흔들리지 않는 커다란 펌프?

✛

한참 후 클라라가 우리 침대에 오믈렛을 가져다주었고, 한참 후 쥘리위스가 자기 밥그릇을 씻는 동안 쥘리와 나는 우리 접시를 핥았고, 한참 후 두번째 뵈브 클리코*의 시체가 우리의 규방에서 뒹굴었고, 한참 후 심신이 녹초가 되고 기진맥진해 포만감과 피로로 꼼짝 못하는 와중에 나의 쥘리(그래, 쥘리는 내 거라니까, 제기랄!), 나의 쥘리가 묻는다.

"그런데 스토질 면회 갔던 건 어땠어?"

나는 한 줌 남은 숨으로 겨우 대답한다.

"우리 쫓겨났어."

---

* 샴페인 상표.

＊

　그건 사실이다…… 우리의 스토질 영감은 클라라와 나를 쫓
아냈다. 파스토르가 힘을 써준 덕에 우리는 감옥 면회실이 아니
라 스토질의 독방으로 직접 갔다. 사전들이 잔뜩 있고 바닥에는
구겨진 종이가 어지럽게 널린 작은 방이었다.

　"부탁인데 스토질코비치 영감은 면회 사절이라고 사람들한테
애기 좀 해줘."

　새 잉크 냄새, 지탄 담배 냄새, 발과 뉴런에서 나는 이중의 땀
냄새가 났다. 두뇌 노동의 냄새였다.

　"1분도 안 돼! 푸블리우스 베르길리우스 마로*를 크로아티아
어로 번역하는 일은 그런 식으로는 할 수가 없어. 더구나 나는
여덟 달밖에 못 받았다고."

　그는 우리를 문 쪽으로 밀어냈다.

　"심지어 바깥의 나무들도 방해가 된다고……"

　밖은 봄이었다. 스토질의 창가에서는 완연한 봄이 싹을 내밀
고 있었다.

　"여덟 달 뒤라고 해도 겨우 시작 단계일 텐데……"

───────────
* 베르길리우스의 본명.

스토질은 초고가 무릎까지 쌓인 독방에 서서, 베르길리우스 전집을 번역할 수 있도록 종신형을 받기를 꿈꾸고 있었다.

그는 우리를 쫓아냈다.

그는 몸소 문을 닫았다.

✣

또 한참 후 두번째 오믈렛과, 세번째 뵈브와, 몇 번의 재회를 끝낸 뒤에 내가 물었다.

"파스토르가 왜 엄마랑 떠났을 것 같아?"

"언제나 그런 순간을 기다리고 있었으니까."

"그런 순간? 무슨 순간?"

"계시. 내가 혼수상태일 때 파스토르가 한 말인데, 그는 계시를 받아야 사랑에 빠질 수 있을 거랬어."

"당신한테 그런 얘기나 지껄이고 있었던 거야?"

"자기 인생을 얘기했어. 가브리엘이라는 분 얘기를 많이 했어. 가브리엘은 그의 부친인 파스토르 위원장의 계시였었나봐."

✛

"그래, 오늘은 파스토르하고 엄마가 떠난 것 말고는 별일 없어?"

"테레즈가 경찰병원에 갔어."

"또?"

"티안 영감을 부활시키려고 결심한 모양이야."

38

생마르셀 대로에 있는 경찰병원의 마글루아 간호사는 반 티
안 케이스에 손을 들었다. 경찰들은 결코 편한 환자가 아니었다.
그들은 병원에 누워 있게 된 것 때문에 경찰이라는 직업을 원망
했다. 총상이든 자상이든 그들 대부분은 복수를 하고 싶어했다.
하지만 그들의 제복이 그것을 금지하고 있었고, 그들은 그 점을
알고 있었다. 그들은 자기가 속한 공권력을 증오했고, 그래서 병
세는 악화되었다. 마글루아 간호사의 처치를 받을 때까지는 말
이다. 0.1톤의 모성애와 거구의 부드러움에 고양이의 지혜를 갖
춘 마글루아 간호사는 공권력의 화신이었다. 이렇게 그녀에게
일단 진압되면 경관들은 회복되었다. 그래도 회복되지 못하고
죽는다 해도 그녀의 거대한 팔에 안겨 죽었다. 마글루아 간호사

는 그들의 몸이 차가워질 때까지 안고 달래주었다.

반 티안 형사는 완전히 다른 문제였다. 우선 그는 입원하자마
자 죽었어야 했다. 그렇게 가냘픈 몸에 그렇게나 구멍이 났으니
오래 버티지 못하는 게 정상이었다. 하지만 기이한 힘이 반 티안
형사의 생명을 유지해주었다. 마글루아 간호사는 그 힘이 강력
한 증오에서 나왔다는 것을 마침내 이해했다. 침대에는 반 티안
형사 혼자만 있는 게 아니었다. 반 티안 형사는 과부 호씨라는
베트남 여자와 침대를 같이 쓰고 있었다. 한 육신에 갇힌 과부와
형사는 까마득한 옛날부터 이혼 소송 심리를 해온 것 같았다. 둘
모두 상대의 죽음을 열렬히 바라고 있었다. 그들이 살아 있는 것
은 그 때문이었다.

마글루아 간호사는 그들이 서로에게 가하는 것만큼 끔찍한
짓을 한 번도 본 적이 없었다.

과부 호씨는 무엇보다 한겨울에 밤마다 한참씩 현금지급기의
미닫이 턱에 팔을 넣고 있게 했다고 반 티안 형사를 비난했다.
호씨의 말로는 그것은 상어 입속에 떨어진 반지를 찾으러 가는
것만큼이나 위험한 일이었다. 하지만 노형사는 비웃으면서, 가
난한 사람들 앞에서 지폐 다발을 흔들면서 속으론 좋아하지 않
았냐고 응수했다.

"커진말장이!" 과부가 외쳤다. "더러운 커진말장이!"

"나 좀 그만 귀찮게 하고 숄롱으로 돌아가서 느억맘이나 팔지 그래?"

서로의 국적도 대단한 격전장이었다…… 반 티안 형사는 과부에게 베트남 출신이라고 욕을 해댔고, 그녀는 그가 근본도 없는 놈이라고 욕했다.

"그러는 넌는? 넌는 어디 출신인데? 넌 근본도 엄는 놈이잖아! 나는 쩌렁 출신인 게 자랑스러워!"(그녀는 사이공의 차이나타운 숄롱을 쩌렁이라고 발음했다. 티안은 그 이름을 프랑스 식으로 '샬롱쉬르마른' 할 때의 샬롱과 비슷하게 발음했다.)

"나는 포도주 창고에서 태어났어. 네가 뭐라고 떠들건 난 신경 안 써."

하지만 티안은 이 대답으로는 성이 차지 않았다. 과부의 일격은 확실히 아팠다. 형사는 몇 시간 동안 우울에 빠져 조용해졌고 그 덕에 마글루아 간호사는 쉴 수 있었다. 그러다 예고 없이 논쟁이 재개되었다.

"그렇게 딴청 피워봐야 소용없어. 너 때문에 나는 정말 죽을 뻔했다고."

"그랬타면 얼마나 좋을카!"

몇 주 동안 과부 호씨를 길거리로 내몬 게 누군데? 살인마가 오기를 기다리면서 밤낮으로 문을 열어놓은 게 누군데? 과부가 무일푼의 약쟁이들과 수다 떨게 한 게 누군데? 같은 층 이웃도 보호하지 못하면서 그녀를 미끼로 쓴 게 누군데? 도대체 누군데? 사람을 그런 식으로 취급할 수가 있어?

"그러면 마뉘랭 권총에서 총알을 뺀 게 누군데? 아마 내가 그랬나보지? 그놈이 나타나서 나를 죽여달라고 하느님한테 기도한 게 누군데? 탄창하고 총을 따로 던져버린 게 누군데?"

대화는 시작되기만 하면 곧바로 막다른 골목에 이르렀다. 그녀는 쿠스쿠스를 싫어했지만, 그는 몇 주 동안 그녀에게 쿠스쿠스 꼬치 요리를 억지로 먹였다. 그것에 대해 그는 그녀의 '아시아의 천 가지 꽃' 향수의 끔찍한 악취 때문에 진정제를 평소보다 열 배는 먹어야 했다고 응수했다.

"크 약들이 왜 내 탓이야?" 그녀는 항의했다. "크건 짜닌 때문이잖아!"

그는 으르렁거렸다.

"자닌은 결코넘어지지 마."

"키다리 짜닌, 그놈 때문에 약 먹잖아!"

그는 다시 말했다.

"자닌은 결코넘어지지 마."

하지만 그녀는 자기가 승기를 잡은 것을 알았다.

"그놈은 죽었어!"

그러자 반 티안 형사는 과부 호씨에게 덤벼들어 입 닥치라고 소리를 질렀고, 결국 주먹을 휘둘러 그녀의 몸에서 나와 위쪽의 약병이나 아래쪽의 점멸등 달린 기계에 꽂힌 수많은 촉수들을 뽑아버렸다.

"그래, 그럼 너도 한번 죽어봐라!"

피가 솟았다. 찢어진 살점이 허공으로 튀었다. 경보 벨이 자동으로 울렸고, 마글루아 간호사는 과부와 형사의 두 몸에 스모선수의 권위를 힘껏 던졌다. 그러고 나서 그녀는 도움을 요청했다. 피해복구반이 도착했다. 피를 닦았다. 튜브들을 다시 끼웠다. 생명 유지 장치를 다시 연결했다. 그리고 그 왜소한 몸을 두 명을 묶는 것처럼 최대한 단단하게 묶었다. 몸을 옴짝달싹 못하게 되자 반 티안 형사와 과부 호씨는 입을 다물었다. 그들은 모범적인 중환자가 되었다. 이제 그들은 생각으로도 싸우지 않았다. 그들은 평온하게 잠을 잤다. 평온, 평온…… 워낙 평온해서 사람들은 가죽 끈으로 묶은 것을 조금씩 느슨하게 풀기 시작했고 결국은 완전히 풀어주어 자유를 돌려주었다. 더구나 그 몸은 시간이 지날수록 약해져서 손가락 하나 까딱할 수 없을 것처럼 보였다. 하지만 어두운 병실에서 반 티안 형사의 입가에 못된 미소가 다시 떠올랐다. 다른 생각으로 웃는 것이었다. 오직 상대를 해치려는 욕망뿐이었다. 마글루아 간호사가 없는 틈을 타서 그가 중얼거렸다.

"너 네 유방 봤냐?"

과부 호씨는 곧바로 이해하지 못했다. 그녀는 방어 자세를 취했다.

"두들겨놓은 스테이크처럼 납작하잖아."

그녀는 여전히 반응이 없었다.

"그리고 네 엉덩이는? 네 엉덩이 봤어?"

그녀는 말이 없었다. 그는 속삭였다.

"완전히 액체지. 네 엉덩이는 흐물흐물 힘이 하나도 없어."

어둠 속에서 긴장이 고조되었다.

"항상 궁금하던 건데 말이야……"

침묵.

"네 어깨는 어디 갔어? 넌 어깨가 없어?"

그녀는 꿋꿋하게 버텼다. 그는 폭격을 해댔지만 그녀는 거만하게 굴었다.

"자닌은 유방도 있고 엉덩이도 있고 어깨도 있었어. 자닌은 향수병에 갇혀 살지 않았어. 자닌은 여자 냄새가 났어. 자닌은 땅에 뿌리박고 있었어. 바람이 불어도 절대 날아가지 않았어. 자닌은 나무였어. 과실이 열렸다고!"

그녀가 예상치 못한 공격이었다. 욕설은 참을 수 있었지만 모든 여자가 그런 것처럼 다른 여자의 이름을 듣는 것은 남자가 다른 남자의 이름을 듣는 것만큼이나 견딜 수 없는 고문이었다.

"자넨……"

그들의 몸에 연결해둔 기계 하나가 깜빡거리면서 위험신호를 보내기 시작했다. 바늘은 빨간색이 칠해진 곳에서 흔들렸다. 그때 밸브 하나가 튕겨 나오더니 과부가 찢어지는 소리로 말했다.

"그럼 가서 네 짜닌이랑 같이 살아!"

불끈 쥔 작은 주먹으로 잡아 뽑은 튜브들은 콩 수확기처럼 보였다. 경보 벨이 울렸고, 마글루아 간호사가 경비원 한 명을 데리고 들이닥쳤다. 그들은 덤벼들었고, 부상자는 즉시 잠잠해졌다. 그들은 시체를 조각낸 기분이었다.

마글루아 간호사는 이해할 수가 없었다. 이 일을 40년간 해왔지만 아직도 배울 게 있다는 얘기였다. 도대체 누가 이런 고통을 진정시킬 방법을 알려줄 것인가?

✠

그것은 바로 말라깽이 키다리 여자였다.

그녀는 봄비가 부슬부슬 내리는 어느 오후에 미친 황인종 노형사의 병실에 들어왔다. 그녀는 환자 머리맡에 곧은 자세로 앉았다. 다른 면회객들이 왔을 때 이상의 반응은 없었다. 헐렁한 커다란 양털 스웨터 차림의 젊은 곱슬머리 형사가 왔고, 쿠드리에 총경 같은 거물도 눈에 띄지 않게 조용히 다녀갔지만, 반 티안 형사는 그들을 반갑게 맞이하지 않았다. 질문을 해도 아무 대답이 없었고 눈길 한 번 주지 않았다. 무덤에서 나온 것 같은 얼굴의 키다리 소녀가 가죽 끈에 묶인 그의 몸을 바라보았을 때도 그는 특별한 반응이 없었다. 피부가 퍼석퍼석한 이 소녀에게서 어떤 종류의 권위가 나오는 것인지 마글루아 간호사는 이해할 수 없었다. 소녀는 하느님 아버지의 위임을 받기라도 한 것처럼 가죽 끈의 매듭을 풀었고, 마글루아 간호사는 제지하지 않았다. 반 티안 형사의 몸을 족쇄에서 해방시켜준 후, 그녀는 형사의 손목을 한참 동안 문지르고 팔꿈치 있는 데까지 주무르면서 무언가를 돌게 해주었다. 천장에 박혀 있던 노형사의 두 눈이 마침내 옆으로 떨어지더니 말 없는 키다리 소녀에게 머물렀다. 그녀는 기적을 입은 환자의 시선을 보고도 미소를 짓지 않았으며, 부상자에게 어떤 질문도 하지 않았다. 그저 그의 손을 잡고 손날을 이용해 익숙한 솜씨로 세게 문질러주었다. 손이 완전히 펴지자 소녀는 그 손을 바라보았다. 마침내 그녀가 입을 열었다.

"계획의 1부는 실현되었어요. 제 말대로 토성증후군에 걸리셨잖아요. 몸 안에 납이 필요 이상으로 들어 있는 것 말이에요."

그녀의 목소리는 그녀의 몸처럼 꼿꼿하고 메말랐다. 마글루아 간호사는 그것에 놀랐다. 자기도 토실토실한 목소리를 갖고 있으면서. 소녀는 계속 말했다.

"이 병이 로마 제국의 붕괴를 초래한 병이라고 말씀드렸죠. 정말이에요. 광기 때문이죠. 납중독은 광기를 일으켜요. 정확히 형사님 같은 광기요. 제국 말기의 황제들은 부부, 형제자매, 부자가 서로 죽고 죽이느라 시간을 다 보냈어요. 형사님이 지금 자기 자신과 살육전을 벌이고 있는 것처럼요. 하지만 형사님 몸에서는 총알을 뽑아냈으니까 이제 괜찮아질 거예요."

그러고는 더이상 말을 하지 않았다. 그녀는 예고 없이 일어나 병실을 나갔다. 그러더니 문가에서 마글루아 간호사를 돌아보았다.

"다시 묶으세요."

그녀는 다음 날 또 찾아왔다. 다시 노형사를 묶은 끈을 풀고 주물러주고 손바닥을 문질러주고 손바닥을 바라보더니 입을 열었다. 전날 밤 부상자는 꽤 조용히 잠을 잤다. 마글루아 간호사는 또 말다툼이 생길 뻔한 소리를 들었지만, 그 내면의 싸움은 알 수 없는 권위에 의해 즉각 진압되었다.

"이제 우리는 서로를 이해하고 있어요." 메마른 키다리 처녀는 대번에 본론으로 들어갔다. "오늘부터 회복기에 들어서도록 하세요."

그녀는 부상자를 보지도 않고, 손에다 대고 말했다. 그녀는 두 엄지손가락으로 티안의 손의 언덕과 골짜기를 주물러주었다. 그러자 형사의 얼굴이 아기 엉덩이처럼 윤기가 돌았다. 마글루아 간호사는 그런 일을 한 번도 본 적이 없었다. 하지만 처녀의 말에는 다정한 기색이라고는 조금도 없었다.

"하지만 아직 다 된 건 아니에요. 형사님이 신세 한탄을 그만두면 그때 진지하게 얘기하도록 하죠."

두번째 방문은 그렇게 끝이 났다. 그녀는 환자를 다시 묶으라고 하지도 않고 병실을 나갔다. 그녀는 다음 날 다시 왔다.

"형사님의 자닌은 죽었어요." 그녀는 손바닥에 대고 단도직입적으로 말했다. "그리고 과부 호씨는 존재하지 않아요."

환자는 그 두 번의 타격에 아무런 반응을 하지 않았다. 그가 자기 **바깥에서** 들리는 말에 귀를 기울이는 것은 입원 이후 처음이었다.

"하지만 우리 엄마가 형사님의 동료인 파스토르와 함께 도망을 간 데다 형사님을 너무나 필요로 하는 아기도 있어요." 면회객은 말을 이었다. "여자 아기예요. 제레미가 바보같이 베르됭이라고 이름을 붙였죠. 그애는 눈만 뜨면 **빽빽** 소리를 질러대요.

1차 대전의 모든 기억을 품고 있는 거예요. 다들 자기가 독일인, 프랑스인, 세르비아인, 영국인, 불가리아인 등등이라고 믿었고 결국 동쪽의 대평원에서 (뱅자맹 오빠 말마따나) 다진 고기 신세가 되어버린 시절 말이에요. 우리 아기 베르됭은 눈만 뜨면 그런 꼴이 보이는 거예요. 상이한 국적의 이름으로 저질러진 집단 자살의 참상을요. 그애를 진정시켜줄 수 있는 사람은 형사님밖에 없어요. 왜 그런지 설명은 못 하겠지만 그건 움직일 수 없는 사실이에요. 형사님 팔에 안기면 그애는 울음을 그치잖아요."

그녀는 사라졌다가 다음 날 아침에 다시 나타났다. 그녀는 정해진 면회 시간을 무시했다.

"그리고 누군가 리송 대신 아이들에게 이야기를 들려줘야 해요. 리송이 워낙 대단했기 때문에 이제 뱅자맹 오빠로는 안 돼요. 하지만 형사님이라면 할 수 있을 거예요. 12년 동안 혼잣말을 하면서 살아왔고 과부 호씨라는 인물을 창안한 분이 탁월한 이야기꾼이 되지 못할 리가 없죠. 형사님 이야기를 듣고 파스토르 형사가 죽다 살아난 것도 한두 번이 아니잖아요. 그러니까 알아서 선택하세요. 죽든지 이야기를 하든지. 일주일 후에 올게요. 하지만 솔직히 미리 경고를 해드려야겠죠. 우리 식구들의 난리법석을 견딜 각오는 하셔야 할 거예요!"

그후 일주일 동안 마글루아 간호사가 목격한 것은 그저 기적이라고밖에는 할 수가 없었다. 부상자는 눈에 띄게 회복되었다. 영양제 주입 튜브를 제거하자마자 그는 걸신들린 듯이 먹어댔다. 거물급 의사들이 그의 침대 옆으로 몰려왔다. 의대생들은 수첩에 새까맣게 필기를 했다.

일곱번째 날이 되자 그는 새벽부터 옷을 입고 손가방을 챙겨놓고 침대에 앉아 말라깽이 처녀를 기다렸다. 그녀는 저녁 여섯시에 나타났다. 그녀는 문가에서 말했다.

"택시가 기다려요."

그는 그녀에게 부축을 받지도 않고 따라 나갔다.

39

"겨울의 벨빌, 다섯 인물이 있었어. 빙판까지 치면 여섯이었고. 프티를 따라 빵집에 가는 개까지 치면 일곱이었지. 개는 간질병이 있어서 입가에 혀를 늘어뜨리고 있었어."

지금 여기는 밤중의 우리 집이다. 클라라는 아이들 침실 바닥에 조명을 비추고 있는 작은 탁상등에 이제 막 캐시미어를 덮었다. 아이들이 입고 있는 잠옷에서는 신선한 사과 냄새가 난다. 아이들은 슬리퍼를 허공에서 흔들고 있다. 반 티안은 리송의 의자에 앉아 이야기를 들려주고 있다. 아기 베르됭은 그의 품에 안겨 조용히 자고 있다. 아이들의 눈은 즉시 이야기에 몰입되지 않았다. 아이들은 노형사를 살펴보았다. 그가 실수하기만을 기다렸다. 리송 대신 이야기를 하겠다는 이자는 대체 누구야? 관찰

단계. 하지만 반 티안은 그런 것에 동요할 사람이 아니다. 더구나 그는 장 가뱅의 목소리를 갖고 있다. 그건 도움이 된다.

"기병총 요정 이야기를 해주마."

티안은 이렇게 알렸다.

"남자들을 꽃으로 바꾸는 요정 이야기인가요?" 프티가 물었다.

"맞아." 티안 영감이 말했다. (그리고 덧붙였다.) "열심히 들어. 너희가 모두 등장하는 이야기야."

"저는 동화 들을 나이는 지났는데요." 제레미가 말했다.

"나이 같은 건 상관없어." 티안이 대답했다.

그 뒤로 그는 이야기를 하고 있다.

쥘리는 내 무릎을 베고 누워 있다. 재회의 무게가 느껴진다.

아이들은 마침내 티안을 쳐다보는 것을 그만두었다. 아이들은 이야기에 빠져들었다. 1장 끝에서 보청기를 낀 노부인이 몸을 돌려 금발머리를 총으로 날려버리자 모두들 소스라치게 놀란다. 침묵이 뒤따르고 놀라움은 천천히 다시 가라앉는다.

하지만 제레미는 싫은 얼굴을 하기로 작정했다. 다들 다시 이야기에 집중하는데 제레미가 말한다.

"잘못된 게 있어요."

"뭐가 잘못되었는데?" 티안이 묻는다.

"그 금발머리 말이에요, 그 바니니, 더러운 인종차별주의자 새끼 맞죠?"

"그렇지."

"브래스너클로 아랍인들의 머리를 부숴버리는 놈 맞죠?"

"맞아."

"그런데 왜 그놈을 재미있는 사람으로 만들어요?"

"재미있는 사람?"

"빙판이 아프리카 모양이라고 생각하고, 노파가 사하라 사막 한가운데에 도착했다고 생각하고, 에리트레아나 소말리아로 질러갈 수도 있지만 인도변의 도랑에는 홍해가 꽁꽁 얼어붙어 있다고 생각하는데, 그게 다 재미있는 생각이잖아요, 안 그래요?"

"그렇지."

"그게 잘못된 거예요. 그런 쓰레기 같은 놈은 그렇게 재미있는 생각을 할 리가 없어요."

"그래? 왜 안 되는데?"

(와, 진짜 심각한 논쟁이 터진 것 같은데……)

"그냥 안 돼요!"

이 강력한 논거 앞에서 티안은 생각에 잠긴다. 이야기를 잘한다고 해서 제레미의 신념을 바꿀 수 있는 것은 아니다.

침묵.

그가 어떤 수를 꺼내 들까? 최악의 개자식도 유머 감각이 있을 수 있다는 인간의 양면성에 관한 섬세한 설명?

침묵.

아니면 창작의 자유, 원하는 생각을 아무 인물의 머리에나 집어넣을 수 있는 자유를 내세울까?

아니다. 모든 위대한 전략가들처럼 티안 영감은 제3의 길, 예상치 못한 길을 택한다. 그는 제레미를 무표정하게 훑어보더니 장 가뱅의 목소리로 태연하게 말한다.

"쪼그만 게 못 하는 소리가 없구나. 너 계속 까불면 베르됭더러 얘기하라고 한다."

그러더니 그는 어둠침침한 침실 조명 속에서 베르됭을 들어올려 제레미의 코앞에 들이댄다. 베르됭은 이글이글 타오르는 눈을 뜨고 분화구 같은 입을 벌린다. 제레미가 소리친다.

"안 돼요! 티안 아저씨, 얘기 그냥 들려주세요. 씨팔, 다음 얘기 계속 들려주세요!"

하드보일드 원더랜드와 희생양을 둘러싼 모험

이 책의 원제 'La fée carabine'의 'fée'는 요정이라는 뜻이고, 'carabine'은 길이가 짧은 기병용 소총(카빈총이라는 이름도 여기에서 나왔다)으로 보통 '기병총'이라고 번역된다. 이렇게 작품은 제목에서부터 환상성이 가미된 동화conte de fée와 폭력적 하드보일드 장르의 결합을 알리고 있는데, 다소 어색할 수도 있는 이 제목은 'la fée Carabosse(예쁘고 착한 요정과 대비되는 못생기고 사악한 요정, 즉 마귀할멈)'라는 표현과의 유사성 때문에 선택된 것으로 보인다. 실제로 작품 속에서 기병총은 지나가면서 한 번 언급될 뿐이며 2장에서 프티가 바니니를 죽인 노파를 '요정fée'이라고 부르는 것도 이러한 맥락에서 이해해야 할 것이다. 참고로 영역본의 제목도 'Fairy godmother'라는 표현을 비틀어 만든 'Fairy gunmother'인데, 이 책에서는 이에 해당하는 말장난을 우리말로 만들기 어려운 까닭에 말로센 연작의 여타 번역본을 통해 이미 알려진 바 있는 '기병총 요정'이라는 제목을 그대로 따랐다.

✛

　말로센의 연작의 첫 작품인 『식인귀의 행복을 위하여』(1985)부터 이미 프랑스의 대표적인 하드보일드 총서인 갈리마르 출판사의 '세리 누아르Série noir'로 출간된 것에서 알 수 있듯이, 말로센 연작Saga Malaussène은 외면적으로 추리·스릴러 장르에 뿌리를 두고 있다. 애초 '세리 누아르' 총서로 나온 『기병총 요정』(1987)이 프랑스 고급 문학을 대표하는 블랑슈 총서로 재간되고 『학교의 슬픔Chagrin d'école』이 2007년 르노도 상을 수상하는 등 현재 프랑스에서 페낙의 지위는 장르소설 작가 이상이지만, 적어도 말로센 연작은 설사 그 가치가 이 낡은 장르를 쇄신하려는 시도에 있다고 할지라도 기본적으로 하드보일드 장르와 분리하여 생각할 수 없는 것이 사실이다.

　실제로 페낙은 하드보일드 장르에 대한 자신의 애정, 특히 레이먼드 챈들러, 윌리엄 버넷, 제롬 차린 등 미국 작가들의 영향을 여러 차례 밝힌 바 있으며, 68혁명 이후 등장하여 범죄라는 테마를 매개로 여러 사회 모순에 천착한 프랑스의 네오폴라 Néo-Polar 작가들과도 오랫동안 교류해온 것으로 알려져 있다. 말로센 연작과 네오폴라의 연관성은 심심찮게 언급되는 편으로, 이는 이 연작 내내 지속적으로 나타나는 현대 도시의 어두운 모습에 대한 페낙의 관심에서 확인할 수 있는데, 무엇보다 말로센 연작의 첫 권이 묵직한 사회적 사건에서 비롯되었다는 점을 간과할 수 없을 것이다. 본격적으로 추리소설을 준비하던 페낙은 1983년부터 파리에서 발생한 일련의 폭탄 테러를 모티브로 작품을 구상하기 시작했으며, 그 과정에서 경찰이나 탐정이 아니라 평범한 백화점 직원을 중심으로 이야기를 풀어나가기로 결정하면서 뱅자맹 말로센이라는 인물과 그의 이름을 딴 연작 전체가 탄생한 것이다.

이렇게 집필된 『식인귀의 행복을 위하여』에서 특히 눈에 띄는 점은 주인공 뱅자맹을 직업적 희생양으로 설정했다는 점인데, 작가가 르네 지라르의 『폭력과 성스러움La Violence et le Sacré』을 읽은 후 착안했다는 이 희생양 모티브는 이후 말로센 연작의 근간이 된다. 이 독특한 설정은 주인공이 탐정 역할을 수행하는 것이 일반적인 추리 장르의 관습을 위반하면서(직업이 희생양이다 보니 이상적인 용의자가 되어 주변에서 터지는 사건마다 의심을 받는다) 이 연작에 자신이 속한 장르를 넘어설 수 있는 풍성한 소설적 가능성을 제공했다.

성공적이었던 첫 작품의 속편으로 기획된 『기병총 요정』은 첫 장면부터 벌어지는 살인 사건을 비롯하여 연쇄 살인, 기자 납치, 부동산 사기, 마약 밀매 등 수많은 범죄가 쉴 새 없이 이어져 스릴러의 측면에서 더욱 강하고 복잡해졌지만 사회현상에 접근하는 폭과 깊이에서도 진전을 보여주었다. 전작에서 이미 말로센 연작의 배경으로 제시된 벨빌은 다양한 인종이 공존하는 코스모폴리탄적 세계이자 도시의 온갖 악덕을 두루 갖춘 공간이다. 경찰은 무능할 뿐 아니라 시민들(벨빌을 가득 메운 이민 2세대 아랍계 청년들은 분명 프랑스 시민이다)에게 폭력을 행사하는 것을 주저하지 않고, 인종차별은 당연히 횡행하며(바니나 세르케르 같은 구제불능의 악당은 차치하더라도 베트남어를 한 마디도 못 하는 혼혈인 반 티안에게 파스토르가 퍼붓는 숱한 인종차별적 농담을 생각해보라), 연고지 없는 노인들은 국가의 무관심 속에서 외롭게 죽어간다.

그중 이 작품에서 특히 주목할 것은 가족과 성 역할에 대한 도전적 문제 제기로, 반 티안의 경우 이미 동양과 서양이라는 두 뿌리 사이에서 겪고 있는 민족적 정체성의 혼란에 성적 정체성의 혼란(여장 남자에다 애 보기의 달인이며 파트너와의 관계에는 동성애 코드가 끊이지 않는다)마저 더해지면서 작품에서 가장 복합적인 캐릭터가 되며, 여기에 파스토르의 스웨터에 관한 반전(통상적인 남성중심적·가부장적 관점에서 보면)과 비정상 그 자체라고 할 말로센 가족의 모습에 이르기까지 『기병총 요정』은 젠더 스터디 연구자들이 흥미를 가지고도 남을 풍요로운 텍스트가 되고 있다.

하지만 말로센 연작을 추리·스릴러 장르의 틀에 가두는 것은 왠지 어색하다. 바니니와 세르케르("거의 불가사의할 만큼 전형적인 현장 경찰")처럼 극단적으로 장르 관습에 부합하는 인물이나 유사한 클리셰도 있지만 전반적으로 작품은 자기가 속한 장르의 관습을 따르기보다는 어기는 데 능하며(페낙 특유의 대책 없는 낙관주의는 하드보일드 장르와는 도무지 어울리지 않는다), 기실 작품은 장르 혼합을 적극적으로 사용하고 있어 그 덕에 독자는 앞에서 언급한 자칫 무거워질 수 있는 주제들을 부담 없이 소화할 수 있게 된다.

『기병총 요정』은 특히 연극성(파스토르와 쿠드리에의 대화는 희곡 형식으로 제시되며, 리송의 생애는 정확히 5막 비극으로 요약된다)이나 희극성(강간범 간호사 장면이나 말로센이 늘 용의자로 몰리고 주변 사람들에게 구박을 받으면서 생기는 희극적 효과 등) 같은 문체나 분위기 차원의 변주를 넘어 환상적·공상적 요소를 노골적으로 배치하고 있는데, 이것이 놀라운 것은 기본적으로 사실주의적일 수밖에 없는 추리·하드보일드 장르에서 이러한 비현실적 분위기는 용납하기 힘들기 때문이다. 작품 속 인물들도 독자도 기정사실화하고 있는 듯한 테레즈의 주술적 능력은 차치하더라도, 뱅자맹이 희생양이라는 어처구니없는 직업을 영위하고 있는 데다 그것도 모자라 늘 휴가 상태인 것은 세계 최저 수준의 노동시간을 자랑하는 프랑스의 기준에서 봐도 비현실적이며, 엄밀한 구성을 요구하는 추리 장르의 플롯 안에서 수많은 동화적 설정('레 로샤'의 독립운동가들)에 우연(살인마를 부르는 과부 호씨의 기도는 즉시 응답을 받는다)과 기적(티안과 쥘리의 소생)이 남발하는 것은 어떤 식으로 생각해도 기이한 일이지만, 페낙이 오랫동안 아동용 작품을 쓰며 다져온 이야기꾼의 솜씨 덕인지 텍스트를 읽는 동안에는 그것이 어색하게 느껴지지 않는다. 페낙은 한 인터뷰에서 "모든 독자의 내면에는 동화 비슷한 이야기를 듣고 싶어하는 어린아이의 모습이 있다"고 말하고 있는데, 작품의 말미에서 아이들이 모여 앉아 듣고 있는 이야기가 바로 『기병총 요정』이라는 사실에서 우리는 이 작품이 사실상 성인을 위한 동화라는 점을 인정하지 않을 수 없다.

하지만 그렇다고 해서 이 작품이 현실에서 완전히 유리된 판타지인 것일까? 작품에서 가장 엉뚱하고 비현실적인 캐릭터라

할 만한 스토질의 모델에 대한 페낙의 설명을 듣고 나면 현실과 소설, 사실주의적인 것과 환상적인 것이 그리 쉽게 구별되지 않는다는 저자의 생각에 동의하지 않을 수 없을 것이다.

저는 소설을 쓰면서 제 주변 현실에 있는 소설적인 요소를 이용하곤 합니다. 제 친구 딘코 스탐박도 그런 경우지요. 그는 크로아티아에서 신학교를 다니다가 볼테르의 『캉디드』를 읽고 환속하여 공산당에 가입한 후 레지스탕스 소속으로 나치 독일군과 블라소프 군대에 맞서 싸웠습니다. 이후 프랑스로 와서 평생 자폐증 아동들을 돌보면서 그 아이들에게 그리스어를 가르쳤지요. 자폐아들에게 그리스어가 무슨 소용이냐고 하면 "어차피 말을 못한다면 그리스어로 그러는 게 낫잖아……"라고 했지요. 그가 처음으로 손자를 보았을 때는 신생아실에 누워 있는 아기를 보면서 저에게 그랬어요. "저것 좀 봐, 손이 정말 크지 않아? 저놈, 도둑이 될 거야." 그러고는 아기 엄마인 산모를 안심시키기 위해 이렇게 말했죠. "애야, 걱정하지 마. 발도 크잖아. 절대로 잡히지 않을 거야!"(페낙의 인터뷰에서)

✣

　프랑스어권 작가 중 페낙만큼 읽는 재미를 주는 문장가도 혼치 않다. 프랑스인 특유의 잦은 말장난은 차치하더라도 적재적소에 사용되는 과감한 은유와, 한 작품 안에서도 수시로 바뀌는 재기발랄한 문체는 때로는 과시적이라는 느낌이 들 만큼 현란하다. 실제로 페낙은 플롯을 세부적으로 완성한 후에야 집필에 착수하며 글을 쓰는 과정에서는 문체를 가공하는 데에만 집중하는 것으로 알려져 있다. 번역하는 과정에서 독창적 비유를 살리기 위해 직역을 하는 무리수를 두기도 했지만, 데스메틀의 32비트 드럼 연타처럼 한 페이지 내내 쉼표로 이어지는 연속된 짧은 문장이나 '그는' '그는' '그는' 하는 식으로 끝없이 반복되는 두어 반복법 같은 종잡을 수 없는 변박과 조바꿈의 향연을 충분히 살리지 못한 감이 있다. 너그러운 마음으로 읽어주기를 부탁드린다.

　좋은 책의 번역을 맡겨주신 문학동네 편집부에 감사를 드린다.

2008년 10월
이충민

지은이 **다니엘 페낙**

1944년 모로코의 항구도시 카사블랑카 출생, 프랑스의 니스와 엑스에서 문학을 전공했고, 1970년 파리 근교의 중학교에서 교편을 잡은 후 파리 벨빌에 정착했다. 『카보 카보슈』 '카모 시리즈' 등 어린이책을 발표해 좋은 반응을 얻었으며, 말로센 가족이 등장하는 연작소설 '말로센 시리즈'가 잇달아 히트하면서 프랑스에서 가장 사랑받는 인기 작가가 되었다. 그 외 작품으로는 『마법의 숙제』 『독재자와 해먹』 등이 있으며, 2007년에는 에세이 『학교의 슬픔』으로 르노도 상을 수상했다.

옮긴이 **이충민**

서강대학교 불어불문학과와 같은 학교 대학원(석사)을 졸업했다. 프랑스 파리8대학 박사 준비과정(D.E.A.)을 마쳤으며, 현재 프랑스 파리8대학에서 박사 논문 과정을 밟고 있다. 옮긴 책으로는 『프루스트와 기호들』(공역)과 『담화의 놀이들』 등이 있다.

문학동네 세계문학
기병총 요정

초판인쇄 2008년 11월 13일 | 초판발행 2008년 11월 20일

지은이 다니엘 페낙 | 옮긴이 이충민 | 펴낸이 강병선

책임편집 조현나 이은현 신선영 | 디자인 엄혜리 이원경 박명희
마케팅 장으뜸 방미연 정민호 신정민 | 제작 안정숙 차동현 김정후

펴낸곳 (주)문학동네 | 출판등록 1993년 10월 22일 제406-2003-000045호
주소 413-756 경기도 파주시 교하읍 문발리 파주출판도시 513-8
전자우편 editor@munhak.com | 전화번호 031) 955-8888 | 팩스 031) 955-8855

ISBN 978-89-546-0702-5 03860

www.munhak.com

다니엘 페낙 Daniel Pennac

프랑스인 특유의 잦은 말장난, 적재적소에 사용되는 과감한 은유와 재기발랄한 문체로, 프랑스어권 작가 중 독자들에게 읽는 재미를 가장 많이 안겨주는 소설가 다니엘 페낙. 그는 플롯을 세부적으로 완성한 후에야 집필에 착수하며, 글을 쓰는 과정에서는 문체를 가공하는 데에만 집중하는 것으로 알려진 프랑스의 대표적 작가이다.

마법의 숙제
신미경 옮김

장난치다 걸린 세 악동에게 크래스탱 선생이 벌로 내준 고약한 작문 숙제. 엉뚱한 작문 주제는 현실을 흩뜨리는 초시간적 상황을 불러일으키고, 어쩔 줄 몰라 좌충우돌하던 등장인물들은 유년 시절의 소중함과 삶의 비의를 깨닫게 된다.

독재자와 해먹
임희근 옮김

"당신은 광장에서 군중에게 몰매를 맞아 죽을 거요." 점쟁이의 말 한마디에 독재자가 무한 증식되기 시작했다! 광장공포증에 시달리는 독재자와 얼떨결에 그의 닮은꼴 노릇을 하게 된 이발사, 그리고 이어지는 여러 닮은꼴들이 벌이는 한바탕 익살극!

학교의 슬픔(근간, 가제)
윤정임 옮김

실제로 20여 년간 교사로 재직했던 다니엘 페낙의 '학교'에 대한 발언. 알파벳 a를 익히는 데 1년이나 걸릴 정도로 열등생이었던 페낙이 열등생과 문제아들을 위한 교수법을 이야기한다. 우리 교육 현실을 위해서도 귀담아 들어야 할 페낙의 일 제언.
2007년 르노도 상 수상작!